Dick Francis · Totes Rennen

Dick Francis

TOTES RENNEN

Roman

Ullstein

Mit Liebe und Dank
wie immer für
Merrick und Felix

DIE PEMBROKES

MALCOLM PEMBROKE	
SEINE FRAUEN	1 *Vivien* 2 *Joyce* 3 *Alicia* 4 *Coochie* 5 *Moira*
VIVIENS KINDER	1 *Donald,* verheiratet mit *Helen* 2 *Lucy,* verheiratet mit *Edwin* 3 *Thomas,* verheiratet mit *Berenice*
JOYCES KIND	1 *Ian,* unverheiratet
ALICIAS KINDER	1 *Gervase,* verheiratet mit *Ursula* 2 *Ferdinand,* verheiratet mit *Debs* 3 *Serena,* unverheiratet
COOCHIES KINDER	1 *Robin* 2 *Peter,* tot

1

Die fünfte Frau meines Vaters war mir zutiefst unsympathisch, aber für einen Mord hätte es nicht gereicht.

Ich, das Resultat seines zweiten unbesonnenen Galopps vor den Traualtar, war pflichtbewußt zu seinen beiden nächsten Hochzeiten gegangen, als mir mit sechs und mit vierzehn eine neue »Mutter« beschert wurde.

Mit dreißig hatte ich allerdings rebelliert: Keine zehn Pferde hätten mich dazu gebracht, die Vermählung mit der scharfäugigen, glattzüngigen Moira, seiner fünften Auserwählten, mitzufeiern. Moira war der Gegenstand des erbittertsten Streits gewesen, den mein Vater und ich jemals hatten, und die unmittelbare Ursache einer Dürreperiode des Nichtmiteinandersprechens, die drei Jahre anhielt.

Nachdem Moira ermordet worden war, kam die Polizei mit schwersten Verdächtigungen an meine Tür, und nur durch reinen Zufall konnte ich beweisen, daß ich an einem anderen Ort gewesen war, als ihre habgierige kleine Seele ihren sorgsam gepflegten Körper verlassen hatte. Ich ging nicht zu ihrer Beerdigung, doch da war ich nicht der einzige. Mein Vater ging auch nicht hin.

Einen Monat nach ihrem Tod rief er mich an, und ich hatte seine Stimme so lange nicht mehr gehört, daß sie mir wie die eines Fremden vorkam.

»Ian?«

»Ja«, sagte ich.

»Malcolm.«

»Hallo«, sagte ich.

»Tust du irgendwas?«

»Ich lese die Goldnotierungen.«

»Nein, verdammt«, sagte er gereizt. »Allgemein - bist du sehr beschäftigt?«

»Allgemein«, sagte ich, »ziemlich.«

Die Zeitung lag auf meinem Schoß, ein leeres Weinglas stand an meinem Ellbogen. Es war später Abend, nach elf, zunehmend kühl. Ich hatte an diesem Tag meinen Job aufgegeben und den Müßiggang übergestreift wie einen behaglichen Mantel.

Er seufzte durch die Leitung. »Ich nehme an, du weißt von Moira?«

»Titelseitennachricht«, bejahte ich. »Der Goldpreis steht auf . . . ehm, Seite 32.«

»Falls du möchtest, daß ich mich entschuldige«, sagte er, »das werde ich nicht tun.«

Ich sah sein Bild klar und deutlich vor mir: ein stämmiger grauhaariger Mann mit leuchtend blauen Augen und einer knisternden Vitalität, die er wie Funken statischer Elektrizität versprühte. Er war meiner Ansicht nach starrsinnig, selbstherrlich, unvorsichtig und oft dumm. Er war außerdem in finanziellen Dingen intuitiv schlau, gewieft und couragiert und hatte nicht umsonst den Spitznamen Midas bekommen.

»Bist du noch da?« wollte er wissen.

»Ja.«

»Also . . . ich brauche deine Hilfe.«

Er sagte das, als wäre es ein alltägliches Bedürfnis, aber ich konnte mich nicht entsinnen, daß er schon jemals irgendwen um Hilfe gebeten hätte; mich ganz bestimmt nicht.

»Ehm . . .« sagte ich unsicher. »Welche Art von Hilfe?«

»Erzähle ich dir, wenn du herkommst.«

»Wohin denn?«

»Nach Newmarket«, sagte er. »Komm morgen nachmittag zur Auktion.«

Man konnte seinen Tonfall zwar nicht flehend nennen, aber es war alles andere als ein direkter Befehl, und ich war nur Befehle gewohnt.

»In Ordnung«, sagte ich langsam.

»Gut.«

Er legte sofort auf, ließ mich keine Fragen stellen, und ich dachte an meine letzte Begegnung mit ihm – wie ich versucht hatte, ihn von der Heirat mit Moira abzubringen, indem ich sie angesichts seiner felsenfesten Absicht allmählich steigernd zunächst als bösen Fehlgriff seinerseits bezeichnete, dann als eine geschickte, unehrliche Manipulatorin und schließlich als ein raffgieriges blutsaugerisches Biest. Er hatte mich mit einem einzigen raschen, furchtbaren Schlag zu Boden gestreckt, wozu er vor drei Jahren – mit fünfundsechzig – durchaus noch in der Lage war. Wütend war er hinausmarschiert, während ich benommen auf meinem Teppich lag, und danach hatte er sich verhalten, als gäbe es mich nicht mehr; alles, was noch von mir in meinem alten Zimmer in seinem Haus war, hatte er in Kisten gepackt und von einem Spediteur in meine Wohnung bringen lassen.

Die Zeit hatte mir recht gegeben mit Moira, doch die unverzeihlichen Worte waren mir bis zu ihrem Tod nicht verziehen worden und allem Anschein nach auch danach nicht. An diesem Oktoberabend jedoch waren sie vielleicht vorübergehend auf Eis gelegt.

Ich, Ian Pembroke, das fünfte der neun Kinder meines Vaters, hatte ihn von den Nebeln des Säuglingsalters an blind geliebt, durch sturmgezauste Jahre häuslicher Nahkämpfe hindurch, die mich für immer unempfindlich gegen Stimmengewalt und zugeschlagene Türen machten. Die völlig konfusen, chaotischen Umstände, unter denen ich aufwuchs, hatten es mit sich gebracht, daß ich hin und wieder zwar eine unbehagliche Zeit bei meiner verbitterten Mutter abbüßte, gewöhnlich aber im Haus meines Vaters von einer Frau zur nächsten weitergereicht wurde wie zum Inventar gehörig, während er mir durchweg die gleiche beiläufige, aber ehrliche Zuneigung erwies, die er auch seinen Hunden schenkte.

Erst mit der Ankunft von Coochie, seiner vierten Frau, war einmal Frieden eingekehrt, aber als sie die Zügel in die Hand nahm, war ich bereits vierzehn, hatte die Nase voll und erwartete zynisch, daß noch im Jahr der Flitterwochen die Feindseligkeiten wiederaufleben würden.

Mit Coochie jedoch war es anders gekommen. Coochie war mir von allen die einzige richtige Mutter gewesen, die einzige, die mir ein Gefühl von Wert und Identität vermittelt, die zugehört, ermutigt und gute Ratschläge gegeben hatte. Coochie brachte Zwillinge zur Welt, meine Halbbrüder Robin und Peter, und es hatte ausgesehen, als wäre Malcolm Pembroke endlich zu einer freundlichen, beständigen Familie gelangt, wenn man sie auch mit einer sonnigen Lichtung inmitten eines Urwalddickichts aus Exfrauen und unzufriedenen Sprößlingen vergleichen konnte.

Ich wuchs heran und ging weg von zu Hause, kehrte aber oft zurück und fühlte mich nie ausgeschlossen. Coochie hätte Malcolm bis ins hohe Alter glücklich gemacht, doch als sie vierzig war und die Zwillinge elf, drängte ein anderer Fahrer, der anschließend das Weite suchte, ihren Wagen von der Straße ab, so daß er an einem Felsenabhang zerschellte. Coochie und Peter waren sofort tot. Robin, der erstgeborene Zwilling, erlitt einen Gehirnschaden. Ich war damals nicht zu Hause. Malcolm war in seinem Büro: Ein Polizist brachte ihm die Nachricht, und kurz darauf verständigte er mich. An jenem feuchtkalten Nachmittag hatte ich gelernt, was Kummer hieß, und ich trauerte immer noch um sie; ihr Verlust war unwiederbringlich.

An dem Oktoberabend des Telefongesprächs mit Malcolm warf ich wie gewohnt beim Schlafengehen einen Blick auf ihre drei lebhaften Gesichter, die mich aus einem Silberrahmen auf meiner Kommode angrinsten. Robin lebte - gerade so - in unbeschwertem Dämmerzustand in einem Pflegeheim. Ich besuchte ihn dann und wann. Er sah nicht mehr wie der Junge auf dem Foto aus, sondern war fünf Jahre älter, sehr viel größer, und sein Blick war leer.

Ich fragte mich, was für ein Anliegen Malcolm haben könnte. Er war reich genug, um sich alles Nötige zu kaufen, vielleicht - aber nur vielleicht - mit Ausnahme von Fort Knox. Mir fiel nichts ein, was ich für ihn tun könnte, das er nicht von jemand anders hätte bekommen können.

Newmarket, dachte ich. Die Auktionen.

Für mich war Newmarket ein Begriff, da ich als Assistent eines Trainers gearbeitet hatte. Aber Newmarket und Malcolm? Malcolm setzte nie auf Pferde, nur auf Gold. Malcolm hatte ein ständig wachsendes, ungeheures Vermögen durch den Kauf und Verkauf des gelben Metalls erworben, und meinen Berufswunsch hatte er vor Jahren lediglich mit den Worten kommentiert: »Pferde? Rennsport? Guter Gott! Tja, wenn du das machen willst, Junge, dann nichts wie ran. Aber denk nicht, daß ich davon auch nur den Schimmer einer Ahnung habe.« Und soviel ich wußte, war er auf dem Gebiet noch so unbeschlagen wie eh und je.

Malcolm und die Vollblutauktionen von Newmarket, das paßte einfach nicht zusammen. Jedenfalls nicht mit dem Malcolm, den ich kannte.

Ich fuhr am nächsten Tag in die abgelegene Stadt in Suffolk, deren Hauptgeschäft der Sport der Könige ist, und in der verstreuten, zielstrebigen Menschenmenge sah ich meinen Vater barhäuptig vor dem Auktionsgebäude stehen, den Blick in einen Katalog vertieft.

Er sah unverändert aus. Gebürstete graue Haare, glatter brauner Vikunjamantel, knielang, anthrazitfarbener Straßenanzug, Seidenkrawatte, blanke schwarze Schuhe; selbstbewußt fügte er seine börsianische Erscheinung in die zwanglose Eleganz des ländlichen Rahmens ein.

Es war ein sonniger Tag, frisch und klar, der Himmel ein kaltes, wolkenloses Blau. Ich ging in meiner selbstgewählten Arbeitskleidung zu ihm hinüber: lange Reithose, kariertes Wollhemd, olivgrüne Steppjacke, Tweedmütze. Ein äußerlicher Gegensatz, der bis in die Persönlichkeit hineinreichte.

»Guten Tag«, sagte ich neutral.

Er hob die Augen, und sein Blick war so blau wie der Himmel.

»Du bist also gekommen.«

»Ja . . . schon.«

Er nickte unbestimmt, während er mich musterte. »Du siehst älter aus«, sagte er.

»Drei Jahre.«

»Drei Jahre und eine krumme Nase«, bemerkte er nüchtern. »Ich nehme an, die hast du dir beim Sturz von einem Pferd gebrochen?«

»Nein . . . Du hast sie mir gebrochen.«

»So?« Er schien nur leicht überrascht zu sein. »Du hattest es verdient.«

Ich gab keine Antwort. Er zuckte die Achseln. »Möchtest du Kaffee?«

»Okay.«

Wir hatten uns nicht angefaßt, dachte ich. Keine Umarmung, kein Händedruck, kein flüchtiger Klaps auf den Arm. Drei Jahre Schweigen waren nicht ohne weiteres zu überbrücken.

Er brach nicht in Richtung des allgemeinen Erfrischungsraums auf, sondern steuerte einen der nichtöffentlichen Räume an, die Vorzugsgästen vorbehalten waren. Ich ging hinter ihm her und erinnerte mich amüsiert, daß er, wo immer er hinkam, rund zwei Minuten brauchte, um sich Einlaß in die vornehmsten Schlupfwinkel zu verschaffen.

Die Auktionshalle von Newmarket hatte die Form eines Amphitheaters; absteigende Sitzreihen erhoben sich rund um den ebenerdigen Ring, in dem jedes Pferd während der Versteigerung herumgeführt wurde. Unter den Sitzreihen und in einem großen angrenzenden Gebäude befanden sich Räume, die von Versteigerern und Turfagenten als Büros genutzt wurden, oder in denen Handelsunternehmen wie etwa Ebury Jewellers, die derzeitigen willigen Gastgeber Malcolms, Kunden betreuten.

Ich war nur die schlichten Betonkästen der Turfbüros gewöhnt. Eburys Niederlassung war im Gegensatz dazu als teurer Ausstellungsraum gestaltet; gut beleuchtete Vitrinen mit strahlendem Silber und glitzernden Nippsachen zogen sich an drei Wänden entlang, alles fest unter Verschluß, doch verführerisch sichtbar. In der Mitte des Raumes stand auf braunem Teppichboden ein langer polierter Tisch mit lederbezogenen Lehnstühlen drum herum. An jedem Platz lag säuberlich eine in Leder gefaßte Löschunterlage neben einem vergoldeten Becher mit Schreibstiften, so daß der Eindruck entstand, die Kunden brauchten hier nichts weiter mitzubringen als ihr Scheckbuch.

Ein gewandter junger Mann begrüßte Malcolm mit eilfertigem Takt und bot Getränke und Leckereien von einem gut ausgestatteten Buffettisch an, der den größten Teil der vierten Wand einnahm. Der Lunch schien eine Ganztagsangelegenheit zu sein. Malcolm und ich nahmen je eine Tasse Kaffee und setzten uns an den Tisch, ich zumindest nicht ohne Verlegenheit. Malcolm spielte mit seinem Kaffeelöffel. Eine korpulente, laute Dame kam herein und begann sich mit dem gewandten jungen Mann darüber zu unterhalten, daß sie einen ihrer Hunde in Silber gegossen haben wollte. Malcolm hob kurz den Blick zu ihnen und sah dann wieder in seine Tasse.

»Welche Art von Hilfe?« sagte ich.

Wegen des Treffpunkts, den er gewählt hatte, erwartete ich, er würde antworten, daß er im Zusammenhang mit Pferden Hilfe brauchte, aber etwas so Unkompliziertes war es offenbar nicht.

»Ich will dich bei mir haben«, sagte er.

Ich runzelte verwirrt die Stirn. »Wie meinst du das?«

»Bei mir«, sagte er. »Die ganze Zeit.«

»Ich verstehe nicht.«

»Ist auch nicht anzunehmen«, sagte er. Er sah mir ins Gesicht. »Ich werde ein bißchen verreisen. Ich möchte, daß du mitkommst.«

Ich gab keine rasche Antwort, und er sagte jäh aufbrausend: »Zum Donnerwetter, Ian, ich verlange doch nicht die Welt. Ein wenig Zeit von dir, ein wenig Aufmerksamkeit, das ist alles.«

»Warum jetzt, und warum ich?«

»Du bist mein Sohn.« Er hörte auf, mit dem Löffel zu spielen und ließ ihn auf die Löschunterlage fallen, wo ein runder Fleck entstand. Er lehnte sich in seinem Stuhl zurück. »Ich vertraue dir.« Er schwieg. »Ich brauche jemand, dem ich trauen kann.«

»Warum?«

Er erklärte es mir nicht. Er sagte: »Kannst du dir einige Zeit freinehmen? Urlaub machen?«

Ich dachte an den Trainer, dem ich gerade gekündigt hatte, da dessen Tochter meinen Job für ihren Verlobten haben wollte. Das hatte ihn für mich unhaltbar gemacht. Es war nicht nötig, daß ich sofort woanders unterkam; nur die Miete mußte ich aufbringen. Mit dreiunddreißig hatte ich bei drei verschiedenen Trainern gearbeitet und fand, ich wurde allmählich zu alt, um weiter als Assistent tätig zu sein. Der nächste Schritt wäre natürlich gewesen, selbst Trainer zu werden, ein heikles Unterfangen ohne Geld.

»Woran denkst du?« fragte Malcolm.

»Mehr oder weniger, ob du mir eine halbe Million Pfund leihst.«

»Nein«, sagte er.

Ich lächelte. »Das dachte ich mir auch.«

»Ich bezahle deine Reise- und Hotelkosten.«

Auf der anderen Zimmerseite gab die laute Dame dem gewandten jungen Mann ihre Adresse. Eine Kellnerin war erschienen und lud frische Sandwiches und Alkoholnachschub auf den weiß betuchten Tisch. Müßig sah ich ihr ein paar Sekunden zu und blickte dann wieder in Malcolms Gesicht, wo ich einen Ausdruck gewahrte, der sich nur als Besorgnis deuten ließ.

Ich war unerwartet gerührt. Ich hatte mich ja nie mit ihm zanken wollen; ich hatte gewollt, daß er Moira so sah wie ich, als eine berechnende, honigsüße Schmeichlerin, die auf sein Geld aus war und seine Erschütterung nach Coochies Tod dazu benutzt hatte, sich bei ihm beliebt zu machen, indem sie immer wieder zu ihm kam, ihr Mitgefühl bekundete und sich erbot, für ihn zu kochen. Malcolm, in tiefer Trauer, war hilflos gewesen und dankbar und hatte anscheinend kaum bemerkt, wie sie anfing, sich in Gesellschaft bei ihm einzuhaken und »wir« zu sagen. Ich hatte die ganzen drei stummen Jahre hindurch mit meinem Vater Frieden schließen wollen, aber ich ertrug den Gedanken nicht, zu ihm zu gehen und die affektiert lächelnde Moira an Coochies Stelle zu sehen, selbst wenn er mich zur Tür hereingelassen hätte.

Jetzt, wo Moira tot war, war Frieden vielleicht möglich, und es kam mir vor, als ob er ihn auch wollte. Flüchtig überlegte ich, daß Versöhnung nicht sein Hauptziel war, sondern nur ein Mittel zu einem anderen Zweck, aber es genügte trotzdem.

»Ja«, sagte ich, »in Ordnung. Ich kann mir Urlaub nehmen.«

Seine Erleichterung war sichtbar. »Gut! Gut! Dann komm mit, ich will vielleicht ein Pferd kaufen.« Er stand auf, plötzlich voller Energie, und wedelte mit seinem Katalog.

»Was für eins empfiehlst du?«

»Wozu in aller Welt willst du ein Pferd?«

»Zum Rennen natürlich.«

»Aber das hat dich doch nie interessiert . . .«

»Jeder sollte ein Hobby haben«, sagte er munter, obwohl er sein Lebtag noch keins gehabt hatte. »Mein Hobby ist der Rennsport.« Und nachträglich setzte er hinzu: »Ab jetzt«, als er die Tür anpeilte.

Der gewandte junge Mann löste sich von der Hundedame und bat Malcolm, ihn bald wieder zu beehren. Malcolm versicherte ihm, das werde er tun, ließ ihn stehen und marschierte zu einer der Vitrinen hinüber.

»Als ich auf dich wartete, habe ich einen Pokal gekauft«, warf er mir über die Schulter zu. »Willst du mal sehen? Ähnlich wie der da.« Er zeigte mit dem Finger. »Sie gravieren ihn gerade.«

Der fragliche Pokal war ein reich verzierter, graziös langgezogener Kelch, fünfundvierzig Zentimeter hoch und zweifellos aus reinem Silber.

»Wofür ist er denn?« fragte ich.

»Weiß ich noch nicht. Muß ich mir erst überlegen.«

»Aber . . . die Gravur?«

»M-hm. Der Coochie-Pembroke-Memorial-Challenge-Pokal. Ziemlich gut, meinst du nicht?«

»Doch«, sagte ich.

Er warf mir einen Seitenblick zu. »Dachte ich mir, daß du der Meinung bist.« Er strebte wieder zur Tür hin. »Also los, ein Pferd.«

Ganz wie in alten Zeiten, dachte ich mit halb vergessenem Vergnügen. Die plötzlichen Impulse, die sich vielleicht als durchaus vernünftig erwiesen, vielleicht auch nicht, die ungezügelte Begeisterung, die sofort befriedigt werden wollte . . . und nachher mitunter die Abkehr von einem Debakel, als wäre es nicht geschehen. Der Coochie-Pembroke-Memorial-Challenge-Pokal konnte zu einem international begehrten Ehrenpreis werden, er konnte aber auch auf einem Dachboden verstauben, ohne jemals präsentiert worden zu sein – bei Malcolm war das immer völlig offen.

Ich nannte ihn wie alle seine Kinder Malcolm, weil er uns dazu aufgefordert hatte, und es war für mich von jeher selbstverständlich. Andere Jungs mochten ihren Dad haben: ich hatte meinen Vater, Malcolm.

Draußen vor Eburys Raum sagte er: »Wie läuft denn die Sache? Wie fängt man das an?«

»Ehm . . .« sagte ich. »Heute ist der erste Tag der Highflyer-Auktion.«

»Na und?« fragte er, als ich einhielt. »Weiter.«

»Ich dachte bloß, du solltest wissen . . . daß die mit einem Eröffnungsangebot nicht unter 20000 Guineen anfangen.«

Es schockte ihn nur minimal. »Eröffnungsgebot? Für wieviel verkaufen sie denn?«

»Von hunderttausend aufwärts. Heute hast du Glück, wenn du einen Jährling der Spitzenklasse für unter eine Viertelmillion bekommst. Es ist allgemein der teuerste Tag des Jahres.«

Er geriet nicht weiter ins Wanken. »Dann komm«, sagte er. »Gehen wir rein und bieten.«

»Du mußt erst die Abstammung nachschlagen«, sagte ich. »Dann mußt du dir die Tiere anschauen, damit du siehst, ob sie dir gefallen, und dann brauchst du die Hilfe und den Rat eines Agenten . . .«

»Ian«, sagte er mit gespieltem Kummer, »ich habe keine Ahnung von Stammbäumen, ich kann grad feststellen, ob so ein Roß vier Beine hat, und Agenten traue ich nicht. Also komm, laß uns bieten.«

Für mich hörte sich da verrückt an, aber es war sein Geld. Wir traten in die Auktionshalle, wo die Versteigerung bereits in Gang war, und Malcolm fragte mich, wo die reichsten Bieter zu finden seien, diejenigen, die es wirklich ernst meinten.

»In den Sitzbänken links von den Versteigerern, oder hier am Eingang, oder auch da drüben links . . .«

Er schaute und hörte zu, dann ging er mir voran zu einer Sitzreihe, von wo er die Plätze, auf die ich hingewiesen hatte, beobachten konnte. Das Amphitheater war schon zu mehr als drei Vierteln besetzt und würde bald zum Bersten voll sein, besonders immer dann, wenn ein besonders vielversprechendes Objekt an die Reihe kam.

»Die allerhöchsten Preise werden wahrscheinlich heute abend geboten«, sagte ich halb neckend zu ihm, doch er meinte nur: »Dann sollten wir vielleicht warten.«

»Wenn du zehn Jährlinge kaufst«, sagte ich, »kommen unter Umständen sechs davon auf eine Rennbahn, drei gewinnen eventuell ein Rennen, und einer ist unter Umständen ziemlich gut. Wenn du Glück hast.«

»Der vorsichtige Ian.«

»Du«, sagte ich, »bist vorsichtig mit Gold.«

Er sah mich aus halbgeschlossenen Augen an. »Das sagen nicht viele Leute.«

»Du bist schnell und hitzig«, sagte ich, »aber du wartest und paßt den richtigen Moment ab.«

Er grunzte nur und wandte seine Aufmerksamkeit voll der

vorliegenden Sache zu, wobei er sich nicht auf die Verkaufsobjekte konzentrierte, sondern auf die Bieter auf der anderen Seite des Ringes. Die Auktionatoren in der Loge zu unserer Linken waren entspannt und elegant; derjenige, der gerade am Mikrophon war, gab sich kunstvoll unbeeindruckt von den in Umlauf gesetzten Vermögen. »Fünfzigtausend, danke, Sir; sechzigtausend, siebzig . . . achtzig? Soll ich achtzig sagen? Achtzig, danke, Sir. Gegen Sie, Sir. Neunzig? Neunzig. Einhunderttausend. Es wird verkauft. Ich verkaufe jetzt. Gegen Sie, Sir? Nein? War es das? War es das?« Eine Pause für einen Rundblick, um sicherzugehen, daß nicht ein neuer Bieter irgendwo wild winkte. »Zuschlag also. Verkauft an Mr. Siddons. Einhunderttausend Guineen. Der nächste Posten . . .«

»Es wird verkauft«, sagte Malcolm. »Das heißt wohl, da lag der Mindestpreis?«

Ich nickte.

»Bis der Bursche sagt: ›Es wird verkauft‹, kann man also ruhig mitbieten, weil man weiß, daß man nicht kaufen muß?«

»Dein Gebot könnte gerade das sein, das den Mindestpreis erreicht.«

Er nickte. »Russisches Roulett.«

Wir beobachteten die Verkäufe noch den ganzen Nachmittag, doch er setzte sich keine Pistole an den Kopf. Er fragte nach den Leuten. »Wer ist dieser Mr. Siddons? Das ist schon das vierte Pferd, das er gekauft hat.«

»Er arbeitet für eine Vollblutagentur. Er kauft für andere.«

»Und der Mann in Dunkelblau, mit dem finsteren Blick. Wer ist das?«

»Max Jones. Er besitzt sehr viele Pferde.«

»Jedesmal, wenn die alte Frau da bietet, bietet er gegen sie.«

»Das ist eine bekannte Fehde.«

Er rümpfte die Nase. »Muß beide ein Vermögen kosten.« Er blickte über die Tribüne in das ständig wechselnde Publikum aus Züchtern, Trainern, Besitzern und lediglich Interessierten. »Auf wessen Urteil würdest du am meisten geben?«

Ich nannte mehrere Trainer und die Agenten, die eventuell

in ihrem Auftrag handelten, und er bat mich, ihm Bescheid zu sagen, wenn jemand mit guter Sachkenntnis bot, und ihm die Leute zu zeigen. Ich tat das viele Male, und er hörte schweigend zu.

Nach einiger Zeit gingen wir hinaus, um zu verschnaufen, und genehmigten uns einen Ebury-Scotch, ein Sandwich und frische Luft.

»Du weißt wahrscheinlich«, sagte Malcolm beiläufig, während er zusah, wie etliche Jährlinge an der Hand ihrer Betreuer vorbeitänzelten, »daß Moira und ich uns scheiden lassen wollten?«

»Ja, ich hörte davon.«

»Und daß sie das Haus und die Hälfte meines Eigentums verlangt hat?«

»M-hm.«

»Und die Hälfte meiner künftigen Einnahmen?«

»Konnte sie das denn?«

»Sie wollte darum kämpfen.«

Ich sprach nicht aus, daß Moiras Mörder Malcolm einen großen Gefallen getan hatte, aber gedacht hatte ich es mehr als einmal.

Statt dessen sagte ich: »Immer noch keine Anhaltspunkte?«

»Nein, nichts Neues.«

Er sprach ohne Bedauern. Wenn man seiner bissigen zweiten Frau - meiner Mutter Joyce - glauben durfte, hatte seine Enttäuschung mit Moira angefangen, sobald er aufgehört hatte, Coochie zu vermissen; und da Joyce ebenso kritisch aufmerksam wie gehässig war, glaubte ich ihr.

»Die Polizei hat sich alle Mühe gegeben, nachzuweisen, daß ich es war«, sagte Malcolm.

»Ja, das hörte ich.«

»Von wem? Wer ist deine Quelle?«

»Alle miteinander«, sagte ich.

»Die drei Hexen?«

Ich mußte lächeln. Er meinte seine drei lebenden Ex-Gattinnen Vivien, Joyce und Alicia.

»Ja, sie. Und die ganze Familie.«

Er zuckte die Achseln.

»Sie waren alle besorgt, du könntest es getan haben«, sagte ich.

»Warst du auch besorgt?« fragte er.

»Ich war froh, daß man dich nicht verhaftet hat.«

Er brummte vor sich hin. »Wahrscheinlich weißt du auch, daß die meisten deiner Geschwister, ganz zu schweigen von den Hexen, der Polizei gesagt haben, daß du Moira nicht ausstehen konntest?«

»Das haben sie mir selbst erzählt«, bestätigte ich. »Aber es stimmt ja.«

»Einen Haufen Stinktiere habe ich gezeugt«, sagte er düster.

Malcolms persönliches Alibi für Moiras Tod war so unangreifbar wie mein eigenes, denn er war in Paris gewesen an dem Tag, als jemand Moiras kleine Stupsnase in einen Sack mit Blumenerde gedrückt und sie dort belassen hatte, bis sicher war, daß sie keine Geraniensteckling mehr pflanzen würde. Ich hätte ihr vielleicht einen schöneren Tod gewünscht, aber wie es hieß, war es schnell gegangen. Die Polizei hielt noch immer an der Überzeugung fest, daß Malcolm einen Profikiller beauftragt hatte, aber sogar Joyce wußte, daß das Unfug war. Malcolm war ein launischer und unbeherrschter Mensch, doch er war nie berechnend grausam gewesen.

Seine Gleichgültigkeit gegenüber den Pferden erstreckte sich auf nichts anderes bei der Verkaufsveranstaltung: In der Auktionshalle hatte er besonders auf die flimmernde elektronische Anzeigetafel geachtet, wo der jeweils gebotene Betrag aufleuchtete, und das nicht nur in britischer Währung, sondern auch umgerechnet in Dollar, Yen, Lire und irische Pfund. Er war schon immer vom Wirken und Funktionieren des Geldes fasziniert gewesen, und einmal hatte er eine Million Pfund glatt verdoppelt, indem er sie einfach zu zwei Dollar vierzig das Pfund in den USA deponierte, fünf Jahre wartete und sie zurückholte, als der Wechselkurs einen Dollar zwanzig betrug. So erhielt er zweihundert Prozent seines Startkapitals und obendrein die

Zinsen. Er betrachtete den Geldmarkt neben dem Gold als ein Füllhorn, aus dem man sich nur zu bedienen brauchte.

Keines seiner Kinder hatte das Gespür für Trends und Timing von ihm geerbt, ein Mangel, den er nicht begreifen konnte. Ein- oder zweimal hatte er mir ausdrücklich nahegelegt, dies zu kaufen oder jenes zu verkaufen, und er hatte recht gehabt, aber ohne seinen Rat konnte ich auf die Art, wie er es machte, kein Geld verdienen.

Er betrachtete die besten Jahre seines Talents als verschwendet: All die Jahre, in denen aus politischen Gründen der freie Kapitalfluß eingeschränkt war und britische Privatleute keine Goldbarren erstehen durften. Sobald die Beschränkungen aufgehoben wurden, stieg Malcolms immer schon stattliches Einkommen wie ein Heißluftballon. Als er zu Beginn jenes Zeitabschnitts die vielversprechenden neuen Möglichkeiten erkannte und für sechzig Pfund die Unze seinen ersten Goldschatz erwarb, um ihn bald für über hundert wieder zu verkaufen, fing er sich den Beinamen Midas ein.

Seitdem war er mehrmals mit der gelben Berg- und Talbahn gefahren, hatte unfehlbar gekauft, wenn der Preis tiefer und tiefer sank, und verkauft, wenn er in die Höhe schoß, aber noch ehe die Seifenblase platzte; der kritische Moment, in dem der Markt sich einem Höchststand oder einem Tiefpunkt näherte, schien ihm niemals zu entgehen.

Coochie war mit immer größeren Diamanten in Erscheinung getreten. Die drei Hexen, Vivien, Joyce und Alicia, deren ansehnlicher Unterhalt in weniger herrlichen Zeiten festgelegt worden war, hatten vergeblich ihre Anwälte konsultiert.

Vor dem Auktionsgebäude zeigte eine zweite elektronische Tafel den Stand der Verkäufe an. Malcolm konzentrierte sich auf die blinkenden Zahlen, bis sie im nachlassenden Tageslicht um so heller erstrahlten, doch der Ware selbst schenkte er immer noch keine besondere Aufmerksamkeit.

»Sie sehen alle so klein aus«, meinte er mißbilligend, als ein schmächtiger Hengst auf dem Weg vom Stall zur Auktionshalle an uns vorbeikam.

»Nun, es sind Jährlinge.«

»Buchstäblich ein Jahr alt?«

»Achtzehn, zwanzig Monate so ungefähr. Sie starten nächstes Jahr, wenn sie zwei sind.«

Er nickte, beschloß an den Schauplatz des Geschehens zurückzukehren und suchte uns wieder Plätze gegenüber der Clique mit dem großen Geld. Das Amphitheater hatte sich, während wir draußen waren, fast bis zum Rand gefüllt, und bald darauf drängten sich die Leute, die keine Sitzgelegenheit mehr fanden, dicht an dicht im Eingang und auf den Stehplätzen: Das königliche Blut von Northern Dancer und Nijinsky, von Secretariat und Lyphard war auf dem Weg zum Ring.

Als das erste der von einer Legende gezeugten Jungtiere eintraf, senkte sich Stille auf das Gebäude – die atemlos gespannte Stille der Eingeweihten, die einem Kampf zwischen finanziellen Giganten entgegensahen. Mit einem dicken Scheck konnte man sich an diesem Auktionsabend einen Derbysieger sichern und eine Dynastie begründen, und das war schon so oft geschehen, daß man jedesmal zu der Annahme neigte, dieses Pferd ... *dieses* ... sei das richtige.

Der Auktionator räusperte sich und brachte die Vorstellung ohne ein Zittern über die Lippen. »Meine Damen und Herren, wir kommen zu Katalognummer 76, einem braunen Hengst von Nijinski ...« Er trug die magische Abstammung vor, als wenn es ihn langweilte, und bat um ein Eröffnungsgebot.

Malcolm saß still und sah zu, wie die Zahlen auf der Anzeige in die Höhe schnellten, je fünfzigtausend Pfund auf einmal; er sah zu, wie der Auktionator in den Gesichtern der Bietenden nach einem Zeichen suchte, dem Klappen eines Augenlids, dem Ansatz eines Nickens, der winzigsten Absichtserklärung.

»... gegen Sie, Sir. Keine Gebote mehr? War es das?« Die Augenbrauen des Auktionators hoben sich zugleich mit dem Hammer, blieben in der Schwebe, senkten sich sanft, aber entschieden. »Verkauft für eine halbe Million siebenhunderttausend Guineen an Mr. Siddons ...«

Die Menge seufzte, stieß kollektiv den Atem aus wie ein einziger Organismus. Es folgte das Rascheln von Katalogen, Bewegung, Gemurmel, wieder aufgedrehte Erwartung.

Malcolm sagte: »Das ist ein Zuschauersport.«

»Macht süchtig«, bestätigte ich.

Er warf mir einen Seitenblick zu. »Ob eine Million ... ob fünf Millionen ... es gibt keine Gewähr, daß der Hengst jemals ein Rennen läuft, sagst du? Man wirft den Zaster womöglich zum Fenster raus?«

»Genau.«

»Das ist eine astreine Methode, auf die Schnelle viel Geld loszuwerden, meinst du nicht?«

»Tja ...« sagte ich langsam. »Geht es dir darum?«

»Hast du etwas dagegen?«

»Es ist dein Geld. Du hast es verdient. Du gibst es aus.«

Er lächelte fast verstohlen in seinen Katalog und sagte: »Ich höre das Aber in deinem Tonfall.«

»M-hm. Wenn du dich amüsieren willst, kauf zehn nicht ganz so tolle Pferde statt einem Superhengst und widme ihnen dein Interesse.«

»Wofür ich dann zehn Trainingsgebühren bezahlen müßte statt einer?«

Ich nickte. »Bei zehn gäbe es ein schönes Loch in der Kasse.«

Er lachte leise und sah zu, wie der Preis für den nächsten halbwüchsigen Blaublüter auf drei Millionen Guireen klomm, bevor Mr. Siddons den Kopf schüttelte.

»... verkauft für drei Millionen fünfzigtausend Guineen an Mrs. Terazzini ...«

»Wer ist sie?« fragte Malcolm.

»Sie besitzt ein weltweites Vollblutimperium.«

Er überlegte. »Wie Robert Sangster?«

»Stimmt. So ähnlich.«

Er gab einen Laut des Verstehens von sich. »Ein Wirtschaftszweig.«

»Ja.«

Der darauffolgende Posten, eine Stute, erzielte einen bescheideneren Preis, doch vor dem nächsten Angebot kehrte die gespannte Stille zurück. Malcolm, der jetzt ganz auf die Atmosphäre eingestimmt war, beobachtete wie üblich die Bieter, nicht den nervösen Fuchshengst.

Der Aufschwung endete bei knapp über zwei Millionen, und der Auktionator hob die Augenbrauen und den Hammer. »War es das?«

Malcolm hielt seinen Katalog hoch.

Die Bewegung fiel dem Auktionator auf, der mit erhobenem Hammer innehielt, seine Brauen als Frage einsetzte und Malcolm erstaunt ansah. Malcolm saß sozusagen im Publikum, nicht bei den gewohnten Akteuren.

»Sie möchten bieten, Sir?« fragte der Auktionator.

»Fünfzig dazu«, sagte Malcolm deutlich, nickend.

Aufregung entstand im Taubenschlag der Versteigerer, als sie beratend die Köpfe zusammensteckten. Überall in der Halle reckte man die Hälse, um zu sehen, wer der Sprecher war, und am Eingang zuckte der Mann, der vor Malcolm zuletzt geboten hatte, mit den Schultern, schüttelte den Kopf und kehrte dem Auktionator den Rücken. Er hatte nur noch einmal zwanzigtausend zugelegt – eine letzte kleine Draufgabe auf die zwei Millionen, die offenbar sein vorgesehenes Limit waren.

Der Auktionator selbst schien überhaupt nicht glücklich. »War es das?« fragte er nochmals, und als keine Erwiderung kam: »Das war's. Verkauft für zwei Millionen und siebzigtausend Guineen an, ehm . . . den Bieter gegenüber.«

Der Auktionator beriet sich erneut mit seinen Kollegen, und einer von ihnen verließ die Loge, ein Klemmbrett in der Hand. Er eilte zum Ring hinunter und um ihn herum zu einem Gehilfen auf unserer Seite, und beide hefteten ihren Blick auf Malcolm.

»Die zwei Versteigerer dort werden dich nicht aus den Augen lassen«, bemerkte ich. »Sie mußten vor einiger Zeit durch einen Bieter, der das Weite suchte, einen schweren Verlust hinnehmen.«

»Es sieht aus, als ob sie mich verhaften wollten«, meinte

Malcolm vergnügt; und in der Tat arbeiteten sich die beiden zu ihm vor, reichten ihm das Klemmbrett und ersuchten ihn höflich, ihre Verkaufsurkunde unverzüglich in dreifacher Ausfertigung zu unterschreiben. Dann zogen sie sich in Ringnähe zurück, warteten aber immer noch eisern auf uns, als wir nach drei weiteren, erwartungsgemäß ausgegangenen Versteigerungen hinunterkamen.

Sie baten Malcolm, ihnen in den ruhigeren Teil ihres geräumigen Büros zu folgen, und wir gingen hin. Sie rechneten aus, war er zu bezahlen hatte, und präsentierten ihm ehrerbietig die Endsumme. Malcolm stellte ihnen einen Scheck aus.

Höflich verlangten sie einen Identitätsnachweis und Referenzen. Malcolm gab ihnen eine American Express-Karte und die Telefonnummer des Direktors seiner Bank. Sie nahmen behutsam den Scheck an sich und sagten, Mr. ehm ... Pembroke könne zwar, wenn er es wünschte, sofort eine Versicherung für seinen Kauf abschließen, doch abholbereit wäre der Hengst, ehm ... erst ab morgen.

Malcolm nahm keinen Anstoß. Er hätte auch nicht zugelassen, daß jemand, den er nicht kannte, mit einem Pferdeanhänger voller Gold davonfuhr. Er sagte, morgen sei ihm früh genug und erklärte mir in bester Laune, ich könnte ihn jetzt zurück zu seinem Hotel in Cambridge fahren, von wo er am Morgen mit dem Taxi gekommen war, dann würden wir zusammen zu Abend essen.

Nachdem wir bei deinem Versicherungsagenten vorbeigeschaut und er noch einige Formulare und einen Scheck unterschrieben hatte, gingen wir also zum Parkplatz, der sich allmählich leerte. Es war dunkel geworden, doch die Beleuchtung reichte aus, um sich zwischen den Autos zurechtzufinden, und unterwegs deutete ich auf eine Reihe weiter vorn, in der mein fahrbarer Untersatz stand.

»Wo willst du deinen Hengst hingeben?« fragte ich im Gehen.

»Was schlägst du vor?«

»Ich könnte mir denken«, begann ich ... aber ich brachte

die Antwort nicht mehr zu Ende, jedenfalls nicht in diesem Augenblick.

Ein Wagen, der zwischen zwei Parkreihen auf uns zukam, blendete uns plötzlich, indem er auf Fernlicht schaltete, und im selben Moment schien er jäh zu beschleunigen und hielt direkt auf Malcolm zu.

Ich sprang ... stürzte mich auf meinen Vater, brachte ihn durch den Aufprall aus dem Gleichgewicht, riß ihn von den Füßen, warf ihn um. Ich fiel auf ihn, spürte zwar, daß die helle, rasende Masse des Fahrzeugs mich erwischt hatte, wußte aber nicht, in welchem Ausmaß. Es gab nur einen Knall und eine Menge Haken schlagendes Licht, einen Wirbel von gleißendem Metall und dann das rasche Untertauchen in der Dunkelheit.

Wir lagen zwischen zwei parkenden Autos, unsere Körper waren starr vor Schreck und Verwirrung.

Einen Augenblick später begann Malcolm sich unter meinem Gewicht hervorzukämpfen, und ich wälzte mich ungelenk auf die Knie und dachte dankbar, daß ich wohl nur Kratzer abbekommen hatte. Malcolm stemmte sich hoch, bis er den Rücken gegen einen Autoreifen lehnen konnte, und bemühte sich um Fassung, sah aber aus, als wäre er ebenso mitgenommen wie ich.

»Dieses Auto«, sagte er schließlich zwischen zwei tiefen Atemzügen, »hat mich ... umbringen wollen.«

Ich nickte sprachlos. Meine Hose war zerrissen, mein Oberschenkel blutig.

»Du hattest schon immer ... schnelle Reaktionen«, sagte er. »Und jetzt ... jetzt weißt du auch ... warum ich dich die ganze Zeit ... bei mir haben will.«

2

Es war das zweite Mal, daß jemand versucht hatte, ihn umzubringen, sagte er.

Ich fuhr ein wenig langsamer als sonst in Richtung Cambridge und hielt im Rückspiegel besorgt nach übelgesinnten Verfolgern Ausschau, bisher aber glücklicherweise ohne Ergebnis. Mein rechtes Bein wurde von dem Schlag vor zwanzig Minuten deprimierend steif, doch an Knüffe dieses Kalibers war ich eigentlich gewöhnt, da ich im Lauf der Jahre drei- bis vierhundert Hindernisrennen bestritten hatte und dabei oft unsanft mit dem Boden in Berührung gekommen war.

Malcolm saß nicht gern am Steuer, aus Gründen, die Coochie treffend als Ungeduld diagnostiziert hatte. Coochie hatte ihn auch gar nicht gern am Steuer gesehen - aus nackter Angst, wie sie sagte - und sich deshalb selbst als Familienchauffeur betätigt. Für mich war es seit dem Tag meiner Führerscheinprüfung ebenso selbstverständlich gewesen, Malcolm zu fahren; allenfalls im Fiebertraum hätte ich ihn gebeten, wegen ein paar Hautabschürfungen das Lenkrad zu übernehmen.

Das zweite Mal, daß jemand versucht hatte, ihn umzubringen ...

»Wann war das erste Mal?« fragte ich.

»Vorigen Freitag.«

Jetzt war es Dienstag abend. »Was ist passiert?«

Es dauerte eine Weile, bis er antwortete. Als er es tat, lag mehr Traurigkeit als Zorn in seiner Stimme, und ich hörte auf den Tonfall hinter den Worten und begriff nach und nach seine tiefsten Ängste.

»Irgendwann war ich mit den Hunden spazieren ... also, ich

glaube es zumindest, aber das ist es eben, ich kann mich nicht genau erinnern.« Er schwieg. »Ich bekam wohl einen Schlag auf den Kopf... Jedenfalls, das letzte, an was ich mich entsinne, ist, daß ich die Hunde rief und die Küchentür aufmachte. Ich wollte mit ihnen durch den Garten auf die Wiese gehen, wo der Bach und die Weiden sind. Ich weiß nicht, wie weit ich kam. Anscheinend nicht sehr weit. Jedenfalls wachte ich in der Garage auf, in Moiras Wagen... der steht da noch... und es war ein Riesenglück, daß ich überhaupt aufwachte... denn der Motor lief...« Er schwieg ein paar Augenblicke. »Es ist komisch, wie der Verstand arbeitet. Ich wußte auf der Stelle, daß ich den Motor ausschalten mußte. Erstaunlich. Sonnenklar. Ich war im Fond... lag zusammengeklappt auf der Rückbank. Ich richtete mich auf und stürzte praktisch zwischen den Vordersitzen durch, um an den Zündschlüssel zu kommen, und als der Motor aus war, blieb ich einfach liegen, verstehst du, und dachte zwar, daß es mir verdammt schlecht ging, aber ich hatte nicht mehr die Energie, mich zu rühren.«

»Kam jemand?« sagte ich, als er schwieg.

»Nein... nach einer Weile ging es mir besser. Ich torkelte aus dem Wagen und übergab mich.«

»Hast du die Polizei verständigt?«

»Klar habe ich sie verständigt.« Seine Stimme klang müde bei dem Gedanken daran. »Es muß gegen fünf gewesen sein, als ich mit den Hunden losging. Um sieben ungefähr rief ich die Polizei. Bis dahin hatte ich zwei steife Drinks intus und aufgehört zu zittern. Sie fragten mich, wieso ich sie nicht früher gerufen hätte. So was Blödes. Und es waren dieselben, die wegen Moira kamen. Sie halten mich für den Täter, verstehst du. Für den Auftraggeber.«

»Ich weiß.«

»Haben die Hexen dir das auch erzählt?«

»Joyce. Sie sagte, das sei ausgeschlossen. Sie sagte, es wäre denkbar, ehm...« Ich scheute mich, die genauen Worte meiner Mutter zu wiederholen, nämlich »daß er das kleine Biest in einem Wutanfall erwürgt hätte« und drückte es milder aus:

»Du wärst vielleicht imstande gewesen, sie eigenhändig umzubringen, aber nicht, jemand dafür zu bezahlen, daß er es tut.«

Er gab einen befriedigenden Laut von sich, sagte aber nichts, und ich fügte hinzu: »Das scheint die einhellige Meinung der Familie zu sein.«

Er seufzte. »Die einhellige Meinung der Polizei ist es nicht. Weit entfernt davon. Ich glaube, die haben mir nicht abgenommen, daß mich jemand töten wollte. Sie haben sich eine Menge Notizen gemacht, haben Proben von meinem Erbrochenen entnommen – also wirklich! – und haben Moiras Wagen eingestäubt, um Fingerabdrücke festzustellen, aber sie konnten vor Skepsis kaum aus den Augen sehen. Ich glaube, sie dachten, ich hätte Selbstmord begehen wollen und es mir anders überlegt... Oder sie denken, ich habe das Ganze aufgezogen in der Hoffnung, daß man mich nicht für Moiras Mörder hält, wenn jemand *mir* nach dem Leben trachtet...« Er schüttelte den Kopf. »Ich bedaure, daß ich es ihnen überhaupt erzählt habe, und den Anschlag von heute abend zeigen wir deshalb auch nicht an.«

Er hatte schon auf dem Auktionsparkplatz darauf bestanden, daß wir das sein ließen.

»Was war mit dem Schlag auf deinen Kopf?« fragte ich.

»Ich hatte eine Beule über dem Ohr. Sehr empfindlich, aber nicht sehr groß. Die Polizei gebrauchte dafür das schöne Wort ›nicht schlüssig‹.«

»Und wenn du gestorben wärst...« sagte ich nachdenklich.

Er nickte. »Wenn ich gestorben wäre, hätte sich der Fall für sie bestens erledigt. Selbstmord. Reue. Stillschweigendes Schuldbekenntnis.«

Ich fuhr vorsichtig weiter nach Cambridge, entsetzt, aber auch aufgebracht. Moiras Tod hatte mich nicht im mindesten berührt, doch die Anschläge auf meinen Vater führten mir vor Augen, daß das verkehrt war. Moira hatte ein Recht auf ihr Leben gehabt. Auch ihretwegen hätte ich empört sein sollen.

»Was war mit den Hunden passiert?« sagte ich.

»Bitte? Ach, die Hunde. Sie kamen wieder... sie jaulten vor

der Küchentür. Ich ließ sie rein, als ich auf die Polizei wartete. Sie waren schmutzig . . . weiß der Himmel, wo sie sich rumgetrieben hatten. Jedenfalls waren sie müde. Ich gab ihnen zu fressen, und sie legten sich gleich in ihre Körbe und schliefen ein.«

»Schade, daß sie nicht reden konnten.«

»Bitte? Ja, wahrscheinlich. Ja.« Er verstummte und seufzte nur ab und an, während ich darüber nachdachte, was er mir erzählt hatte.

»Wer«, sagte ich schließlich, »hat gewußt, daß du nach Newmarket zu der Versteigerung wolltest?«

»Wer?« Er schien sich erst über die Frage zu wundern, dann begriff er sie. »Ich weiß es nicht.« Er war verwirrt. »Ich habe keine Ahnung. Bis gestern wußte ich das selbst noch nicht.«

»Was hast du denn getrieben, seit die Polizei am Freitagabend von dir weg ist?«

»Nachgedacht?« Und die Gedanken waren offensichtlich düster gewesen – dieselben Gedanken, die jetzt seine Stimme trübten.

»M-hm«, sagte ich, »so in der Richtung, weshalb Moira umgebracht wurde?«

»So in der Richtung.«

Ich sagte es unverblümt. »Damit sie nicht die Hälfte deines Eigentums an sich reißt?«

Widerstrebend antwortete er: »Ja.«

»Und die Leute, die größtes Interesse daran haben mußten, sie davon abzuhalten, sind deine voraussichtlichen Erben. Deine Kinder.«

Er schwieg.

Ich sagte: »Außerdem vielleicht noch ihre Frauen und Männer und vielleicht sogar die Hexen.«

»Ich will das nicht glauben«, sagte er. »Wie könnte ich einen Mörder in die Welt gesetzt haben?«

»Das kommt vor«, sagte ich.

»Ian?«

Tatsache war, daß ich, abgesehen von dem armen Robin,

meine Halbbrüder und Halbschwestern nicht gut genug kannte, um mir über irgendeinen von ihnen sicher zu sein. Gewöhnlich redete ich zwar mit allen, aber ich besuchte sie nicht. Es hatte zuviel Streit, zu viele Kräche gegeben: Viviens Kinder konnten Alicias Kinder nicht leiden, Alicias Kinder konnten sie und mich nicht leiden, Vivien haßte Joyce und Joyce haßte Alicia aus tiefster Seele. Unter Coochies Regiment hatte der ganze Verein wenn nicht Hausverbot, dann zumindest Übernachtungsverbot im Haus bekommen, und die Folge war, daß mir ein Sturm kollektiver Entrüstung um die Ohren fegte, denn mich hatte sie dabehalten und in ihr Herz geschlossen.

»Vom Nachdenken abgesehen«, sagte ich, »was hast du gemacht seit Freitagabend?«

»Als die Polizei fort war, fing ich . . . fing ich . . .« er brach ab.

»Fing das Zittern wieder an?« fragte ich.

»Ja. Das verstehst du?«

»Ich hätte eine Heidenangst gehabt«, sagte ich. »Alles andere wäre dumm. Ich hätte das Gefühl gehabt, derjenige, der mir ans Leben wollte, schleicht in der Dunkelheit herum und wartet, bis ich allein bin, damit er es nochmal probieren kann.«

Malcolm schluckte hörbar. »Ich rief die Autovermietung an, bei der ich jetzt bin, und sagte ihnen, sie sollten mir einen Wagen schicken. Hast du schon mal Panik erlebt?«

»Diese Art wahrscheinlich nicht.«

»Ich schwitzte und mir war kalt. Ich konnte meinen Herzschlag spüren . . . ein rasendes Klopfen. Es war furchtbar. Ich packte ein paar Sachen zusammen . . . konnte mich aber nicht darauf konzentrieren.«

Er setzte sich um, als die Außenbezirke von Cambridge im Scheinwerferlicht auftauchten, und erklärte mir den Weg zu dem Hotel, in dem er die letzten vier Nächte geschlafen hatte.

»Weiß irgend jemand, wo du dich aufhältst?« fragte ich und bog um die nächste Ecke. »Hast du jemand von deinen alten Kumpels besucht?«

Malcolm kannte Cambridge gut; er war dort zur Universität gegangen und hatte immer noch Freunde in einflußreichen

Positionen. Bestimmt hatte er die Stadt als sichere Zuflucht angesehen, aber ich wäre relativ schnell auf die Idee gekommen, dort nach ihm zu suchen.

»Natürlich«, antwortete er auf meine Frage. »Den Sonntag habe ich bei den Rackersons verbracht, gestern abend habe ich mit dem alten Digger in Trinity gegessen . . . es ist Quatsch anzunehmen, daß sie darin verwickelt sein könnten.«

»Ja«, gab ich zu und hielt vor seinem Hotel an. »Trotzdem, pack deine Sachen und melde dich hier ab, wir fahren woanders hin.«

»Das ist doch nicht nötig«, widersprach er.

»Du hast mich zum Aufpasser erkoren, also passe ich auf«, sagte ich.

Er warf mir im Halbdunkel des Wagens einen langen Blick zu. Der Hotelportier kam und öffnete die Tür auf meiner Seite; eine Einladung zum Aussteigen.

»Komm mit mir«, sagte mein Vater.

Ich war verblüfft über seine Furcht, hielt sie aber für gerechtfertigt. Ich fragte den Portier, wo ich parken könne, und lenkte auf seine Empfehlung hin durch eine Toreinfahrt auf den Innenhof des Hotels. Von dort ging es durch eine Hintertür und komfortable altmodische Hallen, und über eine mit rotem Teppich belegte Treppe gelangten Malcolm und ich zu einem ziemlich langen, gewundenen Korridor im ersten Stock. Mehrere Leute, an denen wir vorbeikamen, blickten auf mein zerrissenes Hosenbein mit der verkrusteten Blutlandschaft darunter, aber niemand sagte etwas; war das nun immer noch britische Höflichkeit oder das neue Credo, sich bloß in nichts hineinziehen zu lassen? Malcolm hatte anscheinend vergessen, daß das Problem bestand.

Er holte seinen Zimmerschlüssel aus der Tasche und sagte plötzlich, während er ihn hochhielt: »*Du* hast wohl niemand erzählt, daß ich auf der Auktion bin?«

»Nein.«

»Aber du wußtest es.« Er hielt inne. »Nur du wußtest es.«

Er starrte mich aus den blauen Augen an, und mit einemmal

sah ich die von Angst erzeugten Fragezeichen durch seinen Kopf schwirren.

»Geh rein«, sagte ich. »Der Gang ist kaum der richtige Ort für so was.«

Er sah auf den Schlüssel, blickte wild den jetzt verlassenen Korridor entlang; es sah fast aus, als wollte er die Flucht ergreifen.

Ich kehrte ihm den Rücken und ging zielstrebig in Richtung Treppe davon.

»Ian«, rief er.

Ich blieb stehen und drehte mich um.

»Komm zurück«, sagte er.

Langsam ging ich wieder zu ihm. »Du hast gesagt, du traust mir«, sagte ich.

»Ich habe dich drei Jahre nicht gesehen . . . und ich habe dir das Nasenbein gebrochen . . .«

Ich nahm ihm den Schlüssel aus der Hand und schloß die Tür auf. Vermutlich wäre ich mir selber verdächtig gewesen, wenn ich zwei Anschläge innerhalb fünf Tagen erlebt hätte, denn immerhin fiel ich in die äußerst verdächtige Kategorie der Söhne. Ich knipste das Licht an und trat in das Zimmer, in dem zumindest jetzt keine Mörder lauerten.

Malcolm folgte mir nur ansatzweise beruhigt und schloß zögernd die Tür hinter sich. Ich zog die schweren gestreiften Vorhänge an beiden Fenstern zu und betrachtete kurz die geräumige, aber altmodische Unterkunft: nachgebildete antike Möbel, zwei Einzelbetten, ein Paar Sessel, Tür zum Bad.

Keine Mörder im Badezimmer.

»Ian . . .« sagte Malcolm.

»Hast du Scotch hier?« fragte ich. In den alten Zeiten war er nie ohne verreist.

Er winkte mit der Hand nach einer Kommode, in der ich eine halbvolle Flasche zwischen einer großen Anzahl Socken fand. Ich holte ein Glas aus dem Bad und schenkte ihm genug ein, um einen Elefanten stillzulegen.

»Um Gottes willen . . .« sagte er.

»Setz dich und trink.«

»Du bist verdammt überheblich.«

Er setzte sich aber und versuchte, das Zittern seiner Hand abzustellen, damit das Glas nicht gegen seine Zähne klapperte.

Mit viel weniger Nachdruck sagte ich: »Wenn ich dich tot sehen wollte, hätte ich dich heute abend von dem Wagen überfahren lassen. Ich wäre auf die andere Seite gesprungen ... raus aus dem Schlamassel.«

Erst jetzt schien ihm richtig bewußt zu werden, daß unser Entkommen nicht ohne körperliche Folgen geblieben war.

»Dein Bein«, sagte er, »ist es in Ordnung?«

»Das Bein schon. Die Hose ... kann ich mir eine von dir borgen?«

Er wies auf einen Schrank, in dem ich ein fast identisches Gegenstück zu dem Anzug fand, den er anhatte. Ich war acht Zentimeter größer als er und wesentlich dünner, doch dafür gab es Gürtel, und ganzer Stoff war besser als löchriger.

Schweigend sah er zu, wie ich mich umzog, und erhob keine Einwände, als ich in der Rezeption anrief und bat, seine Rechnung für die Abreise fertigzumachen. Er trank noch etwas von dem Scotch, war aber keineswegs entspannt.

»Soll ich für dich packen?« fragte ich.

Er nickte und sah wiederum zu, als ich seinen Koffer holte, ihn auf eins der Betten legte und anfing, seine Habseligkeiten zusammenzusuchen. Sie waren ein beredtes Zeugnis von dem Geisteszustand, in dem er sich befunden hatte, als er sie einpackte: etwa zehn Paar Socken, aber keine Unterwäsche, ein Dutzend Hemden, kein Pyjama, zwei Frotteebademäntel, keine Schuhe zum Wechseln. An dem offensichtlich neuen Elektrorasierer im Bad klebte noch das Preisschild, aber er hatte seine antike Bürstengarnitur mit den Gold- und Silberrücken mitgebracht, alle acht, einschließlich zwei Kleiderbürsten. Ich räumte alles in den Koffer und klappte ihn zu.

»Ian«, sagte er.

»M-hm?«

»Man kann Berufsmörder engagieren ... Du könntest beschlossen haben, heute abend nicht Ernst zu machen ... im letzten Moment umdisponiert haben ...«

»Hör schon auf«, verwahrte ich mich. Ihn zu retten, war eine reine Instinkthandlung gewesen, ohne Überlegung und ohne Rücksicht auf Verluste; ich hatte Glück gehabt, mit einem Kratzer davonzukommen.

Er sagte fast beschwörend, mit Mühe: »Du warst es doch nicht, der jemand auf Moira ... oder auf mich, in der Garage ...? Sag, daß du es nicht warst.«

Ich wußte im Grunde nicht, wie ich ihn überzeugen sollte. Er hatte mich besser gekannt und länger mit mir zusammengelebt als mit irgendeinem seiner anderen Kinder, und wenn sein Vertrauen so brüchig war, dann gab es nicht viel Zukunft für uns.

»Ich habe Moira nicht ermorden lassen«, sagte ich. »Wenn du das von mir glaubst, kannst du es auch von dir selber glauben.« Ich hielt ein. »Ich will nicht deinen Tod, ich will, daß du lebst. Ich könnte dir nie etwas antun.«

Mir kam der Gedanke, er hätte im Grunde das Bedürfnis, von mir zu hören, daß ich ihn liebte, auch wenn er über diesen Ausspruch vielleicht spotten würde. Was machte es? In extremen Situationen, schien mir, mußte man zu extremen Mitteln greifen, deshalb sagte ich trotz der mir anerzogenen Zurückhaltung: »Du bist ein großartiger Vater ... und, ehm ... ich liebe dich.«

Er war perplex. Eine solche Erklärung ging ihm sichtlich unter die Haut. Ich hatte es wahrscheinlich übertrieben, dachte ich, aber sein Mißtrauen hatte mich auch verletzt.

Ich sagte sehr viel beiläufiger: »Ich schwöre auf den Coochie-Pembroke-Memorial-Challenge-Pokal, daß ich dir niemals ein Haar krümmen würde ... und auch nicht Moira, obwohl ich sie wirklich verabscheut habe.«

Ich nahm den Koffer vom Bett.

»Soll ich bei dir bleiben oder nicht?« sagte ich. »Wenn du mir nicht traust, fahre ich nach Hause.«

Er blickte mich suchend an, als ob ich ein Fremder wäre,

und in mancher Hinsicht war ich das wohl auch. Vermutlich sah er sich zum erstenmal gezwungen, mich nicht als Sohn, sondern als Mann zu betrachten; als einen Menschen, der ein von ihm getrenntes Leben führte, mit anderen Ansichten, anderen Wünschen, anderen Werten. Aus Söhnen, die einmal kleine Jungs waren, wurden eigenständige Erwachsene: Väter nehmen die Veränderung oft nicht deutlich wahr. Ich war sicher, daß Malcolm mich grundsätzlich noch als den halbfertigen Menschen ansah, der ich mit fünfzehn gewesen war.

»Du bist anders geworden«, sagte er.

»Ich bin derselbe. Vertrau deinem Instinkt.«

Endlich ließ die Anspannung in seinem Körper etwas nach. Mit dem Instinkt hatte er mir vertraut; der Instinkt war so stark gewesen, daß er ihn nach drei stummen Jahren ans Telefon geführt hatte. Er trank den Scotch aus, stand auf und füllte mit einem tiefen Atemzug seine Lungen, als fasse er einen Entschluß.

»Gut, komm mit mir«, sagte er.

Ich nickte. Er ging zu der Kommode hinüber und holte aus der unteren Schublade, die ich nicht geöffnet hatte, eine Aktenmappe hervor. Ich hätte mir denken können, daß die irgendwo war: selbst in der schlimmsten Panik würde er die Listen seiner Goldzertifikate und seinen Weckselkursrechner nicht zurückgelassen haben. Er strebte mit der Aktenmappe zur Tür und überließ es mir, den Koffer zu tragen, doch aus einem Impuls heraus ging ich noch einmal zum Telefon und bestellte ein Taxi für uns.

»Dein Wagen ist doch hier«, sagte Malcolm.

»M-hm. Ich glaube, da lasse ich ihn auch erst mal.«

»Wieso denn?«

»Weil ich niemand gesagt habe, daß du zur Auktion nach Newmarket kommen wolltest, und du auch nicht, also ist dir wahrscheinlich jemand gefolgt – von hier aus gefolgt. Überleg doch mal . . . der Wagen, der dich überrollen wollte, hat dich auf dem Auktionsparkplatz erwartet, aber du hattest kein Auto. Du bist per Taxi hingefahren. Dein Angreifer muß dich und mich zusammen gesehen haben, muß gewußt haben, wer ich bin, und sich gedacht haben, daß du mit mir wegfährst. Ich habe zwar nicht gesehen, daß uns jemand von Newmarket aus gefolgt wäre, aber der, von dem wir reden, wußte wahrscheinlich, daß wir zu dem Hotel hier fahren, und jetzt ... jetzt lungert er vielleicht auf dem Hof hinten, wo wir geparkt haben und wo es schön dunkel ist, herum und wartet, ob wir nochmal rauskommen.«

»Mein Gott!«

»Es ist möglich«, sagte ich. »Deshalb sollten wir vorn rausgehen, wo der Portier aufpaßt, meinst du nicht?«

»Wenn du es sagst«, antwortete er schwach.

»Von jetzt an«, sagte ich, »treffen wir jede übertriebene Sicherheitsvorkehrung, die uns nur einfällt.«

»Und wohin fahren wir mit dem Taxi?«

»Wie wär's mit einem Laden, wo wir ein Auto mieten können?«

Nachdem wir ohne Zwischenfall die Rechnung bezahlt, das Gepäck verstaut, dem Portier ein Trinkgeld gegeben und das Hotel verlassen hatten, teilte uns der Taxifahrer jedoch zweifelnd mit, daß das dienstagabends um neun nicht einfach wäre. Die Mietwagenfirmen hätten alle geschlossen.

»Dann eben ein Wagen mit Chauffeur«, sagte Malcolm. »Die Burschen, die auf Hochzeiten fahren und dergleichen. Zwanzig Pfund auf die Hand, wenn Sie das deichseln.«

Von diesem Angebot in Schwung gebracht, beförderte uns der Taxifahrer durch irgendwelche Seitenstraßen, hielt vor einem unscheinbaren kleinen Reihenhaus und hämmerte an die Tür. Sie öffnete sich, ließ eine Melonenscheibe Licht entweichen und verschluckte ihn.

»Man wird uns ausrauben«, sagte Malcolm.

Der Taxifahrer kam jedoch harmlos in Begleitung eines größeren Mannes wieder, der sich das Jackett einer Chauffeursuniform zuknöpfte und eine beruhigende Schirmmütze trug.

»Die Firma, bei der mein Schwager ist, betreut hauptsächlich Hochzeiten und Beerdigungen«, sagte der Taxifahrer. »Er wüßte gern, wo Sie hinwollen.«

»London«, sagte ich.

London schien überhaupt kein Problem zu sein. Der Fahrer und sein Schwager stiegen ein, das Taxi fuhr los, bog um ein, zwei Ecken und hielt vor einer verschlossenen Garage wieder an. Wir blieben wie gewünscht im Taxi sitzen, während die beiden Fahrer die Garage aufsperrten und ihren Inhalt ans Licht brachten. So kam es, daß Malcolm und ich in einem sehr großen, auf Hochglanz polierten schwarzen Rolls-Royce nach London fuhren, von dem schwarzarbeitenden Chauffeur diskret durch eine Glasscheibe getrennt.

»Warum warst du überhaupt auf der Auktion?« fragte ich Malcolm. »Ich meine, wieso Newmarket? Wieso die Versteigerungen?«

Malcolm runzelte die Stirn. »Wegen Ebury, nehme ich an.«

»Die Juweliere?«

»Ja ... also, ich wußte, daß sie dort eine Ausstellung hatten. Das sagten sie mir vorige Woche, als ich bei ihnen war, um mit ihnen über Coochies Schmuck zu sprechen. Ich meine, ich kenne die Leute ziemlich gut, bei ihnen habe ich ihr das meiste gekauft. Ich bewunderte ein silbernes Pferd, das sie hatten, und sie sagten, diese Woche würden sie auf der Auktion in Newmarket ausstellen. Als ich mir dann gestern Gedanken machte, wie ich an dich herankäme ... wo wir uns treffen könnten ... da fiel mir ein, daß die Auktion so nah bei Cambridge ist, und das gab den Ausschlag – kurz bevor ich dich anrief.«

Ich überlegte ein wenig. »Wie würdest du es anstellen, wenn du sozusagen rausfinden wolltest, wo jemand steckt?«

Zu meiner Überraschung hatte er eine Antwort parat. »Ich würde den Burschen heranziehen, der Moira für mich beschattet hat.«

»Beschattet ...?«

»Mein Anwalt riet mir dazu. Ich könnte Geld sparen, meinte er, wenn Moira was nebenbei laufen hätte, verstehst du?«

»Vollkommen«, meinte ich trocken. »Aber sie hatte wohl nicht?«

»Fehlanzeige.« Er warf mir einen Blick zu. »Woran denkst du?«

»Tja . . . ich habe so eine Idee, ob er vielleicht nachprüfen könnte, wo jeder aus der Familie am vorigen Freitag und heute abend gewesen ist.«

»Jeder!« rief Malcolm aus. »Das würde Wochen dauern.«

»Du würdest aber ruhiger schlafen.«

Er schüttelte finster den Kopf. »Du vergißt die Berufsmörder.«

»Berufsmörder sind ziemlich schwer aufzutreiben, jedenfalls für Normalbürger. Wie würdest du das zum Beispiel angehen, wenn du jemand beseitigen lassen wolltest? Mit einer Anzeige in der *Times*?«

Er schien das zwar nicht für so problematisch zu halten wie ich, erklärte sich aber bereit, »den Burschen, der Moira beschattet hat« zu fragen, ob er die Durchleuchtung der Familie übernehmen würde.

Wir besprachen, wo wir übernachten sollten – das heißt, in welchem Hotel, denn nach Hause mochten wir beide nicht. Mein Zuhause war derzeit eine ziemlich trostlose Wohnung in Epsom, nicht weit von dem Stall, für den ich gearbeitet hatte. Malcolms Zuhause war nach wie vor das Haus, in dem ich groß geworden war und aus dem Moira ihn offenbar vertrieben hatte, doch er war gleich nach ihrem Tod dorthin zurückgekehrt. Es war das »Heim« der ganzen Familie, dieses große Haus in Berkshire, das alle fünf Frauen hatte kommen und gehen sehen: Malcolm selbst war dort aufgewachsen, und ich konnte mir kaum vorstellen, wie ihn die Aussicht, es zu verlieren, getroffen haben mußte.

»Was war vorgefallen zwischen dir und Moira?« fragte ich.

»Kümmre dich um deinen Kram.«

Wir fuhren zehn Meilen wortlos. Dann setzte er sich um, seufzte und sagte: »Sie wollte Coochies Schmuck, und ich wollte ihn ihr nicht geben. Immer wieder fing sie an, davon zu gackern. Nervte mich, verstehst du? Und dann . . . tja . . .« er zuckte die Achseln, »dann hat sie mich ertappt.«

»Mit einer anderen?« sagte ich, nicht weiter überrascht.

Er nickte ohne Scham. Er war nie monogam gewesen und konnte nicht verstehen, wieso man das erwartete. Die fürchterlichen Kräche in meiner Kindheit hatten sich alle um seine Affären gedreht; während seiner Ehe mit Vivien und dann mit Joyce hatte er die ganze Zeit Alicia ausgehalten. Alicia gebar ihm zwei Kinder, während er mit Vivien und Joyce verheiratet war, und später noch eines, als er sie auf ihr Drängen zu seiner einigermaßen ehrbaren Frau gemacht hatte.

Ich stellte mir gern vor, daß er Coochie zu guter Letzt treu gewesen war, aber alles in allem war das unwahrscheinlich, und ich würde ihn nie danach fragen.

Malcolm war dafür, im Dorchester abzusteigen, doch ich überzeugte ihn, daß er dort zu bekannt sei, und schließlich einigten wir uns auf das Savoy.

»Eine Suite«, sagte Malcolm am Empfang. »Zwei Schlafzimmer, zwei Badezimmer und ein Salon; und schicken Sie gleich einen Bollinger rauf.«

Ich hatte zwar keine Lust auf Champagner, aber Malcolm. Außerdem bestellte er beim Zimmerservice Rührei und Räucherlachs für uns beide sowie eine Flasche Hine Antique Cognac und eine Kiste Havannazigarren zur Abrundung.

Spaßeshalber rechnete ich einmal seine heutigen Ausgaben zusammen: ein massiv silberner Pokal, ein Vollblut für zwei Millionen Guineen, die Versicherung dafür, die Hotelrechnung von Cambridge, das Trinkgeld für den Taxifahrer, ein chauffierter Rolls Royce, eine Supersuite im Savoy mit allem Drumherum. Ich hätte gern gewußt, wie reich er eigentlich war und ob er vorhatte, das alles auf den Kopf zu hauen.

Wir aßen zu Abend und tranken den Brandy, standen aber noch immer nicht ganz im Einklang miteinander. Die Kluft der drei getrennten Jahre war offenbar nicht so leicht zu überwinden, wie ich dachte. Daß ich ihn liebe, hatte ich zwar ernst gemeint, doch mir schien, was ich wirklich liebte, waren die alten

Erinnerungen an ihn, nicht seine Anwesenheit hier und jetzt. Mir wurde klar, daß ich, wenn ich wie versprochen bei ihm blieb, ihn von neuem und aus einer anderen Warte kennenlernen würde; wir beide würden einander neu kennenlernen.

»In den nächsten Tagen«, sagte Malcolm und streifte sorgfältig die Asche von seiner Zigarre, »fliegen wir nach Australien.«

Ich nahm die Neuigkeit in mich auf und sagte: »So?«

Er nickte. »Dazu brauchen wir Visa. Wo ist dein Paß?«

»In meiner Wohnung. Wo ist deiner?«

»Im Haus.«

»Dann hole ich sie morgen«, sagte ich, »und du bleibst hier.« Ich hielt inne. »Fliegen wir aus einem bestimmten Grund nach Australien?«

»Um uns Goldminen anzusehen«, sagte er. »Und Känguruhs.«

Nach einer kurzen Pause sagte ich: »Wir können nicht einfach fliehen. Wir müssen herausfinden, wer dich umzubringen versucht, damit es ihm nicht gelingt.«

»Fliehen ist reizvoller«, sagte er. »Was hältst du von einem Zwischenstopp in Singapur, für eine Woche?«

»Wie du meinst. Nur . . . am Freitag soll ich in Sandown ein Rennen reiten.«

»Ich habe nie verstanden, was du daran findest. Dauernd diese naßkalten Tage. Diese Stürze.«

»Dein Kitzel ist das Gold«, sagte ich.

»Gefahr?« Seine Augenbrauen hoben sich. »Der stille, wohlerzogene, vorsichtige Ian? Leben ohne Risiko ist langweilig, meinst du das?«

»So abwegig ist das ja nicht«, sagte ich.

Ich war immer als Amateur geritten, unentgeltlich, weil mich irgend etwas schließlich doch von der totalen Hingabe abhielt, die man als Profi brauchte. Rennreiten war mein größtes Vergnügen, aber nicht mein ganzes Leben, und so hatte ich nie den nötigen Kampfgeist entwickelt, um die Profileiter zu erklimmen. Ich war zufrieden mit den Ritten, die ich bekam, mit der Kameraderie der Umkleideräume, mit dem weiten Himmel, den Pferden und, zugegeben, auch mit dem Risiko.

»Bei mir zu bleiben«, sagte Malcolm, »ist nicht absolut ungefährlich, wie du schon bemerkt hast.«

»Deshalb bleibe ich«, sagte ich.

Er riß die Augen auf. »Mein Gott«, lachte er. »Ich dachte, ich kenne dich. Scheint nicht so.«

Er leerte sein Cognacglas, stubste die Zigarre aus und beschloß ins Bett zu gehen. Am nächsten Morgen war er dann schon vor mir auf – er saß in einem seiner Bademäntel auf dem Sofa und las die *Sporting Life,* als ich in der Unterhose und dem Hemd, in denen ich geschlafen hatte, herausgetorkelt kam.

»Ich habe Frühstück bestellt«, sagte er. »Und ich stehe in der Zeitung – was sagst du dazu?«

Ich sah nach, wo er hinzeigte. Sein Name stand wirklich dort, irgendwo am Ende des ausführlichen Verzeichnisses der gestrigen Verkäufe. »Nr. 79, Fuchshengst, 2,07 Mill. Gns., Malcolm Pembroke.«

Hochzufrieden legte er die Zeitung weg. »Na, was unternehmen wir heute?«

»Wir rufen deinen Privatdetektiv, wir besorgen einen Trainer für den Hengst, ich hole unsere Pässe und was zum Anziehen, und du bleibst hier.«

Zu meiner gelinden Überraschung widersprach er nicht, sondern sagte nur, ich solle nicht zu lange fortbleiben. Etwas nachdenklich blickte er dabei auf die verschorfte Schramme an meinem rechten Oberschenkel und auf die roten Anzeichen der Prellung ringsum.

»Das Dumme ist«, sagte er, »ich habe die Telefonnummer des Privatdetektivs nicht. Nicht bei mir.«

»Dann suchen wir im Branchenverzeichnis eine andere Agentur.«

»Deine Mutter weiß sie natürlich. Joyce weiß sie.«

»Wieso denn das?«

»Sie hat ihn beauftragt«, sagte er leichthin, »Alicia und mich zu beobachten.«

Bei meinen Eltern wunderte mich wirklich nichts mehr.

»Als der Anwalt sagte, ich solle Moira beschatten lassen, ließ ich mir von Joyce den Namen des Detektivs geben. Schließlich hatte er bei mir und Alicia vor Jahren gute Arbeit geleistet. Viel zu gute, wenn man's genau nimmt. Also ruf Joyce an, Ian, und frag sie nach der Nummer.«

Gedankenvoll tat ich, was er gesagt hatte.

»Liebling«, kreischte meine Mutter durch die Leitung. »Wo steckt dein Vater?«

»Weiß ich nicht«, sagte ich.

»Aber Liebling, weißt du denn, was er *gemacht* hat?«

»Nein . . . was?«

»Mein Lieber, er hat ein Vermögen, ich meine buchstäblich *Hunderttausende* in irgendeine blöde Filmgesellschaft gepumpt, damit sie einen *hanebüchenen* Streifen über Kaulquappen oder so etwas dreht. Irgendein Schwachkopf rief mich an und wollte wissen, wo dein Vater ist, denn er hat ihnen anscheinend noch mehr Geld versprochen, und das hätten sie gern . . . also hör mal! Ich weiß, daß du und Malcolm nicht miteinander redet, aber du mußt was tun, damit er diesen Unsinn läßt.«

»Na ja«, sagte ich, »es ist sein Geld.«

»Liebling, sei doch nicht so *naiv*. Jemand wird das Geld erben, und wenn du, wie ich dir schon tausendmal gesagt hab, deinen blöden Stolz überwinden würdest, bekämst *du* es. Ziehst du aber diesen dummen Streit noch lange hin, wirft er alles Alicias scheußlicher Brut in den Rachen, und ich *ertrage* den Gedanken nicht, daß die sich für alle Zeit ins Fäustchen lacht. Also versöhn dich *auf der Stelle* mit Malcolm und bring ihn zur Vernunft.«

»Beruhige dich«, sagte ich. »Das habe ich schon.«

»*Was*?«

»Mich mit ihm versöhnt.«

»Gott sei Dank, *endlich*!« kreischte meine Mutter. »Liebling, worauf wartest du dann noch? Nimm sofort mit ihm Kontakt auf und sieh zu, daß er dein Erbe nicht verschleudert.«

3

Malcolms viktorianisches Haus hatte sich nach dem dreijährigen Aufenthalt Moiras stark verändert.

Es wurde »Quantum« genannt wegen der lateinischen Inschrift, die in den Türsturz am Eingang geschnitzt war: QUANTUM IN ME FUIT – sinngemäß »Ich tat mein Bestes«.

Ich fuhr dorthin in der Erinnerung an die saloppe Behaglichkeit, die Coochie hinterlassen hatte, und erwartete eigentlich nicht, daß etwas anders sein würde; doch ich hätte es besser wissen müssen, da eine Frau nach der anderen, Coochie eingeschlossen, ihr Bestes getan hatte, alle Spuren ihrer Vorgängerin zu tilgen. Die Heirat mit Malcolm hatte für jede seiner Frauen den Einzug in sein Haus bedeutet, doch jetzt wurde mir klar, daß er ihnen in der Frage des Ambiente jeweils nachgegeben hatte.

Ich schloß mit Malcolms Schlüsseln die Küchentür auf und dachte im ersten Augenblick verwirrt, ich hätte mich in der Adresse geirrt. Coochies anheimelndes Kiefernholz und ihre roten Kacheln waren entfernt worden zugunsten gelbgelackter Wände, weißblitzender Apparaturen und Wandborden voll scharlachroter und tiefrosa Geranien, die kaskadenartig aus weißen Töpfen fielen.

Etwas benommen blickte ich durch die Zeit zurück in die Ära von Coochie, als Alicias weiß schimmernde Rüschengardinen, blaue Arbeitsflächen und weiße Fußbodenfliesen vorherrschten, und noch ein Stück weiter zurück in die kräftigeren Oliv- und Milchkaffeetöne und die strengen Formen, die Joyce bevorzugte. Ich entsann mich an den Tag, an dem die Handwerker die Küche meiner Mutter herausgerissen hatten und ich heulend zu Malcolm gelaufen war: Er hatte mich sofort für einen Monat zu Joyce geschickt, was mir auch nicht gefiel, und als ich wiederkam, hatte ich die weißen Rüschen, die blauen Schränke vorgefunden und mich in eine Puppenstube versetzt gefühlt, aber ich hatte gelernt, den Mund zu halten.

Zum ersten Mal fragte ich mich, wie die Küche zu Viviens Zeit ausgesehen haben mochte, als der junge Malcolm sie vor etwa fünfundvierzig Jahren als seine erste Braut hierher führte. Als ich auf die Welt kam, war Vivien schon aus dem Besitz vertrieben und voller Groll, und ich hatte sie selten lächeln sehen. Sie schien mir die am wenigsten verträgliche und intelligente von den fünf Frauen zu sein, aber den Fotos nach war sie in ihrer Jugend mit Abstand die schönste gewesen. Der dunkle Bogen ihrer Augenbrauen und die hohen Wangenknochen waren geblieben, doch das dichte schwarze Haar war im Ergrauen ausgedünnt, und tiefsitzende Bitterkeit hatte den einst reizenden Mund mürrisch werden lassen. Viviens Ehe war vermutlich daran gestorben, daß Malcolm sich mit ihr langweilte, und obwohl sie sich noch hin und wieder bei Anlässen trafen, die ihre gemeinsamen Kinder und Enkelkinder angingen, kehrten sie eher einander den Rücken, als daß sie sich küßten.

Vivien mochte fast niemand und mäkelte an jedem herum, faßte aber gleichzeitig die unschuldigsten allgemeinen Bemerkungen als Kritik an der eigenen Person auf. Man konnte es ihr selten recht machen, und ich hatte wie fast alle in der verzweigten Familie die Bemühungen längst aufgegeben. Ihren drei Sprößlingen hatte sie die eigene Unzufriedenheit derart eingeimpft, daß sie Malcolm hinter seinem Rücken verächtlich machten, ihm scheinheiligerweise aber nichts davon ins Gesicht sagten.

Malcolm hatte sie das junge Erwachsenenalter hindurch loyal unterstützt und sie dann ziehen lassen, jeden mit einem Treuhandfonds, der sie vor dem Verhungern bewahren sollte. Er hatte seine sieben normal lebensfähigen Kinder alle gleich behandelt; sein achtes Kind, Robin, war für immer versorgt. Von uns sieben konnte sich keiner beklagen: Er hatte jedem die gewünschte Berufsausbildung ermöglicht und uns mit einem Polster für Notzeiten versehen, und an diesem Punkt in unserem Leben hatte er seine Arbeit als getan betrachtet. Was in Zukunft aus uns wurde, sagte er, mußte in unseren eigenen Händen liegen.

In Gedanken ganz bei der Familie, ging ich von der Küche in die Halle und sah, daß Moira auch die Eichentäfelung weiß hatte streichen lassen. Zunehmend belustigt dachte ich an die fernen Zeiten, als Alicia das ganze alte Holz mühsam gebleicht hatte, nur damit es Coochie wieder dunkel beizte; und ich nahm an, daß Malcolm vielleicht in vielem die Abwechslung liebte, nicht nur, was Frauen betraf.

Sein eigenes Zimmer, das immer »Büro« genannt wurde, obwohl es mehr einem gemütlichen, unaufgeräumten Wohnzimmer glich, war der letzten Neugestaltung offenbar entgangen, außer, daß goldene Samtvorhänge an die Stelle der alten grünen getreten waren. Sonst schien das Zimmer wie stets von seiner starken Persönlichkeit erfüllt; die Wände waren bedeckt von zahlreichen gerahmten Fotos, die tiefen Schränke quollen von Akten über, die Bücherregale waren vollgestopft, auf jeder Ablage häuften sich Andenken an seine Reisen und Errungenschaften, und besonders ordentlich wirkte das alles nicht.

Ich ging an seinen Schreibtisch, um seinen Paß zu suchen und erwartete halb, jeden Augenblick seine Stimme zu hören, obwohl ich ihn vierzig Meilen entfernt zurückgelassen hatte, als er gerade am Telefon auf »den Burschen, der Moira beschattet hat« einredete.

Sein Paß sollte rechts in der zweiten Schublade von oben sein, und da war er auch, in einem Wust von alten Reisedokumenten und erloschenen Krankenversicherungen. Malcolm warf selten etwas weg, meistens stellte er einen neuen Aktenschrank auf. Sein Ablagesystem war derart, daß niemand außer ihm die leiseste Ahnung hatte, wo irgendein Schriftstück oder eine Information zu finden war, doch er selbst konnte unfehlbar den Finger darauf legen. Vor langer Zeit hatte er mir einmal gesagt, daß seine Methode darin bestand, alles dort abzulegen, wo er als erstes auf die Idee käme, es zu suchen; und als Kind war mir das so vernünftig erschienen, daß ich es seither genauso hielt.

Als ich mich noch einmal umsah, fiel mir auf, daß der Raum zwar mit Gegenständen vollgestopft war, einige vertraute jedoch fehlten. Der goldene Delphin etwa und der Goldbaum mit den Amethysten, und auch die silbernen georgianischen Kerzenständer. Vielleicht hatte er sie vorsichtshalber doch endlich in der Bank deponiert.

Ich ging mit dem Paß nach oben, um Kleider zur Ergänzung seines Hopplahoppgepäcks zu holen und machte aus unwiderstehlicher Neugier einen Abstecher in das Zimmer, das mir gehört hatte. Ich erwartete eine leuchtende Umwandlung à la Moira, tatsächlich war aber noch alles beim alten, nur daß nichts von mir geblieben war.

Der Raum war ohne Leben; kahl. Das Bett war abgezogen bis auf die Matratze. Es gab keine Spinnweben, keinen Staub, nicht den muffigen Geruch der Vernachlässigung, doch die Botschaft war klar: Der Sohn, der hier geschlafen hatte, existierte nicht mehr.

Ein wenig schaudernd schloß ich die Tür und fragte mich, ob die völlige Zurückweisung von Malcolm oder von Moira ausgegangen war, dann sagte ich mir achselzuckend, daß mich das jetzt nicht mehr kümmerte.

Moiras Idee vom vollkommenen Schlafzimmer, so zeigte sich, war Pflaumenblau und Rosa, mit Lamellentüren an allen Ecken und Enden. Malcolms Ankleideraum nebenan hatte die gleiche Behandlung erfahren und ihr gemeinsames Bad ebenfalls, und als ich anfing, seine Sachen zusammenzuraffen, hatte ich stark das Gefühl, mich bei Fremden einzudrängen.

Ich entdeckte Moiras Portrait nur, weil ich auf der Suche nach Pyjamas mit dem Fuß dagegen stieß: Es lag unter Malcolms Kommode im Ankleideraum. Der quadratische Goldrahmen, den ich hervorzog, um nachzusehen, ob ich etwas kaputt gemacht hatte, paßte zu einem blassen Fleck an der Wand, und als ich ihn umdrehte, lächelte die schreckliche

Moira mich mit ihrer ganzen unerträglichen Selbstzufriedenheit an.

Ich hatte vergessen, wie jung sie gewesen war und wie hübsch. Dreißig Jahre jünger als Malcolm; fünfunddreißig, als sie ihn geheiratet hatte, und zumindest auf dem Gemälde faltenlos. Rotblondes Haar, heller Teint ohne Sommersprossen, spitzes Kinn, schlanker Hals. Es kam mir vor, als hätte der Künstler die Berechnung in ihren Augen mit bestürzender Deutlichkeit eingefangen, und als ich einen Blick auf die Signatur am unteren Bildrand warf, begriff ich auch, wieso. Malcolm hatte ihr vielleicht keine Diamanten geschenkt, doch ihr Portrait war von bester Hand gemalt.

Ich schob sie mit dem Gesicht nach unten wieder unter die Kommode, wie ich sie gefunden hatte und wohin sie zweifellos von Malcolm verbannt worden war.

Aus der Rumpelkammer (deren Dekor unverändert war) holte ich einen Koffer, packte Malcolms Sachen ein, ging hinunter in die Halle und sah mich plötzlich einem kleinwüchsigen Mann mit einer großen Schrotflinte gegenüber, deren Mündung auf mich zielte.

Ich blieb abrupt stehen, wie es sich gehört.

»Nehmen Sie die Hände hoch«, sagte er rauh.

Ich stellte den Koffer auf den Boden und tat, was er verlangte. Er trug erdbeschmutzte Hosen und hatte Schmutz an den Händen, und ich fragte ihn sofort: »Sind Sie der Gärtner?«

»Und wenn ich das wäre? Was machen Sie hier?«

»Ich hole Kleider für meinen Vater . . . ehm, Mr. Pembroke. Ich bin sein Sohn.«

»Ich kenne Sie nicht. Ich rufe mal die Polizei.« Seine Stimme war angriffslustig, aber zittrig, die Flinte lag nicht allzu ruhig in seinen Händen.

»In Ordnung«, sagte ich.

Jetzt stand er vor dem Problem, wie er telefonieren sollte, während er auf mich zielte.

Da er unschlüssig war, sagte ich: »Ich kann beweisen, daß ich Mr. Pembrokes Sohn bin, und ich kann den Koffer aufmachen, damit Sie sehen, daß ich nichts stehlen wollte. Wäre Ihnen damit gedient?«

Nach einer Pause nickte er. »Aber Sie bleiben, wo Sie sind«, sagte er.

Ich kam zu dem Schluß, wenn ich ihn erschreckte, würde es noch einen Tod im Haus meines Vaters geben, deshalb öffnete ich den Koffer ganz langsam und vorsichtig, nahm die Unterwäsche und das übrige und breitete alles auf dem Fußboden aus. Danach holte ich ebenso langsam meine Brieftasche hervor, klappte sie auf, entnahm eine Kreditkarte und legte sie mit dem Gesicht nach oben auf den Boden. Dann trat ich von den Exponaten zurück und blieb mit dem Rücken an der geschlossenen und verriegelten Haustür stehen.

Der ältliche Gärtner trat mißtrauisch vor und inspizierte die Ausstellung, indem er die Augen nur für Sekundenbruchteile senkte und sie rasch wieder hob, um mir keine Gelegenheit zu geben, ihn zu überrumpeln.

»Das ist sein Reisepaß«, sagte er anklagend.

»Er bat mich, ihn zu holen.«

»Wo ist er denn?« sagte er. »Wo will er hin?«

»Ich soll ihm seinen Reisepaß bringen. Wo er hin will, weiß ich nicht.« Ich schwieg. »Ich bin wirklich sein Sohn. Sie müssen hier neu sein. Ich habe Sie noch nie gesehen.«

»Zwei Jahre«, verteidigte er sich. »Ich arbeite seit zwei Jahren hier.« Er schien mit einemmal geneigt, mir zu glauben und ließ beinah entschuldigend die Flinte sinken. »Das Haus soll eigentlich abgeschlossen sein«, sagte er. »Dann sehe ich Sie oben herumlaufen.«

»Verwirrend«, gab ich zu.

Er deutete auf Malcolms Sachen. »Packen Sie das am besten wieder ein.«

Unter seinem immer noch wachsamen Blick machte ich mich an die Arbeit.

»Es war mutig von Ihnen, hier hereinzukommen«, sagte ich, »wenn Sie dachten, ich sei ein Einbrecher.«

Er straffte mit einer alten unwillkürlichen Bewegung seine

Schultern. »Ich war mal in der Armee.« Er entspannte sich und zuckte die Achseln. »Ehrlich gesagt, ich bin ganz leise hier rein, um die Polizei zu verständigen, aber dann kamen Sie die Treppe runter.«

»Und ... das Gewehr?«

»Hab ich für alle Fälle mitgenommen. Ich jage Karnickel ... die Flinte ist immer greifbar.«

Ich nickte. Sie gehört dem Gärtner, dachte ich. Malcolm hatte soviel ich wußte nie eine Waffe besessen.

»Hat mein Vater Sie für die Woche schon bezahlt?« sagte ich.

Seine Augen leuchteten sofort hoffnungsvoll auf. »Vorigen Freitag hat er mich wie üblich bezahlt. Samstag früh rief er dann bei mir zu Hause an, ich solle herkommen und mich um die Hunde kümmern. Sie mit nach Hause nehmen wie immer, wenn er unterwegs ist. Ich hab sie mitgenommen. Aber er war schon aus der Leitung, bevor ich ihn fragen konnte, wie lange ich sie behalten soll.«

Ich nahm mein Scheckbuch heraus und schrieb ihm einen Scheck über den Betrag, den er angab. Arthur Bellbrook sei sein Name, sagte er. Ich riß den Scheck heraus, gab ihn ihm und fragte ihn, ob sonst noch jemand zu entlohnen wäre.

Er schüttelte den Kopf. »Die Putzfrau ging, als Mrs. Pembroke um die Ecke ... ehm, ermordet wurde. Sie sagte, hier gefiele es ihr nicht mehr.«

»Wo genau ist Mrs. Pembroke ... ehm, ermordet worden?«

»Ich zeige es Ihnen, wenn Sie wollen.« Er verstaute den Scheck in seiner Tasche. »Draußen im Gewächshaus.«

Er führte mich jedoch nicht, wir ich angenommen hatte, zu dem klapprigen altvertrauten Treibhaus, das im Küchengarten an einer verwitterten Mauer lehnte, sondern zu einer leuchtend weißen, achteckigen Konstruktion aus Schmiedeeisen, eine Art märchenhafter Vogelkäfig, der wie ein Sommerhaus auf einem abgelegenen Rasenstreifen stand. Von weitem schon konnte man deutlich die blühenden Geranien im Innern sehen.

»So, so«, sagte ich.

Arthur Bellbrook grunzte, um sein Mißfallen kundzutun und öffnete eine Tür aus Metall und Glas.

»Muß ein Vermögen kosten, den Bau zu heizen«, bemerkte er, »und im Sommer war er zu heiß. Das einzige, was hier überlebt, sind Geranien. Die waren Mrs. Pembrokes Leidenschaft.«

Ein beinah voller Sack Blumenerde lag auf einer der Arbeitsflächen, die Oberseite war der Länge nach aufgeschlitzt, damit man leicht an die Bodenmischung herankam. Ein Karton mit kleinen Töpfen stand daneben, einige von ihnen enthielten Stecklinge.

Ich sah angewidert auf die Blumenerde. »War es hier . . .?« begann ich.

»Ja«, sagte er. »Die arme Frau. So sollte niemand sterben, egal wie schwierig er im Leben ist.«

»Nein«, stimmte ich zu. Mir kam ein Gedanke. »Sie waren es, der sie gefunden hat, ja?«

»Ich ging wie immer um vier Uhr heim, aber gegen sieben machte ich einen Spaziergang, und da dachte ich, ich schaue nochmal, in welchem Zustand sie die Laube verlassen hat. Sie gärtnerte nämlich nur ein bißchen. Hat nie die Geräte gereinigt und so.« Er blickte auf den Bretterfußboden, als sähe er sie dort noch. »Sie lag mit dem Gesicht nach unten, und ich drehte sie um. Sie war mausetot. Sie war blaß wie immer, aber sie hatte so kleine rote Flecke auf der Haut. Es heißt, die bekommt man vom Ersticken. Die arme Frau, es fand sich Blumenerde in ihrer Lunge.« Zweifellos war er damals erschrocken und bewegt gewesen, aber jetzt schwang das Echo zahlloser Nacherzählungen in seiner Stimme und herzlich wenig Gefühl.

»Danke, daß Sie es mir gezeigt haben«, sagte ich.

Er nickte, und wir gingen beide hinaus, schlossen die Tür hinter uns.

»Ich glaube, Mr. Pembroke mochte den Bau nicht besonders«, sagte er unerwartet. »Letztes Frühjahr, als sie sich das Modell aussuchte, sagte er, sie bekäme es nur, wenn er es vom

Haus aus nicht sehen könnte. Sonst würde er die Kosten nicht tragen. Ich sollte davon natürlich nichts hören, aber sei es drum, ich hab's gehört. Sie hatten sich angeschrien, verstehen Sie?«

»Ja«, sagte ich. »Ich verstehe.« Schreien, Türenknallen, alles miteinander.

»Sie waren wie zwei Turteltauben, als ich hier anfing«, sagte er, »aber dann kriegte er wohl ihre Eigenarten über, und man merkte, daß es mit Karacho bergab ging. Ich bin ja den ganzen Tag hier, auch immer mal wieder im Haus, und es konnte einem nicht entgehen.«

»Was für Eigenarten?« fragte ich beiläufig.

Er blickte mich mit wiedererwachendem Argwohn von der Seite an. »Ich denke, Sie sind sein Sohn. Da müssen Sie sie doch gekannt haben.«

»Ich war nie hier. Ich mochte sie nicht.«

Das glaubte er mir offenbar gern.

»Sie konnte zuckersüß sein . . .« Schweigend dachte er zurück. »Ich weiß eigentlich kein Wort dafür, wie sie war. Aber zum Beispiel letztes Jahr habe ich neben dem üblichen Gemüse für das Haus noch ein paar Spezialitäten gezogen . . . mit besonderem Dünger und so . . . die ich auf der hiesigen Gartenschau zeigen wollte. Nur grüne Bohnen, Mohrrüben und Zwiebeln, für eine der Güteklassen. Weil ich davon was verstehe, ja? Ein oder zwei Tage vorm Ernten hat Mrs. Pembroke sie dann zufällig entdeckt. An einem Donnerstag, die Schau war samstags. ›Was für riesiges Gemüse‹, sagt sie, und ich erklärte ihr, daß ich es am Samstag ausstellen will. Und sie guckt mich süß wie Honig an und sagt: ›O nein, Arthur. Mr. Pembroke und ich sind Gemüsefreunde, wie Sie wissen. Wir essen morgen was davon zu Abend, und den Rest friere ich ein. Es ist doch *unser* Gemüse, nicht wahr, Arthur? Wenn Sie Gemüse für eine Ausstellung ziehen wollen, müssen Sie das in Ihrem eigenen Garten in Ihrer Freizeit tun.‹ Und Teufel auch, als ich am nächsten Morgen zur Arbeit kam, war das ganze Stückchen Land geplündert, die Bohnen, die Möhren, die

Zwiebeln. Sie hatte sie wirklich geholt. Pfundweise, von allem das Beste. Mag sein, daß sie was davon gegessen haben, aber um das Einfrieren hat sie sich nicht gekümmert. Am Montag darauf fand ich eine Menge von den Bohnen im Mülleimer.«

»Reizend«, sagte ich.

Er zuckte die Achseln. »Das war so ihre Art. Gemein, aber im Rahmen ihrer Rechte.«

»Mich wundert, daß Sie geblieben sind.«

»Es ist ein schöner Garten, und mit Mr. Pembroke komme ich gut aus.«

»Aber was war nach seinem Weggang?«

»Er bat mich, zu bleiben und das Anwesen in Ordnung zu halten. Dafür erhöhte er mein Gehalt, also blieb ich.«

Wir kehrten langsam an die Küchentür zurück. Er roch ein wenig nach Blumenerde, altem Laub und nach der warmen Fruchtbarkeit von Lehm, wie der Gärtner, der in meiner Kindheit auf dem Anwesen regiert hatte.

»Ich bin hier aufgewachsen«, sagte ich mit einem Gefühl von Nostalgie.

Er schaute mich abwägend an. »Sind Sie derjenige, der die Geheimkammer gebaut hat?«

Verblüfft sagte ich: »Es ist nicht direkt eine Kammer. Bloß ein dreieckiger Hohlraum.«

»Wie kommt man da rein?«

»Da kommt man nicht rein.«

»Ich könnte so was gebrauchen«, sagte er eigensinnig. »Um Äpfel zu lagern.«

Ich schüttelte den Kopf. »Dafür ist es zu klein. Es ist nicht durchlüftet. Man kann wirklich nichts damit anfangen. Woher wissen Sie davon?«

Er schürzte die Lippen und machte ein schlaues Gesicht. »Ich konnte sehen, daß die Mauer nach dem Küchengarten an der hinteren Ecke viel zu dick war, und ich fragte den alten Fred danach, der hier Gärtner war, bevor er sich zur Ruhe setzte. Er sagte, Mr. Pembrokes Sohn hätte da mal eine Art Schuppen gebaut. Aber es ist doch keine Tür da, sagte ich ihm.

Das wäre die Sache von dem Sohn, meinte er, er selber wüßte nichts Genaues, aber das Ding sei wohl vor Jahren zugemauert worden. Wenn Sie es also gebaut haben, wie kommt man dann rein?«

»Das geht jetzt nicht mehr«, sagte ich. »Ich hab's tatsächlich schon bald nach der Einweihung zugemauert, weil einer von meinen Stiefbrüdern dauernd hinging und mir tote Ratten reinlegte.«

»Ach so.« Er wirkte enttäuscht. »Ich habe mich oft gefragt, was wohl da drin sein mag.«

»Tote Ratten, tote Spinnen, eine Menge Schrott.«

Er zuckte die Achseln. »Na ja, dann.«

»Sie waren sehr hilfsbereit«, sagte ich. »Ich werde das bei meinem Vater erwähnen.«

Sein faltiges Gesicht zeigte Genugtuung. »Sagen Sie ihm, daß ich die Hunde und alles gut in Schuß halte, bis er wiederkommt.«

»Er wird Ihnen dankbar sein.«

Ich nahm den Koffer, der noch in der Küchentür stand, warf einen letzten Blick auf Moiras leuchtende, quicklebendige Geranien, schüttelte die schmutzige Hand von Arthur Bellbrook und fuhr (mit dem Wagen, den ich am Morgen in London gemietet hatte) weiter nach Epsom.

Meine eigenen Sachen aus meiner unpersönlichen Vorortwohnung zu holen, dauerte nur halb so lange. Anders als Malcolm hielt ich auf nüchterne Überschaubarkeit, und da ich immer mit dem Gedanken spielte, mir eine bessere Bleibe zu suchen, mich aber irgendwie nie dazu aufraffen konnte, hatte ich das Wohnzimmer und die beiden anderen Räume lediglich mit neuen gemusterten Vorhängen geschmückt und mit einem Snaffles-Foto von Sergeant Murphy bei seinem Sieg im Grand National von 1923.

Ich zog statt Malcolms Hose eine eigene an, packte einen Koffer und steckte meinen Paß ein. Tiere hatte ich nicht zu versorgen, und dringende Rechnungen gab es auch keine. Nichts hinderte mich am Wegfahren.

Der rot leuchtende Knopf meines Anrufbeantworters verkündete, daß Nachrichten vorlagen. Ich spulte das Band zurück und lauschte den körperlosen Stimmen, während ich alles aus dem Kühlschrank nahm, was vor meiner Rückkehr schimmlig oder ungenießbar werden konnte.

Irgend etwas hatte seit meinem Aufbruch gestern die Familie in fieberhafte Aktivität versetzt, wie wenn man einen Ameisenbau mit dem Stock aufstört.

Eine mädchenhafte Stimme, atemlos und eine Spur beunruhigt, meldete sich zuerst. »Ian, hier ist Serena. Warum bist du immer unterwegs? Schläfst du nicht zu Hause? Mami möchte wissen, wo Daddy ist. Sie weiß, daß ihr nicht miteinander sprecht, und sie hat einen Knall, wenn sie meint, du wüßtest, wo er ist. Aber sie bestand darauf, daß ich dich frage. Falls du es also doch weißt, ruf mich zurück, okay?«

Serena, meine Halbschwester, Alicias Tochter - das Kind, das sie ehelich geboren hatte. Serena war sieben Jahre jünger als ich und existierte in meiner Erinnerung hauptsächlich als ein blonder kleiner Feger, der mir gefolgt war wie ein Schatten - was meinem zwölfjährigen Ego arg geschmeichelt hatte. Am liebsten saß sie auf Malcolms Schoß, beschützt von seinen Armen, und immer hatte sie ihm, selbst wenn er böse war, ein Lächeln und hübsche neue Kleider entlocken können, obwohl ihr Schrank schon vollhing.

Als Alicia mit der damals sechsjährigen Serena und den beiden älteren Jungs aus dem Haus rauschte, war ich allein gewesen in der plötzlichen Stille ringsum, allein in der rüschenbesetzten Küche, allein und ungeplagt im Garten. Es kam eine Zeit, in der ich Gervase, den älteren Jungen, trotz seiner toten Ratten und anderen faulen Tricks regelrecht wieder herbeiwünschte; und genaugenommen war ich in der Leere nach seinem Weggang darauf verfallen, mein Küchenwandhäuschen zuzumauern, nicht während er dort war und darüber gefeixt hatte.

Auch als Erwachsener trug Gervase noch die Kennzeichen des geborenen Tyrannen: gemeiner Zug um den Mund, vorstoßender Zeigefinger, kaltes Anstarren von oben herab, sichtliches Vergnügen am Unbehagen anderer. Serena, jetzt groß und schlank, verdiente ihren Lebensunterhalt mit Aerobicunterricht, kaufte noch immer karrenweise Kleider und redete nur mit mir, wenn sie etwas wollte.

»Mami möchte wissen, wo Daddy ist . . .« Die kindlichen Ausdrücke klangen eigenartig aus dem Mund einer Sechsundzwanzigjährigen; und von allen seinen Kindern hatte sie sich als einzige geweigert, Malcolm Malcolm zu nennen.

Der nächste Anrufer war Gervase selbst. Ärgerlich begann er: »Ich mag diese Antwortautomaten nicht. Gestern hab ich dich den ganzen Abend zu erreichen versucht, und dauernd höre ich nur deine affektierte Stimme, die mir sagt, ich soll meinen Namen und meine Rufnummer hinterlassen, also tu ich das jetzt mal, aber unter Protest. Hier ist dein Bruder Gervase, wie du sicher schon gemerkt hast, und wir müssen sofort Malcolm finden. Er ist vollkommen übergeschnappt. Es liegt in deinem eigenen Interesse, ihn zu finden, Ian. Wir müssen allesamt unsere Differenzen begraben und verhindern, daß er das Familienvermögen derart leichtsinnig verplempert.« Er legte eine kurze Pause ein. »Ich nehme an, du weißt, daß er einer Busladung zurückgebliebener Kinder eine halbe Million – *eine halbe Million* – gespendet hat? Ich kriegte einen Anruf von so einer dummen Schnattergans, die sagte: ›Ach, Mr. Pembroke, wie können wir Ihnen jemals danken?‹, und als ich fragte wofür, sagte sie, ob ich denn nicht *der* Mr. Pembroke wäre, der alle ihre Probleme aus der Welt geschafft hat, Mr. Malcolm Pembroke? Gnä' Frau, meinte ich, wovon reden Sie? Da sagte sie es mir. *Eine halbe Million Pfund.* Hörst du, Ian? Er ist unzurechnungsfähig. Das übersteigt doch jedes Maß. Man muß ihn daran hindern, daß er solchen lächerlichen Regungen nachgibt. Wenn du mich fragst, das sind die ersten Anzeichen von Senilität. Du mußt ihn finden und uns sagen, wo er hin ist, denn soweit ich feststellen kann, ist er nicht mehr ans Telefon gegangen, seit ich Freitagfrüh anrief und ihm sagte, daß Alicias Unterhalt in diesem Quartal noch nicht der Inflationsrate angepaßt worden ist. Ich erwarte, daß du dich unverzüglich meldest.«

Mit diesem definitiven Befehl hörte seine Stimme abrupt auf, und ich sah ihn vor mir, wie er jetzt war – nicht den muskulösen, stämmigen Jungen mit den schwarzen Haaren, sondern den schlafferen, übergewichtigen Börsenmakler von fünfunddreißig, arrogant und aufgeblasen über seine Jahre hinaus. In einer Welt, die zunehmend von unehelichen Kindern bevölkert wurde, ärgerte ihn die eigene illegitime Geburt mehr und mehr. Übellaunig spielte er bei unpassenden Gelegenheiten darauf an und verunglimpfte den Vater, der zwar voreilig mit Alicia ins Bett gestiegen war, Gervase aber immer als seinen Sohn anerkannt hatte, schon bevor er ihm durch gesetzliche Adoption seinen Nachnamen gab.

Dennoch war Gervase in einem frühen Stadium von grausamen Schulkameraden gehänselt worden, und damals hatte er einen allgemeinen Haß entwickelt, den er später auf mich konzentrierte, seinen Halbbruder Ian, der den Unterschied zwischen seiner und meiner Geburt kaum würdigen oder begreifen konnte. Es war verständlich, daß er in der schwierigen Reifezeit Schläge ausgeteilt hatte, aber meines Erachtens bedauerlich, daß es ihm nicht gelungen war, seine Bitterkeit zu überwinden. Sie blieb in ihm, nagte weiter, erfaßte seine ganze Persönlichkeit, führte häufig dazu, daß ihm die Leute aus dem Weg gingen, und brach sich in belehrenden Ergüssen oder grundlosen, gemeinen Eifersuchtsszenen Bahn.

Seine Frau schien ihn trotzdem nachsichtig zu lieben und hatte zwei Töchter geboren, die erste gut drei Jahre nach der groß gefeierten Hochzeit. Gervase hatte ein wenig zu oft gesagt, daß er unter keinen Umständen einem Kind das Leid aufbürden wollte, das er selbst hatte ertragen müssen. Meiner Ansicht nach würde Gervase sich noch beim letzten Atemzug darüber grämen, daß auf seinem Totenschein das Wort »unehelich« erschien.

Sein Bruder Ferdinand war da ganz anders; er maß der Unehelichkeit keine Bedeutung bei – eine Formsache, mehr nicht.

Ferdinand war drei Jahre jünger als Gervase, ein Jahr jünger als ich und sah Malcolm ähnlicher als jeder andere, ein wandelnder Beweis seiner Vaterschaft. Neben den Gesichtszügen hatte er auch das finanzielle Gespür geerbt, doch da ihm Malcolms charakteristischer Tatendrang fehlte, hatte er sich eine Nische bei einer Versicherungsanstalt geschaffen, kein Mulimillionenvermögen.

Als Kinder waren Ferdinand und ich Freunde gewesen, solange wir zusammen im Haus lebten, doch als Alicia ihn mitnahm, verdarb sie uns die Freundschaft gründlich, da sie all ihren Kindern den Groll der Vertriebenen einflüsterte. Jetzt sah mich Ferdinand oft ein wenig verwirrt an, als wüßte er nicht genau, was er gegen mich hatte; dann pflegte Alicia ihn scharf daran zu erinnern, daß ich mir seinen, Gervases und Serenas rechtmäßigen Anteil von Malcolms Geld unter den Nagel reißen würde, wenn er nicht achtgab, und seine Miene verdunkelte sich wieder vor Ablehnung.

Es war wirklich schade um Ferdinand, dachte ich, aber richtig unternommen hatte ich noch nie etwas.

Nach Gervase meldete sich meine Mutter Joyce auf dem Anrufbeantworter, so wütend, daß sie kaum zu verstehen war. Anscheinend hatte sie schon jemand auf die *Sporting Life* hingewiesen. Sie könne es nicht *fassen*, sagte sie. Ihr fehlten die Worte. (Offensichtlich fehlten sie ihr nicht.) Wie *konnte* ich nur so blöd sein, Malcolm auf die Auktion in Newmarket zu schleppen? – denn daß er mit mir dort war, lag auf der Hand, sonst verkehrte er in diesem Milieu nicht –, und warum war ich bei unserem Gespräch am Morgen so *falsch* zu ihr gewesen? Ich solle sie unbedingt *sofort* zurückrufen, es handle sich um eine *Krise*, man müsse Malcolm Einhalt gebieten.

Die vierte und letzte Nachricht, ruhiger als Joyces hysterischer Ausbruch, kam von meinem Halbbruder Thomas, dem dritten Kind Malcolms, geboren von seiner ersten Frau Vivien.

Thomas, Ende Dreißig, vorzeitig erkahlend, mit hellem Teint und markantem rötlichem Schnurrbart, hatte eine Frau geheiratet, die ihn jedesmal, wenn sie den Mund auftat, bissig herabsetzte. (»Thomas ist natürlich überhaupt nicht zu gebrauchen für so etwas« - egal, was - und »wenn der arme Thomas doch bloß imstande wäre, ein ordentliches Gehalt nach Hause zu bringen« und »der gute Thomas gehört zu den Verlierern dieser Welt, nicht wahr, Schatz?«) Thomas ertrug das alles beinah klaglos, doch mir fiel auf, daß er mit den Jahren nicht mehr, sondern weniger zustande brachte und nicht entschlossener, sondern unentschlossener wurde, fast als hätte er sich Berenices Meinung zu eigen gemacht und angefangen, danach zu handeln.

»Ian«, sagte Thomas mit bedrückter Stimme, »hier ist Thomas. Ich versuche dich seit gestern mittag zu erreichen, aber du bist wohl nicht da. Ruf mich bitte an, wenn du meinen Brief gelesen hast.«

Ich hatte seinen Brief von der Fußmatte aufgehoben, aber noch nicht geöffnet. Jetzt riß ich das Kuvert auf und stellte fest, daß auch er ein Problem hatte. Ich las:

Lieber Ian,
Berenice macht sich ernstlich Sorgen wegen Malcolms boshaftem Egoismus. Also, um ehrlich zu sein, sie hält mir andauernd vor, was für Summen er neuerdings zum Fenster rauswirft, und ehrlich gesagt, der Gedanke an den Teil von Malcolms Geld, der mir einmal zusteht, ist seit langem das einzige, was sie noch beschwichtigt hat. Wenn er es jetzt weiter in dem Tempo ausgibt, wird mein Leben ziemlich *unerträglich* werden, und ich würde Dir das nicht sagen, wenn Du nicht mein Bruder wärst und der Beste von dem Verein, was Du jetzt wahrscheinlich zum erstenmal von mir zu hören bekommst, aber manchmal denke ich, Du bist der einzige Vernünftige in der Familie, auch wenn Du diese gefährlichen Rennen reitest; also sag, kannst Du mal ein Wort mit Malcolm reden? Du bist doch der einzige, auf den er vielleicht noch hört, selbst wenn ihr eine Ewigkeit nicht miteinander gesprochen habt - unglaublich, wenn man bedenkt, wie nah ihr euch immer gewesen seid. Da war die

geldgeile Moira schuld, und ich nehme es ihr wirklich übel, obwohl Berenice immer meinte, alles und jedes, was Dich und Malcolm auseinanderbringt, könnte mir nur nützen, weil Malcolm Dich mit etwas Glück vielleicht enterbt. Na, das wollte ich jetzt nicht sagen, alter Knabe, aber um ehrlich zu sein, so sah Berenice die Sache, bis herauskam, daß Moira die Hälfte von allem als Abfindung fordern wollte, und ich dachte wirklich, Berenice bekäme einen Schlag, so wütend war sie, als sie das erfuhr. Im Ernst, Ian, es würde mir den Verstand retten, wenn Du Malcolm beibringen könntest, daß wir alle auf dieses Geld ANGEWIESEN sind. Ich weiß nicht, was passiert, wenn er es weiter in dem Tempo ausgibt. Ich BESCHWÖRE Dich, alter Knabe, mach, daß er damit aufhört.

Dein Bruder Thomas

Ich sah mir diesen reichlich verworrenen Brief und den nachdrücklichen Appell in den Schlußsätzen mit den großgeschriebenen Wörtern an, dachte an das unentwegte Sperrfeuer der chronisch verstimmten Berenice und fühlte mich Thomas so brüderlich verbunden wie nie zuvor. Ich fand zwar immer noch, er sollte von seiner Frau verlangen, daß sie ihre Galle gefälligst hinunterschluckte, anstatt sie über ihn auszugießen, sein Selbstbewußtsein zu zerstören und bei allen, die in Hörweite waren, sein Ansehen zu untergraben; doch zumindest wurde mir jetzt einmal klar, wie er damit leben konnte – wie die süße Verheißung künftigen Wohlstands ihm half, Berenice zu besänftigen.

Ich ahnte auch, warum er sie nicht einfach sitzenließ und seiner Wege ging: Ihm graute davor, es so zu machen wie Malcolm und Frau und Kinder aufzugeben, wenn der Ärger überhand nahm. Von klein auf war ihm beigebracht worden, Malcolms Unbeständigkeit zu verachten. Grimmig hielt er an Berenice und ihren beiden frechen Sprößlingen fest und mußte für seine Rechtschaffenheit bezahlen; und ich gestand mir ein, daß ich aus Angst, den gleichen verhängnisvollen Fehlgriff zu tun, unverheiratet geblieben war.

Thomas' Nachricht war die letzte auf dem Band. Ich nahm es aus dem Apparat, steckte es in meine Tasche und legte ein neues Band für kommende Nachrichten ein. Nach kurzer Überlegung sah ich dann noch eine Schachtel mit Familienfotos durch und suchte Gruppen- und Einzelaufnahmen heraus, die eine ziemlich umfassende Galerie von Pembrokes ergaben. Sie wanderte zusammen mit einem kleinen Kassettenrecorder und meiner besten Kamera in meinen Koffer.

Ich dachte zwar daran, auf die eine oder andere Telefonnachricht zu antworten, ließ es aber sein. Die Diskussionen hätten doch zu nichts geführt. Ich war wirklich überzeugt, daß Malcolm mit dem Geld, das er durch seinen Fleiß und sein Geschick verdient hatte, ohne Einschränkung tun und lassen konnte, was er wollte. Wenn er beschloß, es einmal seinen Kindern zu geben, hatten wir Glück. Aber wir hatten keinen Anspruch darauf; nicht den geringsten. Es wäre mir schwergefallen, Thomas oder Joyce, Gervase oder Serena diese Auffassung nahezubringen, und abgesehen davon, daß ich es nicht wollte, hatte ich auch keine Zeit.

Ich legte den Koffer ins Auto, dazu mein Rennzeug - Sattel, Helm, Peitsche und Stiefel - und fuhr zurück zum Savoy, wo ich Malcolm zu meiner Erleichterung unversehrt und unbehelligt vorfand.

Er saß zurückgelehnt in einem Sessel, auch heute für die City gekleidet, trank Champagner und rauchte eine übergroße Zigarre. Ihm gegenüber, auf der Kante eines genau gleichen Sessels, hockte ein dünner Mann in Malcolms Alter, aber von nicht annähernd so imposanter Erscheinung.

»Norman West«, sagte mir Malcolm, während er die Zigarre andeutungsweise auf seinen Besucher schwenkte, und zu dem Besucher sagte er: »Mein Sohn Ian.«

Norman West stand auf und gab mir kurz die Hand. Ich hatte noch nie einen Privatdetektiv kennengelernt, und es war nicht der Beruf, den ich mit diesem klammfingrigen, nervösen und abgerissenen Individuum in Verbindung gebracht haben würde. Er war mittelgroß, hatte graumelierte Haare, die dringend einer Wäsche bedurften, dunkle Ringe um die braunen Augen, ungesund graustichige Haut und einen gräulichen Bartschatten vom Vortag. Sein grauer Anzug wirkte alt und ungepflegt, seine Schuhe hatten vergessen, daß es Schuhcreme gab. Er paßte in eine Suite des Savoy wie ein Punkrocker in den Vatikan.

Als könnte er exakt meine Gedanken lesen, sagte er: »Wie ich Mr. Pembroke gerade erklärt habe, bin ich direkt von einer Nachtobservation hierhergekommen, da er nachdrücklich betonte, daß es dringend sei. Diese Kluft entsprach meinem Standort. Es ist nicht mein normaler Aufzug.«

»Kleider für jede Gelegenheit?« tippte ich an.

»So ist es.«

Seine Aussprache war das Standardenglisch der alten Rundfunksprecher – etwas überdeutlich und zu schön, um wahr zu sein.

Ich bedeutete ihm, sich wieder zu setzten, und er pflanzte sich wie gehabt auf die Kante des Sitzpolsters, beugte den Oberkörper vor und sah Malcolm fragend an.

»Mr. West war eben erst eingetroffen, als du kamst«, sagte Malcolm. »Vielleicht erklärst du ihm lieber, was wir wollen.«

Ich setzte mich auf das lange schmale Sofa und eröffnete Norman West, daß er feststellen sollte, wo jedes einzelne Mitglied unserer verzweigten Familie am vorigen Freitag von etwa sechzehn Uhr an gewesen sei und auch am gestrigen Dienstag, den ganzen Tag.

Norman West blickte uns mit offensichtlicher Bestürzung an.

»Wenn Sie damit überfordert sind«, sagte Malcolm, »schalten Sie Helfer ein.«

»Das ist es eigentlich nicht«, sagte Norman West unglücklich. »Aber ich fürchte, daß vielleicht ein Interessenkonflikt besteht.«

»Wieso Interessenkonflikt?« wollte Malcolm wissen.

Norman West zögerte, räusperte sich und summte ein paar Takte. Dann sagte er: »Samstagfrüh wurde ich von einem Ihrer Familienangehörigen beauftragt, *Sie* zu finden, Mr. Pembroke. Ich war also eben erst für jemanden aus Ihrer Familie aktiv. Jetzt soll ich denjenigen für Sie überprüfen. Ich glaube nicht, daß ich Ihren Auftrag guten Gewissens übernehmen kann.«

»Welcher Familienangehörige?« wollte Malcolm wissen.

Norman West trommelte mit den Fingern auf seinem Knie herum, entschloß sich aber nach einiger Überlegung zu antworten.

»Mrs. Pembroke«, sagte er.

4

Malcolm blinzelte verständnislos. »Welche?« fragte er.

»Mrs. Pembroke«, wiederholte Norman West verwirrt.

»Es gibt deren neun«, sagte ich. »Also welche?«

Der Detektiv sah verlegen drein. »Ich habe nur am Telefon mit ihr gesprochen. Ich dachte ... ich nahm an ... es sei die Mrs. Malcolm Pembroke, für die ich vor langer Zeit mal gearbeitet habe. Sie berief sich auf diesen Fall und sagte, jetzt würde ich wieder gebraucht. Ich sah in meinen Akten nach ...« Hilflos zuckte er die Schultern. »Ich dachte, es wäre dieselbe Dame.«

»Haben Sie Mr. Pembroke gefunden«, sagte ich, »als Sie ihn suchten?«

Fast widerstrebend nickte West. »In Cambridge. War nicht allzu schwer.«

»Und das haben Sie Mrs. Pembroke mitgeteilt?«

»Ich glaube, ich sollte wirklich nicht weiter darüber sprechen.«

»Sagen Sie uns wenigstens, wie Sie mit Mrs. Pembroke wieder in Verbindung getreten sind, um Ihren Erfolg zu melden.«

»Es war umgekehrt«, sagte er. »Sie rief mich zwei- bis dreimal täglich an und verlangte Zwischenberichte. Montagabend hatte ich schließlich Neuigkeiten für sie. Danach nahm ich meine nächste Ermittlung in Angriff, die jetzt abgeschlossen ist. Somit konnte ich mich Mr. Pembrokes Wünschen zuwenden.«

»Wir möchten, daß Sie feststellen, welche Mrs. Pembroke erfahren wollte, wo ich war.«

Norman West schüttelte bedauernd den zerzausten Kopf. »Das Vertrauen eines Klienten ...« murmelte er.

»Ausgemachter Unsinn!« explodierte Malcolm. »Irgend jemand, der wußte, wo ich bin, hätte mich beinah umgebracht!«

Unser Detektiv sah verdattert drein, faßte sich aber schnell. »Ich fand Sie, Sir, indem ich mir von Mrs. Pembroke eine Liste sämtlicher Orte geben ließ, wo Sie sich zu Hause fühlen, denn meiner Erfahrung nach halten sich Vermißte oft an diesen Orten auf, und sie nannte mir fünf solcher Möglichkeiten, mit Cambridge als der dritten. Ich bin noch nicht mal in die Stadt gefahren. Als einleitende Maßnahme hatte ich vorgesehen, mich telefonisch bei allen Hotels in Cambridge nach Ihnen zu erkundigen, aber ich fing mit den größeren an, da die am ehesten für Sie in Frage kamen, Sir, und schon vom dritten erhielt ich eine positive Antwort. Wenn es für mich so leicht war, Sie zu finden, war es auch für jeden anderen ein Klacks. Und wenn ich das sagen darf, Sir, Sie haben es mir leicht gemacht, denn Sie haben sich unter Ihrem richtigen Namen eingetragen. Das sollte jemand, der untertauchen will, nicht tun.«

Er sprach mit einer rührenden Würde, die schlecht zu seiner schäbigen Aufmachung paßte, und zum erstenmal kam mir der Gedanke, daß er in seinem Beruf vielleicht besser war, als es den Anschein hatte. Er mußte wohl ziemlich tüchtig sein, um sich so lange in dem Metier zu halten, auch wenn es seinerzeit bestimmt keine menschenunmögliche Leistung war, Malcolm mit heruntergelassenen Hosen zu ertappen.

Er trank das Glas Champagner aus, das Malcolm ihm vor meiner Ankunft gegeben hatte, und lehnte ein weiteres ab.

»Wie bezahlt Sie Mrs. Pembroke?« fragte ich.

»Sie sagte, sie sendet einen Scheck.«

»Wenn er kommt«, sagte ich, »werden Sie wissen, welche Mrs. Pembroke.«

»Richtig.«

»Ich sehe nicht ein, warum Sie sich wegen eines Interessenkonflikts sorgen sollten«, sagte ich. »Schließlich haben Sie schon ziemlich umfassend für verschiedene Pembrokes gearbeitet. Im Auftrag meiner Mutter, Joyce Pembroke, haben Sie meinen Vater mit der Dame überrascht, die ihr einen Scheidungsgrund lieferte. Im Auftrag meines Vaters sollten Sie seine fünfte Frau bei einem ähnlichen Abenteuer überraschen. Im Auftrag der nicht spezifizierten Mrs. Pembroke haben Sie den Aufenthalt meines Vaters ermittelt. Und jetzt möchte er eben, daß Sie herausfinden, wo seine Angehörigen am letzten Freitag und gestern gewesen sind, damit er sicher sein kann, daß keiner von seinen nahen Verwandten versucht hat, ihn umzubringen, denn sonst wäre er sehr unglücklich. Wenn Sie das nicht mit Ihrem Gewissen vereinbaren können, müßte er sich zu seinem großen Bedauern natürlich an jemand anders wenden.«

»Norman West musterte mich mit einem Zynismus, der mir erneut nahelegte, ihn nicht für so beschränkt zu halten wie er aussah. Malcolms Augen funkelten belustigt.

»Sie würden natürlich gut bezahlt«, sagte er.

»Gefahrenzulage«, nickte ich.

Malcolm sagte: »Was?«

»Wir wollen zwar nicht, daß er auf eine Klapperschlange tritt, aber er sollte fairerweise wissen, daß es ihm passieren kann.«

Norman West sah auf seine kurzen schwarzen Fingernägel. Er wirkte weder sonderlich entmutigt noch auf die Sache erpicht.

»Ist dafür nicht die Polizei zuständig?« fragte er.

»Aber sicher«, sagte ich. »Mein Vater hat die Polizei eingeschaltet, als ihn am Freitag jemand umzubringen versuchte; er wird Ihnen alles darüber erzählen. Und Sie müssen bedenken, daß die Polizei auch schon den Mord an Moira Pembroke untersucht, der Sie durch fleckenlose Tage gefolgt sind. Aber Sie würden für meinen Vater arbeiten, nicht für die Polizei, wenn Sie sein Geld annehmen.«

»Sie sind ganz schön energisch, nicht wahr, Sir?« sagte er unbehaglich.

»Herrisch«, stimmte Malcolm bei, »auf seine ruhige Art.«

All die Jahre im Rennstall, dachte ich; der ewige Drahtseilakt, wenn man Ziele durchsetzen mußte, ohne einerseits die

Autorität des Futtermeisters und andererseits die des Trainers anzutasten, wie ein Leutnant zwischen Hauptfeldwebel und Oberst. Auf die eine oder andere Weise hatte ich viel Übung darin, ruhig, aber herrisch zu sein.

Malcolm berichtete West nüchtern von seinem vereitelten Spaziergang mit den Hunden, seiner ungewollten Bekanntschaft mit Kohlenmonoxyd und schilderte anschließend noch das knappe Entkommen in Newmarket.

Norman West hörte aufmerksam mit langsam blinzelnden Augen zu und sagte schließlich: »Das Auto in Newmarket könnte ein Zufall gewesen sein. Vielleicht ein Fahrer, der gerade seine Zigaretten suchte. Abgelenkt war. Im letzten Moment sah er Sie beide . . . und wich verzweifelt aus.«

Malcolm schaute mich an. »Kam dir das so vor?«

»Nein.«

»Wieso nicht?« fragte West.

»Wegen der plötzlichen Beschleunigung, nehme ich an.«

»Unbedachter Tritt aufs Gaspedal während der Zigarettensuche?«

»Das Fernlicht war an«, sagte ich.

»Ein nachlässiger Fahrer? Angetrunken?«

»Mag sein.« Ich schüttelte den Kopf. »Das eigentliche Problem ist, wenn der Wagen uns - oder Malcolm - überfahren *hätte*, wären vielleicht Zeugen dagewesen. Womöglich hätte man den Wagen gestoppt, bevor er das Auktionsgelände verlassen konnte. Oder man hätte sein Kennzeichen notiert.«

West lächelte traurig. »So etwas ist schon am hellichten Tag auf belebter Straße glatt abgelaufen.«

»Willst du behaupten«, herrschte mich Malcolm an, »daß der Wagen *nicht* versucht hat, mich umzubringen?«

»Nein, nur daß der Fahrer ein gewaltiges Risiko eingegangen ist.«

»Sind uns denn Zeugen zu Hilfe geeilt?« fragte Malcolm eindringlich. »Hat uns jemand auch nur ein mitfühlendes Wort gesagt? Nein, nichts dergleichen. Hat irgendwer den Fahrer anzuhalten versucht oder etwa die Nummer aufgeschrieben? Den Teufel haben sie.«

»Trotzdem«, sagte West, »Ihr Sohn hat recht. Jemand in aller Öffentlichkeit zu überfahren, ist riskant. Wenn das hier versucht wurde - und meine Herren, ich bestreite es nicht - dann überwog der angestrebte Gewinn offenbar das Risiko, oder ehm, mit anderen Worten -«

»Mit anderen Worten«, unterbrach Malcolm finster, »Ian nimmt zu Recht an, daß man es nochmal versuchen wird.«

Norman West sah einen Augenblick unendlich müde aus, als seien die Sünden der Welt einfach zu schlimm, um darüber nachzudenken. Wahrscheinlich hatte er als Detektiv eine lebenslange Prozession von Tätern und Opfern an sich vorbeiziehen sehen; außerdem mußte er um die Siebzig sein und hatte die ganze Nacht nicht geschlafen.

»Ich übernehme Ihren Auftrag«, sagte er ohne Begeisterung, nicht gerade vor Selbstvertrauen strotzend, und ich warf einen Blick auf Malcolm, um zu sehen, ob er den Mann wirklich für die optimale Lösung hielt, Intelligenz hin und her. Malcolm schien aber keine Zweifel zu haben und verwandte die nächsten fünf Minuten darauf, Honorare zu erörtern, die mir bedenklich bescheiden vorkamen.

»Und ich brauche eine Liste«, sagte West schließlich, »eine Liste von den Leuten, die ich überprüfen soll. Namen, Adressen und Alltagsgewohnheiten.«

Malcolm sträubte sich unerwartet, als wäre die Überprüfung der »Familie«, dieser gestaltlosen Größe, etwas anderes als die Überprüfung jedes Einzelnen, und so war ich es, der einen Bogen Savoy-Schreibpapier organisierte, um die Liste aufzustellen.

»Okay«, sagte ich, »da ist zunächst mal Vivien, die erste Frau meines Vaters. Mrs. Vivien Pembroke.«

»Nicht sie«, wandte Malcolm ein. »Das ist lächerlich.«

»Alle«, sagte ich bestimmt. »Ohne Ausnahme. Dann ist es allen gegenüber fair . . . denn es wird eine ausgesprochen wütende Verwandtschaft geben, wenn sie erst merken, was vorgeht.«

»Das durchschauen sie nicht«, sagte Malcolm.

Frommer Wunsch, dachte ich.

Zu West sagte ich: »Sie telefonieren alle ständig miteinander; keineswegs etwa immer aus Freundschaft, sondern ziemlich oft aus Bosheit. Sie werden sich nicht gegen Sie zusammenrotten, denn sie bilden selten Allianzen untereinander. Manche von ihnen sind ziemlich gute Lügner. Glauben Sie nicht alles, was die übereinander sagen.«

»*Ian*!« protestierte Malcolm.

»Ich bin einer von ihnen, und ich weiß es«, sagte ich.

Unter Viviens Namen auf der Liste notierte ich die Namen ihrer Kinder:

Donald

Lucy

Thomas

»Thomas«, sagte ich, »ist verheiratet mit Berenice.« Ich setzte ihren Namen neben seinen. »Er ist leicht zu nehmen, sie nicht.«

»Sie ist eine Fünf-Sterne-Kuh«, sagte Malcolm.

West nickte nur.

»Lucy«, sagte ich, »ist mit einem Mann namens Edwin Bugg verheiratet. Dieser Nachnahme gefiel ihr nicht, und da sie ihn überredet hat, statt dessen ihren anzunehmen, ist sie auch eine Mrs. Pembroke.«

West nickte.

»Lucy ist Lyrikerin«, sagte ich. »Lyrikkenner sind von ihren Sachen überzeugt. Sie pflegt ein sehr weltfernes Image, das Edwin, glaube ich, inzwischen ermüdend findet.«

»Pah«, sagte Malcolm. »Edwin ist ein hundertprozentiger Materialist, der mich dauernd anpumpt.«

»Gibst du ihm was?« fragte ich interessiert.

»Nicht oft. Er zahlt's mir nie zurück.«

»Knapp bei Kasse, die beiden?« erkundigte sich West.

»Edwin Bugg«, sagte Malcolm, »hat Lucy vor Jahren geheiratet, weil er sie für eine reiche Erbin hielt, und seitdem schlagen sie sich mit dem schmalen Einkommen aus dem Treuhandfonds durch, den ich für Lucy eingerichtet habe. Edwin hat in seinem parasitären Leben noch keinen Strich getan, und ich kann den Kerl nicht ausstehen.«

»Sie haben einen heranwachsenden Sohn«, sagte ich lächelnd, »der bei unserem letzten Gespräch von mir wissen wollte, wie man nach Australien auswandert.«

West blickte auf die Liste und fragte Malcolm: »Was ist mit Donald, Ihrem Ältesten?«

»Donald«, sagte dessen Vater, »hat eine genaue Kopie seiner Mutter geheiratet, schön, aber hirnlos. Ein Mädchen namens Helen. Sie führen ein sterbenslangweiliges, rechtschaffenes Leben in Henley-on-Thames und turteln noch wie Jungvermählte miteinander, obwohl Donald schon fast fünfundvierzig sein dürfte.«

Niemand äußerte sich dazu. Malcolm selbst, der bald neunundsechzig wurde, konnte anderen noch etwas vorturteln, und mit unterdrücktem Schaudern mußte ich zum erstenmal an die *sechste* Heirat denken, denn wenn Malcolm uns erhalten blieb, kam die bestimmt. Er hatte noch nie lange allein gelebt. Kräche waren ihm lieber als Einsamkeit.

»Kinder?« fragte Norman West in die Stille hinein.

»Drei«, sagte Malcolm. »Aufgeblasene kleine Esel.«

West blickte erwartungsvoll zu mir – und gähnte.

»Sind Sie zu müde, um das alles in sich aufzunehmen?« fragte ich.

»Nein, nur weiter.«

»Zwei von Donalds Kindern können noch nicht Auto fahren. Das älteste, eine Kunststudentin, ist einen Meter sechzig und zart gebaut. Ich kann mir nicht vorstellen, daß sie körperlich in der Lage ist, Malcolm bewußtlos zu schlagen, ihn vom Garten zur Garage zu schleppen und in Moiras Wagen zu verfrachten.«

»Sie hat auch nicht den Mut dazu«, sagte Malcolm.

»Das kann man nicht wissen«, widersprach ich. »Mut kann überall ganz unerwartet zutage treten.«

West warf mir einen neutralen Blick zu. »Gut«, meinte er

und nahm die Liste an sich, um sie selber zu ergänzen. »Bis jetzt haben wir folgendes. Frau Nr. 1: Vivien Pembroke. Ihre Kinder Donald (44), Gattin Helen, drei Sprößlinge. Lucy, Gatte Edwin (geb. Bugg), heranwachsender Sohn. Thomas, Gattin Berenice . . .?«

»Zwei junge Töchter.«

»Zwei junge Töchter«, wiederholte er beim Schreiben.

»Meine Enkel«, wandte Malcolm ein, »sind alle zu jung, um einen Mord zu begehen.«

»Psychopathen fangen in der Kinderstube an«, sagte West lakonisch. »Gibt es Anzeichen von krankhafter Aggressivität bei irgendeinem? Ungewöhnliche Grausamkeit oder dergleichen? Zwanghafte Haßgefühle?«

Malcolm und ich schüttelten den Kopf, aber beide mit einer gewissen Unsicherheit; er vielleicht wegen etwas, das er wußte, ich wegen allem, was ich nicht wußte, all den Dingen, die im Verborgenen liegen konnten.

»Fängt Habgier auch in der Kinderstube an?« sagte ich.

»Würde ich nicht meinen – Sie etwa?« antwortete West.

Ich schüttelte erneut den Kopf. »Ich denke, das ist ein Erwachsenenübel und wächst mit der Gelegenheit. Je mehr es zu holen gibt, um so gieriger werden die Leute.«

Malcolm sagte, nur halb als Frage: »Mein Vermögen korrumpiert . . . im Verhältnis zu seinem Umfang?«

»Du stehst nicht allein«, sagte ich trocken. »Denk bloß an die vielen Milliardärsfamilien, deren Kinder bereits mit Millionen versorgt sind und die sich trotzdem noch wie Katzen um die Reste balgen, wenn der Vater stirbt.«

»Gehen Sie ruhig auf vierstellige Zahlen runter«, sagte West unerwartet. »Oder auf dreistellige. Ich habe schon entsetzliche Bosheit wegen Hunderten erlebt. Und die Anwälte reiben sich dabei die Hände und sahnen ab.« Er seufzte teils aus Ernüchterung, teils aus Müdigkeit. »Frau Nr. 2?« fragte er und beantwortete seine Frage selbst. »Mrs. Joyce Pembroke.«

»Richtig«, sagte ich. »Ich bin ihr Sohn. Sonst hat sie keine Kinder. Und ich bin ledig.

»West notierte mich gewissenhaft.

»Vorigen Freitagabend«, sagte ich, »habe ich um fünf noch in einem Reitstall gearbeitet, was etwa dreißig Personen bezeugen können, und gestern abend saß ich mit Sicherheit nicht am Steuer des Wagens, der uns beinah überfahren hat.«

West sagte stur: »Ich vermerke, daß eine direkte Beteiligung Ihrerseits ausgeschlossen ist. Mehr kann ich für niemand aus Ihrer Familie tun, Mr. Pembroke.« Er beendete den Satz mit einem Blick auf Malcolm, der leise »gedungene Mörder« einwarf, worauf West nickte. »Sollte einer von ihnen einen guten Profi engagiert haben, zweifle ich, ob ich das herausfinde.«

»Ich dachte, gute Killer arbeiten mit dem Gewehr«, sagte ich.

»Manche ja. Die meisten nicht. Sie wählen ihre eigene Methode. Manche nehmen ein Messer. Andere die Garotte. Ich weiß von einem, der seine Opfer auf ihrem gewohnten Weg zur Arbeit an Verkehrsampeln erwartet hat. Eines Tages war die Ampel rot, das Opfer hielt an. Der Killer klopfte an die Fensterscheibe, stellte eine Frage ... jedenfalls nimmt man das an. Das Opfer drehte die Scheibe runter, und der Killer schoß ihm glatt in den Kopf. Bis die Ampel auf Grün sprang und das Hupkonzert der anderen Autos anfing, war der Killer über alle Berge.«

»Ist er je gefaßt worden?« fragte ich.

West schüttelte den Kopf. »Acht prominente Geschäftsleute starben auf diese Art, innerhalb zwei Jahren. Dann hörte es auf. Keiner weiß, warum. Ich nehme an, der Killer hat den Mut verloren. Das kommt in jedem Beruf vor.«

Ich dachte an Hindernisjockeys, bei denen es fast über Nacht geschah, und Börsenmaklern konnte es wohl auch passieren. In jedem Beruf, wie er sagte.

»Oder man hat ihn umgelegt, weil er zuviel wußte«, sagte Malcolm.

»Das ist auch möglich.« West sah auf die Liste. »Nach Mrs. Joyce?«

Malcolm sagte säuerlich: »Die Dame, mit der Sie mich auf

Veranlassung von Mrs. Joyce, wie Sie sie nennen, so kunstvoll fotografiert haben.«

Wests Augenbrauen hoben sich langsam. »Miß Alicia Sandways? Mit zwei kleinen Jungs, wenn ich nicht irre?«

»Die kleinen Jungs sind jetzt 35 und 32«, sagte ich.

»Ja.« Er seufzte. »Wie gesagt, ich habe die Akte kürzlich ausgegraben. Mir war nicht klar, daß ehm ... Nun, das wäre also Gattin Nr. 3, Mrs. Alicia Pembroke. Und ihre Kinder?«

Malcolm sagte: »Die beiden Jungs, Gervase und Ferdinand. Ich habe sie offiziell adoptiert, als ich ihre Mutter heiratete, und ihren Nachnamen in Pembroke geändert. Dann bekamen wir die kleine Serena«, sein Gesicht wurde weich, »und ihr zuliebe habe ich mich die letzten Jahre unseres Zusammenseins mit Alicias schlechter Laune abgefunden. Alicia war eine wundervolle Geliebte, aber eine miserable Frau. Fragen Sie mich nicht, warum. Ich habe ihr jeden Wunsch erfüllt, sie konnte mit meinem Haus anstellen, was sie wollte, und zum Schluß war sie mit nichts zufrieden.« Er zuckte die Achseln. »Bei der Scheidungsregelung zeigte ich mich großzügig, doch sie war sehr verbittert. Ich wollte die kleine Serena behalten ... und Alicia schrie mich an, daß ich auf die Jungs wohl keinen Wert legte, weil sie unehelich seien. Sie kämpfte vor Gericht um Serena und gewann ... Sie hat die Köpfe all ihrer Kinder mit Groll gegen mich erfüllt.« Die alte Kränkung trat klar zutage. »Serena sprach davon, zurückzukommen und für mich zu sorgen, als Coochie starb, doch das mußte nicht sein, weil Moira da war. Als Moira starb, bot sie es mir auch wieder an. Gut gemeint von Serena. Sie ist wirklich ein nettes Mädchen, aber Alicia versuchte sie gegen mich einzunehmen.«

West, dessen Schweigen vielleicht mitfühlend war, vielleicht auch nicht, schrieb unter Alicias Namen:

Gervase. Unehelich geboren, später adoptiert
Ferdinand. Dito
Serena. Ehelich

»Sind sie verheiratet?« fragte er.

»Gervase hat eine Frau namens Ursula«, sagte ich. »Die

kenne ich nicht gut, da sie normalerweise zusammen sind, wenn ich sie sehe, und dann führt Gervase immer das Wort. Sie haben wie Thomas zwei kleine Mädchen.«

West schrieb das auf.

»Ferdinand«, sagte ich, »hat in rascher Folge zwei hinreißende Schönheiten geheiratet. Die erste, eine Amerikanerin, ist zurück in die Staaten. Die zweite, Deborah, kurz Debs, wohnt noch bei ihm. Bisher keine Kinder.«

West schrieb.

»Serena«, sagte ich, »ist unverheiratet.«

West beendete diesen Abschnitt der Liste. »Soweit also Gattin Nr. 3, Mrs. Alicia Pembroke, Kinder wie folgt: Gervase, Frau Ursula, zwei kleine Töchter. Ferdinand, jetzige Frau Debs, keine Kinder. Serena, unverheiratet ... ehm, verlobt vielleicht? Lebensgefährte?«

»Nicht, daß ich wüßte«, sagte ich, und Malcolm schloß sich meiner Aussage an.

»Gut«, meinte West. »Gattin Nr. 4?«

»Ein kurzes Schweigen trat ein. Dann sagte ich: »Coochie. Sie ist tot. Sie hatte Zwillingssöhne. Einer starb zusammen mit ihr bei einem Autounfall, der andere ist hirngeschädigt und lebt in einem Pflegeheim.«

»Oh.« Der Laut enthielt jetzt eindeutig Mitgefühl. »Und Gattin Nr. 5, Mrs. Moira Pembroke, hatte sie vielleicht Kinder aus einer früheren Ehe?«

»Nein«, sagte Malcolm, »keine vorherige Ehe, keine Kinder.«

»Schön.« West zählte seine Liste durch. »Das wären drei Exfrauen ... ehm, übrigens, hat sich eine von ihnen wieder verheiratet?«

Ich antwortete mit einem lauten Lächeln: »In dem Fall würden sie ihren Unterhalt verlieren. Malcolm war mit der Regelung bei allen ziemlich großzügig. Vom Finanziellen sah keine einen Sinn darin, sich wieder zu verheiraten.«

»Hätten sie mal tun sollen«, brummte Malcolm. »Dann wären sie nicht so verdreht.«

West sagte lediglich: »Gut. Ferner, ehm, sechs Söhne, zwei Töchter. Vier derzeitige Schwiegertöchter, ein Schwiegersohn. Enkelkinder ... zu jung. Somit sind, ehm, wenn wir den behinderten Sohn und Mr. Ian hier beiseite lassen, vierzehn Erwachsene zu überprüfen. Dafür brauche ich mindestens eine Woche. Wahrscheinlich länger.«

»So schnell es geht«, sagte ich.

Er sah wirklich aus, als hätte er kaum die Kraft und die Zuversicht, zur Tür hinauszugehen, geschweige denn sich einer Aufgabe anzunehmen, die offensichtlich mühevoll war.

»Kann ich allen mitteilen, warum ich diese Erkundigungen einziehe?« fragte er.

»Und ob Sie das können«, sagte Malcolm bestimmt. »Wenn es einer von ihnen ist – und da sei Gott vor – dann macht's ihm vielleicht angst und schreckt ihn ab. Sagen Sie nur keinem, wo ich zu finden bin.«

Ich sah mir die Liste an. Ich konnte mir nicht vorstellen, daß irgendeiner von ihnen so kriminell war, aber andererseits trieb Habgier auch Leute, die sonst vernünftig waren, zu unvernünftigen Taten. Alle möglichen Leute ... Mir war ein Fall von zwei Männern bekannt, die in das Haus einer soeben gestorbenen Verwandten marschiert waren, den Schlafzimmerteppich unter dem Bett der Toten hervorgezogen, ihn aufgerollt und mitgenommen hatten, bloß um sich ihr bestes Stück zu sichern, bevor die übrige Familie erschien. Ich hatte es nicht glauben wollen. Die Kusine der alten Frau, die jede Woche bei mir saubermachte, war über die Angelegenheit sehr empört gewesen, aber nicht ihrer Tante wegen. »Es war der einzige gute Teppich in dem Haus«, hatte sie geschimpft. »Fast neu. Ihr einzig wertvoller Besitz. Von Rechts wegen hätte er mir zugestanden. Jetzt komme ich da nicht mehr ran.«

»Ich brauche noch die Adressen«, sagte West.

Malcolm winkte mit der Hand. »Ian hat sie. Er soll sie Ihnen aufschreiben.«

Gehorsam öffnete ich meinen Koffer, nahm mein Adreßbuch raus und schrieb die ganze Liste ab, mitsamt Telefonnummern. Dann holte ich den Packen Fotos hervor und zeigte sie West.

»Würden die Ihnen helfen?« fragte ich. »Falls ja, dann leihe ich sie Ihnen, aber ich möchte sie zurück.«

West sah sie der Reihe nach durch, und ich wußte, wenn er überhaupt den Namen Detektiv verdiente, konnte er alle wesentlichen Eigenschaften der Betreffenden aus den Bildern ablesen. Ich fotografierte gern, am liebsten Portraits, und irgendwie gab mir die Kamera auch etwas Nützliches zu tun, wann immer die Familie zusammentraf. Mit einigen von ihnen unterhielt ich mich nicht gern; das Fotografieren lieferte mir einen überzeugenden Grund, mich loszueisen und umherzuwandern.

Gab es einen gemeinsamen Nenner in vielen dieser Gesichter, so war es Unzufriedenheit, was ich traurig fand. Nur Ferdinand sah wirklich frei und unbeschwert aus, aber auch ihn kannte ich anders; und Debs, seine zweite Frau, eine hinreißende Blondine, größer als ihr Mann, blickte staunend in die Welt, als traue sie nicht ganz ihren schönen, noch nicht von Enttäuschung getrübten Augen.

Gervase hatte ich mit seinem einschüchterndsten Gesichtsausdruck, dem Drohstarren erster Klasse abgelichtet, und ich sah keinen Nutzen darin, ihm jemals dieses Spiegelbild seiner Seele zu zeigen. Ursula wirkte lediglich unentschlossen, matt und irgendwie schuldbewußt, als fände sie es schon verkehrt, sich ohne Gervases Erlaubnis fotografieren zu lassen.

Berenice, die Frau von Thomas, war das gerade Gegenteil, wie sie mißbilligend ins Objektiv starrte, dreist und sarkastisch, unfehlbar destruktiv in allem, was sie von sich gab. Und Thomas, einen Schritt hinter ihr, sah nervös und gequält aus. Auf einem anderen Foto war Thomas allein, verlegen lächelnd, Resignation in den hängenden Schultern, Verzweiflung im Blick.

Vivien, Joyce und Alicia, die drei Hexen, unähnlich in den Gesichtszügen, aber ähnlich im Ausdruck, waren konterfeit worden, als sie von der Kamera nichts ahnten und jede von ihnen gerade jemand anders mit Mißfallen betrachtete.

Alicia, in Tüll und Rüschen, trug ihr Haar noch jugendlich flott, mit einem hoch angesetzten Zopfband, von dem die vollen braunen Locken kaskadenartig auf ihre Schultern herabfielen. Fast schon sechzig, sah sie im Grunde jünger aus als ihr Sohn Gervase, und ohne die verkniffene Härte ihres Mundes hätte man sie noch als hübsch bezeichnen können.

Sie war mir in den sieben Jahren ihres Regiments eine gerechte Mutter gewesen, hatte für meine normalen Bedürfnisse wie etwa Essen und Kleider gesorgt und mich nicht anders behandelt als Gervase und Ferdinand, aber es wäre mir nie eingefallen, Rat oder Trost bei ihr zu suchen. Sie hatte mich nicht geliebt, ich sie auch nicht, und nach der Scheidung hatten wir beide keinen Trennungsschmerz empfunden. Für die Art und Weise, wie sie Gervase, Ferdinand und Serena anschließend mit ihrem eigenen Groll vergiftete, hatte ich sie verabscheut. Ich hätte mindestens ebenso gern wohlwollende Brüder und Schwestern gehabt wie Malcolm freundlich gesinnte Kinder. Nach zwanzig Jahren zog die tiefe Kränkung, die Alicia widerfahren war, immer noch leidvolle Kreise.

Serenas Foto zeigte sie, wie sie vor einem Jahr gewesen war, bevor sie durch die Aerobic noch mehr abgenommen und eine geschlechtslos hager wirkende Figur bekommen hatte. Das blonde Haar ihrer Kindheit war leicht nachgedunkelt und passend zu einer modischen Kappenform frisiert, die sie jünger als sechsundzwanzig aussehen ließ. Ein langbeiniger Peter Pan, der nicht erwachsen werden will, dachte ich: eine Kindfrau mit einer mädchenhaften Stimme, die »Mami und Daddy« sagte, und einen unersättlichen Appetit auf Kleider hatte. Ich überlegte flüchtig, ob sie noch Jungfrau war und stellte ein wenig erstaunt fest, daß ich das einfach nicht wußte und auch gar nicht beurteilen konnte.

»Die sind alle sehr interessant«, sagte West und warf mir einen Blick zu. »Ich würde sie wirklich gern ausleihen.« Er sortierte den Stapel. »Wer ist das hier? Da haben Sie nicht die Namen hintendrauf geschrieben.«

»Das sind Lucy und Edwin, und das sind Donald und Helen.«

»Danke.« Er notierte die Angaben sorgfältig in sauberer kleiner Schrift.

Malcolm streckte die Hand aus und ließ sich von West die Fotos geben. Nachdem er sie aufmerksam durchgesehen hatte, reichte er sie ihm wieder zurück.

»Mir scheint, die kenne ich noch gar nicht«, sagte er.

»Sie sind alle unter drei Jahre alt.«

Sein Mund ging auf und schloß sich wieder. Er warf mir einen düsteren Blick zu, als hätte ich ihn gerade unfair in die Rippen geboxt.

»Wie findest du sie?« fragte ich.

»Ein Jammer, daß Kinder erwachsen werden.«

West lächelte müde und raffte die Listen und Fotos zusammen.

»Gut, Mr. Pembroke. Ich erledige das.« Er stand auf und schwankte leicht, aber als ich einen Schritt vortrat, um ihn zu stützen, winkte er ab. »Nur Schlafmangel.« Im Stehen sah er noch erschöpfter aus, als wäre das Grau seines Äußeren ihm bis ins Mark gedrungen. »Gleich morgen früh werde ich die ersten Pembrokes überprüfen.«

Es wäre kleinlich gewesen zu erwarten, daß er noch diesen Nachmittag damit anfing, doch ich kann nicht behaupten, daß mir die Verzögerung gefiel. Ich bot ihm noch einen Drink und einen Imbiß zur Stärkung an, was er ablehnte, und so begleitete ich ihn zum Hoteleingang hinunter, steckte ihn in ein Taxi und sah ihn wie eine aus dem Leim gegangene Vogelscheuche auf dem Sitz zusammensinken.

Als ich wieder in die Suite kam, bestellte Malcolm mit der Hemmungslosigkeit, an die ich mich allmählich schon gewöhnte, Wodka und Belugakaviar beim Zimmerservice. Danach breitete er die *Sporting Life* aus, strich sie glatt und zeigte auf einen bestimmten Artikel.

»Da steht, daß am Sonntag in Paris das Arc de Triomphe stattfindet.«

»Ja, stimmt.«

»Dann laß uns hinfahren.«

»In Ordnung«, sagte ich.

Malcolm lachte. »Wir können uns doch ruhig was gönnen. Hier sind die Teilnehmer aufgelistet.«

Ich schaute nach. Es war eine Buchmacheranzeige mit den Eventualquoten.

»Welche Chance habe ich«, sagte Malcolm, »eins von diesen Pferden zu kaufen?«

»Ehm«, sagte ich. »Meinst du heute?«

»Natürlich. *Nach* dem Rennen eins zu kaufen, hat ja wohl keinen Zweck, oder?«

»Nun ja . . .«

»Natürlich hat's keinen. Der Sieger wird Millionen wert sein und die andern Kleingeld. Es muß *vor* dem Rennen sein.«

»Ich glaube zwar nicht, daß einer verkauft«, sagte ich, »aber versuchen können wir's. Wie hoch willst du gehen? Der Favorit hat das Derby Epsom gewonnen und soll angeblich für zehn Millionen syndikatisiert werden. Du müßtest eine ganze Ecke mehr bieten, bevor sie daran denken würden, ihn jetzt zu verkaufen.«

»Hm«, sagte Malcolm. »Wie schätzt du ihn als Pferd ein?«

Ich unterdrückte ein, zwei Japser und sagte mit ausdruckslosem Gesicht: »Das Pferd ist sehr gut, aber es hat ein äußerst strapaziöses Rennen hinter sich. Ich glaube nicht, daß er genug Zeit hatte, sich davon zu erholen, und diesmal würde ich nicht auf ihn setzen.«

»Hast du schon mal auf ihn gesetzt?« fragte Malcolm neugierig.

»Ja, bei seinem Derbysieg, aber da war er auch Favorit.«

»Was glaubst du denn, wer das Arc de Triomphe gewinnt?«

»Im Ernst?«

»Natürlich im Ernst.«

»Ein französisches Pferd, Meilleurs Voeux.«

»Können wir das kaufen?«

»Ausgeschlossen. Sein Besitzer liebt Pferde, liebt den Sieg mehr als den Profit und ist ungeheuer reich.«

»Bin ich auch«, sagte Malcolm einfach. »Ich kann nichts dafür, daß ich Geld mache. Früher war's eine Leidenschaft, jetzt ist es Gewohnheit. Aber die Sache mit Moira, weißt du, die hat mich aufgerüttelt. Ich dachte plötzlich, daß mir vielleicht nicht mehr so wahnsinnig viel Zeit bleibt, wo ich noch gesund und kräftig genug bin, um das Leben zu genießen. Die ganzen Jahre hindurch habe ich den Kies angehäuft, und wozu? Damit meine verfluchten Kinder mich deswegen umbringen? Daß ich nicht heule! Kauf du mir ein Pferd für das Rennen am Sonntag, Junge, und wir gehen hin und brüllen es aus vollem Hals ins Ziel.«

Es dauerte den ganzen Nachmittag und den halben Abend, bis jemand auch nur eine Spur von Interesse zeigte. Ich rief die Trainer der englischen und irischen Teilnehmer an und erkundigte mich, ob die Besitzer ihrer Meinung nach eventuell verkauften. Jedem Trainer versprach ich, daß er das Pferd weiterhin trainieren würde und außerdem den 2 Millionen Guineen-Jährling, den mein Vater gestern gekauft hatte, zur Ausbildung bekäme. Einige Trainer waren auf der Auktion in Newmarket, so daß ich sie in Hotels aufspüren mußte, und nachdem das geschehen war, mußten sie wiederum erst die Besitzer aufspüren, um sich mit ihnen zu beraten. Manche sagten einfach nein, vergessen Sie's.

Um Viertel vor acht schließlich rief ein Trainer aus Newmarket zurück und teilte mit, daß sein Besitzer bereit sei, eine 50-Prozent-Beteiligung zu verkaufen, wenn sein Preis gezahlt werde. Ich gab die Nachricht und den Preis an Malcolm weiter.

»Was hältst du davon?« sagte er.

»Hm. . . das Pferd ist ziemlich gut, der Preis ist hochgegriffen, der Trainer zählt zur Spitze.«

»Okay«, sagte Malcolm. »Gekauft.«

»Mein Vater akzeptiert«, sagte ich. »Und ehm, der Jährling

steht noch im Auktionsstall. Können Sie ihn morgen abholen, wenn wir das mit den Versteigerern regeln?«

Und ob er das konnte. Er hörte sich alles in allem recht vergnügt an. Er würde sofort den Papierkram erledigen, wenn Malcolm das Geld auf sein Rennkonto überwiese, Bank und Kontonummer wie folgt. Ich notierte die Angaben nach seinem Diktat. Malcolm winkte mit der Hand und sagte: »Kein Problem. Gleich morgen früh. Morgen nachmittag hat er's.«

»Schön«, sagte ich und stieß die Luft aus, als ich den Hörer auflegte, »jetzt besitzt du die Hälfte von Blue Clancy.«

»Stoßen wir drauf an«, sagte Malcolm. »Laß uns einen Bollinger kommen.«

Ich bestellte welchen beim Zimmerservice, und während wir darauf warteten, erzählte ich ihm von meiner Begegnung mit seinem Gärtner Arthur Bellbrook.

»Anständiger Kerl«, sagte Malcolm nickend. »Verdammt guter Gärtner.«

Ich erzählte ihm ironisch von Moira und dem Zuchtgemüse, eine Sache, die ihm neu war.

»Das dumme Biest«, sagte er. »Arthur wohnt in einem Reihenhaus mit einem taschentuchgroßen Garten, der nach Norden geht. Da kann man nichts Prämienreifes ziehen. Wäre sie zu mir gekommen, hätte ich ihr das gesagt und sie ermahnt, ihn in Ruhe zu lassen. Gute Gärtner haben jedes Vorrecht, das man ihnen einräumt, verdient.«

»So leicht kann ihn anscheinend nichts erschüttern«, sagte ich, »und ziemlich aufgeweckt schien er mir übrigens auch. Ihm war aufgefallen, daß die Mauer zum Küchengarten an der Ecke zu breit ist. Er hat den alten Fred danach gefragt und von der Kammer erfahren, die ich mir da gebaut habe. Er wollte wissen, wie man reinkommt, damit er dort Äpfel lagern kann.«

Malcolm schoß praktisch aus seinem Sessel hoch, die Augen schreckgeweitet, die Stimme rauh und erstickt. »Mein Gott, du hast es ihm doch nicht etwa gesagt?«

»Nein«, erwiderte ich langsam. »Ich sagte ihm, sie sei leer

und vor zwanzig Jahren zugemauert worden.« Ich hielt inne. »Was hast du da reingetan?«

Malcolm ließ sich wieder in den Sessel sinken, aber die Angst war noch in ihm.

»Ist doch egal«, sagte er.

»Du vergißt, daß ich nachsehen könnte.«

»Das vergesse ich nicht.«

Er starrte mich an. Er hatte sich interessiert für die drehbare Ziegelsteintür, die ich damals im Sommer entworfen und gebaut hatte. Tag für Tag war er in den Garten gekommen, um zuzusehen, und oft hatte er mir auf die Schulter geklopft und über das Geheimnis gelächelt. Die Mauer, die dabei herauskam, sah massiv aus, fühlte sich massiv an, *war* massiv. Aber an einer Stelle führte senkrecht eine dicke Stahlstange durch, die von einem Betonfundament bis in den Dachbalken reichte. Bevor ich das neue Dach aufsetzte, hatte ich geduldig Löcher in Ziegelsteine gebohrt (wobei viele zerbrochen waren), sie über die Stange gleiten lassen und die Tür in sauberen Schichten ausgerichtet und verfugt, so daß ihre Kanten sich in das angrenzende feste Mauerwerk einfügten.

Als ich ganz fertig war, mußte man, um in den Raum zu gelangen, zunächst eine keilförmige Schwelle entfernen, die der geschlossenen Tür von unten zusätzlichen Halt gab, und dann das Schnappschloß auf der Innenseite betätigen, indem man einen dünnen Draht durch ein winziges Loch im Mörtel führte, das ich mit dreizehn Jahren in meiner damaligen Taillenhöhe angebracht hatte. Das Schloß war keine Eigenkonstruktion gewesen, sondern einem Buch entnommen; jedenfalls hatte es nach dem Einbau auf Anhieb funktioniert.

Es war mir ein großes Vergnügen gewesen, eine Tür zu bauen, die Gervase niemals entdecken würde. Keine toten Ratten mehr. Keine lebend eingesperrten Vögel, die ängstlich flatterten. Keine Invasionen mehr in mein privates Reich.

Gervase hatte die Tür nicht entdeckt, auch sonst niemand, und mit den Jahren war hohes Gras vor der Mauer gewachsen, Brennesseln waren hinzugekommen, und obschon ich vorgehabt hatte, Robin und Peter das Geheimnis eines Tages zu verraten, hatte ich es bis zu dem Autounfall nicht getan. Nur Malcolm wußte, wie man hineinkam – und Malcolm hatte das Wissen angewendet.

»Was ist da drin?« fragte ich nochmals.

Er setzte seine scheinheiligste Miene auf. »Nur ein paar Sachen, die Moira nicht in die Finger kriegen sollte.«

Ich entsann mich deutlich an die in seinem Arbeitszimmer fehlenden Gegenstände.

»Der Golddelphin, der Amethystbaum, der silberne Kerzenständer ... ja?«

»Du hast nachgesehen«, warf er mir vor.

Ich schüttelte den Kopf. »Mir fiel auf, daß sie verschwunden waren.«

Die wenigen Kostbarkeiten konnten seine heftige Bestürzung vorhin dennoch kaum erklären.

»Was ist noch da drin?« sagt ich.

»Eigentlich«, erwiderte er, »eine ganze Menge Gold.«

5

»Manche Leute kaufen und verkaufen Gold, ohne es jemals zu Gesicht zu bekommen«, sagte er. »Aber ich besitze gern das Material als solches. Papiergeschäfte machen keinen Spaß. Gold an sich ist schön, und ich sehe und fühle es gern. Aber es läßt sich nicht ohne weiteres in Banken und Depots aufbewahren. Dafür ist es zu schwer und zu sperrig. Und die Versicherungsprämien sind enorm. Sie schlucken zuviel vom Gewinn. Ich versichere es nie.«

»Du verwahrst es dort in der Mauer . . . und wartest, daß der Preis steigt?«

»Du kennst mich, was?« Er lächelte. »Billig kaufen, Däumchen drehen, hoch verkaufen. Zwei, drei Jahre muß man warten, selten mehr. Der Goldpreis selbst schwingt wie ein Pendel, aber Goldzertifikate schlagen wirklich alles. Wenn der Goldpreis steigt, steigen Goldzertifikate oft um das Zwei- bis Dreifache. Ich verkaufe erst das Gold und ein paar Monate später die Zertifikate. Du mußt wissen, es ist ein psychologisches Phänomen, daß die Leute weiter in Goldminen investieren und den Preis hochtreiben, wenn der Goldpreis selber stagniert oder zu sinken anfängt. Unlogisch, aber von unschätzbarem Wert für Leute wie mich.«

Er saß da, sah mich mit den lebhaften blauen Augen an, belehrte sein Kind.

»Strategic Minerals zum Beispiel. So was wie die Strategic Minerals Corporation in Australien hast du noch nie erlebt. In diesem Jahr stieg der Goldpreis um 25 Prozent, aber Strats – Inhaberzertifikate von Strategic Minerals – stiegen um fast 1000 Prozent, bevor sie ins Loch fielen. Ich bin da ziemlich am Anfang eingestiegen und habe mit 950 Prozent Gewinn verkauft. Aber vertu dich nicht – Strats gibt es nur ein-, zweimal im Leben.«

»Wieviel«, sagte ich fasziniert, »hast du in Strats investiert?«

Nach kurzem Zögern sagte er: »Fünf Millionen. Ich hatte eine Nase dafür ... sie rochen einfach richtig. Ich steige nicht oft so tief ein, und ich hatte nicht erwartet, daß sie derart davonziehen, aber da hast du's; in diesem Jahr sind alle Goldzertifikate gestiegen, und Strats sind gestiegen wie eine Rakete.«

»Wie stehen sie jetzt?«

»Keine Ahnung. Mich interessiert die Gegenwart. Goldminen währen nicht ewig, verstehst du? Sie haben ein Leben: Forschung, Entwicklung, Produktion, Erschöpfung. Ich greife zu, warte ein Weilchen, schlage Gewinn heraus und vergesse sie. Ein steigendes Goldzertifikat behält man besser nicht zu lang. Man büßt ein Vermögen ein, wenn man zu spät verkauft.«

Er traute mir wirklich, dachte ich. Hätte er noch an mir gezweifelt, würde er mir nicht von dem Gold hinter der Ziegeltür erzählt haben und auch nicht, daß er durch ein einziges Geschäft selbst nach Steuerabzug einen Gewinn von annähernd dreißig Millionen Pfund erzielt hatte. Ich hörte auf, mir Sorgen zu machen, daß der Kauf des Jährlings und der 50-Prozent-Beteiligung an Blue Clancy womöglich seine Mittel überstieg. Ich machte mir fast überhaupt keine Sorgen mehr, außer wie ich ihn am Leben und am Geldausgeben halten konnte.

Ich hatte einmal mit einer Frau gesprochen, deren Vater starb, als sie kaum zwanzig war. Sie bedauerte, daß sie ihn nie von Erwachsenem zu Erwachsenem gekannt hatte, und wünschte, sie könnte ihn noch einmal wiedersehen, einfach um mit ihm zu reden. Während ich Malcolm anschaute, kam mir der Gedanke, daß mir in gewisser Hinsicht ihr Wunsch erfüllt worden war: Die drei stummen Jahre waren eine Art Tod gewesen, und jetzt konnte ich mit ihm von Erwachsenem zu Erwachsenem reden und ihn als Mann, nicht als Vater kennenlernen.

Wir verbrachten in der Suite einen friedlichen Abend zusammen, erzählten uns, was wir in der Zeit des Zerwürfnisses getrieben hatten, und es war schwer, sich vorzustellen, daß irgendwo draußen eine Bestie auf Beutejagd sein könnte.

An einem Punkt sagte ich: »Du hast dem Filmmenschen absichtlich die Telefonnummer von Joyce gegeben, was? Und der Frau mit den zurückgebliebenen Kindern die Nummer von Gervase? Ich sollte mitbekommen, wie du den Jährling kaufst ... Du hast dafür gesorgt, daß die Familie auf dem schnellsten Weg von deinen monströsen Ausgaben erfährt, ja?«

»Hm«, sagte er knapp, und ich nahm es kurzerhand als Bestätigung. Ein fehlgeleiteter Anruf konnte schon mal vorkommen: zwei strapazierten die Glaubwürdigkeit.

»Thomas und Berenice«, sagte ich, »sind wegen irgendeines kleinen Streichs von dir ziemlich außer sich. Womit hast du *sie* aufgescheucht?«

»Woher zum Teufel weißt du das alles?«

Ich lächelte, holte den Kassettenrecorder und spielte ihm das Band aus meinem Anrufbeantworter vor. Grimmig, aber mit unterschwelliger Belustigung hörte er sich an, was Serena, Gervase und Joyce zu sagen hatten, las danach den Brief von Thomas, und als er zu Thomas' eindringlichem Schlußappell gelangte, wartete ich auf Explosionen.

Sie kamen nicht. Er sagte trocken: »Wahrscheinlich sind sie das, wozu ich sie gemacht habe.«

»Nein«, sagte ich.

»Wieso nicht?«

»Persönlichkeit ist etwas Rätselhaftes, aber sie ist in uns angelegt, sie wird nicht gemacht.«

»Man kann sie einer Gehirnwäsche unterziehen.«

»Ja, schon«, sagte ich. »Das hast du aber nicht getan.«

»Vivien und Alicia haben es getan – meinetwegen.«

»Suhl dich nicht so in Schuldgefühlen. Es paßt nicht zu dir.«

Er grinste. »Ich bin mir eigentlich auch keiner Schuld bewußt.«

Joyce, dachte ich, hatte zumindest fair gespielt. Sie mochte eine kreischende Furie in Sachen Alicia gewesen sein, aber sie hatte nie versucht, mich gegen Malcolm einzunehmen. Bei der Scheidung, als ich sechs war, hatte sie zugestimmt, daß er das Sorgerecht für mich bekommen sollte; sie war nicht aus dem mütterlichsten Holz geschnitzt, und sporadische Besuche von ihrem heranwachsenden Sohn genügten ihr völlig. Sie hatte nie besondere Anstrengungen unternommen, mich an sich zu binden, und atmete jedesmal ganz offensichtlich auf, wenn ich ging. Ihr Lebensinhalt war Bridge, ein Spiel, das sie lehrte, über das sie schrieb und das sie auf internationalen Turnieren spielte, so daß sie oft im Ausland war. Meine Besuche unterbrachen stets die strenge Konzentration, die sie zum Siegen brauchte, und da Siege ihr zu dem nötigen Prestige für Vortragsreisen und Zeitschriftenartikel verhalfen, hatte ich statt Kameradschaft zumeist Ungeduld bei ihr hervorgerufen, wenn sie das Gefühl auch pflichtbewußt zu unterdrücken suchte.

Sie hatte mir zahllose Spielkarten zum Üben geschenkt und mir ein Dutzend Kartenspiele beigebracht, doch ich hatte nie ihr untrügliches Gedächtnis für jede einzelne Karte in gleich welchem Spiel gehabt, was sie immerzu enttäuschte und auch wieder Anlaß zur Ungeduld war. Als ich auszog, um mein Leben in einem ganz anderen Zweig der Vergnügungsindustrie aufzubauen, war sie über meine Entscheidung erstaunt und zuerst voller Spott gewesen, hatte bald aber angefangen, während der Hindernissaison in den Rennsportseiten nachzusehen, ob ich für einen Start gemeldet war.

»Was hast du Thomas und Berenice erzählt?« fragte ich Malcolm nach einer Weile noch einmal.

Mit Genugtuung sagte er: »Ich gab ihre Telefonnummer aus Versehen einem Weinhändler, der mich wissen lassen sollte, wieviel ich ihm für die zirka fünfzig Kisten 1979er Pol Roger schulde, die er mir besorgt hat.«

»Und, ehm, wieviel kosten die ungefähr?«

»Der 79er, der Winston-Churchill-Jahrgang, ist ziemlich herausragend, weißt du.«

»Das versteht sich von selbst«, sagte ich.

»Rund fünfundzwanzigtausend Pfund also, für fünfzig Kisten.«

Armer Thomas.

»Außerdem habe ich Alicia um ein paar Ecken wissen lassen, daß ich der Schule, auf der Serena war, eine Viertelmillion Pfund zur Finanzierung von Stipendien für begabte Mädchen gestiftet habe. Zwischen Alicia und mir war in letzter Zeit Funkstille. Ich nehme an, sie ist wütend, daß ich das Geld der Schule und nicht Serena selbst gegeben habe.«

»Und warum hast du?«

Er sah überrascht drein. »Du kennst meine Ansichten. Ihr müßt euch alle selbst einen Weg bahnen. Wenn ich euch zu früh reich mache, fehlt euch die Motivation.«

Ich kannte seine Ansichten zweifellos, aber ich war nicht sicher, ob ich sie immer teilte. Mich hätte es gewaltig motiviert, ein erfolgreicher Trainer zu werden, wenn er mir das Startkapital dafür geschenkt oder vorgestreckt hätte. Ich wußte aber auch, wenn er das tat, würde er den anderen ähnlich entgegenkommen müssen (da er im allgemeinen ein gerechter Mann war), und wie gesagt, er hielt nichts davon.

»Warum wolltest du denn, daß alle wissen, wieviel du ausgegeben hast?« fragte ich. »Denn inzwischen hat sich das natürlich herumgesprochen. Die Telefondrähte werden heißgelaufen sein.«

»Ich dachte wohl . . . wenn sie meinen, daß ich den größten Teil sowieso schon los bin, sehen sie weniger Sinn darin, mich umzubringen.«

Ich starrte ihn an. »Sonst geht's dir noch gut? Das hört sich für mich an wie eine Einladung, dich auf der Stelle zu ermorden.«

»Na gut, darauf bin ich inzwischen auch gekommen.« Er lächelte strahlend. »Aber dafür habe ich dich ja jetzt bei mir.«

Nach ein paar sprachlosen Sekunden sagte ich: »Vielleicht sehe ich das Auto, das anbraust, nicht immer rechtzeitig.«

»Ich verlasse mich auf deine Augen.«

»Ich dachte nach. »Hast du noch für etwas Geld springen lassen, wovon ich bisher nichts weiß?«

Er trank stirnrunzelnd einen Schluck Champagner, und ich erriet, daß er überlegte, ob er es mir erzählen sollte oder nicht. Schließlich seufzte er und sagte: »Das bleibt aber unter uns. Ich habe es nicht aus dem gleichen Grund getan, und es ist schon länger her ... mehrere Wochen; es war noch vor Moiras Ermordung.« Er hielt inne. »Sie war sauer darüber, obwohl es sie gar nichts anging. Es war nicht ihr Geld. Sie konnte nicht ausstehen, wenn ich jemand anderem etwas gab. Sie wollte alles für sich.« Er seufzte. »Ich begreife nicht, woher du von Anfang an gewußt hast, wie sie war.«

»Ihre Registrierkassenaugen«, sagte ich.

Er lächelte kläglich. Er mußte diesen Blick zum Schluß andauernd gesehen haben.

»Das Pflegeheim, in dem Robin ist«, sagte er unerwartet, »mußte instandgesetzt werden. Ich habe ihnen das bezahlt.«

Wenn ich ihn recht verstand, redete er nicht von ein paar ersetzten Fensterscheiben.

»Du weißt ja wohl, daß es eine Privatklinik ist«, sagte er. »Ein Familienbetrieb im Grunde.«

»Ja.«

»Sie brauchten ein neues Dach. Neue Elektroleitungen. Ein Dutzend dringende Verbesserungen. Sie haben es mit einer Gebührenerhöhung versucht und Patienten verloren, die übliche Geschichte. Dann fragten sie mich, wie man Kapital beschafft. Ich sagte ihnen, die Mühe könnten sie sich sparen. Ich würde Kostenvoranschläge einholen, und sie sollten dafür lediglich auf einen guten Unternehmensberater hören, den ich ihnen schicken würde.« Er verlagerte behaglich sein Gewicht im Sessel. »Robin hat es gut dort. Ruhig. Jede Veränderung regt ihn auf, wie du weißt. Wenn die Klinik dichtgemacht hätte, was nur zu wahrscheinlich war, dann hätte ich für ihn was anderes suchen müssen, und er ist ohnehin so hilflos ...«

Die Stimme versagte ihm. Er hatte viel Freude an Robin und Peter gehabt, als sie klein waren, mit ihnen auf dem Teppich gespielt wie ein junger Familienvater, stolz, als wären sie seine ersten Kinder, nicht das achte und neunte. Schöne Erinnerungen: ein neues Dach wert.

»Ich weiß, daß du ihn noch besuchst«, sagte er. »Die Schwestern erzählen mir das. Du mußt also gesehen haben, wie es mit dem Haus abwärts ging.«

Ich nickte, jetzt wo ich darüber nachdachte. »Früher hatten sie überall große Vasen mit frischen Blumen.«

»Sie hatten von allem das Beste, aber sie mußten Kompromisse machen, um das Gebäude zusammenzuhalten. Landhäuser, die altern, schlucken nur noch Geld. Ich kann mir eigentlich nicht vorstellen, daß das Haus Robin überlebt. Kümmerst du dich um ihn, wenn ich nicht mehr da bin?«

»Ja«, sagte ich.

Er nickte, nahm es für gegeben hin. »Ich hatte dich zu seinem Treuhänder ernannt, als ich den Fonds für ihn anlegte, stimmt's? Das habe ich nicht geändert.«

Ich freute mich darüber. Irgendwo zumindest war unser Verhältnis trotz allem das gleiche geblieben.

»Warum fahren wir nicht morgen mal zu ihm?« sagte er. »Dort bringt mich nicmand um.«

»In Ordnung«, meinte ich; also fuhren wir am nächsten Morgen mit dem Leihwagen. Im nahegelegenen Dorf hielten wir an, um Schokolade und einfaches Spielzeug für Dreijährige als Mitbringsel zu kaufen, und ich legte noch ein Päckchen Luftballons auf den Stapel, während Malcolm bezahlte.

»Mag Robin Ballons?« fragte er, die Brauen hochziehend.

»Manchmal frustriert ihn etwas. Ich blase die Ballons auf, und er bringt sie zum Platzen.«

Malcolm sah erstaunt und wohl auch beunruhigt drein. »Ich wußte nicht, daß er frustriert sein kann.«

»Es kommt mir so vor. Es ist, als ob er sich fast an uns erinnert . . . aber doch nicht ganz.«

»Der arme Junge.«

»Nüchtern fuhren wir weiter und lenkten in die Auffahrt des immer noch prächtigen georgianischen Hauses, das weich und ebenmäßig in der Herbstsonne lag. Die annähernd fünfzig Räume im Innern waren in der Blütezeit der Privatmedizin zu einer höchst komfortablen Klinik für vorwiegend chronische, vorwiegend alte, vorwiegend reiche Patienten umgestaltet worden. Kurzzeitpatienten gab es auch, meistens solche, die sich hier von anderswo ausgeführten schweren Operationen erholten, doch im allgemeinen sah man Monat für Monat die gleichen Gesichter - alternd, leidend, auf Erlösung wartend. Ich fand das entsetzlich deprimierend, aber für Robin schien es wirklich die beste Zuflucht zu sein, nachdem zwei Aufenthalte in scheinbar eher geeigneten Heimen, wo es andere Kinder, bunte Farben, lebhafte Schwestern und viel gute Laune gab, fehlgeschlagen waren. Robin fühlte sich in einer anspruchslos ruhigen, friedlichen Umgebung offenbar wohler, und am Ende hatte Malcolm sich dem Rat der Fachleute widersetzt, um sie ihm zu gewähren.

Robin hatte ein großes Zimmer im Erdgeschoß, mit Fenstertüren, die auf einen ummauerten Garten hinausführten. Er ging selten in den Garten, aber er hatte gern bei jedem Wetter die Türen offen, selbst bei Schneegestöber. Davon abgesehen war er fügsam und unproblematisch, und falls irgend jemand sich Gedanken über die Umbrüche gemacht hatte, die bald eintreten konnten, wenn die Pubertät ihren normalen Lauf nahm, dann war mir davon nichts zu Ohren gekommen.

Er schaute uns wie immer verständnislos an. Er sagte selten etwas, obwohl er noch in der Lage war, Wörter zu bilden; es war, als hätte er einfach wenig vorzubringen. Ein Hirnschaden dieses Umfangs war idiosynkratisch, hatte man uns gesagt; er wirkte sich auf das Verhalten jedes Betroffenen individuell verschieden aus. Robin sprach kaum jemals und dann nur heimlich, mit sich selbst, wenn er niemand in der Nähe wähnte. Die Schwestern, die ihn manchmal hörten, hatten uns das erzählt und hinzugesetzt, daß er verstummte, sobald er sie sah.

Ich hatte mich erkundigt, was er denn sagte, doch das wußten sie nicht, abgesehen von Wörtern wie »Schuhe« und

»Brot« und »Boden«: alltägliche Wörter. Ebensowenig wußten sie, warum er sonst nicht redete. Aber sie waren überzeugt, daß er relativ viel von dem verstand, was andere sagten, wenn auch nur vage.

Wir gaben ihm etwas Schokolade zu essen und packten die Spielsachen aus, die er in die Hände nahm, ohne aber damit zu spielen. Das Päckchen Luftballons betrachtete er gleichgültig. Es war kein frustrierender Tag: an Frusttagen schaute er das Päckchen an und gab pustende Geräusche von sich.

Wir saßen eine ganze Weile bei ihm, redeten und sagten ihm, wer wir waren, während er in dem Zimmer umherwanderte. Hin und wieder schaute er uns ins Gesicht, und einmal berührte er meine Nase mit dem Finger, wie um zu erkunden, ob ich wirklich dort war, aber zu unseren Gedanken entstand keine Verbindung. Er sah hübsch und gesund aus, ein kräftiger Junge: herzzerreißend wie immer.

Schließlich kam eine Schwester in mittleren Jahren, mit gütigem Gesicht, die ihn zum Mittagessen in den Speiseraum brachte, und Malcolm und ich verfügten uns in das Büro, wo man meinen Vater als Wohltäter begrüßte und ihm einen belebenden Scotch anbot.

»Ihr Sohn macht leider nur langsam Fortschritte.« Ernste, aufopfernde Menschen.

Malcolm nickte. Keine Fortschritte, wäre treffender gewesen.

»Wir tun stets unser Bestes für ihn.«

»Ja, das weiß ich.« Malcolm trank den Scotch, schüttelte ihnen die Hand, sagte auf Wiedersehen. Wir gingen, wie ich immer ging - traurig, stumm und mit Bedauern.

»So verdammt unfair«, sagte Malcolm auf der Rückfahrt nach London. »Er sollte lachen, reden, seine Jugend ausleben.«

»Ja.«

»Die Besuche bei ihm sind mir unerträglich, und sein lassen kann ich sie auch nicht. Ich gäbe mein ganzes Geld her, um ihn wieder gesund zu machen.«

»Und danach würdest du von neuem ein Vermögen anhäufen«, sagte ich.

»Na klar, warum nicht?« Er lachte, aber immer noch bedrückt. »Es wäre besser gewesen, er wäre mit den anderen gestorben. Das Leben kann beschissen sein, nicht wahr?«

Die Stimmung blieb gedrückt bis zum Savoy und noch die nächste Flasche Bollinger hindurch, doch am Nachmittag beklagte Malcolm sich über die Untätigkeit, die ich ihm auferlegt hatte, und wollte Freunde in der City besuchen. Die unvorhersehbaren Wege seien unser Schild, betete ich und hielt die Augen nach heranbrausenden Autos offen; aber wir saßen den Tag mit heiler Haut in Büros, Bars, Clubs und einem Restaurant aus, wobei Malcolm sein Vermögen durch eine Zehnpfundwette auf den letzten Goldpreis des Tages vermehrte, der bei aufwärtigem Trend um zwei Pfund fiel. »Paß auf, nächstes Jahr kommt er erst richtig hoch.«

Am Freitag bestand er trotz meiner Appelle an seine Vernunft darauf, mich zu den Rennen in Sandown Park zu begleiten.

»Du bist hier sicherer«, sagte ich, »in der Suite.«

»Ich würde mich nicht sicherer *fühlen.*«

»Auf der Rennbahn kann ich nicht bei dir bleiben.«

»Wer weiß denn schon, daß ich dahin will?«

Ich starrte ihn an. »Jeder, der annimmt, daß wir jetzt zusammen sind, könnte was wissen. Wo *ich* zu finden bin, steht in der Zeitung.«

»Dann fahr nicht hin.«

»Ich fahre. Du bleibst hier.«

Ich sah jedoch ein, daß die starke unterschwellige Besorgnis, die er meistens zu verdrängen suchte, in akute Nervosität umschlagen würde, wenn ich ihn für mehrere Stunden alleinließ, und daß er sich die Zeit mit etwas viel Dümmerem als einem Rennbesuch vertreiben könnte – etwa indem er sich einredete, jeder aus seiner Familie würde ein Geheimnis hüten, wenn er darum bat.

Also nahm ich ihn von London mit nach Süden und brachte

ihn durch die Jockey-Einfahrt auf den Platz vor der Waage, wo seine Aussicht auf einen ungefährlichen Nachmittag sich dadurch erhöhte, daß er wieder einmal einen »Kumpel« traf und sofort zum Lunch ins Allerheiligste geladen wurde.

»Hast du auf der ganzen Welt Kumpel?« fragte ich.

»Aber sicher«, grinste er breit. »Jeder, den ich fünf Minuten kenne, ist mein Kumpel, wenn ich mit ihm auskomme.«

Ich glaubte ihm. Malcolm vergaß man nicht leicht, und es war auch nicht schwer, ihn zu mögen. Ich sah die aufrichtige Freude im Gesicht seines jetzigen Gastgebers, als sie plaudernd davongingen, und dachte bei mir, daß Malcolm wohl in jedem Beruf Erfolg gehabt hätte, daß der Erfolg zu seinem Wesen gehörte wie die Großzügigkeit, die krasse Unbesonnenheit.

Ich startete im zweiten Lauf, einem Jagdrennen für Amateure, und war wie üblich vorsichtshalber schon zwei Stunden früher eingetroffen. Ich wandte mich von Malcolms entschwindendem Rücken ab, um nach dem Besitzer des Pferdes, das ich reiten sollte, Ausschau zu halten, und eine beleibte Dame in einem weiten braunen Cape versperrte mir den Weg. Von allen Mitgliedern der Familie war sie die letzte, die ich auf einem Rennplatz zu sehen erwartet hätte.

»Ian«, sagte sie vorwurfsvoll, fast als hätte ich behauptet, ich sei jemand anders.

»Hallo.«

»Wo bist du gewesen? Warum gehst du nicht ans Telefon?«

Lucy, meine ältere Halbschwester. Lucy die Dichterin.

Lucys Mann Edwin war wie stets an ihrer Seite zu finden; es wirkte ein wenig, als habe er kein Eigenleben. Der Egel, hatte Malcolm ihn mitunter abschätzig genannt. Erst Bugg, dann Egel.

Lucy war, was ihr Gewicht betraf, mit einer Unbefangenheit gesegnet, die auf Vergeistigung und übertriebenem Glauben an Reformkost beruhte. »Nüsse und Rosinen sind doch *gesund*«, pflegte sie zu sagen, während sie sie kiloweise aß. »Körperliche Eitelkeit ist wie intellektuelle Überheblichkeit eine Krankheit der Seele.«

Sie war zweiundvierzig, meine Schwester, mit vollem, glattem, schlicht frisiertem braunem Haar, großen braunen Augen, den hohen Wangenknochen ihrer Mutter und der kräftigen Nase ihres Vaters. Auf ihre Art war sie eine ebenso auffallende Erscheinung wie Malcolm, und das nicht nur wegen ihrer formlosen Kleider und dem bewußten Verzicht auf Kosmetika. Malcolms Vitalität pulsierte auch in ihr, wenngleich in anderen Bahnen; sie drückte sich in sprachlicher und gedanklicher Kraft aus.

Früher hatte ich mich oft gefragt, warum eine so begabte und willensstarke Frau keinen geistig ebenbürtigen Partner geheiratet hatte, aber in den letzten Jahren neigte ich zu der Annahme, daß sie auf eine Null wie Edwin verfallen war, weil gerade die fehlende Konkurrenz ihr ermöglichte, ganz sie selbst zu sein.

»Edwin macht sich Sorgen«, sagte sie, »daß Malcolm den Verstand verliert.«

Statt »Edwin« lies »Lucy«, dachte ich. Es war ein Trick von ihr, die eigenen Gedanken ihrem Mann zuzuschreiben, wenn sie annahm, daß ihr Publikum sie nicht gern hörte.

Edwin schaute mich verlegen an. Er war in vieler Hinsicht ein gutaussehender Mann, aber von niedriger Gesinnung. Wenn man tolerant war, konnte man das damit entschuldigen, daß seine und Lucys Finanzen dauernd auf des Messers Schneide standen. Ich war mir nicht mehr sicher, ob er tatsächlich keine Anstellung finden konnte, oder ob Lucy ihn auf irgendeine Weise davon abhielt, es zu versuchen. Jedenfalls brachte ihr das Schreiben mehr Prestige als Geld ein, und Edwin war es inzwischen leid, die durchgewetzten Ellbogen seiner Sakkos mit schlecht aufgenähten dünnen Lederflicken zu kaschieren.

Edwin schien tatsächlich besorgt zu sein, aber hätte er sich allein gesorgt, wären sie nicht gekommen.

»Es ist unfair von ihm«, sagte er und meinte damit Malcolm. »Lucys Treuhandfonds ist Jahre vor der Inflation eingerichtet worden und wirft nicht mehr so viel ab wie früher. Er sollte das wirklich in Ordnung bringen. Ich hab es ihm schon mehrmals gesagt, aber er ignoriert mich einfach. Und jetzt verschleudert er sein Geld mit vollen Händen, als hätten seine Erben keinerlei Rechte.« Empörung zitterte in seiner Stimme, aber auch die ganz unverkennbare Furcht vor einer mulmigen Zukunft, wenn das Vermögen, auf das er so lange gezählt hatte, ihm sozusagen auf der Zielgeraden noch entrissen würde.

Ich seufzte und enthielt mich der Bemerkung, daß Malcolms Erben meiner Ansicht nach keine Rechte hatten, solange er lebte. Ich sagte nur beschwichtigend: »Er wird euch schon nicht verhungern lassen.«

»Darum dreht sich's nicht«, sagte Edwin mit leisem Zorn. »Es dreht sich darum, daß er Lucys altem College eine *ungeheure* Summe zur Schaffung von Graduiertenstipendien für Lyriker gestiftet hat.«

Ich blickte von seinem verkniffenen, bebenden Mund in das Gesicht von Lucy und sah Scham, wo vielleicht Stolz hätte sein sollen. Scham, dachte ich, weil sie plötzlich Edwins Ansichten teilte, obwohl sie ihrer gewohnten Verachtung für den Materialismus so zuwiderliefen. Vielleicht hatte sogar Lucy sich auf ein sorgenfreies Alter gefreut.

»Du solltest dich geehrt fühlen«, sagte ich.

Sie nickte unglücklich. »Das tue ich.«

»Ach was«, sagte Edwin. »Es ist eine Schande.«

»Die Lucy-Pembroke-Stipendien«, sagte ich langsam.

»Ja. Woher weißt du?« fragte Lucy.

Und die Serena-Pembroke-Stipendien waren natürlich auch angesagt. Und der Coochie-Pembroke-Memorial-Challenge-Pokal . . .

»Worüber lächelst du?« wollte Lucy wissen. »Du kannst wohl nicht behaupten, daß du's im Leben bisher weit gebracht hast, oder? Wenn Malcolm uns nichts vermacht, karrst du Pferdemist, bis du vor Altersschwäche umfällst.«

»Es gibt schlimmere Arbeit«, sagte ich milde.

Um uns herum waren Pferde, Rennbahngeräusche und ein Himmel voll böiger frischer Luft. Ich wußte, ich konnte mein

Leben glücklich mit nahezu jeder Beschäftigung verbringen, die mich an Orte wie Sandown Park führte.

»Du hast dein ganzes Talent vergeudet«, sagte Lucy.

»Mein einziges Talent ist Reiten.«

»Du bist blind und vernagelt. Du bist der einzige männliche Pembroke, der Grips hat, und du bist zu faul, ihn zu benutzen.«

»Besten Dank«, sagte ich.

»Das war kein Kompliment.«

»Nein, ist mir schon klar.«

»Joyce sagt, du wüßtest bestimmt, wo Malcolm ist, da ihr euren Streit endlich begraben habt, aber du würdest es natürlich nicht zugeben«, sagte Lucy. »Sie meinte, du wärst heute um diese Zeit hier, wenn ich dich erreichen wollte.«

»Und das lag dir sehr am Herzen.«

»Sei nicht so schwer von Begriff. Du mußt ihn bremsen. Du bist der einzige, der's nicht versuchen wird . . . aber du *mußt* es versuchen, Ian, und zwar mit Erfolg – wenn nicht in deinem Interesse, dann für den Rest der Familie.«

»Für dich?« fragte ich.

»Nun . . .« Sie konnte nicht offen von ihren Prinzipien abrücken, aber die schienen zu wackeln. »Für die anderen«, sagte sie tapfer.

Ich blickte sie mit neuer Zuneigung an. »Du bist eine Heuchlerin, meine liebe Schwester«, sagte ich.

Gekränkt schlug sie zurück: »Vivien ist der Meinung, daß du versuchst, uns andern auszubooten, indem du dich bei Malcolm wieder beliebt machst.«

»Das sieht ihr ähnlich«, sagte ich. »Alicia ist sicher auch der Meinung, wenn Vivien sie ihr schon geflüstert hat.«

»Du bist wirklich ein Dreckskerl.«

»Nein«, sagte ich mit zuckenden Mundwinkeln. »Gervase ist einer.«

»*Ian*!«

Ich lachte. »Ich werde Malcolm sagen, daß ihr euch sorgt. Ehrenwort, das kriege ich schon hin. Und jetzt muß ich mich umziehen und ein Rennen reiten. Bleibt ihr hier?«

Lucy zögerte, aber Edwin sagte: »Gewinnst du?«

»Wahrscheinlich nicht. Spart euer Geld.«

»Du nimmst die Sache nicht ernst«, sagte Lucy.

Ich sah ihr fest in die Augen. »Glaub mir«, sagte ich, »ich nehme sie sehr, sehr ernst. Niemand hatte das Recht, Moira zu ermorden, damit sie nicht die Hälfte von Malcolms Geld kassierte. Niemand hat das Recht, Malcolm zu ermorden, damit er es nicht weiter ausgibt. Er ist fair. Er wird uns allen genug hinterlassen, wenn die Zeit kommt, was hoffentlich noch zwanzig Jahre dauert. Sag den anderen, sie sollen sich abregen, beruhigen, Vertrauen haben. Malcolm nimmt euch alle auf den Arm, und ich halte das für gefährlich, aber er ist bestürzt über die Habgier um ihn herum und entschlossen, uns eine Lektion zu erteilen. Also sag ihnen, Lucy, sag Joyce und Vivien und allen andern, daß wir um so weniger bekommen, je mehr wir einheimsen wollen. Je lauter wir protestieren, um so mehr gibt er aus.«

Sie erwiderte stumm meinen Blick. Schließlich sagte sie: »Ich schäme mich.«

»Humbug«, meinte Edwin heftig zu mir. »Du mußt Malcolm aufhalten. Du mußt.«

Lucy schüttelte den Kopf. »Ian hat recht.«

»Soll das heißen, er versucht es nicht mal?« fragte Edwin ungläubig.

»Bestimmt nicht«, antwortete Lucy. »Du hast doch gehört, was er gesagt hat. Hast du nicht zugehört?«

»Das war alles Humbug.«

Lucy tätschelte mir den Arm. »Wenn wir schon hier sind, können wir ebensogut zusehen, wie du reitest. Geh dich umziehen.«

Die Geste und der Tonfall waren schwesterlicher, als ich es gewohnt war, und mit einem Anflug von schlechtem Gewissen überlegte ich, daß ich mich für ihre Karriere seit ein paar Jahren kaum interessiert hatte.

»Was machen die Gedichte?« fragte ich. »Woran arbeitest du?«

Die Frage traf sie unvorbereitet. Ihr Gesicht wurde einen Moment lang leer und füllte sich dann, wie mir schien, mit einer sonderbaren Mischung von Traurigkeit und Panik.

»Im Augenblick an nichts«, sagte sie. »Schon seit längerem nicht«, und ich nickte fast entschuldigend, als hätte ich mich taktlos benommen. Auf dem Weg durch die Waage in den Umkleideraum sann ich darüber nach, daß Dichter wie Mathematiker ihre beste Leistung oft in jungen Jahren brachten. Lucy schrieb nicht; hatte womöglich ganz damit aufgehört. Und das karge Leben, das sie so lange geführt hatte, erschien ihr vielleicht nicht mehr so anziehend und befriedigend, wenn sie dabei war, den inneren Trost der schöpferischen Eingebung zu verlieren.

Arme Lucy, dachte ich. Das Leben konnte beschissen sein, wie Malcolm sagte. Sie hatte schon angefangen, den Wert des lang verachteten Wohlstands zu schätzen, sonst wäre sie nicht mit ihrem Anliegen nach Sandown Park gekommen, und den Aufruhr in ihrem geistigen Leben konnte ich nur ahnen. Wie eine Nonne, die ihren Glauben verliert, dachte ich. Nein, nicht wie eine Nonne. Lucy, die sehr direkt über Sex schrieb, so offen, daß ich jeden Zusammenhang mit Edwin für ausgeschlossen hielt (aber da konnte man sich täuschen), war alles andere als eine Nonne.

Während mit diese Dinge durch den Kopf gingen, zog ich meine Straßenkleidung aus, legte weiße Reithosen und einen scharlachroten Jersey mit blauen Streifen an den Ärmeln an und spürte die gewohnte zielgerichtete Erregung, die mich tief durchatmen ließ und ausgesprochen glücklich stimmte. Ich nahm an bis zu fünfzig Rennen im Jahr teil . . . und ich mußte schon bald eine neue Stelle finden, fiel mir ein, wollte ich regelmäßig Galopp reiten und einigermaßen in Form bleiben.

Draußen unterhielt ich mich eine Weile mit dem Besitzertrainer-Ehepaar, für das ich reiten sollte. Sie waren selbst bis vor zwanzig Jahren Querfeldeinrennen geritten, und es machte ihnen Spaß, das Ganze auf dem Umweg über mich noch einmal zu durchleben. George, der Mann, war jetzt öffentlicher

Trainer in einem ziemlich großen Rahmen, aber Jo, die Frau, meldete ihre eigenen Pferde immer noch lieber für Amateurwettkämpfe. Gegenwärtig besaß sie drei Steepler, die alle recht gut waren. Es schadete mir in keiner Weise, auf ihnen gesehen und von Kennern des Rennsports mit diesem Stall in Verbindung gebracht zu werden.

»Young Higgins ist außer Rand und Band«, sagte Jo.

Young Higgins war der Name des heutigen Pferdes. Young Higgins war dreizehn, ein ehrwürdiger Gentleman, der antrat, um Pensionierungsgerüchte zu widerlegen. »Außer Rand und Band« hieß für uns alle, daß er gesund und einsatzfähig war, mit vor Begeisterung gespitzten Ohren, und viel mehr konnte man in seinem Alter nicht verlangen. Schon ältere Pferde hatten das Grand National gewonnen, aber Young Higgins und ich waren bei unserem einzigen Versuch in dem großen Rennen gestürzt, und zu meinem Bedauern hatte Jo sich gegen weitere Anläufe entschieden.

»Bis gleich im Führring, Ian, vor dem Start«, sagte George, und Jo setzte hinzu: »Gönn dem alten Knaben was.«

Ich nickte lächelnd. Uns allen etwas zu gönnen war der Zweck der Veranstaltung. Young Higgins gehörte eindeutig dazu.

In dem Moment, als George und Jo sich in Richtung der Tribüne absetzten, tippte mir von hinten jemand an die Schulter. Ich drehte mich um, um zu sehen, wer es war, und stand zu meiner völligen Verblüffung Lucys älterem Bruder gegenüber, Malcolms erstem Kind, meinem Halbbruder Donald.

»Gütiger Himmel«, sagte ich. »Du warst doch im Leben noch auf keinem Pferderennen.«

Er hatte mir das schon oft gesagt und etwas hochnäsig damit begründet, daß er den Wettrummel ablehne.

»Ich bin nicht wegen der Rennen gekommen«, erklärte er mürrisch. »Ich bin hier, um mit dir über Malcolms Geisteszustand zu sprechen.«

»Woher, ehm ...?« Ich brach ab. »Hat Joyce dich geschickt?«

»Was wäre denn dabei? Es geht uns alle an. Sicher, sie hat uns gesagt, wo du bist.«

»Hat sie es der ganzen Familie gesagt?« fragte ich ausdruckslos.

»Woher soll ich das wissen? Sie rief uns an. Ich glaube schon, daß sie jeden, den sie greifen konnte, angeklingelt hat. Du kennst sie ja. Schließlich ist sie deine Mutter.«

Selbst in so späten Jahren konnte er die alten Ressentiments nicht aus seinem Tonfall heraushalten – und vielleicht wurden sie mit dem Alter sogar noch stärker. Meine Mutter hatte seine verdrängt, gab er mir zu verstehen, und jede Indiskretion, die meine Mutter jemals beging, war irgendwie meine Schuld. So unlogisch dachte er, seit ich ihn kannte, und nichts hatte sich daran geändert.

Donald war in den Augen der Familie der Bruder, der mir am ähnlichsten sah, und ich wußte nicht recht, ob mir das gefiel. Unbestreitbar hatte er meine Größe und weniger intensiv blaue Augen als Malcolm. Er hatte auch braune Locken und war in den Schultern breiter als in den Hüften. Ich trug aber keinen buschigen Schnurrbart und hoffte sehr, daß ich nicht so wichtigtuerisch einherstolzierte; und manchmal, wenn ich mit Donald zusammengewesen war, achtete ich bewußt darauf, daß ich anders ging.

Als Malcolm Vivien hinauswarf, war Donalds Leben, wie er uns immer wieder sagte, derart aus den Fugen geraten, daß er nie richtig hatte entscheiden können, was er werden sollte. Leicht zu verkraften war ein solcher Umbruch sicher nicht, das wußte ich, aber Donald war damals erst neun gewesen – kein Alter, in dem Lebensentscheidungen anstehen. Jedenfalls war er als Erwachsener von einer Stelle im Hotelfach zur anderen gedriftet und schließlich als Geschäftsführer eines renommierten Golfclubs bei Henley-on-Thomas vor Anker gegangen, ein Posten, der ihm wohl endlich den begehrten, für seine Selbstachtung sehr wichtigen gesellschaftlichen Status gab.

Donald war mir weder besonders sympathisch noch unsympathisch. Er war elf Jahre älter als ich. Er war hier.

»Alle bestehen darauf, daß du Malcolm stoppst, damit er nicht das ganze Geld der Familie durchbringt«, sagte er wie vorauszusehen.

»Das Geld gehört *ihm*, nicht der Familie«, entgegnete ich.

»Wie bitte?« Donald fand den Gedanken lächerlich. »Du wirst ihm klarmachen, daß er es uns schuldig ist, das Familienvermögen zusammenzuhalten, bis wir es erben. Wir wissen ja leider, daß er auf keinen von uns hört außer auf dich, und da euer Streit jetzt offenbar beigelegt ist, haben wir dich zu unserem Sprecher erkoren. Joyce meint, wir müßten dich erst mal überzeugen, daß Malcolm nicht so weitermachen darf, aber ich sagte ihr, das sei lächerlich. Kein Mensch braucht dich zu überzeugen, du willst genau wie wir anderen eines Tages aus dem vollen schöpfen, klarer Fall, das ist doch nur natürlich.«

Gewissensforschung und unwahre Dementis blieben mir erspart durch die Ankunft von Donalds Frau Helen, die anscheinend ein Rennprogramm gekauft hatte.

»Wir bleiben nicht«, sagte Donald ungehalten mit einem Blick darauf.

Sie lächelte abwesend. »Kann man nie wissen«, meinte sie.

Schön und hirnlos hatte Malcolm sie genannt, und vielleicht hatte er recht. Sie war schlank, hochgewachsen, bewegte sich mit natürlicher Anmut und ließ billige Kleider aussehen wie teure. Daß sie billig waren, wußte ich, weil sie die Angewohnheit hatte, zu sagen, woher sie kamen und wieviel sie dafür bezahlt hatte, damit man ihre Sparsamkeit bewundere. Donald versuchte ihr immer den Mund zu stopfen.

»Von wo aus könnte man die Rennen denn am besten sehen?« fragte sie.

»Dafür sind wir nicht hier«, sagte Donald.

»Nein, Schatz, wir sind hier, weil wir Geld brauchen, jetzt wo die Jungs in Eton angefangen haben.«

»Unsinn, Schatz«, sagte Donald scharf.

»Aber du weißt doch, daß wir's uns nicht leisten können...«

»Bitte schweig, Schatz«, unterbrach Donald.

»Eton kostet ein Vermögen«, sagte ich milde, und mir war

klar, daß Donalds Gehalt kaum reichen konnte, um einen Sohn dorthin zuschicken, geschweige denn beide. Donald hatte Zwillinge, das schien in der Familie zu liegen.

»Natürlich«, sagte Helen, »aber Donald legt großen Wert darauf. ›Meine Söhne sind in Eton‹ und so. Das verschafft ihm Ansehen bei den Leuten, mit denen er im Golfclub zu tun hat.«

»Helen, Schatz, sei doch still.« Donald war sichtlich verlegen, aber sie hatte zweifellos recht.

»Wir dachten, Donald würde vielleicht erben, bevor die Jungs dreizehn sind«, sagte sie heftig. »Da er nicht geerbt hat, borgen wir uns überall die Pfennige zusammen, um das Schulgeld aufzubringen, genau wie schon das Geld für die Vorbereitungsschule und vieles andere. Aber wir haben mehr Schulden, als Donald sich erlauben kann ... du siehst also, wir sind wirklich darauf angewiesen, daß es eine große Erbschaft gibt, weil sie mit so vielen Leuten geteilt werden muß. Wir gehen buchstäblich bankrott, wenn Malcolm zu leichtsinnig ist ... und das könnte Donald, glaube ich, nicht ertragen.«

Ich öffnete den Mund, um zu antworten, brachte aber keinen Ton heraus. Ich kam mir vor, als wäre ich in eine Farce geschlittert, über die ich keinerlei Kontrolle hatte.

Zielstrebig kamen Serena, Ferdinand und Debs auf uns zu.

6

»Bleibt mal hier«, sagte ich zu ihnen allen. »Ich muß im Waageraum eine Formsache erledigen. Bleibt nur hier, bis ich wieder rauskomme.«

Sie nickten mit unterschiedlich finsteren Mienen, und ich setzte mich ab, um schnellstens ein Blatt Papier und einen Umschlag aufzutreiben.

Ich schrieb an Malcolm:

Dank Joyce ist die halbe Familie hier aufgetaucht. Bleib um Himmels willen, wo Du bist, laß Dich nicht sehen und warte, bis ich Dich holen komme.

Ich steckte die Notiz in den Umschlag, schrieb Malcolms Namen darauf und ging zu einem Funktionär, der den nötigen Rang hatte, um jemand damit loszuschicken.

»Mein Vater ißt im Speiseraum der Veranstalter zu Mittag«, sagte ich. »Es ist wichtig, daß er sofort diese Nachricht erhält.«

Der Funktionär war entgegenkommend. Er wolle ohnehin zu den Stewards, sagte er, und nähme sie selber mit. Dankbar, aber mit nur geringfügig nachlassender Verzweiflung - denn es hätte Malcolm ähnlich gesehen, wenn er jetzt extra runtergekommen wäre, um der ganzen Bande gegenüberzutreten - ging ich wieder hinaus in die Sonne und sah sie alle fünf noch vertrauensvoll da stehen, wo ich sie zurückgelassen hatte.

»Na so was«, meinte Debs halb spöttisch, »du siehst ja wirklich flott aus in der Montur.«

Donald schaute sie überrascht an, und ich konnte mir lebhaft vorstellen, wie er in seinem Golfclub sagte: »Mein Bruder, der Amateurjockey . . .«; wäre ich aber Berufsreiter gewesen, hätte er es nach Möglichkeit verheimlicht. Ein echter Snob, unser Donald - aber es gab schlimmere Sünden.

Debs, Ferdinands zweite Frau, war in einem eng um die Taille geschnürten schwarzen Ledermantel zum Pferderennen gekommen, mit schulterlangen blonden Haaren darüber und langen schwarzen Stiefeln darunter. Ihre Augenlider waren purpurn wie ihre Fingernägel. Das unschuldige Wesen, das ich vor einem Jahr fotografiert hatte, lief Gefahr zu verschwinden.

Ferdinand, kleiner als Debs und Malcolm ähnlicher denn je, schien wie üblich unschlüssig zu sein, ob er mich lieben oder hassen sollte. Ich lächelte ihn fröhlich an und fragte ihn, wie die Fahrt gewesen sei.

»Viel Verkehr«, sagte er lahm.

»Wir sind nicht gekommen, um über den Verkehr zu palavern«, fuhr Serena dazwischen. »Wir wollen wissen, wo Daddy ist.«

Malcolms kleine Serena, längst größer als er, war heute königsblau gewandet, mit weißen Rüschen an Hals und Handgelenken und einer weißen Bommelmütze auf dem blonden Pagenkopf. Sie sah nach langbeinigen sechzehn aus, nicht zehn Jahre älter. Ihr Alter zeigte sich nur in der Kälte, die sie mir entgegenbrachte und die kein Tauwetter verhieß.

Mit ihrer hellen Mädchenstimme sagte sie: »Wir wollen, daß er auf der Stelle für jeden von uns eine schöne runde Summe festsetzt. Dann kann er mit dem Rest zum Teufel gehen.«

Ich war platt. »Von wem stammt das Zitat?« fragte ich.

»Von mir«, sagte sie hochmütig und setzte glaubhafter hinzu: »Auch von Mami. Und von Gervase.«

Es hörte sich ganz nach Gervases großem Maul an.

Donald und Helen schienen eindeutig interessiert an dem Vorschlag. Ferdinand und Debs hatten ihn natürlich schon gehört.

»Gervase hält das für die beste Lösung«, sagte Ferdinand nickend.

Ich bezweifelte stark, daß Malcolm dafür zu haben war, sagte jedoch nur: »Ich werde es ihm ausrichten, sobald er sich wieder bei mir meldet.«

»Aber Joyce ist sicher, daß du weißt, wo er ist«, wandte Donald ein.

»Nicht genau«, sagte ich. »Wißt ihr, daß Lucy und Edwin auch hier sind?«

Es lenkte sie einigermaßen ab; sie drehten sich um und versuchten die anderen in der wachsenden Menschenmenge auszumachen.

»Hat Joyce euch nicht gesagt, daß sie so viele von euch herschickt?« fragte ich allgemein, und es war Ferdinand, der mit abgewandtem Gesicht von der Seite her antwortete.

»Sie sagte Serena, daß sie herfahren solle. Serena sollte auch mir Bescheid sagen, und das hat sie getan, darum sind wir zusammen gekommen. Von Donald und Helen oder Lucy und Edwin wußte ich nichts. Ich nehme an, sie wollte dich in Verlegenheit bringen.«

Sein Blick heftete sich kurz auf mein Gesicht, um meine Reaktion zu sehen. Ich glaube nicht, daß eine da war. Joyce nannte mich zwar regelmäßig »Liebling«, konnte aber gleichzeitig recht verletzend sein, und ich hatte ein Leben lang Zeit gehabt, mich zu panzern.

Ferdinand stand mir zufällig gerade am nächsten. Aus einem Impuls heraus sagte ich ihm ins Ohr: »Ferdinand, wer hat Moira umgebracht?«

Er hörte auf, nach Lucy und Edwin zu suchen und wandte mir abrupt seine volle Aufmerksamkeit zu. Ich konnte zwar sehen, wie er in der Schweigepause, bevor er antwortete, überlegte, aber ich hatte keinen Schlüssel zu seinen Gedanken. Im Wesen war er mir von allen Brüdern am verwandtesten, doch die anderen waren offene Bücher im Vergleich zu ihm. Er war geheimnistuerisch, und vielleicht war ich das auch. Er wollte gern ein Küchenwandversteck für sich allein bauen, nachdem ich meins gebaut hatte, nur daß Malcolm damals sagte, wir müßten teilen, eins wäre genug. Ferdinand hatte geschmollt, mich eine Zeitlang gemieden und über die toten Ratten von Gervase gefeixt. Ich fragte mich, bis zu welchem Grad ein Mensch der gleiche blieb, der er in frühester Jugend gewesen war. Konnte man getrost davon ausgehen, daß sich einer nicht grundlegend geändert hatte? Würde man, wenn die einzelnen Lebensschichten sich abschälen ließen, zu dem vertrauten Kind gelangen? Ich wollte, daß Ferdinand so war, wie ich ihn mit zehn, elf, zwölf gekannt hatte – ein Junge, der unermüdlich trachtete, im Kopfstand radzufahren – und keinesfalls ein Mörder.

»Ich weiß nicht, wer Moira umgebracht hat«, sagte er schließlich. »Alicia meint, du warst es. Sie hat der Polizei gesagt, du *müßtest* es gewesen sein.«

»Kann ich aber nicht.«

»Sie sagt, die Polizei könnte dein Alibi knacken, wenn sie sich Mühe gäbe.«

Ich wußte, daß sie sich wirklich darum bemüht hatten: Jede Lücke in meinem Tagesablauf hatten sie durchleuchtet, und ihr Benehmen, ihr dauernder Argwohn hatten mir zugesetzt.

»Und was meinst du?« fragte ich neugierig.

Seine Augenlider flatterten. »Alicia sagt . . .«

Ich unterbrach ihn: »Deine Mutter sagt verdammt zu viel. Kannst du nicht selber denken?«

Er war beleidigt, was auch sonst. Er hakte sich bei Debs und Serena ein und gab eine Erklärung ab. »Wir drei gehen jetzt ein Sandwich essen und was trinken. Wenn du vom Pferd stürzt und dich dabei umbringst, weint dir niemand nach.«

Ich lächelte ihn an, obwohl sein Tonfall keinen Scherz enthalten hatte.

»Und gib dich nicht so blöd versöhnlich«, sagte er.

Er wirbelte die Mädchen herum und marschierte mit ihnen los. Ich fragte mich, wieso er den Tag freibekommen hatte, aber wahrscheinlich schafften das die meisten Leute, wenn sie es versuchten. Er war Statistiker und bildete sich weiter zum Versicherungsmathematiker. Wie groß mochte die Wahrscheinlichkeit sein, daß ein zweiunddreißigjähriger Statistiker, dessen Frau purpurne Nägel hatte, zugegen war, wenn sein Bruder sich in Sandown Park den Hals brach?

Donald und Helen sagten, sie würden ebenfalls ein Sandwich vertilgen (Donalds Worte), und Helen fügte ernst hinzu, ihr sei schon wichtig, daß ich das Rennen heil überstehe, egal was Ferdinand behaupte.

»Danke.« Ich hoffte ihr glauben zu können und kehrte auf eine Denkpause in den Waageraum zurück.

Lucy und Edwin würden vielleicht vor Ablauf des Nachmittags heimfahren, ebenso Donald und Helen, aber Ferdinand nicht. Er besuchte gern Pferderennen. Bei einer freundlicheren Gelegenheit hatte er mir gesagt, daß er als Buchmacher gute Aussichten hätte; er war blitzschnell im Ausrechnen von relativen Chancen.

Das Problem, wie ich Malcolm ungesehen vom Rennplatz lotsen sollte, endete nicht bei den Familienmitgliedern, die ich gesprochen hatte. Wenn sie alle so sicher waren, daß ich wußte, wo Malcolm war, konnte einer von den anderen, ein Schlauerer, sich hinter den Bäumen versteckt halten, um mir nachzufahren, wenn ich aufbrach.

Es gab Hunderte von Bäumen in Sandown Park.

Das erste Rennen lief ab, und zur gegebenen Zeit ging ich hinaus, um Young Higgins in das zweite zu führen.

Jo hatte wie gewohnt rote Backen vor Freude und Hoffnung. George war brummig sachbezogen, auch das wie gewohnt, und ermahnte mich, besonders an dem schwierigen ersten Hindernis aufzupassen und die Steigung vor der Tribüne beim erstenmal sacht anzugehen.

Ich verbannte Malcolm aus meinen Gedanken, Mord ebenso, und es fiel mir nicht schwer. Der Himmel war ein klares, fernes Blau, die Luft frisch vom nahen Herbst. Das Laub an all den Bäumen wurde gelb, und die Bahn wartete, grün und fest, mit den weit auseinandergezogenen Hindernissen, die zum Überspringen lockten. Einfache Dinge; und da draußen lernte man seine Grenzen kennen, was ich meistens eher aufregend als furchterregend fand. Jedenfalls bis jetzt.

Jo sagte: »Nur acht Teilnehmer, die ideale Zahl«, und George sagte, wie immer: »Daß du im Einlaufbogen nicht zu weit zurückhängst.«

Ich sagte, ich würde mich bemühen.

Jos Augen glitzerten wie die eines Kindes in ihrem sechzigjährigen Gesicht, und mich wunderte, daß sie in der ganzen Zeit nichts von der gespannten Erwartung solcher Augenblicke verlernt hatte. Es gab vielleicht Schurken auf allen Ebenen des Rennbetriebs, aber es gab auch Leute wie Jo und George, deren Güte und Wohlwollen wie Leuchtfeuer strahlten; durch sie war der Sport alles in allem intakt und ein Vergnügen.

Leben und Tod mochten in der normalen Welt etwas Ernstes sein, doch auf dem Rücken eines schnellen Steeplers, an einem Freitagnachmittag in der Herbstsonne war Leben und Tod ein fröhliches Glücksspiel - ein Schritt zur Gesundheit auf einem kranken Planeten.

Ich zog den Riemen meiner Kappe fest, ließ mich auf Young Higgins schwingen und ritt ihn auf das Geläuf. Wäre ich Profi gewesen, hätte sich die stolze Freude, die dieser Augenblick mir immer gab, vielleicht verflüchtigt: Man konnte nicht mehr wir ein Irrer in die Runde oder auch nur in sich hineingrinsen, wenn man bei Kälte, auf hartem Boden und auf schlechten Pferden eine Serie von Pflichtrennen zu absolvieren hatte.

Young Higgins wurde seinem Namen gerecht, wippte auf den Zehen und warf den Kopf in bester Laune. Wir stellten uns mit den sieben anderen auf, deren Reiter ich alle aus vielen früheren Begegnungen kannte. Amateure gab es in jeder denkbaren Gestalt: heute nachmittag war eine Mutter dabei, eine Tante und ein Großvater, außerdem ein Journalist, ein Grafensohn, ein Oberstleutnant, ein Schaureiter und ich. Von der Tribüne aus hätte nur ein scharfes Augen den einen vom anderen unterscheiden können, ohne sich an unseren »Farben« zu orientieren, und darum ging es eben beim Amateurrennsport: die Gleichheit, die einheitliche Anonymität der Startmaschine.

Die Bänder schnellten hoch, und wir nahmen die drei Meilen in Angriff, fast zwei volle Runden mit zweiundzwanzig Sprüngen und einer bergauf gehenden Einlaufgeraden.

Das Pferd der Tante, zu stark für sie, nahm die Sache in die Hand und hatte prompt einen beachtlichen Vorsprung, um den sich weiter niemand kümmerte. Das Pferd der Tante drosch auf das schwierige erste Hindernis am Hang zu und verstolperte es, was ihm eine Lehre war und seiner Reiterin wieder Oberwasser gab, und danach geschah etwa eine Meile hindurch nichts Dramatisches. Mein allererstes Rennen war für mich in einer wilden, schweißtreibenden Hast abgelaufen, die mir den Atem nahm und mich erschöpfte, doch mit der Erfahrung hatte die Zeit sich gedehnt, bis man hinschauen und denken und sogar dabei reden konnte.

»Mach Platz, verdammt«, rief der Oberstleutnant neben mir.

»Schöner Tag«, meinte der Grafensohn geschwätzig auf der anderen Seite, immer ein Clown, der seine Umgebung aufheiterte.

»Beweg deinen *Arsch*!« schrie die Mutter ihr Pferd an und verpaßte ihm eins auf diesen Bereich seiner Anatomie. Sie ritt gut, haßte langsame Pferde, haßte das Verlieren, wog kräftige 64 Kilo und verachtete den Schaureiter, den sie schon oft der Unfähigkeit bezichtigt hatte.

Der Schaureiter richtete sein Pferd in der Tat gern vor jedem Sprung sorgfältig aus, wie auf dem Parcours, und hatte sein Tempo in den bisher bestrittenen Jagdrennen nicht zu steigern vermocht. Es war daher nicht ratsam, sich vor einem Hindernis an ihn zu heften, und nach Möglichkeit wich ich ihm aus.

Der Journalist war der beste Jockey im Feld, rundum ein Profi, nur nicht dem Status nach, und der Opa war der schlechteste, aber sein tollkühner Mut reichte für zwei. Mehr oder minder geschlossen kamen wir alle um den unteren Bogen und gingen die drei letzten Sprünge der ersten Runde an. Die Tante lag noch in Führung, ihr folgten nacheinander der Oberstleutnant, ich und der Grafensohn, kurz dahinter dann die Mutter, flankiert von Schaureiter und Opa. Den Journalist konnte ich nicht sehen; er war zweifellos irgendwo hinten, im Hinterhalt.

Das Pferd des Oberstleutnants vermasselte den letzten der drei Sprünge total, so daß beide Füße seines Reiters aus den

Bügeln glitten und die militärische Kehrseite über der Mähne des Tieres in die Luft flog. Als ich neben ihm landete und die Zügel aufnahm, sah ich, daß das Gleichgewicht des Oberstleutnants hoffnungslos an der galoppierenden Schulter des Pferdes entlangkippte, während er vergebens bemüht war, sich wieder in den Sattel zu ziehen.

Ich streckte einen Arm aus, packte ihn bei seinem Jersey und riß ihn nach hinten hoch, um seinen verhängnisvollen Schwerpunkt in eine günstigere Position zu bringen. Er verlangsamte und fiel rumpelnd hinter mir zurück, da er sich voll auf den Sattel setzte und erst einmal versuchte, seine Füße wieder in den fliegenden Steigbügel zu kriegen, was bei fünfundvierzig Stundenkilometern gar nicht leicht war.

An der Steigung hatte er jedoch wie alle anderen Gelegenheit, sich zusammenzuraufen, und als wir vom oberen Bogen wieder hinunter auf das schwierige Hindernis losfegten, war die Reihenfolge nicht viel anders als beim erstenmal.

Vor langer Zeit hatte mich einmal jemand genauso in den Sattel zurückgehievt; bei Hindernisrennen kam das recht häufig vor. Man hatte mich auch schon mal durch einen Hackentrick geradewegs in die Luft befördert, aber das war eine andere Geschichte. Der Oberstleutnant sagte soeben: »Danke« und: »Weg da, du drängst mich ab«, mehr oder minder im selben Atemzug.

Als wir zum zweitenmal den Wassergraben auf der Gegenseite passiert hatten, spurtete der Schaureiter an die Spitze und blieb nach einem besonders pedantischen Sprung über das nächste Hindernis dann beinah stehen, so daß die Tante mit einem ganz und gar nicht tantenhaften Wortschwall auf ihn draufknallte.

»Reizende Dame«, meinte der Grafensohn bewundernd, als wir an dem Debakel vorüberzogen. »Wie geht's denn so?«

»Nicht schlecht«, sagte ich. »Und selbst?«

Wir sprangen das letzte der sieben Hindernisse auf der Gegengeraden gemeinsam, lagen vorn und setzten unsere ganze Energie daran, die Führung in dem langen Einlaufbogen und über die drei letzten Sprünge hinweg zu behaupten. Ich hörte Hufgetrappel hinter mir und die Stimme der Mutter, die ihren Bummler antrieb. Beim Anreiten des Wassergrabens spürte ich, daß das Pferd des Grafensohns abbaute, weit voraus war der begehrte Zielpfosten zu sehen, die Bahn war frei, und zumindest einige Augenblicke lang dachte ich, ich könnte vielleicht gewinnen. Dann aber tauchte der Oberstleutnant rasch wieder an meiner Seite auf, noch immer nach Platz schreiend, und zwischen den letzten beiden Sprüngen materialisierte sich, wie ich befürchtet hatte, der Journalist aus dem Dunkel des Hinterlands und zeigte uns, wie leicht es ging, während Young Higgins an der Steigung zum mittelalten Higgins wurde.

Er und ich wurden Dritte, auch kein schlechter Rang, und der ausdauernde Grafensohn nicht weit hinter uns Vierter.

»Ein gelungener Nachmittag«, freute er sich, als wir gemeinsam zurücktrotteten, und an dem Funkeln seiner Augen sah ich, daß es für ihn das gleiche wie für mich war - ein Hochgefühl, das man nicht in Worte fassen konnte, ein Erlebnis für Körper und Geist, nach dem das Absitzen und Zufußgehen einen im wahrsten Sinn wieder zurück auf die Erde brachte.

Jo war durchaus zufrieden und tätschelte Young Higgins ausgiebig. »Bist doch ein tolles Rennen gelaufen, was, alter Knabe? Gesprungen wie ein Hirsch.«

»Du wärst Zweiter geworden«, sagte George, der ein gutes Fernglas hatte, »wenn du den Oberstleutnant hättest runterfallen lassen.«

»Ja, aber« - ich schnallte die Gurte los - »da waren eine Menge Hufe in der Nähe.«

George lächelte. »Denk ans Zurückwiegen.« (Das sagte er jedesmal.) »Wenn du dich umgezogen hast, komm auf ein Glas in die Besitzerbar.«

Ich nahm die Einladung an. Es gehörte zum Ritual, gehörte zum Geschäft. Dafür, daß sie mir den Ritt gegeben hatten, wollten sie Young Higgins' Ausflug Sprung für Sprung noch einmal nachvollziehen. Sie standen noch mit Fremden plaudernd auf dem Absattelplatz, als ich in Straßenkleidung wieder herauskam, und winkten mich lächelnd zu sich. Da von meiner Familie niemand in Sicht war, ging ich ungehindert mit ihnen und verdiente mir bei Ginger Ale und Jos Lieblingsbrandy meinen Nachmittagsspaß, indem ich ihn schilderte.

Anschließend kehrte ich zur Waage zurück und mußte feststellen, daß nicht nur die gleichen Familienmitglieder noch alle auf dem Rennplatz waren, sondern daß sie sich zu einem zornigen Schwarm verdichtet hatten, gekrönt von einer Bienenkönigin persönlich, meiner Mutter Joyce.

Joyce, in Pelz und grünem Hut, war eine künstliche Blondine mit grünlichen Augen hinter Kontaktlinsen, denen im Leben so selten ein Trick entging wie im Kartenspiel. Bestürzt, aber mit Pokermiene gab ich ihr ein pflichtbewußtes Küßchen auf die glatte Wange, zu dem sie anscheinend nicht aufgelegt war.

»Liebling«, sagte sie, und das Wort knisterte vor Unmut, »hast du mir diesen Schleicher Norman West geschickt, damit er nachprüft, wo ich letzten Freitag war, ja oder nein?«

»Ehm«, sagte ich.

»Hast du ihn im gleichen Auftrag auf Vivien gehetzt, ja oder nein?«

»Also«, sagte ich halb lächelnd, »ich hätte es vielleicht nicht so grob ausgedrückt, aber im Endeffekt: ja.«

Die Blicke, die die anderen abschossen, waren so freundlich wie Napalm.

»Warum?« schnappte Joyce.

»Hat Norman West dir das nicht erklärt?«

Sie sagte ungeduldig: »Er faselte irgendwas von einem Überfall auf Malcolm. Ich sagte ihm, wenn Malcolm überfallen worden wäre, hätte ich davon gehört.«

»Malcolm wurde beinah umgebracht«, sagte ich rundheraus. »Er und ich haben Norman West gebeten, nachzuweisen, daß keiner von euch es gewesen sein kann.«

Joyce verlangte zu erfahren, was Malcolm passiert war, und ich sagte es ihr. Sie und die anderen hörten mit offenstehendem Mund und allen Anzeichen des Schocks zu, und wenn irgendwo hinter den entsetzten Augenpaaren Wissen statt Unwissen war, konnte ich es nicht erkennen.

»Armer Daddy!« rief Serena aus. »Wie *abscheulich.*«

»Eine Sache für die Polizei«, meinte Donald mit Nachdruck.

»Finde ich auch«, sagte ich. »Mich wundert, daß sie nicht schon bei euch waren, wie nach dem Tod von Moira.«

Edwin sagte kopfschüttelnd: »So nah dran, so nah dran«, und da er das Bedauern in seinem Tonfall ebenso deutlich hörte wie ich, fügte er hastig hinzu: »Was für ein Glück, daß er aufgewacht ist.«

»Stellt die Polizei Nachforschungen an«, sagte ich, »wird sie Malcolm die Ergebnisse nicht gerade auf die Nase binden. Er will sich selber vergewissern, daß keiner aus der Familie vorigen Freitag in Quantum war. Wenn Norman West zu euch kommt und ihr mit ihm kooperiert, kann Malcolm ruhiger schlafen.«

»Und wenn wir nicht nachweisen können, wo wir gewesen sind?« fragte Debs.

»Oder uns gar nicht erinnern?« sagte Lucy.

»Dann muß Malcolm damit leben«, meinte Joyce knapp.

»Damit zu leben wäre das kleinere Übel«, sagte ich trocken. »Es geht darum, daß er nicht sterben will.«

Sie starrten mich schweigend an. Die Realität der Ermordung Moiras war für sie alle wohl genau wie für mich eine langsam brennende Zündschnur gewesen, anfangs scheinbar ohne böse Auswirkungen, dann aber doch mit zunehmenden Sorgen verbunden. Vielleicht hatten sie sich zunächst wie ich an die Theorie vom motivlosen fremden Eindringling geklammert, da die Alternative schlicht undenkbar war, doch in den Wochen, die seitdem verstrichen waren, mußten ihnen zumindest Zweifel gekommen sein. Die Zündschnur, begriff ich, würde bald von lebhaften Verdächtigungen schmoren, die das dünne Familiengewebe zerreißen und schließlich in alle Winde streuen konnten.

Würde mir das etwas ausmachen? fragte ich mich. Nicht,

solange ich noch Malcolm hatte ... und vielleicht Ferdinand ... und Joyce ... und vielleicht Lucy oder auch Thomas ... Serena ... Wäre es schlimm, wenn ich Gervase nie mehr zu Gesicht bekäme?

Die Antwort war überraschenderweise, ja, es würde mir etwas ausmachen. So unvollkommen, streitsüchtig, wacklig die Familie auch sein mochte – sie war dennoch der Ursprung und der Rahmen, die Geographie unseres Lebens. Moira, die von niemand Betrauerte, war schon dabei, diese Karte umzuschreiben, und wenn ihr Mörder unentdeckt blieb, wenn Malcolm selbst – ich durfte gar nicht daran denken – ermordet wurde, dann gab es keine Heilung mehr und keine Besserung, kein telefonisches Nachrichtennetz mehr und keinen Kontakt, sondern nur noch einen Haufen getrennter Galaxien, die unerbittlich auseinanderstrebten.

Der große Knall, dachte ich, stand noch aus. Es kam darauf an, die Zündschnur vor der Explosion zu kappen, und das war alles gut und schön, aber wo war der kritische Punkt, und wieviel Zeit blieb uns?

»Spendier mir was zu trinken, Liebling«, befahl Joyce. »Wir sitzen schwer in der Tinte.«

Sie ging los, doch die anderen machten keine Anstalten, ihr zu folgen. Ich betrachtete die sieben Gesichter, in denen verschiedene Grade von Besorgnis zu lesen waren, und sah, wie sie sich schon ein wenig voneinander entfernten, nicht als zusammengehörige Gruppe, sondern Donald und Helen als Ehepartner, Lucy und Edwin als Paar, Ferdinand, Debs und Serena als das jüngste Trio.

»Ich werde Malcolm von euren Befürchtungen erzählen«, sagte ich. »Und von euren Bedürfnissen.«

»O ja, tu das bitte«, sagte Helen eindringlich.

»Und von Gervases Vorschlag«, setzte Ferdinand hinzu.

»Nun komm doch, Liebling«, gebot Joyce über ihre Schulter. »Wo geht's zur Bar?«

»Lauf, lauf, Brüderchen«, meinte Lucy ironisch. Serena sagte: »Muttilein wartet«, und Debs kicherte leise. Ich dachte daran, die Stellung zu halten und Joyce zurückzurufen, aber was sollte es? Die Sticheleien konnte ich wegstecken, damit hatte ich jahrelang gelebt. Kläglich die Achseln zuckend ging ich hinter Joyce her und spürte förmlich das mitleidige Lächeln in meinem Nacken.

Ich lotste Joyce in die belebte Club-Bar, wo auf einer Seite ein Büffettisch mit Salaten und Brot stand und ein dicker Mann in Kochuniform Truthähne, Rinderkeulen und Schinken zerteilte. Ich war hungrig vom Reiten und bot Joyce etwas zu essen an, doch sie tat den Vorschlag als unpassend ab. Statt dessen besorgte ich ihr einen großen Wodka mit Tonic und für mich ein Ginger Ale, und an einem abgelegenen Tisch fanden wir zwei freie Stühle. Nachdem sie sich mit einem einzigen kurzen Blick vergewissert hatte, daß sie in dem allgemeinen Trubel niemand belauschen würde, beugte Joyce sich vor, bis die Krempe ihres grünen Huts praktisch meine Stirn berührte, und stürzte sich in ihr Verhör.

»Wo ist dein Vater?« sagte sie.

»Wann hast du zuletzt deinen Vater gesehen?« verbesserte ich.

»Wovon in aller Welt redest du?«

»So heißt doch das Gemälde von Orchardson.«

»Laß die Mätzchen. Wo ist Malcolm?«

»Ich weiß es nicht«, sagte ich.

»Du lügst.«

»Warum willst du ihn denn finden?«

»*Warum*?« Sie war erstaunt. »Weil er von Sinnen ist.« Sie griff in ihre geräumige Handtasche und holte einen Umschlag hervor, den sie mir hinhielt. »Lies das mal.«

Ich öffnete den Umschlag und fand einen kleinen Zeitungsschnipsel darin, eine Kurzmeldung ohne Überschrift und ohne Provenienz. Sie lautete:

Zur zweiten Garnitur zählt der britische Teilnehmer Blu Clancy, Zweiter im Derby letzten Jahres und diesjähriger Gewinner des King Edward VII Stakes in Royal Ascot.

Besitzer Ramsey Osborn sicherte sich gestern gegen Wettverluste beim Arc, indem er seinen vierjährigen Hengst zu 50 Prozent an den Arbitragehändler Malcolm Pembroke verkaufte, der sich erst diese Woche bei den Premium-Auktionen mit dem Erwerb eines 2 Millionen Guineen-Jährlings an Vollblüter herangewagt hat.

Auweia, dachte ich.

»Wo stammt das her?« fragte ich.

»Was liegt daran, wo's herstammt? Aus der neuen ›Turfgeschichten‹-Spalte im *Daily Towncrier.* Ich war heute morgen gerade beim Kaffeetrinken, als ich es las, und habe fast meine Zunge verschluckt. Entscheidend ist nur – stimmt es?«

»Ja«, sagte ich.

»*Wie bitte?*«

»Ja«, wiederholte ich. »Malcolm hat eine 50-Prozent-Beteiligung an Blu Clancy gekauft. Was ist dagegen einzuwenden?«

»Manchmal«, ereiferte sich meine Mutter, »bist du so blöd, daß ich dir eine langen könnte.« Sie holte Luft. »Was ist überhaupt ein Arbitragehändler?«

»Einer, der Geld macht, indem er billig kauft und teuer verkauft.«

»Aha. Gold.«

»Und Devisen. Und Aktien. Und eventuell Rennpferde.«

Sie war nicht besänftigt. »Du weißt ganz genau, daß er bloß sein Geld rauswirft, um uns zu ärgern.«

»Es gefällt ihm nicht, daß Moira umgebracht wurde. Es gefällt ihm auch nicht, daß man ihn überfallen hat. Ich glaube, er wird so lange prassen, bis er weiß, ob wir einen Mörder in der Familie haben oder nicht, und selbst dann ...« ich lächelte, »allmählich kommt er auf den Geschmack.«

Joyce blickte starr. »Moira ist von einem Eindringling ermordet worden.«

Ich antwortete nicht.

Sie nahm einen großen Schluck Wodka-Tonic und sah mich kalt an. Sie war kaum zwanzig gewesen, als ich geboren wurde, kaum neunzehn, als Malcolm sie Hals über Kopf aus einem Antiquitätenladen in Kensington entführt und innerhalb eines Monats in seinem Haus untergebracht hatte, mit einem neuen Ehering und zu wenig Beschäftigung.

Malcolm, der mir hin und wieder von dieser Zeit erzählte, hatte einmal gesagt: »Sie konnte mit Zahlen umgehen, verstehst du? Und beim Kartenspielen war sie mir über. Und sie sah so verdammt brav aus. So jung. Kein bißchen herrschsüchtig, wie sie es später wurde. Ihre Leute hielten mich für einen Emporkömmling, weißt du das? Ihre Ahnen ließen sich zurückverfolgen bis zu Charles II., meine bis zu einem viktorianischen Messerschleifer. Aber ihre Leute waren nicht reich, verstehst du? Mehr Stammbaum als Zaster. Das mit Joyce war eine Spontanheirat. Na bitte, ich geb's zu. Wie sich herausstellte, hielt sie nicht viel von Sex; schade drum. Manche Frauen sind eben so. Keine Hormone. Also ging ich weiter zu Alicia. War doch klar, oder? Joyce und ich vertrugen uns gut, waren hübsch höflich im Umgang und so weiter, bis sie hinter Alicia kam. Dann gab es Zoff, monatelang war der Teufel los, entsinnst du dich? Wahrscheinlich nicht, du warst ja erst vier oder fünf.«

»Fünf bis sechs, genaugenommen.«

»Tatsächlich? Joyce gefiel sich als Hausherrin, weißt du? Sie lernte, was Macht ist. Wurde erwachsen oder so. Sie fing ernstlich mit Bridge an und stieg in Ehrenämter ein. Das alles gab sie dann sehr ungern auf; mich aufzugeben fiel ihr weniger schwer. Sie sagte, Alicia habe sie ihrer Selbstachtung beraubt und ihre Stellung in der Gemeinde zerstört. Sie hat ihr nie verziehen, oder?«

Joyce war in die Kleinstadt in Surrey zurückgekehrt, wo ihre Eltern lebten und später starben, deren gesellschaftliche Rolle sie konsequent übernahm. Sie trieb die Leute am Ort zu guten Werken an, zog fortwährend auf Bridge-Turniere, die ihr eine gewisse Berühmtheit einbrachten, und hatte Alicia tatsächlich nie verziehen.

In der Bar von Sandown zeichnete sich ihre Kleidung wie

stets durch eine Art geschäftsmäßigen Luxus aus: Nerzjacke über grauem Schneiderkostüm, elegante weiße Seidenbluse, lange Perlenschnüre, hochhackige Schuhe, grüner Filzhut, Handtasche aus glattem Kalbsleder. »Eine gut angezogene, gebildete freche Blondine« hatte Alicia sie einmal genannt, was treffend und doch unfair war, genau wie Joyces mit gleicher Münze heimzahlende Ansicht, Alicia sei ein »fades Mädchen, das lebt wie die Made im Speck«.

Joyce trank den größten Teil ihres restlichen Wodkas und sagte: »Glaubst du wirklich, daß einer aus der Familie fähig ist, einen Mord zu begehen?«

»Ich weiß es nicht.«

Aber *wer* denn?

»Das ist die Frage.«

»Es kann nicht sein«, beharrte sie.

»Gut«, sagte ich. »Nimm sie mal der Reihe nach. Sag mir in jedem einzelnen Fall, warum es vom Charakter des Betreffenden her nicht sein kann. Fang vorne an, bei Vivien.«

»Nein, Ian«, protestierte sie.

»Doch«, sagte ich. »Hilf mir. Hilf Malcolm. Hilf uns allen.«

Sie warf mir einen langen bekümmerten Blick zu, achtete nicht auf die Bewegung und den Lärm um uns herum. Das nächste Rennen lief bereits, ohne daß der Betrieb wesentlich abgenommen hätte, denn es ließ sich auch auf den Monitoren über unseren Köpfen verfolgen.

»Vivien«, soufflierte ich.

»Ausgeschlossen, ganz ausgeschlossen. Sie ist im Grunde dämlich. Wenn sie überhaupt jemand ermorden könnte, wäre das vor langer Zeit passiert, und zwar mit Alicia. Alicia hat Viviens Ehe zerstört, genau wie meine. Vivien ist eine Heulsuse, voller Selbstmitleid. Und warum sollte sie es tun? Wegen der drei jämmerlichen Sprößlinge etwa?«

»Vielleicht«, sagte ich. »Sie brauchen alle Geld. Selbst hat sie nicht genug, um ihnen aus der Patsche zu helfen.«

»Es kann trotzdem nicht sein.«

»In Ordnung«, sagte ich. »Was ist mit Donald? Und Helen?«

»Donald war zehn gewesen, mehr als halb so alt wie Joyce, als sie Malcolm geheiratet hatte, und war wie Lucy und Thomas immer nach Quantum zu Besuch gekommen, wenn Malcolm von dem gemeinsamen Sorgerecht Gebrauch machte. Joyces Desinteresse an Kindern hatte sich eindeutig auch auf ihre Stiefkinder erstreckt, die sie laut, launisch und ungezogen fand, wenngleich Malcolm anderer Meinung war.

»Donald ist ein aufgeblasener versnobter Esel«, sagte sie jetzt, »und hinter dem Getue verteufelt unsicher. Malcolm findet, Helen sei so hirnlos wie sie hübsch ist, aber ich möchte meinen, für Mord braucht man nicht unbedingt Köpfchen, ganz im Gegenteil. Ich nehme an, Helen würde kämpfen wie ein Tier, um ihren Nachwuchs vor körperlichem Schaden zu bewahren. Aber Moira hat ihren Nachwuchs ja nicht bedroht, nicht unmittelbar. Ich glaube, Helen könnte nur im Affekt töten, aber das könnten die meisten Leute, wenn sie gezwungen sind, sich oder ihre Kinder zu verteidigen.«

Ich fragte mich, ob sie von der Schulgeldkrise wußte; falls sie ihr nicht selbst davon erzählt hatten, lag sie bemerkenswert richtig.

»Lucy?« sagte ich.

»Lucy glaubt, alle andern sind ihr unterlegen, besonders die, die mehr Geld haben.«

Arme Lucy, dachte ich. »Und Edwin?«

Joyce runzelte die Stirn. »Edwin . . .«

»Edwin kommt in Frage?« sagte ich.

»Er macht doch pausenlos den Laufjungen. Jedenfalls wären die Pausen nicht lang genug, daß er herumlungern könnte, bis er Moira allein in ihrem Glashaus erwischt.«

»Aber zuzutrauen wär's ihm?«

»Ich weiß nicht genug über ihn«, bekannte Joyce. »Er sehnt sich nach Geld, das ist sicher, und er hat's auch verdient, wo er all die Jahre schon hinter Lucy herräumt. Ich kenne seine Geduldgrenze nicht.«

»Na schön«, sagte ich, »was ist mit Thomas?«

»Thomas!« Joyces Gesicht sah beinah traurig aus. »Er war

nicht so unausstehlich wie Donald und Lucy, als er klein war. Ich mochte ihn am liebsten von den dreien. Aber die verdammte Vivien hat ihn gründlich verpfuscht, nicht wahr? Weiß der Himmel, wieso er Berenice geheiratet hat. Sie wird ihn zu Tode piesacken, bevor er erbt, und wie steht sie dann da?«

Joyce trank den Wodka aus und sagte: »Was wir hier reden, gefällt mir nicht, Ian, ich höre jetzt auf damit.«

Thomas, dachte ich. Sie war sich bei Thomas nicht sicher, und sie wollte es nicht zugeben. Die Analyse hatte ganz plötzlich zu einem unwillkommenen, vielleicht unerwarteten Abgrund geführt.

»Noch einen Drink?« regte ich an.

»Ja. Gervase trinkt, hast du das gewußt?«

»Er trinkt doch immer.«

»Ursula hat mich angerufen und um Rat gefragt.«

»Tatsächlich?« Ich war überrascht. »Wieso hat sie nicht Alicia gefragt?«

»Ursula verabscheut ihre Schwiegermutter«, sagte Joyce. »Das haben wir gemeinsam. Ursula und ich sind recht gute Freundinnen geworden.«

Erstaunlich, dachte ich und stand auf, um den Nachschub zu holen.

Joyces Augen weiteten sich plötzlich ungläubig, als sie an mir vorbeischaute.

»Ich wußte, daß du lügst«, sagte sie bitter. »Da ist Malcolm.«

7

Ich drehte mich um, wußte nicht, ob ich erschrocken oder nur gereizt sein sollte.

Malcolm hatte Joyce nicht gesehen, und er suchte weder sie noch mich, sondern lediglich etwas zu trinken. Ich stieß an der Bar zu ihm und ergriff seinen Arm.

»Warum bist du verflucht nochmal nicht oben?« sagte ich.

»Da bin ich länger gewesen, als ich erwünscht war, alter Knabe. Es wurde langsam peinlich. Sie hatten einen Botschafter zu Gast. Ich war geschlagene drei Stunden dort. Warum hast du mich nicht abgeholt?«

»Joyce«, sagte ich grimmig, »sitzt da drüben in der Ecke. Wir trinken hier was, und sie hat dich reinkommen sehen.«

»Joyce!« Er drehte sich um und stellte fest, daß sie unheilvoll in unsere Richtung blickte. »Verdammt.«

»Draußen streichen außerdem Donald und Helen, Lucy und Edwin, Serena, Ferdinand und Debs herum.«

»Himmel«, sagte er. »Jetzt jagen sie schon paarweise.«

»Du magst scherzen«, meinte ich, »und du magst recht haben.«

»Ich konnte nicht da oben bleiben. Die warteten darauf, daß ich ging; sie waren nur zu höflich, mich dazu aufzufordern.«

Er sah mit gutem Grund beunruhigt aus.

»Ob Joyce ihnen allen erzählt, daß ich hier bin?«

»Mal sehen, ob wir sie davon abhalten können«, sagte ich. »Was willst du trinken? Scotch?«

Er nickte, und ich drängelte mich durch das Gewühl an der Theke und wurde schließlich bedient. Er half mir die Gläser und Flaschen zum Tisch zu bringen und setzte sich auf den Platz, an dem ich gesessen hatte, gegenüber Joyce. Ich holte mir einen Stuhl von einem der nächsten Tische und gesellte mich zu meinen nimmer sich liebenden Eltern.

»Bevor ihr anfangt, euch anzuschreien«, sagte ich, »können wir mal zwei Dinge klarstellen? Joyce möchte, daß Malcolm seine hemmungslose Freigiebigkeit einstellt, Malcolm möchte am Leben bleiben. Beides läßt sich wahrscheinlich am ehesten erreichen, wenn wir herausbekommen, wer Moira ermordet hat, sofern Moiras Mörder derjenige ist, der auch Malcolm umbringen will.« Ich hielt inne. »Logisch schlüssig?«

Sie schauten mich mit der Art von Überraschung an, die Eltern für unerwartete Äußerungen ihrer Kinder reservieren.

Malcolm sagte: »Es steht doch wohl außer Zweifel, daß Moiras Mörder der ist, der es auf mich abgesehen hat?«

Ich schüttelte den Kopf. »Schon mal was von Nachahmungstätern gehört?«

»Mein Gott«, sagte er ausdruckslos. »*Ein* möglicher Mörder in der Familie ist eine Tragödie. Zwei wären . . .«

»Statistisch unwahrscheinlich«, sagte Joyce.

Malcolm und ich sahen sie respektvoll an.

»Sie hat recht«, sagte Malcolm aufatmend, als ließe ein einziger Mörder sich irgendwie leichter bewältigen.

»Okay«, stimmte ich zu und fragte mich, wie die statistische Wahrscheinlichkeit wirklich aussah, ob Ferdinand sie wohl errechnen könnte. »Also gut. Die Polizei hat Moiras Mörder nicht gefunden, obwohl sie sich sehr darum bemüht hat und sich vermutlich immer noch bemüht . . .«

»Mich mit einem Killer in Verbindung zu bringen«, murmelte Malcolm düster.

»Wir als Familie«, sagte ich, »wären über Moiras Ermordung vielleicht hinweggekommen, indem wir uns dazu gebracht hätten, die Theorie von dem motivlosen unbekannten Eindringling zu glauben . . .«

»Natürlich glauben wir daran«, sagte Joyce leise.

»Jetzt nicht mehr, das geht nicht. Zwei motivlose Morde durch unbekannte Eindringlinge – denn Malcolm sollte sterben – sind statistisch so unwahrscheinlich, daß man es vergessen kann. Die Polizei hat Moiras Mörder nicht ermittelt, aber wir müssen das jetzt selbst versuchen. Alles andere ist gefährlich, deshalb haben wir Norman West engagiert.« Ich sah Joyce direkt an. »Laß das Theater wegen Malcolms Spendierfreude und denk dir Möglichkeiten aus, ihm das Leben zu retten, sei es auch nur, damit er mehr Geld scheffelt, denn das kann er – aber nur, wenn er am Leben ist.«

»Ian ...« Sie war empört.

»Du hast heute morgen per Telefon die ganze Familie aufgestachelt, hast ihnen gesagt, wo ich zu finden bin, und soweit wir wissen, sind jetzt sieben von ihnen hier, womöglich aber noch andere, die sich versteckt halten. So unangenehm der Gedanke auch ist, Moiras Mörder kann hier sein.«

»Aber nein«, rief Joyce aus.

»Doch«, sagte ich. »Malcolms bester Schutz gegen Mord besteht darin, daß er außer Reichweite von Mordwerkzeugen bleibt, oder anders gesagt, daß niemand weiß, wo er sich aufhält. Und du, Mutterherz, hast die ganze Meute auf den Rennplatz gelockt, deshalb solltest du Malcolm jetzt lieber helfen, von hier wegzukommen, bevor sie ihn kriegen.«

»Ich wußte doch nicht, daß er hier ist«, protestierte sie.

»Ist er aber. Es wird Zeit, praktisch zu denken.«

Niemand wies darauf hin, daß sie die anderen, wenn sie von seiner Anwesenheit gewußt hätte, noch viel eifriger herbeordert haben würde.

»Hast du eine Idee?« fragte Malcolm mich hoffnungsvoll.

»Ja. Aber dafür brauchen wir Joyces Hilfe und ihr Versprechen, daß sie schweigt.«

Meine Mutter wirkte ganz und gar nicht so gebieterisch wie sonst und gab fast demütig ihre Zusage.

»Das ist hier keine Privatbar«, sagte ich, »und wenn einer von der Familie Clubkarten gekauft hat, können sie jeden Augenblick hereinschneien, also verlieren wir am besten keine Zeit. Ich lasse euch jetzt ein paar Minuten allein, aber ich komme wieder. Bleibt hier in der Ecke. Was immer auch passiert, bleibt wo ihr seid. Falls die Familie euch aufstöbert, bleibt trotzdem hier. Okay?«

Sie nickten beide, und ich überließ sie ihrem ersten, von argwöhnischen Blicken eingeleiteten Tête-à-Tête seit vielen Jahren.

Ich machte mich auf die Suche nach dem Hauslieferanten, den ich recht gut kannte, da seine Tochter regelmäßig in Amateurrennen gegen mich antrat, und fand ihn, indem ich über den Manager des Vereinslokals dringende Botschaften aussenden ließ.

»*Ian*«, sagte er zehn lange Minuten später, als er durch das Flaschendepot auf der Rückseite in die Bar kam, »was ist los?«

Er war Unternehmer, Chef einer Lebensmittellieferfirma, ein fähiger Mann in den Fünfzigern, der aus dem Vorstadtmilieu stammte, sich hochgearbeitet hatte und dabei welterfahren geworden war.

Ich sagte, es handle sich um ein privates Problem, und er führte mich von dem Trubel weg, durch den hinteren Teil der Bar in einen kleinen, relativ ruhigen Bereich, der den Gästen nicht zugänglich war.

Mein Vater, sagte ich ihm, müsse sofort unauffällig vom Rennplatz verschwinden und lasse fragen, ob eine Kiste Bollinger Auslese seinen Abgang erleichtern würde.

»Er will doch hoffentlich nicht seinen Buchmacher prellen«, sagte der Lieferant lakonisch.

»Nein, er will mit meiner Mutter, seiner Exfrau durchbrennen, ohne daß die Familie es merkt.«

Belustigt meinte der Lieferant, daß Bollinger nicht schlecht wäre. Außerdem lachte er über meinen Plan, sagte mir, ich solle ihn in die Tat umsetzen, das Beiwerk ihm überlassen und mich um seine Rosemary kümmern, wann immer sie starte.

Ich ging in die Bar zurück, um Malcolm abzuholen und bat Joyce, indem ich ihr den Weg erklärte, ihr Auto auf den Platz zu fahren, wo die Lebensmittellieferanten ihre Transporter stehen hatten. Joyce und Malcolm saßen immer noch allein am Tisch und schauten sich zwar nicht gerade verzückt in die

Augen, waren aber immerhin nicht zu Eissäulen erstarrt. Beide schienen jedoch über meine Rückkehr erleichtert zu sein, und Joyce nahm bereitwillig ihre Handtasche, um den Wagen zu holen.

»Wenn du jemand von den anderen siehst«, sagte ich, »sag einfach, du fährst nach Hause.«

»Ich bin nicht von gestern, Liebling«, versetzte sie mit wiedererwachendem Sarkasmus. »Spiel du nur dein Spielchen, ich komme schon klar.«

Das Spiel war das gleiche, das ich mir zuvor im Umkleideraum überlegt hatte, nur abgewandelt durch einen anderen Ausgangspunkt. Es war nicht auszuschließen, daß die falschen Leute Malcolm draußen auf dem kurzen Weg vom Ausgang der Direktion zum Bareingang erblickt hatten, aber ich nahm an, wir konnten sie trotzdem hinters Licht führen.

In dem ruhigen Hinterzimmer der Bar sah der Hauslieferant zu, wie der dicke Koch seine weiße Jacke und die hohe Mütze auszog.

»Eine Kiste Bollinger Auslese für den Lieferanten, ein Trinkgeld für den Koch«, murmelte ich in Malcolms Ohr. »Laß dich von Joyce an einem Bahnhof absetzen, und wir sehen uns im Savoy. Rühr dich nicht, bis ich wieder dort bin.«

Malcolm, der ein wenig benommen dreinschaute, zog die Jacke und Mütze des Kochs an und griff in seine Brieftasche. Der Koch freute sich über das Ergebnis und ging wieder seine Puter zerschneiden. Malcolm und der Hauslieferant verließen die Bar via Hintertür, um durch die Tribünenbauten zu dem Platz zu gehen, wo die Lieferwagen parkten. Ich wartete eine ganze Weile unruhig in der Bar, aber schließlich kam der Lieferant mit der weißen Verkleidung unterm Arm zurück und händigte sie ihrem Besitzer aus.

»Ihr Vater ist problemlos weggekommen«, versicherte er mir. »Er hat niemand gesehen, den er kannte. Worum ging's eigentlich? Doch keine richtige Entführung, oder?«

»Er wollte verhindern, daß ihn seine aufgebrachten Kinder meucheln.«

Der Lieferant lächelte, da er mir natürlich nicht glaubte. Ich fragte ihn, wohin der Schampus geschickt werden solle, und er zog eine Visitenkarte hervor, auf deren Rückseite er seine Privatadresse schrieb.

»Ihr Vater hat mit den Veranstaltern geluncht, nicht wahr?« sagte er. »Ich meine, ich hätte ihn oben gesehen.« Sein Tonfall deutete an, daß eine Gefälligkeit gegenüber Leuten, die mit den Veranstaltern lunchten, doppelt gerechtfertigt war, wie ein durch Kreditkarte gestützter Scheck, und ich tat mein Bestes, um ihn in seiner Auffassung noch zu bestärken.

»Er hat gerade eine 50-Prozent-Beteiligung an einem Arc de Triomphe-Starter gekauft«, sagte ich. »Wir fliegen zu dem Meeting rüber.«

»Haben Sie es gut«, sagte er und gab mir seine Karte. Plötzlich krauste er die Stirn bei dem Versuch, sich zu erinnern. »Hat mir Rosemary nicht was davon erzählt, daß die jetzige Frau Ihres Vaters vor ein paar Wochen sinnlos ermordet wurde? Seine verstorbene Frau, sollte ich wohl sagen. Furchtbar für ihn, furchtbar.«

»Ja«, sagte ich. »Nun . . . einige Leute, die mit ihr in Verbindung standen, sind heute unverhofft hier aufgetaucht, und er wollte ihnen aus dem Weg gehen.«

»Ah«, sagte er mit Genugtuung. »In dem Fall bin ich froh, daß ich helfen konnte.« Er lachte leise. »So ganz wie ein durchbrennendes Paar sahen die beiden nicht aus.«

Er gab mir die Hand und ging fort, und nach ein paar tiefen Atemzügen verließ ich die Club-Bar und kehrte zur Waage zurück, um meine Ausrüstung zu holen. Ein Rennen stand noch auf dem Programm, aber mir kam der Nachmittag jetzt schon lang vor.

George und Jo waren dort, als ich mit Sattel, Kappe, Peitsche und Reittasche herauskam; es gab noch etwas, das sie mir mitteilen wollten, bevor ich ging.

»Wir haben beschlossen, Young Higgins morgen in zwei Wochen in Kempton wieder einzusetzen. Dafür bist du doch frei, oder?«

»Ja, natürlich.«

»Und denk an Park Railings, nächsten Donnerstag in Cheltenham.«

»Immer und überall«, sagte ich, und sie lachten, Mitverschworene in der Sucht.

Als sie fortgingen - nicht, ohne sich noch einmal umzudrehen und zu winken - kam mir in den Sinn, daß ich nächste Woche oder die Woche darauf vielleicht in Singapur, Australien oder Timbuktu sein würde; das Leben war ungewiß, und darin bestand sein Reiz.

Auf dem Weg zum Tor sah ich keinen aus der Familie, und zwischen dem Tor und meinem Auto auch nicht. Mit einem befreiten Seufzer verstaute ich mein Zeug im Kofferraum und fuhr ohne Eile in Richtung Epsom los, ein Umweg von kaum zwanzig Kilometern; da konnte ich ebensogut meine Post einsammeln und die Telefonnachrichten abfragen.

Der Anrufbeantworter ließ sich zwar auch per Funk abhören, aber das hatte noch nie gut funktioniert, und ich war zu faul gewesen, mir eine neue Fernbedienung zu kaufen oder zumindest neue Batterien für die alte.

Mit derlei ziellosen Gedanken fuhr ich unaufmerksam vor mich hin, und erst, als ich eine ziemliche Strecke zurückgelegt hatte, fiel mir auf, daß ich jedesmal, wenn ich in den Rückspiegel schaute, zwei, drei Autos hinter mir den gleichen Wagen sehen konnte. Manche Wagen überholten mich - dieser nie, und er kam auch nicht näher heran.

Ich wurde ganz aufmerksam und dachte: »Was weißt du?« und fühlte mein Herz klopfen wie in der Startmaschine.

Was ich nicht wußte, war, wem der Wagen gehörte. Er sah ähnlich aus wie der gemietete, den ich fuhr, ein mittelgroßer Viertürer in verwaschenem Beige, unscheinbar, unauffällig, keine Gefahr für die Formel 1.

Vielleicht war der Fahrer bloß in meinem Tempo unterwegs nach Epsom, überlegte ich; deshalb bog ich an der nächsten Ampel links in unbekanntes Wohngebiet ab und hielt mich an jeder folgenden Kreuzung wieder links - eine Kreisfahrt, die mich zum Schluß vermutlich in die gewünschte Richtung zurückbringen würde. Ich eilte mich nicht und sah auch nicht ständig in den Rückspiegel, doch als ich wieder auf eine Straße – eine andere – mit Schildern nach Epsom kam, war der gleiche Wagen noch immer irgendwo in meinem Windschatten, hinter einem Transporter versteckt.

Wenn er auch nur einen Funken Orientierung besaß, dachte ich, würde er begreifen, was ich getan hatte, und sich denken können, daß ich jetzt wußte, ich wurde verfolgt. Andererseits waren die Landstraßen zwischen Sandown Park und Epsom ein Labyrinth, wie die meisten Straßen von Surrey, und so war ihm vielleicht nichts aufgefallen, oder er dachte, ich hätte mich verfahren, oder . . .

Du klammerst dich an Strohhalme, dachte ich. Stell dich den Tatsachen. Ich wußte, daß er da war, und er wußte, daß ich es wußte, und was sollte ich als nächstes tun?

Wir waren bereits am Stadtrand von Epsom, und fast automatisch schnürte ich um Ecken, auf meine Wohnung zu. Es sprach nichts dagegen, dachte ich. Ich würde meinen Verfolger nicht zu Malcolm führen, falls er das im Sinn hatte. Außerdem wollte ich herausbekommen, wer er war, und ich glaubte ihn überlisten zu können, da ich in der Gegend, wo ich wohnte, ein paar raffinierte Abkürzungen kannte.

Vor vielen Häusern dort, die in den dreißiger Jahren ohne Garagen erbaut worden waren, parkten ständig Autos auf beiden Straßenseiten. Nur Neubauten wie mein Wohnblock hatten zureichende Parkmöglichkeiten, sah man von zwei, drei größeren, in Mietwohnungen umgewandelten Häusern ab, die Stellplätze hatten, wo früher einmal Rasen war.

Ich fuhr an meiner Wohnung vorbei, die schmale Straße runter und schwenkte rasch in die Einfahrt von einem der größeren Häuser auf der anderen Seite. Dieses spezielle Haus hatte auch eine schmale Ausfahrt in die nächste baumbestandene Allee: Ich fuhr geradewegs durch, drehte schnell, flitzte um zwei weitere Ecken und kehrte in meine Straße zurück, um hinter den Wagen zu gelangen, der mich verfolgt hatte.

Er war da, stand notdürftig eingeparkt in einer zu engen Lücke mit der Schnauze zum Bordstein und herausragendem Heck, die Bremslichter glühten noch: Unschlüssigkeit auf der ganzen Linie. Ich hielt direkt hinter ihm, um ihm den Rückzug abzuschneiden, zog die Bremse an, stieg aus, machte zwei, drei rasche Schritte und riß die Tür auf der Fahrerseite auf.

Einen Moment lang war es vollkommen still.

Dann sagte ich: »So, so, so« und danach nickte ich zu meiner Wohnung hoch und sagte: »Kommt doch rein«, und schließlich sagte ich: »Wenn ich gewußt hätte, daß ihr kommt, hätte ich einen Kuchen gebacken.«

Debs kicherte. Ferdinand, der gefahren war, schaute verlegen drein. Serena sagte ohne Reue: »Ist Daddy hier?«

Sie gingen mit in meine Wohnung, wo sie klar und deutlich sehen konnten, daß Daddy nicht da war. Ferdinand blickte vom Wohnzimmerfenster hinunter auf den Platz, wo sein Wagen jetzt in schöner Eintracht neben meinem parkte, und dann auf die Rückseiten der gegenüberliegenden Häuser, hinter einem nahen Zaun.

»Keine tolle Aussicht«, meinte er geringschätzig.

»Ich bin nicht oft hier.«

»Du wußtest, daß ich dir gefolgt bin, wie?«

»Ja«, sagte ich. »Was zu trinken?«

»Hm . . . Scotch?«

Ich nickte und schenkte ihm aus einer Flasche, die im Schrank stand, welchen ein.

»Ohne Eis«, sagte er und nahm das Glas. »Nach dieser Hatz trinke ich ihn pur.«

»Ich bin doch nicht schnell gefahren«, sagte ich erstaunt.

»Deine und meine Vorstellung von Schnelligkeit liegen bei den verdammten Zickzackstraßen rund zwanzig Stundenkilometer auseinander.

Die beiden Frauen stöberten in der Küche und den anderen Zimmern herum, und ich konnte hören, wie eine – zweifellos Serena – Türen und Schubladen auf der Suche nach Souvenirs von Malcolm öffnete.

Ferdinand zuckte die Achseln, als er sah, daß mich das kalt ließ. »Er war überhaupt nicht hier, was?« sagte er.

»Seit drei Jahren nicht.«

»Wo ist er?«

Ich gab keine Antwort.

»Wir müssen dich wohl foltern, um es rauszukriegen«, sagte Ferdinand. Das war eine leichtfertige Drohung, die wir in der Kindheit bei allen möglichen Anlässen benutzt hatten, angefangen von: »Wo sind die Cornflakes?« bis zu: »Wie spät ist es?«, und Ferdinand schien selber überrascht, daß sie an die Oberfläche gekommen war.

»M-hm«, sagte ich. »Wie im Geräteschuppen?«

»Mist«, sagte Ferdinand. »Als ob ich im Ernst ...«

»Das will ich auch wirklich nicht hoffen.«

Wir erinnerten uns jedoch beide an den regnerischen Nachmittag, als Gervase die Drohung in die Tat umgesetzt hatte, um aus mir herauszubringen, wo ich meine neuen Kricketschläger versteckt hatte, hinter denen er her war. Ich hatte es ihm extra nicht gesagt. Ferdinand war dabeigewesen, hatte aber zu viel Angst vor Gervase, um sich einzumischen, und Serena, kaum vier, hatte mit großen Augen zugesehen, ohne etwas zu begreifen.

»Ich dachte, du hättest es vergessen«, sagte Ferdinand. »Du hast es nie erwähnt.«

»Jungs sind nun mal Tyrannen.«

»Gervase ist immer noch einer.«

Wer von uns, dachte ich, war nicht mehr so wie damals in dem grünen Garten? Donald, Lucy, Thomas, Gervase, Ferdinand, Serena - alle hatten vor langer Zeit dort gespielt, helle Kinderstimmen im Gebüsch, die Erwachsenen, die wir werden sollten, schon angelegt in den schlaksigen Gliedern, den glatten Gesichtern, dem tastenden Verstand. Keins von diesen Kindern ... *keiner von uns* ... dachte ich protestierend, hätte töten können.

Serena kam mit einem weißen Spitzennegligé in der Hand ins Wohnzimmer und sah merkwürdig schockiert aus.

»Du hattest eine Frau hier!« sagte sie.

»Das ist doch nicht verboten.«

Debs, die hinter ihr herkam, zeigte eine normalere Reaktion. »Größe 10, gutes Parfüm, teurer Geschmack, Klassefrau«, sagte sie. »Wie war ich?«

»Nicht schlecht.«

»Ihre Gesichtscreme ist im Bad«, sagte Serena. »Du hast uns nie was erzählt von einer ... einer ...«

»Freundin«, sagte ich. »Und hast du ... einen Freund?«

Sie schnitt unwillkürlich ein angewidertes Gesicht und schüttelte den Kopf. Debs legte schwesterlich einen Arm um Serenas Schultern und sagte: »Ich rate ihr dauernd, eine Sextherapie zu machen, weil sie sonst noch als vertrocknete alte Jungfer endet, aber sie hört einfach nicht, was, Liebchen?«

Serena wand sich aus Debs Arm und stelzte in den Flur hinaus.

»Hat sich mal jemand an ihr vergangen?« fragte ich Ferdinand. »Sie macht den Eindruck.«

»Nicht, daß ich wüßte.« Er zog die Brauen hoch. »Gesagt hat sie nie etwas davon.«

»Sie hat nur Angst vor Sex«, meinte Debs fröhlich. »Man sollte nicht glauben, daß es das heute noch gibt. Ferdinand hat keine Angst davor, was, Häschen?«

Ferdinand reagierte nicht darauf, sondern sagte: »Wir sind hier fertig, glaube ich.« Er trank seinen Scotch aus, setzte sein Glas ab und starrte mich kalt an, wie um kundzutun, daß alles, was ich im Lauf des Nachmittags zwischen uns als einsetzendes Tauwetter wahrgenommen haben könnte, jetzt aus und vorbei war. Klirrend hatte sich der Eisvorhang geschlossen.

»Wenn du uns bei Malcolm ausbootest«, sagte er, »wird dir das noch leid tun.«

Wider Willen gekränkt und etwas bissig fragte ich: »Sind das auch wieder Alicias Worte?«

»Du kannst mich, Ian«, sagte er verärgert und rief, schon auf dem Weg zur Tür: »Serena, wir fahren«, so daß ihr keine andere Wahl blieb, als sich anzuschließen.

Debs warf mir einen gespielten schaudervollen Blick zu, als sie hinter ihnen herging. »Du bist Alicias Hauptbösewicht, dein Pech, Schätzchen. Laß die Krallen von Malcolms Geld, sonst wirst du dein blaues Wunder erleben.«

Eine grimmige Drohung lag in ihren letzten Worten, und als das scherzhafte Gebaren umschlug, begriff ich, daß es nur eine Fassade war, hinter der sich die gleichen Ängste und Wutgefühle verbargen wie bei allen anderen, und ihre Augen waren, als sie hinausging, genauso unfreundlich.

Mit Bedauern sah ich vom Fenster aus zu, wie die drei in Ferdinands Auto stiegen und losfuhren. Wer glaubte, man könnte zu den unverdorbenen Gefühlen der Kindheit zurückkehren, machte sich etwas vor, und ich mußte wohl aufhören, mir das zu wünschen. Ich wandte mich ab, spülte Ferdinands Glas aus und ging in mein Schlafzimmer, um zu sehen, wie Serena es zurückgelassen hatte.

Das weiße Negligé lag auf meinem Bett. Ich hob es auf und hängte es in den Schrank, wobei ich meine Wange an dem Stoff rieb und den leisen süßen Duft der Dame roch, die hin und wieder auf ein unbeschwertes Zwischenspiel vorbeikam, wenn ihr nahezu impotenter und dennoch geliebter Mann nicht zu Hause war. Wir paßten gut zueinander: vollkommen glücklich in flüchtiger Leidenschaft, ohne Bindungsabsichten.

Ich sah mich in der Wohnung um, riß ein paar Briefe auf und fragte den Anrufbeantworter ab: nichts Besonderes dabei. Ich dachte eine Weile über Autos nach. Vor zwei Tagen hatte ich telefonisch mit dem Hotel in Cambridge vereinbart, daß mein Wagen gegen eine Tagesgebühr auf ihrem Parkplatz bleiben durfte, bis ich ihn abholte, aber ewig konnte ich ihn dort nicht stehen lassen. Wenn ich ein Taxi zum Bahnhof Epsom nahm, überlegte ich, könnte ich mit dem Zug nach London fahren. Morgen früh würde ich dann die Bahn nach Cambridge nehmen, mein Auto abholen, nochmal hier vorbeikommen, in den Leihwagen umsteigen und damit zurück nach London fahren. Da Ferdinand – und durch ihn auch die anderen – seine Farbe, Marke und Nummer kannten, wäre es vielleicht noch etwas sicherer, diesen Wagen abzugeben und einen anderen zu mieten.

Das Telefon klingelte. Ich nahm ab und hörte eine vertraute Stimme, warm und kehlig, die gleich zur Sache kam.

»Wie wär's jetzt?« sagte sie. »Wir hätten eine Stunde.«

Ich konnte ihr selten widerstehen. Versuchte es auch selten.

»Eine Stunde wäre toll. Ich habe gerade an dich gedacht.«

»Gut«, sagte sie. »Bis dann.«

Ich hörte auf, mich um Autos zu sorgen, und dachte statt dessen an das weiße Spitzennegligé; sehr viel verlockender. Ich stellte zwei Sektgläser auf den Tisch am Sofa und sah auf meine Uhr. Malcolm konnte kaum schon wieder im Savoy sein, aber einen Versuch war es wert; und tatsächlich meldete er sich am Telefon und sagte, er sei gerade im Moment in die Suite gekommen.

»Freut mich, daß du wohlbehalten zurück bist«, sagte ich. »Ich bin ein bißchen aufgehalten worden. Komme erst in zwei, drei Stunden. Halt die Ohren steif.«

»Deine Mutter ist ein Drachen.«

»Sie hat deine Haut gerettet.«

»Sie nannte mich einen pockennarbigen alten Wüstling, der ausstaffiert sei wie ein fünftklassiger Pastetenbäcker.«

Ich lachte und konnte seinen finsteren Blick durch die Leitung spüren.

»Was möchtest du nach dem Kaviar«, sagte er, »wenn ich Abendbrot bestelle?«

»Irgend etwas *à la chef.*«

»Gott strafe dich, du bist genau so schlimm wie deine Mutter.«

Ich legte amüsiert den Hörer auf und wartete die zwanzig Minuten ab, die vergehen würden, bis es an der Tür klingelte.

»Hallo«, sagte sie, als ich sie einließ. »Wie war das Rennen?«

»Ich küßte sie. »Dritter Platz.«

»Gratuliere.«

Sie war zehn oder zwölf Jahre älter als ich, außerdem schlank, mit kupferroten Haaren und unbefangen. Ich holte den stets bereiten Champagner aus dem Kühlschrank, ließ den Korken knallen und schenkte uns zu trinken ein. Das war mehr ein ritueller Auftakt, denn leerbekommen hatten wir die Flasche noch nie, und wie gewohnt war es nach einem halben Glas überflüssig, auf dem Sofa herumzusitzen und zu plaudern.

Sie erschrak über den langen blauen Bluterguß an meinem Oberschenkel. »Bist du vom Pferd gefallen?«

»Nein, gegen ein Auto gerannt.«

»Wie unvorsichtig.«

Ich zog die Schlafzimmervorhänge zu, um die im Westen untergehende Sonne auszublenden, und legte mich nackt mit ihr zwischen die Laken. Wir waren ein erfahrenes Liebespaar, vertraut miteinander, und nahmen es gelassen hin, daß die Vereinigung für den einen meistens besser war als für den anderen, selten weltbewegend für beide gleichzeitig. An diesem Tag wurde es wie beim vorigen Mal für sie ekstatisch, für mich weniger, und ich fand die Freude, solche Freude zu schenken, an sich schon genug.

»War es gut für dich?« fragte sie schließlich.

»Ja, natürlich.«

»Keine deiner Sternstunden.«

»Das geht nicht auf Bestellung. Mal du, mal ich. Es ist Glückssache.«

»Hängt von der Reibung und den Winkeln ab«, neckte sie mich, indem sie einen Ausspruch von mir wiederholte. »Wer duscht zuerst?«

Sie kehrte gern sauber zu ihrem Mann zurück und betrachtete das Waschen als symbolische Handlung. Ich duschte, zog mich an und wartete im Wohnzimmer auf sie. Sie war ein wesentlicher Bestandteil meines Lebens, eine Wohltat für den Körper, ein Ort inneren Friedens, ein Bollwerk gegen die Einsamkeit. Normalerweise nahm ich bedauernd von ihr Abschied und wußte dabei, daß sie wiederkommen würde, doch an diesem Nachmittag sagte ich: »Bleib«, obwohl mir klar war, daß sie es nicht konnte.

»Was ist los?« fragte sie.

»Nichts.«

»Du hast gezittert.«

»Eine Vorahnung.«

»Wovon?« Sie stand aufbruchbereit an der Tür.

»Daß heute das letzte Mal ist.«

»Sei nicht albern«, sagte sie. »Ich komme wieder.«

Sie küßte mich mit derselben Dankbarkeit, mit der auch ich sie küßte. Sie lächelte mir in die Augen. »Ich komme wieder.«

Ich hielt ihr die Tür auf, und sie ging leichten Herzens fort, aber ich wußte, daß die Vorahnung sich nicht auf sie bezogen hatte, sondern auf mich selbst.

Am Morgen überführte ich die Wagen, indem ich von London nach Cambridge und Epsom fuhr und wieder zurück zu dem Autoverleih, und soweit ich sehen konnte, verfolgte mich dabei niemand.

Als ich aufbrach, war Malcolm voll polternder Entrüstung gewesen, weil für die morgige Parisreise zum Arc de Triomphe kein Flug mit Sitzen erster Klasse zu bekommen war.

»Nimm Economy«, sagte ich, »wir fliegen doch nur eine halbe Stunde.«

Es stellte sich heraus, daß auch in der Economyklasse nichts mehr frei war. Ich ließ ihn mit seinem Stirnrunzeln allein, fand ihn bei meiner Rückkehr aber friedlich vor. Er hatte einen Privat-Jet gechartert.

Diesen Streich erzählte er mir später, denn augenblicklich war er mit Norman West beschäftigt, der gekommen war, um Zwischenbericht zu erstatten. Der Detektiv wirkte immer noch beängstigend gebrechlich, aber die sterbensgraue Haut hatte einen gesünderen Braunschimmer bekommen. Die Mülleimerkleidung war durch einen schlichten dunklen Anzug ersetzt worden, und das Haar war nicht mehr fettig, sondern frisch gewaschen, so daß man sehen konnte, daß es fast schon weiß war, und ordentlich gebürstet.

Er gab mir die Hand: klamm, wie gehabt.

»Geht es Ihnen besser, Mr. West?« fragte ich.

»Danke, ja.«

»Erzählen Sie meinem Sohn, was Sie gerade gesagt haben«, befahl Malcolm. »Teilen Sie ihm die schlechten Neuigkeiten mit.«

West lächelte ein wenig entschuldigend und blickte dann auf den Notizblock nieder, der auf seinem Knie lag.

»Mrs. Vivien Pembroke kann sich nicht erinnern, was sie an dem Freitag gemacht hat,«, sagte er. »Und den Dienstag hat sie allein zu Hause mit dem Durchsehen von Stapeln alter Illustrierten verbracht.«

»Was ist daran schlecht?« fragte ich.

»Sei nicht so schwer von Begriff«, sagte Malcolm ungeduldig. »Sie hat kein Alibi. Keiner von der ganzen verflixten Bande hat ein Alibi.«

»Haben Sie denn schon alle überprüft?« wunderte ich mich. »Dazu hatten Sie doch sicher keine Zeit.«

»Noch nicht«, räumte er ein.

»Zeit in Anführungsstrichen.« Malcolm winkte mit der Hand.

»Fahren Sie fort, Mr. West.«

»Ich habe Mrs. Berenice Pembroke aufgesucht.« West seufzte vielsagend. »Sie empfing mich ungern.«

Malcolm gluckste säuerlich. »Ein Mundwerk wie eine Nilpferdpeitsche.«

West krampfte sich ein wenig zusammen, als spüre er noch den Hieb, sagte aber lediglich zurückhaltend: »Sie war zu keiner Zusammenarbeit bereit.«

»War Thomas zu Hause?« fragte ich.

»Nein, Sir. Mrs. Pembroke sagte, er sei auf der Arbeit. Ich rief nachher unter der von Ihnen angegebenen Nummer in seinem Büro an, weil ich hoffte, von ihm zu erfahren, wo seine Frau und er zu den betreffenden Zeiten gewesen waren, und eine junge Dame sagte mir, Mr. Pembroke habe die Firma vor einigen Wochen verlassen, und über seinen Verbleib sei ihr nichts bekannt.«

»Hm«, sagte ich verdutzt. »Das wußte ich nicht.«

»Ich rief nochmals Mrs. Pembroke an, um sie zu fragen, wo ihr Mann jetzt arbeite, und sie sagte, ich solle . . . ehm, zur Hölle fahren.«

Thomas, dachte ich, hatte seit dem Abschluß seines Buchhalterkurses in ein und derselben Keksfabrik gearbeitet. Berenice pflegte seine Tätigkeit geringschätzig als »Lagerverwaltung« zu bezeichnen, aber Thomas sagte, er sei Einkaufsleiter mit der Aufgabe, die für jeden Großauftrag erforderlichen Rohstoffmengen abzuschätzen, deren Kosten zu veranschlagen und die Information an das Management weiterzugeben. Thomas war innerhalb der Firma nur wenig aufgestiegen, vom zweiten zum ersten Assistenten etwa, und mit vierzig war für ihn wohl abzusehen, daß er es nie zum Vorstandsmitglied bringen würde. Wie trostlos mußte es sein, in der Lebensmitte nicht nur vor solchen Grenzen zu stehen, sondern auch noch dauernd von Berenice mit der Nase draufgestoßen zu werden. Armer alter Thomas . . .

»Mrs. Joyce Pembroke«, sagte West, »ist die einzige, die sich in ihrer Aussage festlegt. An beiden betreffenden Tagen hat sie Bridge gespielt. Sie war von meiner ›Schnüffelei‹, wie sie es nannte, nicht angetan und gab keine Auskunft darüber, mit wem sie Bridge gespielt hat, da sie nicht wollte, daß diese Leute behelligt werden.«

»Sie können Mrs. Joyce Pembroke beiseite lassen«, sagte ich.

»Hä?« machte Malcolm.

»Du weißt ganz genau«, sagte ich ihm, »daß Joyce dich nicht umbringen würde. Hättest du daran irgendwelche Zweifel, wärst du gestern nicht zu ihr ins Auto gestiegen.«

»Schon gut, schon gut«, meinte er brummig. »Streichen Sie Joyce.«

Ich nickte West zu, und er strich Joyce durch.

»Gestern war ich bei Mrs. Alicia Pembroke und danach noch bei Mrs. Ursula Pembroke.« Wests Gesicht ließ keine Freude über die Begegnungen erkennen. »Mrs. Alicia

Pembroke sagte mir, ich solle mich um meine eigenen Angelegenheiten kümmern, und Mrs. Ursula Pembroke hatte geweint und wollte nicht mit mir sprechen.« Er hob die Hände zu einer hilflosen Geste. »Ich konnte sie beide nicht davon überzeugen, daß es nützlich wäre, ein Alibi vorzuweisen.«

»Hatten Sie den Eindruck«, fragte ich, »daß die Polizei schon vor Ihnen dort war und die gleichen Fragen gestellt hat?«

»Überhaupt nicht.«

»Ich hab's dir doch gesagt«, warf Malcolm ein. »Die glauben nicht, daß ich überfallen worden bin. Die denken, ich habe die ganze Sache inszeniert.«

»Trotzdem . . .«

»Sie haben wegen Moira damals alle überprüft und sind auf lauter weiße Westen gestoßen. Sie haben einfach keine Lust, es nochmal zu machen.«

»Hast du zufällig ihre Telefonnummer bei dir?«

»Ja«, sagte er, holte einen Terminkalender aus der Brusttasche und blätterte ihn durch. »Sie werden dir aber nichts sagen. Es ist, als ob man gegen eine Stahltür redet.«

Ich wählte dennoch die Nummer und verlangte den Kommissar.

»In welchem Zusammenhang, Sir?«

»Es geht um den Mordversuch an Mr. Malcolm Pembroke, gestern vor einer Woche.«

»Einen Augenblick, Sir.«

Zeit verstrich, dann kam eine andere Stimme in die Leitung, klar und unpersönlich.

»Kann ich Ihnen helfen, Sir?«

»Es geht um den Mordversuch an Mr. Malcolm Pembroke . . .«

»Wer sind Sie, Sir?«

»Sein Sohn.«

»Ehm . . . welcher?«

»Ian.«

Ein kurzes Papiergeraschel folgte.

»Könnten Sie mir Ihr Geburtsdatum sagen, als Identitätsnachweis?« Überrascht nannte ich es ihm.

Die Stimme fuhr fort: »Möchten Sie Hinweise geben, Sir?«

»Ich wollte nachhören, wie die Untersuchung vorangeht.«

»Das zu erörtern ist bei uns nicht üblich.«

»Aber . . .«

»Aber ich kann Ihnen sagen, daß die Ermittlungen zu dem angeblichen Überfall mit Sorgfalt betrieben werden.«

»*Angeblich!*« sagte ich.

»Ganz recht, Sir. Wir können keinerlei Indiz für eine Fremdbeteiligung entdecken.«

»Das gibt's doch nicht.«

Mit etwas übertriebener Geduld, aber auch aufkommendem Mitgefühl sagte er: »Ich kann Ihnen versichern, Sir, es gab keinen Anhaltspunkt, der Mr. Pembrokes Behauptung, er müsse vom Garten zur Garage geschleift worden sein, bestätigt hätte. Keine Spuren auf dem Weg, keine Schrammen an den Absätzen der Schuhe von Mr. Pembroke, die wir seinerzeit untersucht haben. An den Türgriffen des Autos waren keine Fingerabdrücke außer seinen eigenen; es waren überall nur seine. Er wies keine Anzeichen einer Kohlenmonoxydvergiftung auf, was er damit erklärte, daß er uns nicht gleich verständigt hatte. Wir haben den Schauplatz am nächsten Morgen, nach Mr. Pembrokes Abreise, gründlich untersucht und nichts gefunden, was auf einen Angreifer hingedeutet hätte. Sie können sicher sein, daß wir den Fall nicht zu den Akten legen, aber zur Zeit erhebt sich kein Verdacht gegen irgendwelche anderen Personen.«

»Er wurde beinah umgebracht«, sagte ich ausdruckslos.

»Ja, Sir; nun, es tut mir leid, aber das ist der Stand der Dinge.« Er zögerte kurz. »Ich kann Ihre Zweifel verstehen, Sir. Es ist bestimmt nicht leicht für Sie.« Er hörte sich ganz menschlich an, wollte Trost gewähren.

»Vielen Dank jedenfalls, daß Sie mit mir gesprochen haben«, sagte ich.

»In Ordnung, Sir. Wiederschaun.«

»Wiederschaun«, sagte ich langsam, aber er war schon fort.

»Was ist denn *jetzt* los?« fragte Malcolm, als er mein Gesicht sah. Ich berichtete, was ich gerade erfahren hatte.

»Unmöglich!« brauste Malcolm auf.

»Nein.«

»Was denn?«

»Clever.«

8

»Wo bist du mit den Hunden rausgegangen?« fragte ich.

»Zur Küchentür, wie immer.«

»Von der Küchentür zum Hintereingang der Garage sind es etwa fünf Schritte über den Pflasterweg.«

»Ja, natürlich«, sagte Malcolm gereizt.

»Du hast mir erzählt, du seist mit den Hunden runter zum Garten gegangen, und ich nehme an, das hast du auch der Polizei gesagt.«

»Selbstverständlich.«

»Aber du kannst dich nicht genau entsinnen, ob du wirklich gegangen bist. Du erinnerst dich nur, daß du es wolltest, war's nicht so?«

Er krauste die Stirn. »Wahrscheinlich.«

»Was wäre also, wenn du gar nicht bis zum Garten gekommen bist, sondern direkt vor der Küchentür bewußtlos geschlagen wurdest? Und wenn man dich nicht von dort zur Garage geschleift, sondern *getragen* hat?«

Sein Mund klappte auf. »Aber ich bin . . .«

»Du bist nicht zu schwer«, sagte ich. »In einem Feuerwehr-Tragegriff könnte ich dich ohne weiteres tragen.«

Er war eins siebzig groß, stämmig, aber nicht dick. Er wog 65 Kilo, über den Daumen gepeilt.

»Und die Fingerabdrücke?« fragte Norman West.

»In einem Feuerwehrgriff«, sagte ich, »legt man sich den, den man tragen will, doch über die linke Schulter, so daß sein Kopf über den Rücken herunterhängt, ja? Dann umfaßt man mit dem linken Arm seine Knie und hält sein rechtes Handgelenk mit der rechten Hand fest, damit er nicht abrutscht.«

Sie nickten beide.

»Wenn man aber jemand am Handgelenk festhält, kann man seine Hand mühelos auf jede beliebige Fläche auflegen, einschließlich Autotürgriffe ... besonders«, überlegte ich, »wenn man die Türen vorher selbst mit Handschuhen geöffnet hat; die Abdrücke des Opfers werden dann auf den verwischten Stellen angebracht.«

»Du hättest Killer werden sollen«, sagte Malcolm. »Du wärst ein guter.«

»Jetzt liegst du also zusammengesackt auf dem Rücksitz, wie du erzählt hast, Malcolm. Als nächstes wirft man den Motor an und läßt die Türen offen, damit die ganzen schönen Dämpfe schnell ins Auto strömen.«

»Türen?« unterbrach Malcolm.

»Die Fahrertür und mindestens eine hintere.«

»Ah ja.«

»Und so bekommt man«, sagte ich, »einen Selbstmord.«

»Und als ich aufwachte«, sagte Malcolm düster, »habe ich noch rundum meine Fingerabdrücke verteilt. Auf dem Zündschlüssel ... überall.«

»Womit jedoch niemand rechnen konnte.«

»Nur für die Polizei sah es übel aus.«

Wir vervollständigten das Szenario.

»Wenn es sich so abgespielt hat«, sagte West, »was sehr wohl sein könnte, dann muß Ihr Angreifer gewußt haben, daß Sie um diese Zeit zur Küche rauskommen würden.«

Malcolm sagte finster: »Wenn ich zu Hause bin, gehe ich immer um die Zeit mit den Hunden weg. Laß sie laufen, bringe sie wieder rein, füttere sie, mache mir was zu trinken. Routine.«

»Und ... ehm, gibt es jemand in Ihrer Familie, der nicht weiß, wann Sie die Hunde ausführen?«

»Ich tu das schon mein Leben lang um diese Zeit«, sagte Malcolm.

Ein kurzes Schweigen entstand, dann sagte ich: »Ich wünschte, ich hätte das alles gewußt, als das Auto in Newmarket uns beinah überfuhr. Wir hätten es wirklich anzeigen sollen.«

»Ich hatte genug von der Polizei«, erklärte Malcolm. »Stunden über Stunden habe ich seit Moiras Tod mit den argwöhnischen Tölpeln verbracht. Ich bin allergisch gegen sie. Ich kriege Hautausschlag davon.«

»Sie können ihnen keinen Vorwurf machen, Sir. Die meisten Morde an Ehefrauen werden von ihren Männern begangen«, sagte West. »Und bei Ihnen sah es offen gestanden so aus, als hätten Sie ein überaus starkes Motiv.«

»Blödsinn«, widersprach Malcolm. »Wie soll man jemand umbringen können, den man einmal geliebt hat?«

»Leider kommt das häufig vor.« West hielt inne. »Soll ich mit Ihrer Familie weitermachen Sir, obwohl ich bisher nur so wenig erreichen konnte?«

»Ja«, sagte Malcolm mit schwerer Stimme. »Bleiben Sie dran. Ich werde zusehen, daß Joyce die anderen auffordert, Ihre Fragen zu beantworten. Sie kriegt es ja anscheinend fertig, daß sie alle tun, was sie will.«

Was *sie selber* wollen, dachte ich. Joyce konnte sie nicht in Bahnen lenken, die ihnen nicht paßten.

Norman West steckte seinen Notizblock in die Jackentasche und verlagerte sein Gewicht auf dem Sessel nach vorn.

»Bevor Sie gehen«, sagte ich, »sollten Sie vielleicht noch wissen, daß ich die Telefonistin des Hotels in Cambridge gefragt habe, ob sich letztes Wochenende außer Ihnen noch jemand erkundigt hat, ob dort ein Mr. Pembroke abgestiegen sei. Sie sagte, es hätten sich definitiv mindestens drei Anrufer nach Mr. Pembroke erkundigt, zwei Männer und eine Frau, und sie erinnerte sich daran, weil sie es komisch fand, daß keiner ihn sprechen wollte oder ihm eine Nachricht hinterlassen; sie wollten nur wissen, ob er dort war.«

»*Drei!*« rief Malcolm aus.

»Einer war ja Mr. West«, hob ich hervor. Zu West sagte ich: »Könnten Sie uns im Hinblick darauf mitteilen, wer Sie gebeten hat, meinen Vater zu suchen?«

West zögerte. »Ich weiß nicht sicher, welche Mrs. Pembroke es war. Und, ehm . . . selbst wenn ich im Lauf dieser Ermittlungen Gewißheit bekomme, glaube ich nicht, daß ich es Ihnen sagen könnte.«

»Berufsethos«, nickte Malcolm.

»Ich habe Sie ja darauf hingewiesen, Sir«, sagte West zu mir, »daß ein Interessenkonflikt besteht.«

»Das ist richtig. Sie hat also noch nicht bezahlt? Kein Scheck mit Unterschrift?«

»Nein, Sir, noch nicht.«

Er erhob sich, beileibe kein Atlas, aber dennoch weltmüde. Er gab Malcolm und mir seine klamme Hand und sagte, er werde sich melden. Als er fort war, seufzte Malcolm schwer und bat mich, ihm einen Scotch einzuschenken.

»Möchtest du keinen?« sagte er, als ich ihm das Glas reichte.

»Im Augenblick nicht.«

»Was hältst du von Mr. West?«

»Er ist zu alt.«

»Du bist zu jung. Er hat Erfahrung.«

»Den weiblichen Pembrokes ist er nicht gewachsen.«

Malcolm lächelte ironisch. »Das sind die wenigsten«, sagte er.

Am nächsten Morgen flogen wir in allem Luxus nach Paris und wurden von einer chauffierten Limousine abgeholt, welche mit majestätischer Langsamkeit ihren Platz in dem massiven Verkehrsstau einnahm, der sich als geschlossener Block nach Longchamp bewegte.

Die französische Rennbahn, fahnenumflattert, schien mit unersättlichem Heißhunger *tout le monde* zu verschlingen, bis niemand mehr auf geradem Weg die öffentlichen Zonen durchqueren konnte, in denen Kehllaute und Knoblauch regierten.

Malcolms Jet/Limousine-Pauschale umfaßte auch eine Einladung des französischen Jockey-Clubs, Passierscheine für alle Bereiche und einen lukullischen Lunch mit dem Miteigentümer von Blue Clancy, Mr. Ramsey Osborn.

Ramsey Osborn, beflügelt von der *joie de vivre*, die den ganzen Platz in Bann hielt, erwies sich als ein sehr großer, massiger Amerikaner in den Sechzigern, der Malcolm überragte und sich sofort zu ihm hingezogen fühlte. Malcolm empfing offenbar die gleichen Signale. Innerhalb von zwei Minuten waren sie Kumpel.

»Mein Sohn Ian«, stellte Malcolm mich ihm schließlich vor.

»Erfreut, Sie kennenzulernen.« Er schüttelte mir heftig die Hand. »Der Mann, der den Kauf abgeschlossen hat, ja?« Seine Augen waren hellgrau, sein Blick offen. »Um ehrlich zu sein, es gibt da einen Hengst und eine Stute, die ich für die klassischen Rennen im nächsten Jahr kaufen will, und mit Blue Clancy kann ich die jetzt sehr schön finanzieren.«

»Aber wenn Blue Clancy nun das Arc gewinnt?« sagte ich.

»Werde ich nichts bedauern, mein Sohn.« Er wandte sich an Malcolm. »Einen vorsichtigen Jungen haben Sie da.«

»Jaha«, sagte Malcolm. »Vorsichtig wie ein Astronaut.«

Osborns graue Augen schwenkten zu mir zurück. »Ist das so? Wetten Sie?«

»Vorsichtig, Sir.«

Er lachte, aber es war keine unvermischte gute Laune. Malcolm, dachte ich, war viel eher nach seinem Geschmack. Ich ließ sie allein an der Tafel und ging im Vertrauen darauf, daß kein Killer an den argusäugigen Türstehern der hochgelegenen Festung des französischen Jockey-Clubs vorbeikäme, hinunter auf den Platz, denn mitten im Geschehen fühlte ich mich wohler.

Ich hatte schon ziemlich viele Pferderennen in Frankreich erlebt, da ich einige Jahre Assistent eines Trainers gewesen war, der seine Pferde ebenso unbekümmert jenseits des Kanals wie in York starten ließ. Paris und Deauville seien ohnehin näher, pflegte er zu sagen und schickte mich von Epsom über den nahen Flughafen Gatwick los, wann immer er selbst keine Lust hatte. Daher kannte ich einige Brocken Turffranzösisch und wußte, was wo zu bekommen war; lebenswichtiges Rüstzeug in den riesigen Tribünenbauten, die überquollen von hastenden, lärmenden, enthemmten französischen Rennplatzbesuchern.

Ich mochte den Lärm, den Geruch, das rasche Aufbrausen, das Gestikulieren, die Turbulenz der französischen Turfszene. Britische Jockeys hielten das Publikum in Frankreich oft für wahnsinnig aggressiv, und ich selber hatte tatsächlich einmal einen Jockey mit den Fäusten verteidigen müssen, der auf einem von mir herübergebrachten Favoriten verloren hatte. Jockeys allgemein waren in einem Maße beleidigt und malträtiert worden, daß sie auf vielen Plätzen vor und nach dem Rennen nicht mehr durch das Publikum zu gehen brauchten, und in Longchamp legten sie den Weg von der Waage zum Pferd zurück, indem sie einen von Kunststoffwänden tunnelartig umschlossenen Lift bestiegen, eine Brücke überquerten und auf der anderen Seite in einem ähnlichen Kunststoffschacht per Rolltreppe herunterkamen.

Ich schlenderte umher, begrüßte eine Handvoll Leute, sah mir von der Trainertribüne aus das erste Rennen an, zerriß meine Totoniete, schlenderte weiter und kam mir schließlich – ohne Beschäftigung, ohne ein zu satteIndes Pferd – überflüssig vor. Es war ein seltsames Gefühl. Ich konnte mich nicht entsinnen, wann ich zuletzt ein Rennen besucht hatte, ohne aktiv daran beteiligt zu sein. Der Rennsport war kein Sandkasten für mich, es war meine Arbeit; ohne Arbeit mutete er hohl an.

Leicht deprimiert kehrte ich zu Malcolms Adlerhorst zurück und erlebte Malcolm, wie er in seiner neuen Rolle als Rennpferdbesitzer schwelgte. Er nannte den Prix de l'Arc de Triomphe vertraulich »das Arc«, als wäre es nicht erst vor knapp einer halben Woche in sein Bewußtsein getrudelt, und erörtete Blue Clancys Zukunft mit Ramsey Osborn, als wüßte er, wovon er sprach.

»Wir denken an den Breeders' Cup«, sagte er zu mir, und ich deutete das Glitzern in seinen Augen ebenso als verzweifelte Frage wie als Entschlußfreude.

»Wenn er heute gut läuft«, schränkte Osborn ein.

»Es ist weit bis Kalifornien«, meinte ich, ihm zustimmend. »Bis zur Weltmeisterschaft, könnte man sagen.«

Malcolm war dankbar für die Auskunft und keineswegs bestürzt darüber. Ganz im Gegenteil, merkte ich. Wir würden wohl eher über Kalifornien nach Australien reisen als über Singapur.

Der Lunch schien den ganzen Nachmittag zu dauern, wie französische Mittagsmahlzeiten das so an sich haben. Es gab Rinderfilets in kreisrunden Scheiben, die leeren Teller wurden abgeräumt, und kleine Portionen Bohnen und Möhren kamen auf den Tisch, anschließend frische Käseröllchen, gewälzt in zerhackten Nüssen, und winzige Erdbeertörtchen mit Vanillesoße. Laut Speisekarte hatte ich durch meine Abwesenheit die *écrevisses*, die Fleischbrühe, die *crêpes de volaille*, den *salade verte* und das Sorbet verpaßt. Ganz gut so, dachte ich, die *friandises* beäugend, die mit dem Kaffee kamen. Auch Amateurjockeys mußten nach der Waage leben.

Malcolm und Ramsey Osborn gingen mild gestimmt zu Cognac und Zigarren über und verfolgten die Rennen auf dem Bildschirm. Niemand hatte es eilig: Das Arc fand um fünf Uhr statt, und bis halb fünf konnte die Verdauung ihren Lauf nehmen.

Ramsey Osborn sagte uns, daß er aus Stamford in Connecticut stammte und sein Geld mit dem Verkauf von Sportbekleidung gemacht hatte. »Millionen Baseballmützen«, schwärmte er. »Ich lasse sie herstellen, und bringe sie in den Einzelhandel. Und Schuhe, Hemden, Jogginganzüge, alles was läuft. Fitneß ist das große Geschäft, ohne Bewegung sind wir erledigt.«

Ramsey selbst sah nicht so aus, als ob er sich allzuviel bewegte – Fettpolster um die Augen, schweres Doppelkinn und ein stolzer Bauch. Er strahlte jedoch Wohlwollen aus und hörte gönnerhaft zu, als Malcolm seinerseits erzählte, daß er in bescheidenem Umfang mit Devisen und Metall handele.

Ramsey begreift nicht, was Malcolm damit meint, dachte ich, aber andererseits lenkte Malcolm, so extravagant er auch sein konnte, nie die allgemeine Aufmerksamkeit auf seinen

Reichtum. Quantum war ein großes, stattliches viktorianisches Wohnhaus, doch es war keine Villa. Als Malcolms Finanzen den Villenstatus erreichten, hatte er kein Interesse an einem Umzug gezeigt. Flüchtig fragte ich mich, ob sich das in Zukunft ändern würde, jetzt wo er die Lust der Verschwendung kennengelernt hatte.

Zur gegebenen Zeit gingen wir drei hinunter zu den Sattelboxen und ließen uns mit Blue Clancy und seinem Trainer bekanntmachen. Blue Clancy sah edel aus und sein Trainer noch edler. Malcolm war von dem Trainer sichtlich beeindruckt, wozu es auch Grund genug gab, denn er war ein echter Jungstar, Ende Dreißig inzwischen, der bereits sechs klassische Sieger ausgebildet hatte, als wäre das eine Kleinigkeit.

Blue Clancy war unruhig, seine Nüstern bebten. Wir beobachteten das Sattelritual und die letzten Handgriffe: ein Tropfen Öl, um die Hufe auf Hochglanz zu bringen, Auswaschen von Nase und Maul zur Hygiene und Kosmetik, Zupfen an Stirnhaar und Zeug, um die Vollendung zu erreichen. Wir folgten ihm in den Führring und erhielten Gesellschaft von seinem englischen Jockey, der Ramseys weiß, grün und rote Farben trug und gelassen wirkte.

Malcolm widmete sich mit Eifer seinem ersten Auftritt als Vollblutbesitzer. Es war ein Eifer, der Funken sprühte. Er fing meinen Blick auf, sah, was mir durch den Kopf ging und lachte.

»Ich hielt es immer für blöd, daß du dich auf den Rennsport verlegt hast«, sagte er. »Konnte nicht begreifen, was du daran findest.«

»Noch besser ist es, wenn man reitet.«

»Ja . . . das habe ich in Sandown gesehen. Und wahrscheinlich wurde es höchste Zeit.«

Ramsey und der Trainer beanspruchten seine Aufmerksamkeit für eine taktische Erörterung mit dem Jockey, und ich mußte an die Sommerferien meiner Kindheit denken, als Gervase, Ferdinand und ich reiten gelernt hatten. Wir hatten es auf Reitschulponys gelernt, waren zu den umliegenden Ställen getrekkt und hatten dort Stunden mit Pflegen, Füttern und Ausmisten verbracht. Wir hatten an Sportfesten teilgenommen und die armen Tiere in Hau-den-Ballon-Wettbewerben mit unseren Stiefeln traktiert. Wir hatten sie rückwärts, ohne Sattel und auf dem Sattel kniend geritten, und Ferdinand, der Spezialist, hatte es sogar zu einem kurzen Kopfstand gebracht. Die Ponys waren fromm und zweifellos todmüde, aber wir konnten zwei, drei Jahre lang Zirkusakrobaten sein, und Malcolm hatte ohne Murren die Rechnungen bezahlt, war jedoch nie gekommen, um uns zuzusehen. Dann hatte Alicia Gervase und Ferdinand entführt, und in der einsamen Leere danach war ich nach Möglichkeit fast jeden Morgen geritten, so daß ich quasi spielend ein Handwerk erlernte, ohne in der Tretmühle schulischer Prüfungen zu ahnen, daß der Freizeitspaß meine Berufung werden sollte.

Blue Clancy sah genau so gut aus wie die anderen, dachte ich, als ich die Starter im Kreis gehen sah, und der Trainer legte mehr Zuversicht als Zweifel an den Tag. Er dankte mir für den Abschluß des Kaufvertrags (der ihm eine Provision eingebracht hatte) und versicherte mir, daß der 2 Millionen Guineen-Jährling jetzt bequem in einer 1a Box auf seinem Hof untergestellt sei. Bisher hatte er mich vage als Assistent oder Laufburschen eines anderen Trainers gekannt, aber als Sohn und Mittelsmann eines neuen Besitzers, der dem Sport allem Anschein nach mit Haut und Haaren verfallen war, verdiente ich jetzt mehr Beachtung.

Ich fand es lustig und keineswegs ärgerlich. So war das Leben. Ich konnte ruhig das Beste aus Malcolms Rockschößen machen, solange ich an ihnen hing. Ich fragte den Trainer, ob ich mir seinen Hof ansehen könnte, wenn ich das nächste Mal in Newmarket sei, und er sagte, aber sicher, gern und schien es sogar ernst zu meinen.

»Ich bin dort manchmal bei George und Jo«, sagte ich. »Trainiere ihre Handvoll Hindernispferde. Die reite ich in Amateurjagdrennen.« Jeder in Newmarket kannte George und Jo: sie waren so etwas wie Stammesfürsten.

»Ach, der sind Sie, ja?« Er zählte ein paar Fakten zusammen. »War mir nicht klar, daß Sie das sind.«

»M-hm.«

»Dann kommen Sie jederzeit.« Er hörte sich herzlicher, bestimmter an. »Im Ernst«, sagte er.

Der Aufstieg im Rennsport, dachte ich selbstironisch, konnte über verschlungene Pfade führen. Ich dankte ihm ohne Überschwang und sagte: »Bald.«

Blue Clancy ritt hinaus zur Parade, und wir anderen gingen zur Besitzer- und Trainer-Tribüne, die nahe dem Zentrum des Geschehens war und von ähnlichen, ebenso gespannten Gruppen wie der unseren wimmelte.

»Wie stehen seine Chancen?« wollte Malcolm von mir wissen. »Konkret.« Seine Augen musterten mein Gesicht, als suchten sie die Wahrheit, aber ich glaubte nicht, daß er sie hören wollte.

»Etwas besser als am Donnerstag, da der zweite Favorit zurückgezogen wurde.« Er wartete auf mehr, ganz gleich, wie unrealistisch, daher sagte ich: »Er hat gute Aussichten, sich zu plazieren. Alles ist drin. Er könnte gewinnen.«

Malcolm nickte, wußte zwar nicht, ob er mir glauben konnte, wollte es aber. Er ist voll drauf, dachte ich, und hatte ihn gern dafür.

Im Innersten nahm ich an, das Pferd würde Sechster oder Siebter werden, keine Schande, aber auch kein Sieggeld. Ich hatte am Pari-Mutuel auf ihn gesetzt, jedoch nur aus Loyalität: Auf den französischen Meilleurs Voeux hatte ich aus Überzeugung gesetzt.

Blue Clancy bewegte sich gut zum Start hinunter. Das war immer die beste Zeit für die Besitzer, dachte ich; das Herz pocht vor Erwartung, und die Rechtfertigungen, Erklärungen, Enttäuschungen sind noch zehn Minuten weg. Malcolm hob mit buchstäblich zitternden Händen mein Fernglas an seine Augen.

Dem Trainer selbst sah ich an, daß er nervös war, obwohl er sich sehr bemühte, es zu verbergen. Natürlich gab es auch nur ein »Arc« im Jahr, und zu wenig Jahre im Leben.

Die Pferde schienen endlos an der Startmaschine zu kreisen, wurden schließlich aber zu jedermanns Zufriedenheit in die Abteile geführt. Die Klappen flogen auf, der donnernde Regenbogen strömte hervor, und sechsundzwanzig der besten Vollblüter Europas gingen auf den Rechtskurs, jeder bestrebt, der Schnellste, Stärkste, Mutigste über anderthalb Meilen Gras zu sein.

»Möchtest du dein Fernglas?« sagte Malcolm in der Hoffnung, daß ich es nicht haben wollte.

»Nein. Behalt es, ich sehe genug.«

Ich konnte Ramsey Osborns Farben in der Mitte des Feldes an den Rails sehen, das Pferd galoppierte gut, wie alle anderen in dieser Phase. Beim »Arc« waren die Voraussetzungen einfach: Unter den ersten Zehn sein, wenn der lange Schlußbogen kam, nicht zu weit außen in die Gerade einschwenken und je nach dem Stehvermögen des Pferdes Druck machen zum Endspurt. Bei einem verbummelten »Arc« entwischte manchmal im Einlaufbogen ein Jockey dem Feld und behauptete seinen Vorsprung; bei anderen herrschte Krieg vom Start an bis zu einem denkbar knappen Resultat. Blue Clancys »Arc« wurde offenbar gnadenlos auf Tempo geritten, und er kam in einem Pulk fliegender Pferde auf die Einlaufgerade, an sechster oder achter Stelle, soweit ich sehen konnte.

Malcolm rief explosiv: »Na, komm schon«, als hätte sich die Luft in seiner Lunge gestaut, und die Damen in Seidengewändern und Hüten, die Herren in grauen Cutaways um uns herum, die ebenfalls nicht mehr zu halten waren, schrien, drängten, schimpften in babylonischer Sprachverwirrung. Malcolm setzte das Fernglas ab und brüllte lauter, vollends mitgerissen, fortgetragen, lebte durch die Augen.

Blue Clancy macht sein Rennen, dachte ich. Er hatte nicht aufgesteckt. Im Gegenteil, er hielt den fünften Platz. Wurde schneller. Vierter . . .

Der Trainer, von größerer Zurückhaltung als die Besitzer, sagte jetzt leise, unwillkürlich: »Komm schon, *komm*«, doch zwei der bereits führenden Pferde legten plötzlich mehr zu als

Blue Clancy und zogen dem Feld davon, und die begründete Hoffnung des Trainers erlosch mit einem Seufzer und sackenden Schultern.

Das Finish, das die Masse der Zuschauer verfolgte, war ein *Knüller*, der nur durch ein Zielfoto entschieden werden konnte. Das Finish, das Malcolm, Ramsey, der Trainer und ich verfolgten, fand zwei Längen dahinter statt, wo Blue Clancy und sein Jockey mit vollem Einsatz bis zum Ende kämpften und auf genau gleicher Höhe mit ihrem nächsten Rivalen über die Linie schossen, nur daß Blue Clancy dabei die Nase vorstieß.

»Mit Nase«, sprach der Trainer meinen Gedanken aus.

»Was heißt das?« wollte Malcolm wissen. Er war hocherregt, rot, seine Augen leuchteten. »Sind wir Dritter geworden? Sagt, daß wir Dritter sind.«

»Ich glaube schon«, sagte der Trainer. »Es wird ein Foto geben.«

Wir eilten von der Tribüne hinunter zum Absattelplatz. Malcolm war noch immer außer Atem und leicht benommen. »Was bedeutet mit Nase?« fragte er mich.

»Ein galoppierendes Pferd streckt bei jedem Schritt rhythmisch den Kopf nach vorn - vor, zurück, vor, zurück. Wenn zwei Pferde so dichtauf sind wie die beiden, und ein Pferd hat beim Passieren der Ziellinie die Nase vorn, während das andere sie gerade zurückzieht - tja, das ist mit Nase.«

»Einfach Glück, meinst du?«

»Glück.«

»Mein Gott«, sagte er. »ich hätte nie gedacht, daß es so ein Gefühl ist. Ich hätte nie gedacht, daß ich mir was draus *mache.* Es sollte doch nur eine Abwechslung sein.«

Er sah mir beinah staunend ins Gesicht, als wäre ich vor ihm in einem fernen Land gewesen und er hätte das Mysterium jetzt auch für sich entdeckt.

Ramsey Osborn, der nach besten Kräften mitgebrüllt hatte, strahlte vor Freude, als die Ansage Blu Clancys dritten Platz bestätigt; er sei froh, sagte er, daß die 50-Prozent-Beteiligung sich jetzt schon für uns auszahle. Glückwünsche machten die Runde, so daß Malcolm und Ramsey auch den Besitzer des Siegers vorgestellt wurden, die Italiener waren und mit Ramseys schleppender Sprechweise nicht zurechtkamen. Pressefotografen blitzten drauflos wie ein galaktisches Feuerwerk. Es gab Fernsehkameras, Reporterfotografen, Reden, die Preisverleihung. Malcolm schien die italienischen Besitzer zu beneiden: Dritter sein war gut, Siegen war besser.

Wir vier gingen dann zu einem feierlichen Umtrunk; Champagner natürlich.

»Auf den nächsten Streich«, sagte Ramsey. »Den Breeders' Cup. Klare Sache.«

»Wir müssen abwarten, in welchem Zustand er sich befindet«, gab der Trainer zu bedenken. »Er hat ein schweres Rennen gehabt.«

»Das packt er schon«, sagte Ramsey voller Zuversicht. »Haben Sie den Abstand gesehen? Zwei Längen hinter dem Sieger. Das ist Weltklasse, ohne Flachs.«

Der Trainer sah nachdenklich drein, widersprach aber nicht. Der Favorit, unleugbar Weltklasse, war Zweiter geworden, fraglos durch seinen vorherigen strapaziösen Wettkampf um den Sieg gebracht. Nach diesem mörderischen »Arc« kam er unter Umständen gar nicht mehr wieder. Der französische Favorit (und meiner), Meilleurs Voeux, war als Fünfter durchs Ziel gelaufen, Blue Clancy demnach besser, als ich angenommen hatte. Vielleicht würde er im Breeders' Cup nicht deklassiert, falls wir daran teilnahmen. Ich hoffte, wir würden es tun, aber ich war das Hoffen allmählich leid.

Der Nachmittag verebbte mit dem Champagner, und Malcolm, fast so müde wie sein Pferd, ließ sich glückselig in die Limousine sinken, die uns zurück zum Flughafen brachte. Im Jet schloß er die Augen.

»Mein allererster Renner«, sagte er schläfrig. »Dritter im ›Arc‹. Nicht übel, was?«

»Nicht übel.«

»Den Jährling werde ich Chrysos nennen.«

»Warum Chrysos?« sagte ich.

Er lächelte, ohne die Augen zu öffnen. »Das ist griechisch für Gold.«

Malcolm fühlte sich eingesperrt im Savoy.

Sonntagabend, als wir aus Paris zurückkamen, hatte er kaum die Energie gehabt, sich auszuziehen. Am Montag morgen lief er mit neu erwachtem Schwung den Teppich ab und klagte, eine weitere Woche im Savoy werde ihm den Verstand rauben.

»Ich geh zurück nach Quantum«, meinte er. »Mir fehlen die Hunde.«

Mit böser Vorahnung sagte ich: »Die Familie braucht höchstens einen halben Tag, um rauszufinden, daß du dort bist.«

»Was nützt es? Ich kann mich nicht ewig verstecken. Du kannst ja mitkommen und dort in meiner Nähe bleiben.«

»Geh nicht«, sagte ich. »Hier bist du sicher.«

»Sorg in Quantum für meine Sicherheit.«

Er war eisern und fing an zu packen, und ich hätte ihn nur aufhalten können, wenn ich ihn ans Bettgestell gefesselt hätte.

Kurz bevor wir abreisten, rief ich Norman West an und erreichte ihn zu Hause - was für die Ermittlungen nichts Gutes verhieß. Aber er sagte, erfreulicherweise sei es jetzt sicher, daß Mrs. Deborah Pembroke, Ferdinands Frau, nicht auf der Auktion in Newmarket gewesen sein könne, denn sie habe an dem Tag für Modeaufnahmen Modell gestanden. Heute früh habe er mit Mrs. Deborahs Einwilligung bei dem Magazin nachgefragt, und sie hätten es bestätigt.

»Gut«, sagte ich. »Was ist mit Ferdinand selbst?«

»Mr. Ferdinand war an den beiden Tagen nicht in seinem Büro. Den Freitag hat er zu Hause gearbeitet. In der Woche darauf besuchte er einen Kursus über die statistischen Möglichkeiten des Versicherungsbetrugs. Er sagt, nach der Anmeldung am Montag hätten sie keine Anwesenheitslisten mehr geführt. Ich habe auch dort nachgehört, aber niemand erinnert sich genau, die sind sich alle halb fremd.«

Ich seufzte. »Tja . . . mein Vater und ich gehen zurück nach Quantum.«

»Das ist doch wohl nicht klug.«

»Er hat das Gefangenenleben satt. Sie melden sich dort, ja?«

Er sagte, das werde er tun, wenn er wieder etwas Neues habe.

Debs ist raus, dachte ich. Prima für Debs.

Ich fuhr uns nach Berkshire hinunter, und im Dorf hielten wir bei Arthur Bellbrook, um die Hunde abzuholen. Die beiden ausgewachsenen Dobermannpinscher begrüßten Malcolm wie Welpen, tollten um ihn herum und rieben sich an seinen Beinen, während er sie klapste und kraulte. Wahre Liebe auf beiden Seiten, sah ich. Ungetrübt von Habgier, Neid und Ablehnung.

Malcolm blickte auf und sah, daß ich ihn beobachtete.

»Du solltest dir auch einen Hund anschaffen«, sagte er. »Du brauchst was zum Liebhaben.«

Manchmal traf er wirklich ins Schwarze, dachte ich.

Er beugte sich wieder zu seinen Freunden runter, spielte mit ihren Schnauzen und ließ sie nach seinen Fingern schnappen, denn er wußte, sie würden nicht zubeißen. Es waren an sich keine Wachhunde - er mochte Dobermänner wegen ihrer kraftvollen Wendigkeit, ihrer Ausgelassenheit. Ich war mit Generationen von ihnen groß geworden, aber was ich wollte war nicht die Zuneigung von Hunden, und ich hatte mir nie einen eigenen gewünscht.

Ich dachte an den Nachmittag, als er sie aus der Küche gelassen und dann einen Schlag auf den Kopf bekommen hatte. Die Hunde mußten gesehen oder gewittert haben, daß jemand dort war. Wenngleich keine Wachhunde, hätten sie Malcolm doch warnen müssen.

»Bellen die Hunde, wenn Fremde kommen?« fragte ich.

»Ja, natürlich.« Malcolm richtete sich noch immer lächelnd auf, während die geschmeidigen Körper sich an seine Knie preßten. »Warum?«

»Haben sie Freitag vor einer Woche gebellt, als du mit ihnen rausgehen wolltest?«

Das Lächeln erstarb in seinem Gesicht. Fast verzweifelt sagte er: »Nein. Ich glaube nicht. Ich weiß nicht mehr. Nein ... nicht besonders. Sie freuten sich aufs Rausgehen.«

»Wen von der Familie kennen sie gut?« sagte ich.

»Alle waren seit Moiras Tod schon mehrmals im Haus. Alle außer dir. Erst dachte ich, sie kämen, um mir beizustehen, aber ...« - er zuckte enttäuscht die Achseln - »es war ihnen nur darum zu tun, daß keiner von den anderen sich bei mir einschmeichelt und sie aussticht.«

Jede Möglichkeit führte zu einer Gewißheit zurück, die wir nicht akzeptieren konnten.

Malcolm schauderte und sagte, er ginge zu Fuß mit den Hunden durchs Dorf. Dabei würde er Bekannte treffen, und es gab Leute im Dorf, die eng mit Vivien, Alicia und Joyce befreundet gewesen waren, ihre Partei ergriffen hatten und sie heute noch mit hetzerischen Halbwahrheiten über Malcolms Treiben versorgten.

»Du weißt, daß der Dorfklatsch schneller ist als Telex«, sagte ich. »Steck die Hunde ins Auto.«

Er wollte nicht hören. Erst sechs Tage war es her, daß jemand zum zweitenmal versucht hatte, ihn umzubringen, aber schon redete er sich ein, es werde keine weiteren Versuche geben. Nun, heute morgen wahrscheinlich nicht. Er ging zwei Kilometer mit den Hunden, und ich fuhr langsam voraus, blickte zurück, vergewisserte mich an jeder Biegung, daß er in Sicht kam. Als er das Haus wohlbehalten erreichte, meinte er, ich sei übertrieben beschützerisch.

»Ich dachte, du wolltest es so«, sagte ich.

»Ja und nein.«

Überraschenderweise verstand ich ihn. Er hatte Angst und schämte sich dessen, daher drängte es ihn, seinen Mut zu beweisen. Schlichte ungeschminkte Angst, dachte ich, hätte uns vieles erleichtert. Wenigstens brachte ich ihn dazu, daß er mit den Hunden draußen wartete, während ich das Haus erkundete, aber niemand hatte darin Todesfallen aufgestellt, niemand lauerte mit schlagbereiten stumpfen Gegenständen hinter einer Tür, niemand hatte Briefbomben mit der Post geschickt.

Ich holte ihn, und wir packten unsere Sachen aus. Beide sahen wir es als selbstverständlich an, daß ich in meinem alten Zimmer schlafen würde, und so richtete ich dort mein Bett her. In London hatte ich Brot, Milch, Zitronen, Räucherlachs und Kaviar eingekauft, die Kost, die wir inzwischen beide als normal betrachteten. Champagner lagerte im Keller, und die Gefriertruhe war voll mit Fertiggerichten aus der Zeit nach Moira. Verhungern würden wir nicht, dachte ich bei der Durchsicht der vielen Schachteln - höchstens Verdauungsstörungen bekommen.

Malcolm verbrachte den Nachmittag in seinem Büro, las die Post, telefonierte mit seinem Börsenmakler und schickte sich zur gewohnten Zeit an, den Abendspaziergang mit den Hunden zu machen.

»Ich komme mit«, sagte ich.

Er nickte wortlos, und in der frischen Luft des beginnenden Oktobers gingen wir den Garten entlang, durch das Tor auf die Wiese, und über die Wiese zu dem Bach, der auch vor zehn Tagen sein Ziel gewesen war.

Als Kinder hatten wir auf diesem Bach immer Spielzeugboote schwimmen lassen und Brunnenkresse am Ufer gepflückt und waren dabei selbstverständlich pitschnaß und dreckig geworden. Alicia hatte uns mehr als einmal befohlen, frische Sachen anzuziehen, bevor sie uns in ihre *bräutlich* weiße Küche ließ.

»Vorigen Montag«, sagte Malcolm beiläufig und sah den Hunden zu, die um die Baumwurzeln herum nach Wasserratten schnüffelten, »habe ich ein neues Testament aufgesetzt.«

»So?«

»Ja. In Cambridge. Ich dachte, das wäre ganz gut. Im alten fiel eine Menge an Moira. Und dann ... nach dem Freitag ... tja, da wollte ich die Angelegenheit regeln für den Fall, daß ... für alle Fälle.«

»Was hast du damit gemacht?« fragte ich.

Er schien belustigt. »Die naheliegende Frage wäre doch wohl: Was steht drin? Was hast du *mir* vermacht?«

»M-hm«, sagte ich trocken. »Das werde ich nie fragen. Meine Frage ist praktischer.«

»Ich habe es bei dem Anwalt in Cambridge hinterlegt.«

Wir wanderten langsam weiter auf den Bach zu, die Hunde streiften eifrig umher. In der nächsten Brise würden die gelben Weidenblätter haufenweise fallen, und irgendwo in der unbewegten Luft hing der Rauch von Kartoffelfeuer.

»Wer weiß, wo dein Testament ist?« fragte ich.

»Ich weiß es. Und der Anwalt.«

»Wer ist der Anwalt?«

»Ich sah seinen Namen auf einer Messingtafel vor der Kanzlei und ging kurzentschlossen zu ihm. Ich habe seine Karte irgendwo. Wir besprachen, was ich wollte, er ließ es tippen, ich unterschrieb es an Ort und Stelle mit Zeugen und gab es ihm zur Aufbewahrung.«

»Für einen Mann von hoher Intelligenz«, sagte ich ruhig, »hast du ein ziemliches Brett vor dem Kopf.«

9

Malcolm sagte aufbrausend: »Du bist verdammt grob«, und nach einer Pause: »Wieso habe ich ein Brett vor dem Kopf? Das neue Testament war unerläßlich.«

»Und wenn du gestorben wärst, ohne mir oder sonst jemand zu sagen, daß du es aufgesetzt hast und wo es sich befindet?«

»Oh.« Er war bestürzt, dann leuchtete sein Gesicht auf. »Der Anwalt hätte sich gemeldet.«

»Wenn dein Name ihm ein Begriff gewesen wäre, wenn er eine Ahnung gehabt hätte, um was für Summen es geht, wenn er gehört hätte, daß du tot bist, wenn er gewissenhaft wäre und wenn er gewußt hätte, an wen er sich wenden kann. Wäre er faul, brauchte er sich die Mühe nicht zu machen, er ist keineswegs verpflichtet. Falls du nicht ein bißchen mit deinem Reichtum angegeben hast, wird er innerhalb eines Monats vergessen haben, daß dein Testament in seinen Akten liegt.«

»Mir scheint, du weißt erstaunlich viel darüber.«

»Joyce hat jahrelang in der kommunalen Rechtsberatung gearbeitet, erinnerst du dich? Immer wieder habe ich finstere Geschichten von Familien gehört, die sich um ein unauffindbares, bestimmt aber existierendes Testament gezankt haben. Und ebenso finstere Geschichten von Familienangehörigen, die wußten, wo das Testament war, und es verbrannt haben, bevor jemand anders dran kam, wenn ihnen der Inhalt nicht paßte.«

»Deswegen habe ich es ja in Verwahrung gegeben«, sagte Malcolm. »Genau deshalb.«

Wir erreichten die äußere Grenze der Wiese. Der Bach floß durch das Nachbargrundstück weiter, doch wir kehrten an dieser Stelle um.

»Was sollte ich denn tun?« fragte er. »Hast du einen Vorschlag?«

»Schick es an das Nachlaßbüro in Somerset House.«

»Wie meinst du das?«

»Joyce hat mir mal davon erzählt. Du steckst dein Testament in einen besonderen Umschlag, den du auf Anfrage erhältst, dann sendest du es an die Nachlaßzentrale oder gibst es dort ab. Sie registrieren dein Testament und nehmen es in Verwahrung. Wenn jemand stirbt und ein Rechtsanwalt, ganz gleich wo, um Testamentsbestätigung ersucht, prüft die Nachlaßzentrale routinemäßig ihre Kartei. Hat sie jemals ein Testament für den Betroffenen erfaßt, dann wird dieser Umschlag geöffnet, und das Testament, das er enthält, wird bestätigt.«

Er dachte darüber nach. »Heißt das, wenn ich bei der Nachlaßzentrale ein Testament einreiche, mich dann anders besinne und ein neues abfasse, schert sich niemand darum?«

»Du müßtest das alte Testament zurückfordern und das neue registrieren lassen. Sonst hielte man sich an das alte Testament.«

»Guter Gott. Ich hatte von all dem keine Ahnung.«

»Joyce meint, das sei zu wenig bekannt. Sie sagt, die Leute brauchen nur ihr Testament eintragen zu lassen, dann könnte man sie nicht mehr zwingen, es zu ändern, wenn sie weggetreten sind, verängstigt sind oder im Sterben liegen. Zumindest wären so entstandene Testamente dann wertlos.«

»Ich habe über die ehrenamtliche Tätigkeit von Joyce eigentlich immer gelacht. Kam mir wie ein Spleen vor.« Er seufzte. »Anscheinend hatte es doch seinen Nutzen.«

Die kommunale Rechtsberatung, besetzt von Heerscharen kundiger Joyces, konnte einen von der Wiege bis zum Grab geleiten, von der Hochzeit zur Scheidung und zum Testament, vom Kindergeld bis zur Altersrente. Ich hatte Joyces Erzählungen nicht immer aufmerksam zugehört, aber sie hatte mich verschiedentlich in die Beratungsstelle mitgenommen, und anscheinend hatte ich dabei mehr aufgeschnappt, als mir bewußt gewesen war.

»Ich habe eine Kopie von dem neuen Testament«, sagte Malcolm. »Die zeige ich dir, wenn wir reingehen.«

»Brauchst du nicht.«

»Mit ist lieber, du siehst es.«

Ich widersprach nicht. Er pfiff den Hunden, die widerwillig vom Bach abließen, und wir kehrten durch das Tor in den Garten zurück.

»Warte mal eben, bis ich das Haus kontrolliert habe«, sagte ich.

Er wunderte sich. »Wir waren doch bloß eine halbe Stunde weg. Und wir haben abgeschlossen.«

»Du gehst regelmäßig um die Zeit eine halbe Stunde raus. Und wie viele von der Familie haben noch Schlüssel fürs Haus?«

Er schwieg. Alle, die je hier gewohnt hatten, konnten ihre Hausschlüssel behalten haben, und bis jetzt war es nie erforderlich gewesen, die Schlösser auszuwechseln.

»Wartest du also?« fragte ich, und er nickte traurig.

Die Küchentür war noch abgesperrt. Ich schloß sie auf und ging erneut durch das ganze Haus, aber es war ruhig und unberührt, und die Türen, die ich in einem bestimmten Winkel offengelassen hatte, waren immer noch so.

Ich rief Malcolm. Er kam in die Küche und fing an, den Hunden ihr Futter zu bereiten.

»Willst du diese umständliche Kontrolle jedesmal vornehmen, wenn wir aus dem Haus gehen?« sagte er nicht gerade begeistert.

»Ja, bis wir die Schlösser ausgewechselt haben.«

Das schien ihm auch nicht zu gefallen, aber er gab seiner Mißbilligung nur dadurch Ausdruck, daß er die Stirn runzelte und etwas zu heftig Hundefutter aus der Dose kratzte.

»Tu Wasser in die Schüsseln«, sagte er ziemlich unwirsch, und ich tat es und setzte sie wieder auf den Boden.

»Die Schlösser gehen nicht ohne weiteres auszuwechseln«, sagte er. »Wie du weißt, sind es lauter in die Türen eingelassene Steckschlösser. Das an der Haustür ist antik.«

Die Haustürschlüssel waren fünfzehn Zentimeter lang und reich verziert, und soviel ich wußte, hatte es immer nur drei davon gegeben.

»Na schön«, sagte ich. »Wenn wir die Haustür verriegeln und die Schlüssel in deinem Safe lassen, können wir da aufs Auswechseln verzichten.«

Etwas besänftigt stellte er die vollen Freßnäpfe auf den Boden, wischte seine Finger ab und sagte, es sei Zeit für ein Schnäpschen. Ich verriegelte die Küchentür von innen und folgte ihm durch den Flur ins Büro, wo er Scotch in zwei Gläser goß und fragte, ob ich meinen mit Eis entweihen wolle. Ich sagte ja und ging in der Küche welches holen. Als ich wiederkam, hatte er einige Bogen Papier aus seiner offenen Aktenmappe genommen und war dabei, sie zu lesen.

»Das ist für dich. Mein neues Testament«, sagte er und gab die Blätter herüber.

Er hatte das Testament aufgesetzt, bevor er mich anrief, um unseren Streit zu beenden, folglich erwartete ich nicht, darin vorzukommen, doch ich hatte ihm unrecht getan. Im Sessel sitzend, und den Whisky nippend, las ich die ganzen kleinen Zuwendungen an Leute wie Arthur Bellbrook durch, das ganze rechtspflegerische Kauderwelsch »auf Treu und Glauben« mit tausend Kommas und gelangte schließlich zum Klartext.

»Jeder meiner drei geschiedenen Frauen, Vivien, Joyce und Alicia vermache ich die Summe von fünfhunderttausend Pfund.

Da für meinen Sohn Robin gesorgt ist, verfüge ich, daß der Reinnachlaß meines Vermögens zu gleichen Teilen unter meinen Kindern Donald, Lucy, Thomas, Gervase, Ian, Ferdinand und Serena aufgeteilt wird.«

Dem folgte eine lange Klausel mit der Maßgabe, daß, »sollte eines meiner Kinder vor mir sterben, sein oder ihr Anteil« an die Enkelkinder falle.

Schließlich kamen zwei kurze Sätze:

»Ich vermache meinem Sohn Ian das Stück dünnen Draht,

was sich auf meinem Schreibtisch befindet. Er weiß, was er damit anfangen kann.«

Überrascht und bewegter als ich sagen konnte, blickte ich von der letzten Seite auf und sah das Lächeln in Malcolms Augen, dem ein kehliges Glucksen folgte.

»Der gute Anwalt fand den letzten Satz einigermaßen verwerflich. Er meinte, so etwas gehöre nicht in ein Testament.«

Ich lachte. »Ich habe nicht erwartet, überhaupt in deinem Testament zu stehen.«

»Tja ...« Er zuckte die Achseln. »Ich hätte dich nie übergangen. Ich bedaure schon lange ... dich geschlagen zu haben ... und alles.«

»Wahrscheinlich hatte ich es verdient.«

»Damals ja.«

Ich wandte mich wieder dem Anfang des Testaments zu und las noch einmal einen der ersten Absätze. Dort hatte er mich zu seinem alleinigen Testamentsvollstrecker bestimmt, obwohl ich nur sein fünftes Kind war. »Wieso mich?« sagte ich.

»Möchtest du nicht?«

»Doch. Ich fühle mich geehrt.«

»Der Anwalt sagte, ich solle jemand bestimmen, dem ich traue.« Er lächelte schief. »Die Wahl fiel auf dich.«

Er streckte einen Arm aus und nahm einen Lederbecher von seinem Schreibtisch, der Stifte und Füllhalter enthielt. Daraus zog er ein rund 25 cm langes Drahtende hervor, etwa doppelt so dick wie Floristen es zum Verstärken von Blumenstengeln benutzen.

»Falls das wegkommt«, sagte er, »besorg dir einfach ein neues.«

»Ja. In Ordnung.«

»Gut.« Er steckte den Draht wieder in den Becher und stellte den Becher zurück auf den Schreibtisch.

»Bis du abkratzt«, sagte ich, »könnte der Goldpreis himmelhoch gestiegen sein, und ich würde in der Mauer nur noch Spinnweben finden.«

»Ja, schlimm.«

Ich fühlte mich ihm so nah wie noch nie seit seinem Anruf, und vielleicht galt das auch umgekehrt. Ich hoffte, es würde noch sehr lange dauern, bis ich sein Testament vollstrecken mußte.

»Gervase«, sagte ich, »schlägt vor, daß du jetzt schon einiges von deinem Geld verteilst, um ... ehm, die Erbschaftssteuer zu verringern.«

»So? Und was meinst du dazu?«

»Ich meine«, sagte ich, »wenn du es in der Familie anlegst, statt in Stipendien, Filmgesellschaften und so weiter, rettest du vielleicht dein Leben.«

Die blauen Augen öffneten sich weit. »Das ist unmoralisch.«

»Pragmatisch.«

»Ich werde darüber nachdenken.«

Wir aßen den Kaviar zu Abend, aber er wollte nicht mehr richtig schmecken.

»Morgen nehmen wir mal Fleischpastete«, sagte Malcolm. »Im Gefrierschrank sind jede Menge.«

Die beiden nächsten Tage verbrachten wir damit, uns vorsichtig in Quantum einzuleben, aber nichts deutete darauf hin, daß Vorsicht vonnöten war.

Am späten Dienstagnachmittag, als wir mit den Hunden draußen waren und uns vergewissert hatten, daß Arthur Bellbrook nach Hause gegangen war, wanderten wir um die Küchenmauer herum und kamen zu der Schatzkammer.

Ein wahres Meer von Brennesseln beschirmte die Tür. Malcolm betrachtete sie verdutzt. »Das blöde Zeug wächst über Nacht.«

Ich zog meine Socken über die Hosenaufschläge und versuchte die Durchquerung; trampelte einen Bereich unterhalb der Tür nieder, tastete mich mit dennoch brennenden Fingern zu einem Ende der hölzernen Schwelle vor und zerrte mit einiger Mühe den Balken heraus. Malcolm beugte sich vor, gab mir das Stück Draht und sah zu, wie ich mich aufrichtete und das fast unsichtbare Loch ausfindig machte. Der Draht glitt durch die winzige, in den Mörtel eingelassene Röhre, und auf Druck funktionierte das Schloß im Innern so glatt wie zu der Zeit, als ich es eingebaut hatte. Der Draht stieß einen Metallstift aus einer Nut, wodurch das Schloß aufsprang.

»Ich habe es geölt«, sagte Malcolm. »Als ich es zum erstenmal versuchte, war es verteufelt rostig.«

Ich drückte auf den Rand der schmalen, massiven Tür, und sie öffnete sich nach innen, ihre krenelierten Kanten lösten sich mit leisem Knirschen, aber ohne zu bröckeln, von den Ziegelschichten auf beiden Seiten.

»Du hast sie gut gebaut«, sagte Malcolm. »Guter Mörtel.«

»Wie man den mischt, hast du mir selbst gesagt.«

Ich trat in die kleine Ziegelkammer, die am anderen Ende kaum einen Meter zwanzig breit war, etwa zwei Meter fünfzig lang und sich keilförmig nach der Tür zu verengte, die in eine der Längswände eingebaut war. Die breitere Rückwand war hüfthoch mit flachen Holzkisten zugestellt, wie man sie für Wein aus Schloßabfüllungen verwendet. Vorne standen zwei große, dick mit Paketband zugeklebte Pappkartons. Ich trat weiter hinein und versuchte eine der Weinkisten zu öffnen, doch sie waren vernagelt. Ich drehte mich um, war mit zwei, drei Schritten wieder an der Tür und blickte hinaus.

»Gold hinten, Wertsachen vorn«, sagte Malcolm, mich interessiert beobachtend.

»Ich will es dir mal glauben.«

Die Luft in dem dreieckigen Raum roch etwas muffig. Es gab keine Lüftung und, wie ich Arthur Bellbrook gesagt hatte, natürlich auch keinen Feuchtigkeitsabzug. Ich schob den Stift wieder in das Schloß auf der Innenseite, da es sonst nicht zuging, und trat ins Freie. Die begrenzten Baukenntnisse meiner Jugendjahre bedeuteten, daß man, um die Tür ganz zu schließen, in die Knie gehen, die Finger in eine Höhlung unter der untersten Ziegelschicht zwängen und feste drücken mußte. Die Tür und die Mauer fügten sich wieder ineinander wie Puzzlesteine, und das Schloß rastete ein. Ich legte die Schwelle wieder unter die Tür, trat sie fest und versuchte die plattgequetschten Brennesseln zum Aufstehen zu ermuntern.

»Morgen früh wuchern sie wieder«, sagte Malcolm. »Elendes Kraut.«

»Die großen Pappkartons kriegst du so nicht durch die Tür«, bemerkte ich und rieb mir die Brandbläschen an den Händen und Handgelenken.

»Ja, klar. Sie waren leer und zusammengefaltet. Ich hab sie drinnen erst aufgestellt und nach und nach gefüllt.«

»Jetzt könntest du die Sachen wieder rausholen.«

Eine Pause entstand, dann sagte er: »Ich warte noch. Wie's im Moment aussieht, kann ruhig alles dort bleiben.«

Ich nickte. Er pfiff den Hunden, und wir setzten den Spaziergang fort. Wir hatten aufgehört, direkt über die Angst vor der Familie zu reden, doch sie bedrückte uns immer noch. Als wir von der Wiese zurückkamen, wartete Malcolm wortlos vor dem Haus, bis ich es kontrolliert hatte, und nach meiner Entwarnung begann er nüchtern, die Hunde zu füttern.

Wir brachten beide nicht zur Sprache, wie lange die Vorsichtsmaßnahmen weitergehen sollten. Norman Wests jüngster Bericht war so wenig schlüssig gewesen wie sein erster, und am Mittwochabend lautete die klägliche Übersicht, in der ich seine Resultate zusammengefaßt hatte, wie folgt:

DONALD:	viel zu tun im Golfclub. Kann keine genauen Zeiten nennen.
HELEN:	Henley-Souvenirs in Heimarbeit verfertigt.
LUCY:	gelesen, spazieren gewesen, geschrieben, meditiert.
EDWIN:	Hausarbeit, Lebensmitteleinkäufe, Gang in die Bücherei.
THOMAS:	neue Stelle gesucht, Kopfschmerzen gehabt.
BERENICE:	Haushalt geführt, um die Kinder gekümmert, nicht kooperativ.
GERVASE:	nach London gependelt, mit Unterbrechungen in seinem Büro, spät zu Hause.

URSULA:	um die Töchter gekümmert, unglücklich.
FERDINAND:	im Statistikkurs, keine Anwesenheitsliste.
DEBS:	verbürgte Fotositzung an dem Auktionstag in Newmarket.
SERENA:	gibt morgens, meist auch abends Aerobicstunden, kauft nachmittags Klamotten.
VIVIEN:	herumgewerkelt, kann sich nicht erinnern.
ALICIA:	wahrscheinlich dasselbe; unfreundlich.
JOYCE:	Bridge gespielt.

Aus all dem, dachte ich, ging lediglich hervor, daß keiner sich um ein Alibi für die betreffenden Zeiten bemüht hatte. Nur Debs hatte ein sicheres, und das war von anderen beschafft und bestätigt worden. Die ganze übrige Familie hatte sich rumgetrieben, ohne ihr Kommen und Gehen zeitlich zu fixieren: das normale Verhalten unschuldiger Leute.

Nur Joyce und ich lebten mehr als eine halbe Autostunde von Quantum entfernt. Alle anderen, von Donald in Henley bis zu Gervase in Maidenhead, von Thomas bei Reading bis zu Lucy bei Marlow, von Ferdinand in Wokingham bis zu Serena in Bracknell, ja sogar Vivien in Twyford und Alicia bei Windsor, sie alle hatten sich gleichsam in einem Kreis um das Stammhaus herum angesiedelt wie Distelwolle, die der Wind aussät.

Die Polizei hatte bei der Untersuchung des Mordes an Moira dazu Bemerkungen gemacht und Bus- und Eisenbahnfahrpläne studiert, bis ihnen schwindlig wurde. Offenbar hatten sie niemand beim Lügen ertappt, aber das schien mir bei einer Familie, die sehr viel Übung im Verdrehen von Tatsachen hatte, nicht schlüssig zu sein. Tatsache war und blieb, daß ein jeder nach Quantum und wieder heim hätte fahren können, ohne daß es aufgefallen wäre.

Ich verbrachte einen kleinen Teil dieses Mittwochs damit, in Moiras Treibhaus herumzuwandern und über ihren Tod nachzudenken.

Das Treibhaus war, wie Arthur Bellbrook gesagt hatte, vom

Haus her nicht zu sehen; es stand auf einem von Sträuchern gesäumten seitlichen Rasen. Ich fragte mich, ob Moira erschrokken war, als sie ihren Mörder kommen sah. Wahrscheinlich nicht. Eher hatte sie die Zusammenkunft wohl selbst herbeigeführt, selbst den Ort und die Zeit bestimmt. Malcolm hatte einmal erwähnt, daß sie unangemeldeten Besuch nicht schätzte und es ihr lieber war, wenn man vorher anrief. Vielleicht war es ein ungeplanter Mord gewesen, eine beim Schopf ergriffene Gelegenheit. Vielleicht hatte es Streit gegeben. Vielleicht eine abgelehnte Forderung. Vielleicht einen der bittersüßen Triumpfe, die Moiras Spezialität waren, wie das Abernten von Arthur Bellbrooks Gemüse.

Moira als Herrin von Quantum, im Begriff, die Hälfte von allem, was Malcolm besaß, an sich zu raffen. Moira selbstzufrieden und frohlockend, in Gefahr, ohne etwas davon zu ahnen. Ich zweifelte, ob sie auch nur einen Moment an ihren alptraumhaften Tod geglaubt hatte, bevor er eintrat.

Malcolm las den Tag über die *Financial Times* und führte Telefongespräche; den Bruchstücken nach, die ich aufschnappte, benahm der Yen sich aus Malcolms Sicht schauderhaft.

Wir telefonierten zwar nach draußen, waren aber beide nicht scharf darauf, Gespräche entgegenzunehmen, seit Malcolm an diesem Morgen von Vivien mit einem Schwall von Vorwürfen überschüttet worden war, die sich alle um seinen Geiz drehten. Er hatte mit gequälter Miene zugehört und mir ein Resümee gegeben, als Vivien der Dampf ausging.

»So eine Vettel aus dem Dorf hat ihr geflüstert, daß wir hier sind, jetzt wird's also die ganze Familie wissen«, meinte er düster. »Sie sagt, Donald ist pleite, Lucy nagt am Hungertuch, und Thomas ist entlassen worden und packt das Arbeitslosendasein nicht. Ist das alles wahr? Es kann nicht wahr sein. Sie sagt, ich soll jedem von ihnen sofort zwanzigtausend Pfund geben.«

»Schaden würde das nicht«, sagte ich. »Es ist Gervases Idee, in gemäßigter Form.«

»Aber ich halte nichts davon.«

Ich führte ihm Donalds Schulgeldprobleme vor Augen, Lucys bröckelnde Überzeugungen und Thomas' Wehrlosigkeit gegenüber der Wühlarbeit von Berenice. Er sagte, die Schwierigkeiten lägen in ihrem eigenen Charakter begründet, was allerdings zutraf. Er sagte, wenn er den dreien ein Almosen gäbe, müßte er das für uns alle tun, sonst käme es zu einem heißen Bürgerkrieg zwischen Vivien, Joyce und Alicia. Er machte einen Witz darüber, doch er war stur: Er habe durch die Treuhandfonds für alle gesorgt. Der Rest liege bei uns. Er habe es sich nicht anders überlegt. Er habe über Viviens Vorschlag nachgedacht, und die Antwort sei nein.

Er rief Vivien zurück und teilte ihr das zu ihrer Entrüstung mit. Ich konnte ihre Stimme hören, die ihn niederträchtig, filzig, grausam, rachsüchtig, kleinlich, sadistisch, tyrannisch und böse schimpfte. Er war beleidigt, schrie sie an, den Mund, das Maul zu halten und knallte schließlich den Hörer auf, während sie noch auf vollen Touren lief.

Vivien, dachte ich, hatte lediglich erreicht, daß er noch mehr auf seinem Standpunkt beharrte.

Ich fand ihn dickköpfig, fand, daß er es darauf anlegte, ermordet zu werden. Ich sah in die unerbittlichen blauen Augen, die mich herausforderten, ihm zu widersprechen, und fragte mich, ob er Nachgeben für eine Schwäche hielt, ob er glaubte, seinen Kindern aus der Verlegenheit zu helfen, koste ihn Selbstachtung.

Ich sagte überhaupt nichts. Ich konnte schlecht für die anderen bitten, da ich selber davon profitieren würde. Ich hoffte aus vielen Gründen, daß er in der Lage wäre, seine Haltung zu ändern, aber das mußte von innen kommen. Ich ging hinaus zu Moiras Treibhaus, damit er Zeit fände, sich zu beruhigen, und als ich wiederkam, erwähnten wir beide nicht, was vorgefallen war.

Beim Nachmittagsspaziergang mit den Hunden erinnerte ich ihn, daß ich am nächsten Tag in Cheltenham reiten sollte, und fragte, ob er in dieser Gegend irgendwelche Kumpel hätte, mit denen er die Zeit verbringen könnte.

»Ich möchte dich wieder reiten sehen«, sagte er.

Er setzte mich fortwährend in Erstaunen.

»Was ist, wenn die Familie auch kommt?«

»Dann verkleide ich mich noch mal als Koch.«

Ich wußte nicht, ob es klug war, aber wieder setzte er seinen Willen durch, und ich redete mir ein, daß ihm auf einem Rennplatz nichts passieren würde. Als wir hinkamen, machte ich ihn mit George und Jo bekannt, die ihm zu Blue Clancy gratulierten und ihn zum Lunch mitnahmen.

Ich hielt den ganzen Nachmittag besorgt nach Brüdern, Schwestern, Mutter und Stiefmüttern Ausschau, sah aber niemanden. Es war kalt und windig, die Leute stellten ihre Kragen auf und krümmten die Schultern, um sich warmzuhalten, auf allen Köpfen saßen Hüte; Filz, Tweed, Wolle, Pelz. Wenn sich jemand in seinen Kleidern hätte verstecken wollen, war das Wetter großartig dafür.

Park Railings bescherte mir einen herrlichen Ritt und wurde vierter, weniger müde als sein Jockey, der seit sechs Tagen auf keinem Pferd mehr gesessen hatte. George und Jo waren durchaus zufrieden, und Malcolm, der mit ihnen weiter unten am Kurs gewesen war, um eines der anderen Hindernisrennen von einem Sprung aus zu verfolgen, war nachdenklich.

»Mir war nicht klar, daß ihr so schnell seid«, sagte er auf der Heimfahrt. »Mit solchem Zahn über die Sprünge geht.«

»Rund fünfundvierzig Stundenkilometer.«

»Ich könnte vielleicht ein Hindernispferd kaufen«, sagte er, »wenn du es reiten würdest.«

»Tu's lieber nicht. Das wäre Begünstigung.«

»Aha.«

Wir fuhren dreißig Meilen in Richtung Berkshire und kamen zu einer Gastwirtschaft, die ihm gefiel, kehrten dort zu unserem Spätnachmittagstrunk ein (Arthur Bellbrook sollte die Hunde über Nacht mit nach Hause nehmen) und warteten faul bis zum Abendessen.

Wir unterhielten uns über Pferderennen, oder besser gesagt, Malcolm stellte Fragen und ich beantwortete sie. Sein Interesse schien unerschöpflich, und ich fragte mich, ob es ebenso schnell erlöschen würde, wie es aufgekommen war. Er konnte es gar nicht erwarten, Chrysos' Leistungen im nächsten Jahr zu sehen.

Wir aßen ohne Eile und trödelten mit dem Kaffee, ehe wir heimfuhren und gähnend vor der Garage anhielten, schläfrig von frischer Luft und französischem Wein.

»Ich kontrolliere das Haus«, sagte ich ohne Begeisterung.

»Ach, laß doch, wir haben schon spät.«

»Es ist besser, ich tu's. Drück auf die Hupe, wenn du was siehst, was dir nicht gefällt.«

Ich ließ ihn im Auto, ging zur Küche hinein und machte Licht. Die Tür zum Flur war wie üblich geschlossen, damit die Hunde, wenn sie dort waren, nicht durchs Haus streunen konnten. Ich öffnete sie und knipste die Flurbeleuchtung an.

Ich blieb kurz stehen und schaute mich um.

Alles sah ruhig und friedlich aus, aber trotzdem bekam ich eine Gänsehaut, und mein Brustkorb wurde eng von plötzlich angehaltenem Atem.

Die Tür zum Büro und die Wohnzimmertür waren nicht so, wie ich sie zurückgelassen hatte. Die Bürotür war mehr als halb offen, die Wohnzimmertür war fast zu; beide bildeten nicht mehr den exakten spitzen Winkel, in den ich sie jedesmal stellte, wenn wir aus dem Haus gingen.

Ich versuchte mich zu erinnern, ob ich an diesem Morgen vor der Abfahrt die Türen auch wirklich gestellt hatte, oder ob ich es vergessen haben könnte. Aber ich *hatte* sie gestellt. Ich wußte es. Danach hatte ich meinen Sattel und die übrige Ausrüstung aus dem Flur geholt, die Tür zwischen Flur und Küche zugezogen und die Außentür abgesperrt, da die Hunde schon bei Arthur Bellbrook im Garten waren.

Ich hatte mich bisher nicht für einen Feigling gehalten, aber ich empfand eine tödliche Angst, weiter ins Haus hineinzugehen. Es war so groß, so voller dunkler Winkel. Es gab zwei Kellerräume und die diversen unbeleuchteten Dachkammern für die Hausdiener von einst und die in Dunkel gehüllte Rumpelkammer. Überall waren geräumige Einbauten und große leere Kleiderschränke. In den letzten Tagen war ich hier drei oder viermal rundgegangen, aber nicht nachts und nicht, als die Signale auf Gefahr standen.

Ich überwand mich zu ein paar Schritten in die Halle und lauschte. Ich fühlte mich nackt und verwundbar. Mein Herz klopfte unbehaglich. Das Haus war still.

Die massive Vordertür, verschlossen und verriegelt wie eine Festung, war nicht angerührt worden. Ich ging zum Büro hinüber, streckte einen Arm vor, knipste das Licht an und stieß die halb geöffnete Tür weiter auf.

Es war niemand drin. Alles war, wie Malcolm es am Morgen zurückgelassen hatte. Die Fenster glänzten schwarz, wie Drohungen. Mit einem tiefen Atemzug wiederholte ich die Prozedur im Wohnzimmer, wo ich zusätzlich die Riegel an den Fenstertüren kontrollierte, und danach im Eßzimmer, in der Garderobe im Erdgeschoß, um anschließend mit noch schlimmerem Zittern durch den Treppenkorridor zu dem großen Raum zu gehen, der uns Kindern als Spielzimmer gedient hatte und in längst vergangenen Tagen ein Billardsaal gewesen war.

Die Tür war zu. Ich gab mir einen Ruck, öffnete sie, knipste das Licht an und stieß sie weit auf.

Niemand war drin. Eine echte Erleichterung war das nicht, da ich mich weiter umsehen mußte. Ich kontrollierte den Abstellraum gegenüber, wo Gartenmöbel gestapelt waren, und auch die Tür am Ende des Korridors, die in den Garten führte: fest von innen verriegelt. Ich ging in die Halle zurück, blieb am Fuß der Treppe stehen und blickte nach oben.

Blöd, solche Angst zu haben, dachte ich. Es war mein Zuhause, das Haus, in dem ich aufgewachsen war. Zuhause brauchte man doch keine Angst zu haben.

Hatte man aber.

Ich schluckte. Ich ging die Treppe hinauf. Niemand war in meinem Zimmer. Niemand in den fünf anderen Zimmern, in der Rumpelkammer oder in den Badezimmern, niemand in der pink und pflaumenblauen Luxussuite von Malcolm.

Zum Schluß war mir genauso mulmig wie am Anfang, und dabei hatte ich den Keller, die Mansarden und die kleinen Verstecke noch ganz ausgespart.

Ich hatte nicht unter die Betten geschaut. Überall konnten Dämonen lauern, darauf warten, mich brüllend anzufallen. Ich gab auf, knipste oben sämtliche Lampen aus und kroch zurück in die Halle.

Noch immer war alles still, wie zum Hohn.

Du bist ein Narr, dachte ich.

Ich ließ das Licht in Flur und Küche brennen und ging wieder zu Malcolm, der sich anschickte auszusteigen, als er mich kommen sah. Ich winkte ab und glitt neben ihm hinter das Steuer.

»Was ist los?« sagte er.

»Es war jemand hier.«

»Wie meinst du das?«

Ich klärte ihn über die Türen auf.

»Du phantasierst doch.«

»Nein. Jemand hat seinen Schlüssel benutzt.«

Wir hatten die Schlösser noch nicht auswechseln lassen können; der Zimmermann sollte allerdings am nächsten Morgen kommen. Es sei schwierig, gute neue Schlösser zu finden, die auf solche alten Türen paßten, hatte er gesagt und sie für Donnerstag versprochen, aber wegen Cheltenham hatte ich ihn für Freitag bestellt.

»Wir können nicht die ganze Nacht hier draußen bleiben«, protestierte Malcolm. »Der Wind oder so was wird die Türen bewegt haben. Laß uns schlafen gehen, ich bin todmüde.«

Ich sah auf meine Hände. Sie zitterten wirklich. Ich überlegte eine Weile, bis Malcolm unruhig wurde.

»Mir wird kalt«, sagte er. »Laß uns um Gottes willen reingehen.«

»Nein ... wir schlafen hier nicht.«

»Was? Das ist doch nicht dein Ernst.«

»Wir schließen das Haus ab und suchen uns irgendwo ein Zimmer.«

»Um diese Zeit?«

»Ja.« Ich wollte aussteigen, und er legte mir eine Hand auf den Arm, um meine Aufmerksamkeit auf sich zu lenken.

»Dann hol Schlafanzüge und Waschzeug von oben.«

Ich zögerte. »Nein, das könnte gefährlich sein.« Ich sagte nicht, daß mir davor graute, aber so war es.

»Ian, das ist doch alles Irrsinn.«

»Noch irrsinniger wäre es, wenn wir in unseren Betten ermordet würden.«

»Aber bloß wegen zweier Türen, die . . .«

»Ja. Deswegen.«

Er fing anscheinend etwas von meinem Unbehagen auf, denn er murrte nicht weiter, doch als ich wieder auf die Küche lossteuerte, rief er hinter mir her: »Bring wenigstens meine Aktenmappe aus dem Büro mit, ja?«

Ich ging mit nur geringfügigem Flattern im Bauch wieder durch den Flur, knipste das Bürolicht an, holte ohne Zwischenfall seine Aktenmappe und richtete die Bürotür in ihrem gewohnten spitzen Winkel aus. Das gleiche machte ich mit der Wohnzimmertür. Vielleicht, dachte ich, würden sie uns am Morgen verraten, ob wir einen Besucher gehabt hatten, der sich vor mir versteckt hatte.

Ich ging durch den Flur zurück, schaltete das Licht aus, schloß die Tür vom Flur zur Küche, ging hinaus, ließ das dunkle, verschlossene Haus hinter mir und legte die Aktenmappe auf den Autorücksitz.

Aus der Überlegung, daß in London am leichtesten ein Zimmer zu finden wäre, besonders um Mitternacht, für Leute ohne Gepäck, fuhr ich die M4 hinauf und hielt auf Malcolms Anweisung vor dem Ritz. Wir mochten zwar Flüchtlinge sein, sagte er, aber wir würden nicht in irgendeinem Camp absteigen; und im Ritz erklärte er, daß er beschlossen hätte, in London zu übernachten, da er geschäftlich aufgehalten worden sei.

»Wir heißen Watson«, sagte ich spontan, der erstbeste Namen, der mir einfiel, als ich plötzlich an Norman Wests Rat dachte. »Wir zahlen mit Travellerschecks.«

Malcolm öffnete den Mund, schloß ihn wieder und war Gott sei Dank still. Auf Travellerschecks konnte man jeden beliebigen Namen setzen.

Die Ritz-Leute zuckten mit keiner Wimper, boten uns zwei miteinander verbundene Zimmer an (eine Doppelsuite war nicht frei) und versprachen Rasierapparate, Zahnbürsten und eine Flasche Scotch.

Malcolm hatte während des größten Teils der Fahrt geschwiegen und ich auch, wobei mit jedem beruhigenden Kilometer das Gefühl zunahm, daß ich wahrscheinlich überreagiert hatte, daß ich die Türen vielleicht doch nicht ausgerichtet hatte und daß, falls jemand aus der Familie ins Haus eingedrungen sein sollte, er vor unserer Rückkehr längst wieder fort gewesen war. Wir waren Stunden später zurückgekommen als irgend jemand annehmen konnte, wenn er von der Zeit ausging, die man für die Fahrt von Cheltenham brauchte.

Ich hätte mich in Quantum hinsetzen und telefonisch die ganze Familie abklappern können, um sicherzugehen, daß sie alle in ihren Nestern waren. Daran hatte ich nicht gedacht, und ich zweifelte, ob es mir in meinem Zustand möglich gewesen wäre.

Malcolm, der die Ansicht vertrat, daß Schlaftabletten nur ein schwacher Ersatz für Scotch waren, stellte seine Schlaftrunktheorie auf die Probe und schnarchte bald sanft vor sich hin. Ich schloß leise die Tür zwischen unseren Zimmern und kletterte unter mein Plumeau, blieb aber noch lange wach. Ich schämte mich meiner Angst in dem Haus, das, so dachte ich jetzt, bestimmt leer gewesen war. Am Nachmittag hatte ich ohne Bedenken meinen Hals riskiert und schwere Hindernisse übersprungen – im Haus hatte mich die Vorstellung gelähmt, jemand würde aus der Dunkelheit über mich herfallen. Die zwei Gesichter des Mutes, dachte ich sarkastisch: Dreh das eine zur Wand.

Wir fuhren am Morgen zurück nach Berkshire und konnten Quantum nicht mit dem Wagen erreichen, da anscheinend das ganze Dorf auf den Beinen war und die Straße blockierte. Überall Autos und Leute: Wagen, die beiderseits am Straßenrand parkten, Menschen, die auf das Haus zustrebten.

»Was in aller Welt geht da vor?« sagte Malcolm.

»Weiß der Himmel.«

Schließlich mußte ich den Wagen anhalten, und wir legten den letzten Teil der Strecke zu Fuß zurück.

Wir mußten uns durch das Gewühl drängen und erregten den Unwillen der Leute, bis sie Malcolm erkannten und ihm Platz machten, so daß wir schließlich die Hofeinfahrt erreichten . . . und dort kamen wir buchstäblich mit einem Ruck zum Stehen.

Zunächst einmal war ein Seil davorgespannt, das uns den Weg versperrte; ein Polizist bewachte es. Vor dem Haus standen Krankenwagen, Polizeiwagen, Feuerwehrwagen . . . Schwärme von Uniformierten liefen zielstrebig umher.

Malcolm wankte vor Schreck, und ich kam mir unwirklich vor, losgelöst von meinen Füßen. Unsere Augen sagten es uns: unser Verstand konnte es nicht glauben.

Ein ungeheures ausgezacktes Loch klaffte in der Mitte von Quantum.

Die Leute, die mit aufgerissenen Augen um uns herum am Tor standen, sagten: »Es soll das Gas gewesen sein.«

10

Wir waren vor dem Haus und sprachen mit Polizeibeamten. Ich konnte mich nicht erinnern, die Einfahrt hinaufgegangen zu sein.

Unser Erscheinen am Schauplatz war für die versammelten Rettungseinheiten ein Schock gewesen, aber ein willkommener. Sie hatten in den Trümmern nach unseren Überresten gesucht.

Sie sagten uns, daß die Explosion um vier Uhr dreißig früh erfolgt war; das *Wumm* und der Nachhall hatten das halbe Dorf aufgeweckt, die Druckwellen hatten Fensterscheiben zerspringen und Hunde in Geheul ausbrechen lassen. Mehrere Leute hatten die Polizei verständigt, doch als sie das Dorf erreichte, schien alles ruhig zu sein. Niemand wußte, wo die Explosion stattgefunden hatte. Die Polizei fuhr bis Tagesanbruch die nähere und weitere Umgebung ab, und da erst sah jemand, was mit Quantum geschehen war.

Die vordere Dielenwand mitsamt der antiken Eingangstür war auf die Einfahrt geschleudert worden, und der Mittelteil des ersten Stocks war in die Halle herabgestürzt. Aus allen Fenstern waren die Scheiben verschwunden.

»Auf der Rückseite ist es leider noch schlimmer«, sagte ein Polizist phlegmatisch. »Vielleicht kommen Sie mal mit, Sir. Zumindest können wir dort Bescheid sagen, daß es keine Toten gibt.«

Malcolm nickte mechanisch, und wir folgten dem Polizisten nach links, auf die Seite zwischen Küche und Garage, dann durch den Garten und an der Eßzimmerwand entlang. Der Schock, als wir auf die Terrasse kamen, war trotz der Vorahnung entsetzlich und widerwärtig.

Wo das Wohnzimmer gewesen war, ergoß sich ein Berg von durcheinandergewürfelten staubigen Ziegeln, Putz, Balken und zerschmettertem Mobiliar auf das Gras hinaus. Malcolms Suite, die sich über dem Wohnzimmer befunden hatte, war verschwunden und in dem Chaos untergegangen. Die Mansardenzimmer, die über seinem Kopf gewesen waren, waren ebenfalls eingestürzt. Das Dach, das von vorn fast unbeschädigt ausgesehen hatte, trug auf der Rückseite keine Ziegel mehr, so daß die massiven alten Sparren gegen den Himmel standen wie abgenagte Rippen.

Mein eigenes Zimmer hatte neben Malcolms Schlafzimmer gelegen: Alles, was davon übrig war, waren ein paar zersplitterte Fußbodenbretter, ein Streifen Deckenstuck und ein schiefer Kaminsims an einer geborstenen Wand, die ins Leere abfiel.

Malcolm begann zu zittern. Ich zog meine Jacke aus und legte sie ihm um die Schultern.

»Wir haben kein Gas«, sagte er dem Polizisten. »Meine Mutter hat es vor sechzig Jahren abstellen lassen, weil sie Angst davor hatte.«

Ein leichter Wind wehte hin und wieder, genug, um Malcolms Haar zu heben und es zu zerzausen. Er sah auf einmal gebrechlich aus, als könnte die wirbelnde Luft ihn umwerfen.

»Er braucht einen Stuhl«, sagte ich.

Der Polizist deutete hilflos auf das Schlachtfeld. Keine Stühle mehr übrig.

»Ich hole einen aus der Küche. Kümmern Sie sich um ihn.«

»Ich bin schon in Ordnung«, sagte Malcolm schwach.

»Die Außentür zur Küche ist verschlossen, Sir, und wir können Ihnen nicht erlauben, durch den Flur hineinzugehen.«

Ich holte den Schlüssel hervor, zeigte ihn ihm und war schon fort und durch die Tür, bevor er mich aufhalten konnte. Die leuchtend gelben Wände der Küche standen noch, aber die Tür vom Flur war aufgeflogen und hatte eine Gletscherzunge aus Ziegeln und Staub eindringen lassen. Überall Staub, wie ein Schleier. Putzbrocken waren von der Decke gefallen.

Alles Glas, alles Porzellan im Raum war zersprungen. Moiras Geranien, von den Wandbrettern geworfen, überfluteten als roter Abschiedsgruß ihr vollelektrisches Reich.

Ich nahm Malcolms Lehnstuhl aus Kiefernholz, das einzige Stück, von dem er sich bei allen Neuerungen nicht getrennt hatte, und brachte ihn raus zu ihm. Mit einer Miene, als nähme er ihn gar nicht wahr, ließ er sich hineinsinken und hielt eine Hand vor seinen Mund.

Feuerwehrleute und andere zerrten an beweglichen Trümmerteilen, doch ihr Arbeitstempo war zurückgegangen, seit sie gesehen hatten, daß wir lebten. Einige von ihnen kamen zu Malcolm herüber, bezeigten Mitgefühl, wollten vor allem aber Auskünfte, beispielsweise, ob wir sicher seien, daß niemand anders im Haus gewesen war.

So sicher, wie wir sein konnten.

Hatten wir irgendwelches Gas im Haus gelagert? Flaschengas? Butan? Propan? Äther?

Nein.

Wieso Äther?

Man konnte ihn zur Kokainherstellung brauchen.

Wir sahen sie verständnislos an.

Sie hatten offenbar schon entdeckt, daß kein Haushaltsgasanschluß vorhanden war. Sie fragten nach anderen Möglichkeiten, weil es dennoch nach einer Gasexplosion aussah.

Wir hatten keinerlei Gas gehabt.

Hatten wir explosive Stoffe irgendwelcher Art gelagert?

Nein.

Die Zeit schien aus den Fugen.

Frauen aus dem Dorf hatten wie bei allen Katastrophen Thermosflaschen mit heißem Tee für die arbeitenden Männer gebracht. Sie gaben Malcolm und mir welchen davon und trieben eine rote Wolldecke für Malcolm auf, so daß ich meine Jacke in der kalten, böigen Luft wieder anziehen konnte. Über uns hing eine graue Wolkenbank, das Licht war grau wie der Staub.

Ein dichter Ring von Leuten aus dem Dorf stand im Garten

um den Rasen herum, und mit jeder Minute kamen noch mehr über die Wiesen und durch das Gartentor. Niemand verscheuchte sie. Viele machten Fotos. Zwei der Fotografierenden sahen aus wie von der Presse.

Ein Polizeiwagen nahte, bahnte sich mit immer lauter heulender Sirene einen Weg durch die verstopfte Straße. Er heulte die Einfahrt hinauf und verstummte, und wenig später kam ein offenbar ranghoher Mann, der nicht uniformiert war, um das Haus herum und übernahm das Kommando.

Als erstes stoppte er alle Arbeit an den Trümmern. Dann inspizierte er den Schauplatz und machte sich Notizen. Danach sprach er mit dem Feuerwehrhauptmann. Schließlich kam er zu Malcolm und mir herüber.

Untersetzt, mit schwarzem Schnurrbart, sagte er wie zu einem alten Bekannten: »Mr. Pembroke.«

Malcolm sagte entsprechend: »Superintendent«, und das Beben, das er nicht aus seiner Stimme heraushalten konnte, war für jedermann zu hören. Der Wind legte sich für eine Weile, doch Malcolms Zittern ging unter der Decke weiter.

»Und Sie, Sir?« fragte mich der Superintendent.

»Ian Pembroke.«

Er schürzte die Lippen unter dem Schnurrbart und betrachtete mich. Vermutlich war er der Mann, den ich am Telefon gesprochen hatte.

»Wo waren Sie gestern nacht, Sir?«

»Mit meinem Vater in London«, sagte ich. »Wir sind gerade ... zurückgekommen.«

Ich schaute ihn fest an. Es gab eine ganze Menge zu sagen, aber ich würde nichts überstürzen.

Er sagte neutral: »Wir werden Sprengstoffexperten hinzuziehen müssen, da der Schaden hier nach vorläufiger Prüfung und in Ermangelung irgendwelchen Gases offenbar durch einen Sprengkörper verursacht worden ist.«

Warum sagt er nicht Bombe, dachte ich gereizt. Warum nicht das Kind beim Namen nennen? Falls er irgendeine Reaktion von Malcolm oder mir erwartet hatte, blieb sie wahrscheinlich aus, da wir beide schon im Moment, als wir den Fuß auf die Einfahrt gesetzt hatten, zu dem gleichen Schluß gekommen waren.

Wenn das Haus nur gebrannt hätte, wäre Malcolm umhergesaust, hätte Anweisungen erteilt und gerettet, was er konnte, bestürzt zwar, aber voller Energie. Die Folgerungen, die sich aus einer Bombe ergaben, hatten ihn zu zitternder Mattigkeit verurteilt: *die Folgerungen* und die Tatsache, daß er, wenn er in seinem eigenen Bett geschlafen hätte, nicht mehr aufgestanden wäre, um zu baden, die *Sporting Life* zu lesen, Travellerschecks auf seiner Bank zu holen und im Ritz zu frühstücken.

Und das gleiche galt für mich.

»Ich sehe Ihnen an, daß Sie beide unter Schock stehen«, stellte der Superintendent fest. »Es ist offensichtlich unmöglich, sich hier zu unterhalten, darum würde ich vorschlagen, Sie kommen mit zur Polizeistation.« Er drückte sich behutsam aus, ließ uns zumindest theoretisch die Freiheit, abzulehnen.

»Was wird mit dem Haus?« sagte ich. »Es ist rundum offen. Abgesehen von dem großen Loch sind sämtliche Fenster zersprungen. Es sind sehr viele Sachen drin . . . Silber . . . die Unterlagen meines Vaters in seinem Büro . . . ein Teil der Möbel.«

»Wir lassen eine Streife hier«, sagte er. »Wenn Sie wünschen, besorgen wir jemand, der die Fenster vernagelt, und benachrichtigen ein Bauunternehmen, das über eine genügend große Plane für das Dach verfügt.«

»Schicken Sie mir die Rechnung«, sagte Malcolm müde.

»Die betreffenden Firmen werden zweifellos ihre Kostenforderungen präsentieren.«

»Trotzdem danke«, sagte ich.

Der Superintendent nickte.

Eine Beerdigung für Quantum, dachte ich. Sargfenster, Leichentuchdach. Wahrscheinlich würden die Überreste auch unter die Erde gebracht. Selbst wenn sich irgend etwas von der Struktur des Hauses als hinreichend intakt erwies – würde Malcolm die Kraft haben, es wiederaufzubauen, darin zu wohnen und sich zu erinnern?

Er stand auf, die Wolldecke um sich geschlungen, wirkte um zahllose Jahre gealtert, die Wangen waren ausgehöhlt von Resignation. Mit Rücksicht auf den wackligen Zustand seiner Beine gingen Malcolm, der Superintendent und ich langsam an der Küche vorbei und auf die vordere Einfahrt.

Die Krankenwagen und auch einer der Feuerwehrwagen waren abgefahren, doch das Seil vor dem Eingangstor war überrannt worden, und der Vorgarten war voller Leute, die ein junger Konstabler immer noch vergebens zurückzuhalten suchte.

Eine Gruppe an der Spitze kam auf uns zugelaufen, sobald wir auftauchten, und mit einem Gefühl der Unwirklichkeit erkannte ich in ihnen Ferdinand, Gervase, Alicia, Berenice, Vivien, Donald, Helen . . . ich verlor die Übersicht.

»Malcolm«, sagte Gervase laut und bremste vor uns ab, so daß auch wir anhalten mußten. »Du lebst!«

Ein winziger Funke Humor erschien in Malcolms Augen ob dieser unwiderlegbaren Feststellung, doch er hatte keine Möglichkeit zu antworten, da die anderen in fragendes Geschrei ausbrachen.

Vivien sagte: »Ich habe aus dem Dorf gehört, Quantum sei in die Luft geflogen und ihr wärt beide tot.« Ihr gepreßter Tonfall enthielt eine Beschwerde darüber, daß sie falsch informiert worden war.

»Ich auch«, sagte Alicia. »Drei Leute riefen an . . . deshalb bin ich gleich gekommen . . . natürlich, nachdem ich Gervase und die anderen verständigt hatte.« Sie sah zutiefst erschrocken aus, aber das galt für sie alle – ihre Gesichter spiegelten zweifellos, was sie in meinem sahen, doch zusätzlich litten sie unter der Verwirrung durch die Falschinformation.

»Dann kommen wir alle her«, sagte Alicia, »und stellen fest, daß ihr *nicht* tot seid.« Sie hörte sich an, als wäre das auch falsch.

»Was ist passiert?« fragte Ferdinand. »Seht euch bloß Quantum an.«

Berenice sagte: »Wo wart ihr denn beide, als es explodiert ist?«

»Wir dachten, ihr wärt tot«, sagte Donald fassungslos.

Noch mehr Gestalten drängten sich durch die Menge, ihre Münder vor Entsetzen geöffnet. Lucy, Edwin und Serena, laufend, stolpernd, die Augen abwechselnd auf dem lädierten Haus und auf Malcolm und mir.

Lucy weinte: »Ihr lebt, ihr lebt!« Tränen liefen an ihren Wangen herab. »Vivien sagte, ihr wärt tot.«

»Ich habe doch gehört, daß sie tot wären«, verteidigte sich Vivien. Dämlich .. Joyces Einschätzung kam mir wieder in den Sinn.

Serena wankte, kreidebleich. Ferdinand legte den Arm um sie und zog sie an sich. »Ist schon gut, Mädchen, sie sind ja nicht tot. Das alte Haus hat einiges abgekriegt, was?« Er drückte sie zärtlich.

»Mir ist nicht gut«, sagte sie schwach. »Was ist passiert?«

»Zu früh, um etwas Genaues zu sagen«, erwiderte Gervase bestimmt. »Aber ich möchte meinen, man kann eine Bombe nicht ausschließen.«

Sie wiesen das Wort zurück, schüttelten den Kopf, hielten sich die Ohren zu. Bomben waren für den Krieg, für niederträchtige Schachzüge im Flugverkehr, für Bushaltestellen an fernen Orten, für kaltherzige Terroristen . . . für andere. Bomben waren nichts für ein Wohnhaus am Rand eines Dorfes in Berkshire, ein Haus inmitten ruhiger grüner Wiesen, bewohnt von einer normalen Familie.

Nur, daß wir eben keine normale Familie waren. In normalen Familien gab es keine Ehefrau Nr. 5, die beim Geraniensetzen ermordet wurde. Ich schaute in die vertrauten Gesichter ringsum und gewahrte in keinem von ihnen Bosheit oder Bestürzung über Malcolms Entkommen. Sie erholten sich allmählich alle von dem Schock des irrtümlich gemeldeten Todes und fingen gleichzeitig an zu begreifen, wieviel Schaden dem Haus zugefügt worden war.

Gervase wurde zornig. »Wer das getan hat, soll dafür

bezahlen.« Es klang eher wichtigtuerisch als erfolgversprechend.

»Wo ist Thomas?« fragte ich.

Berenice zuckte reizbar die Achseln. »Der gute Thomas ist heute früh mal wieder unnützerweise auf Stellensuche gegangen. Ich habe keine Ahnung, wo er hinwollte. Als Vivien anrief, war er schon weg.«

Edwin sagte: »Ist das Haus gegen Bomben versichert, Malcolm?«

Malcolm blickte ihn mit Widerwillen an und gab keine Antwort.

Gervase sagte herrisch: »Du kommst am besten mit zu mir, Malcolm. Ursula wird sich um dich kümmern.«

Das gefiel keinem von den anderen. Sofort machten sie Gegenvorschläge. Der Superintendent, der aufmerksam zugehört hatte, sagte an diesem Punkt, daß alle Pläne, Malcolm mit nach Hause zu nehmen, für ein paar Stunden zurückgestellt werden müßten.

»Ach ja?« Gervase starrte von oben herunter. »Und wer sind Sie?«

»Superintendent Yale, Sir.«

Gervase hob die Augenbrauen, machte aber keinen Rückzieher. »Malcolm hat nichts verbrochen.«

»Ich möchte selber mit dem Superintendent reden«, sagte Malcolm. »Ich möchte, daß er rausfindet, wer versucht hat, mein Haus zu zerstören.«

»Das war doch wohl ein Unfall«, sagte Serena entgeistert.

Ferdinand hatte noch den Arm um sie. »Stell dich den Tatsachen, Mädchen.« Zögernd blickte er zu mir. »Vivien und Alicia haben allen erzählt, daß ihr wieder hier wohnt ... wie kommt es also, daß euch nichts passiert ist?«

»Ja«, sagte Berenice. »Das war meine Frage.«

»Wir sind am Abend nach London und haben dort übernachtet.«

»Schwein gehabt«, sagte Donald markig, und Helen, die an

seiner Seite stand und bisher geschwiegen hatte, nickte eine Spur zu begeistert und sagte: »Jaja.«

»Aber wenn wir im Büro gewesen wären«, sagte ich, »wäre uns auch nichts passiert.«

Sie schauten an der Hausfront entlang zu der hinteren Ecke, wo die Bürofenster zersprungen waren, die Wände aber noch standen.

»Morgens um halb fünf seid ihr doch nicht im Büro«, meinte Alicia mürrisch. »Warum solltet ihr?«

Malcolm wurde sie allmählich leid. Nicht einer hatte ihn umarmt, geküßt oder sein Überleben mit einer herzlichen Geste begrüßt. Lucys Tränen, falls echt, waren dem am nächsten gekommen. Die Familie hätte seinen Tod offensichtlich leicht verwinden können, mit womöglich sogar ernst gemeintem Trauergemurmel an seinem Grab, aber doch auch mit wohlverborgener Freude auf eine gesicherte, von Reichtum gesegnete Zukunft. Ein toter Malcolm konnte nichts mehr ausgeben. Ein toter Malcolm eröffnete *ihnen* die Möglichkeit, Geld auszugeben.

»Gehen wir«, sagte ich zu dem Superintendent. »Mir ist kalt.«

Ein unangenehmer Gedanke kam mir. »Hat einer von euch«, fragte ich die Familie, »Joyce gesagt . . . was mit dem Haus ist?«

Donald räusperte sich. »Ja, ich habe es ihr . . . ehm, beigebracht.«

Es war klar, wie er das meinte. »Du hast ihr gesagt, wir seien tot?«

»Das kam doch von Vivien«, meinte er, und wie bei ihr klang es, als müsse er sich verteidigen. »Sie wollte, daß ich Joyce informiere, also hab ich's getan.«

»Mein Gott«, sagte ich dem Superintendent. »Joyce ist meine Mutter. Ich muß sie sofort anrufen.«

Unwillkürlich wandte ich mich zum Haus, wurde aber von Yale zurückgehalten, er erklärte, die Telefone seien außer Betrieb.

Er, ich und Malcolm gingen auf das Tor zu, doch wir hatten erst den halben Weg zurückgelegt, als Joyce selber sich durch die Menge drängte und verstört, verzweifelt herbeigelaufen kam.

Sie blieb stehen, als sie uns erblickte. Ihr Gesicht wurde blaß, sie wankte wie Serena vorhin, und ich rannte mit zwei, drei langen Schritten zu ihr und konnte ihren Sturz abfangen.

»Es ist alles gut«, ich hielt sie fest. »Es ist gut. Wir sind am Leben.«

»Malcolm ...«

»Ja, wir sind beide wohlauf.«

»Oh, ich dachte ... Donald sagte ... Ich habe auf dem ganzen Weg hierher geheult, ich konnte die Straße nicht sehen ...« Sie drückte ihr Gesicht an meine Jacke und weinte wieder, ein paar tiefe Schluchzer, dann machte sie sich energisch los und kramte in ihren handgenähten Taschen nach einem Taschentuch. Sie fand eins aus Papier und schneuzte sich. »Tja, Liebling«, sagte sie, »da ihr am Leben seid, was zum Teufel ist denn los?«

Sie blickte über Malcolm und mich hinweg und riß die Augen auf.

»Die ganze verfluchte Sippe ist zur Totenwache angereist?« Zu Malcolm sagte sie: »Du hast ein unverschämtes Glück, alter Zacken.«

Malcolm grinste sie an, ein deutliches Zeichen des Wiederauflebens.

Die drei Exfrauen beäugten einander argwöhnisch. Jedwede sentimentale Vorstellung, der knapp verhinderte Tod des Mannes, den sie alle geheiratet, und die weitgehende Zerstörung des Hauses, das sie alle geführt hatten, könnte sie zu schwesterlicher Sympathie bewegt haben, fiel flach.

»Malcolm kann zu mir ziehen«, sagte Joyce.

»Auf keinen Fall«, wiedersprach Alicia sofort, sichtlich bestürzt. »Du kannst deinen lieben Ian aufnehmen. Malcolm geht dann zu Gervase.«

»Kommt nicht in Frage«, sagte Vivien scharf. »Wenn Malcolm irgendwohin zieht, dann doch wohl angemessenerweise zu Donald, seinem Ältesten.«

Malcolm sah aus, als wüßte er nicht, ob er lachen oder schreien sollte.

»Er bleibt bei mir«, sagte ich. »Wenn er will.«

»In deiner Wohnung?« fragte Ferdinand.

Mit Grausen stellte ich mir vor, daß meine Wohnung wie Quantum in die Luft flog, daß dabei aber anders als in Quantum Menschen starben, die darunter und darüber wohnten.

»Nein, da nicht«, sagte ich.

»Wo dann, Liebling?« fragte Joyce.

»Wo immer wir gerade sind.«

Lucy lächelte. So etwas war nach ihrem Geschmack. Sie zog den großen braunen Umhang enger um ihre Leibesfülle und sagte, der Vorschlag klänge ganz und gar vernünftig. Die anderen sahen sie an, als wäre sie zurückgeblieben, nicht etwa der geistige Kopf der Sippe.

»Ich gehe, wohin ich will«, sagte Malcolm einfach, »und zwar mit Ian.«

Ich bekam ein Sperrfeuer galliger Blicke ab, da alle wie seit jeher befürchteten, ich würde sie um ihre Anteile prellen – alle außer Joyce, die wollte, daß ich das tat.

»Nachdem das geklärt wäre«, sagte sie mit einem Anflug mütterlicher Selbstzufriedenheit, der die anderen erzürnte, »würde ich gern mal sehen, wie schlimm der Schaden an dem Haus ist.« Sie blickte kurz zu mir. »Komm, Liebling, du kannst es mir zeigen.«

»Lauf zu, Muttersöhnchen«, höhnte Gervase, gekränkt, weil Malcolm ihn zurückgewiesen hatte.

»Der arme Ian, wie er an Mamis Schürzenbändern hängt.« Berenices Beitrag triefte vor Abscheu. »Habgieriger kleiner Ian.«

»Das ist unfair«, quengelte Serena. »Ian kriegt immer alles. Ich finde das gemein.«

»Komm doch, Liebling«, sagte Joyce. »Ich warte.«

Ich war geneigt zu meutern, kämpfte dagegen an und sann auf eine andere Lösung.

»Ihr könnt alle mitkommen«, sagte ich zu ihnen. »Seht euch an, was hier wirklich passiert ist.«

Der Superintendent hatte in keiner Weise versucht, die Familienversammlung aufzulösen, sondern die ganze Zeit ruhig zugehört. Jetzt begegnete ich zufällig seinem Blick, und er nickte kurz und machte an Malcolms Seite wieder kehrt, als alle um das Haus herum nach hinten zogen.

Das Ausmaß und die Gewalt des Schadens dort brachte selbst Gervase zum Schweigen. Alle Münder waren aufgesperrt, in aller Augen entsetztes Staunen.

Der Feuerwehrhauptmann kam herüber und begann mit einem gewissen fachlichen Vergnügen in derbem Berkshire-Dialekt die Tatsachen aufzuzeigen.

»Eine Explosion nimmt den Weg des geringsten Widerstands«, sagte er. »Wir haben hier ein gutes, stabiles altes Haus, deshalb steht wohl noch so viel davon. Die Explosion, sehen Sie, hat sich nach außen bewegt, von einem Punkt nahe der Mitte des ersten Stocks nach vorn und hinten. Ein Teil der Explosion ging ins Dach hinaus, so daß etliche von den kleinen Mansardenzimmern eingestürzt sind, und ich schätze, es gab auch einen ziemlichen Schub nach unten, der das Loch gerissen hat, in das der erste Stock und ein Teil des Dachgeschosses gekracht sind; sehen Sie, was ich meine?«

Jeder sah es.

»Dann haben wir diese Wand hier«, er zeigte auf die zwischen dem einstigen Wohnzimmer und dem noch vorhandenen Eßzimmer, »in die der Kamin eingebaut ist; das ist eine der Mauern, die am meisten tragen. Sie geht durch bis zum Dach. Auf der anderen Seite mehr oder weniger das gleiche. Diese beiden starken Wände haben verhindert, daß die Explosion sich seitlich ausbreitet, außer ein bißchen durch die Türen.« Er wandte sich direkt an Malcolm. »Ich habe schon viele zerstörte Bauten gesehen, Sir, hauptsächlich zwar ausgebrannte, aber auch Gasexplosionen, und ich würde sagen – und wohlgemerkt, Sie müßten da noch ein richtiges Gutachten einholen –, aber wenn ich mir das Haus so ansehe, würde ich sagen, es hat zwar einen tüchtigen Schlag abgekriegt, aber Sie könnten in Erwägung ziehen, es wieder instandzusetzen. Guter, solider viktorianischer Bau, sonst wäre er zusammengefallen wie ein Kartenhaus.«

»Vielen Dank«, sagte Malcolm schwach.

Der Feuerwehrmann nickte. »Lassen Sie sich von keinem Abbruchhai was anderes weismachen, Sir. Ich kann's nicht leiden, wenn man Leute, die ein Unglück trifft, begaunert. Das hab ich schon oft erlebt, und es fuchst mich. Von mir haben Sie eine ehrliche Meinung gehört. Ich kann so oder so nichts dabei gewinnen.«

»Wir sind Ihnen alle dankbar«, sagte ich.

Er nickte befriedigt, und endlich fand Gervase seine Stimme wieder.

»Was für eine Bombe war das?« fragte er.

»Damit, Sir, kenne ich mich nicht aus. Da müssen Sie auf die Experten warten.« Der Feuerwehrmann wandte sich an den Superintendent. »Wir haben den Strom an dem Zähler in der Garage abgestellt, als wir herkamen, und auch das Wasser in einem Schacht vorne am Tor. Der Tank unterm Dach war durch die geplatzten Rohre oben leergelaufen – das Wasser lief noch, als wir herkamen, und ist jetzt unter dem Geröll versickert. Ich kann nichts sehen, was einen Brand entfachen könnte. Wenn Sie in die Seitenräume im ersten Stock wollen, brauchen Sie eine Leiter, die Treppe ist blockiert. Für die Zwischenwände oben kann ich nicht garantieren; wir haben durch die Fenster geschaut, waren aber nicht drin, da müssen Sie Vorsicht walten lassen. Ins Dachgeschoß sind wir nicht raufgestiegen, bloß ein kurzer Blick von der Leiter aus. Aber im Eßzimmer hier unten und in dem großen Zimmer hinter dem Schutt müßten Sie sich aufhalten können, und auch in der Küche und dem Raum, der nach vorn rausgeht.«

»Mein Büro«, sagte Malcolm.

Der Superintendent nickte, und mir fiel ein, daß er von wiederholten früheren Besuchen wohl schon mit dem Grundriß des Hauses vertraut war.

»Wir haben hier getan, was wir können«, sagte der Feuerwehrmann. »In Ordnung, wenn wir jetzt abschieben?«

Der Superintendent war einverstanden, begleitete ihn ein paar Schritte zu einem Vieraugengespräch, und die Familie begann aus dem Scheintod zu erwachen.

Die Pressefotografen rückten näher und knipsten uns aufs Geradewohl, und ein Mann und eine Frau von zwei verschiedenen Zeitungen drängten sich mit hartnäckigen Fragen auf. Nur Gervase schien das erträglich zu finden und gab die Antworten allein. Malcolm setzte sich wieder auf den Kieferstuhl, der noch draußen stand, nahm die Wolldecke um und zog sich bis zu den Augen darin zurück wie ein Indianer.

Vivien, die ihn erspähte, trabte an und sagte ihm, sie sei müde vom Stehen und müsse sich hinsetzen; es sei bezeichnend für seine Eigensucht, daß er sich den einzigen Stuhl schnappe, und eine Beleidigung für sie als die älteste anwesende Frau. Angewidert blickte Malcolm zu ihr hoch, stand auf und entfernte sich ein ganzes Stück, während sie mit einem selbstzufriedenen Grinsen seinen Platz einnahm. Meine Abneigung gegen Vivien spitzte sich zu wie ihre Wangenknochen und wurde giftig wie ihr Mund.

Alicia, die sich gefangen hatte, zog ihre flatterige Weibchennummer vor den Reportern ab, trug den Charme besonders dick auf und stellte Serenas Kleinmädchenmasche noch in den Schatten. Als ich sie so zusammen sah, dachte ich, daß es schwer sein mußte für Serena, eine Mutter zu haben, die nicht reifen wollte, die sich mit Ende Fünfzig noch benahm wie achtzehn, die ihrer Tochter seit Jahren den natürlichen Weg zum Erwachsenwerden versperrte. Mädchen brauchten mütterliche Mütter, hatte ich mir sagen lassen, und die fehlte Serena. Jungs brauchten auch eine, und Joyce war keine, aber ich hatte die ganze Zeit einen Vater gehabt und schließlich auch noch Coochie; Serena hingegen hatte beides nicht gehabt, und darin lag ein himmelweiter Unterschied.

Edwin tat sich genau so schwer damit wie Donald, Freude über Malcolms Rettung herauszukehren.

»Für dich ist ja alles in Butter«, fuhr er mich an, als er meinen ironischen Blick in seine Richtung auffing. »Mich verachtet Malcolm - das brauchst du gar nicht abzustreiten, er zeigt es deutlich genug - und ich sehe nicht ein, weshalb mir viel an ihm liegen sollte. Natürlich würde ich nicht seinen Tod wollen . . .«

»Natürlich nicht«, murmelte ich.

». . . aber wenn, ja wenn er gestorben wäre . . .« er hielt ein, hatte letztlich nicht den Mut, es offen auszusprechen.

»Wärst du froh gewesen?« sagte ich.

»Nein.« Er räusperte sich. »Ich hätte mich damit abfinden können«, sagte er.

Ich lachte fast. »Prima für dich, Edwin«, meinte ich. »Bleib am Ball, Junge.«

»Mit deinem Tod hätte ich mich auch abfinden können«, sagte er steif.

Nun ja. Das hatte ich wohl herausgefordert.

»Wieviel verstehst du von Bomben?« fragte ich.

»Die Frage ist lächerlich«, sagte er und stapfte davon, während mir durch den Kopf ging, daß er nach Norman Wests Auskünften beinah täglich eine Stunde in der Bücherei zubrachte – wo man bestimmt etwas über Bombenherstellung erfahren konnte, wenn man lange genug suchte.

Berenice sagte böse zu mir: »Es ist nur deine Schuld, daß Thomas keine Arbeit hat.«

Ich staunte. »Wie kommst du denn darauf?«

»Er war so beunruhigt über Malcolms Verhalten, daß er sich nicht konzentrieren konnte und Fehler gemacht hat. Er meint, du könntest Malcolm dazu bringen, uns zu helfen, aber ich sage ihm natürlich, daß du gar nicht daran denkst, warum solltest du, du bist ja Malcolms Häschen.« Das letzte Wort spuckte sie fast, wobei die Wut auch aus ihren Augen schäumte und alle Sehnen ihres Halses straffte.

»Das hast du Thomas gesagt?« fragte ich.

»Es ist doch wahr«, fauchte sie. »Vivien sagt, du warst schon immer Malcolms Liebling, und er war noch nie fair zu Thomas.«

»Er ist immer zu uns allen fair gewesen«, versicherte ich, aber natürlich glaubte sie mir nicht.

Sie war vier oder fünf Jahre älter als Thomas und hatte ihn geheiratet, als sie schon weit über dreißig war und (so Joyce gehässig) einen Ausweg aus der Torschlußpanik suchte. Bei ihrer Trauung vor zehn Jahren war sie eine dünne, leidlich attraktive Frau gewesen, die das Glück aufleben ließ. Thomas hatte Stolz und Geld besessen. Sie hatten den Eindruck eines vielleicht nicht aufregenden, aber doch soliden und zukunftsträchtigen Paars vermittelt, das sich auf ein schönes Abenteuer einließ.

Zehn Jahre und zwei Töchter danach hatte Berenice Pfunde angesetzt, sich eine vordergründige Weltklugheit angeeignet und alle Illusionen über die Ehe verloren. Ich nahm seit langem an, daß sie aus elementarer Enttäuschung so destruktiv gegen Thomas geworden war, hatte mir jedoch über die Ursachen noch keine Gedanken gemacht. Zeit, das nachzuholen, dachte ich. Zeit, daß ich sie alle miteinander verstehen lernte, denn auf diese Weise würden wir vielleicht in Erfahrung bringen, wer morden konnte und wer nicht.

Fahnden anhand des Charakters und der Lebensgeschichte, nicht anhand von Alibis. Hören auf das, was sie sagten und nicht sagten; erkennen, worüber sie Kontrolle hatten und worüber nicht.

Als ich dastand und mir die ganze Gesellschaft ansah, wußte ich, daß nur jemand aus der Familie selbst diesen Weg einschlagen konnte, und wenn ich es nicht tat, würde es keiner tun.

Norman West und Superintendent Yale konnten in die Fakten eindringen. Ich würde in die Menschen eindringen. Gewiß ein hoher Anspruch, mokierte ich mich; es gab nur ein Problem dabei. Die Menschen würden alles tun, damit ich draußen blieb.

Ich mußte mir darüber klar sein, daß mein Vorhaben mehr

Ärger als Ergebnisse bringen konnte. Die Fähigkeit zu morden entging mitunter selbst hochqualifizierten Psychiatern, die sich bekanntlich schon für die Freilassung gebesserter Straftäter ausgesprochen hatten, nur um zu erleben, daß diese geradewegs losliefen und töteten. Ein hochqualifizierter Psychiater war ich nicht. Bloß jemand, der sich erinnern konnte, wie wir *gewesen* waren, und der lernen konnte, wie wir jetzt waren.

Ich sah auf das fürchterlich ramponierte Haus und schauderte. Am Montag waren wir unerwartet zurückgekehrt; heute war Freitag. Das Tempo der Planung und Ausführung an sich war schon erschreckend. Wahrscheinlich kamen wir nie wieder mit dem Schrecken davon. Malcolm hatte durch reines Glück drei Anschläge überlebt, aber für einen vierten hätte Ferdinand wohl keine günstige statistische Prognose gestellt.

Die Familie sah friedlich und normal aus im Gespräch mit den Reportern, und ich war erfüllt von einem Gefühl der Dringlichkeit und ahnte Böses.

11

Einer von Malcolms Hunden kam über das Gras auf ihn zugesprungen, und Sekunden später kam der andere. Malcolm streckte eine Hand aus seiner Decke und streichelte sie, aber eher zerstreut als begrüßend. Hinter den Hunden erschien Arthur Bellbrook mit einem Gesicht voll Bestürzung und Sorge, das sich wesentlich aufhellte, als er Malcolm erblickte. In seiner Schmuddelhose, der abgewetzten Tweedjacke und alten Armeestiefeln kam er humpelnd herbeigerannt und hielt ganz außer Atem neben Malcolm an.

»Sir! Sie leben ja! Ich war in Twyford Unkrautvertilger kaufen. Als ich wiederkam, erzählten sie mir im Dorf . . .«

»Grobe Übertreibung«, sagte Malcolm nickend.

Arthur Bellbrook wandte sich keuchend an mich. »Es hieß, Sie wären beide tot. Auf der Straße kam ich nicht voran . . . mußte über die Felder gehen. Wie das Haus aussieht!«

Ich erklärte, daß wir in London gewesen waren und fragte ihn, wann er am Vortag nach Hause gegangen sei.

»Um vier, wie immer. Na, sagen wir zwanzig vor. So ungefähr.« Er kam langsam wieder zu Puste, und seine Augen waren rund vor Unglauben, während er auf die Verwüstung starrte.

Eher gegen halb vier, dachte ich im stillen, wenn er schon zugab, daß er vorzeitig Schluß gemacht hatte.

»Sind Sie im Lauf des Tages irgendwann ins Haus gegangen?« fragte ich.

Er blickte von den Trümmern zu mir und hörte sich gekränkt an. »Nein. Sie wissen doch, daß ich das gar nicht gekonnt hätte. Sie haben das Haus verrammelt wie eine Festung, seit Sie wieder hier sind, und ich habe keinen Schlüssel. Woher hätte ich einen Schlüssel nehmen sollen?«

Ich sagte beschwichtigend: »Wir sind eben nervös . . . denn irgend jemand *war* drin, es muß einer reingekommen sein.«

»Ich nicht.« Er war etwas besänftigt. »Ich habe den ganzen Tag im Küchengarten geschafft, Kartoffeln ausgegraben und so weiter. Die zwei Hunde hatte ich bei mir, an der Laufleine. Wenn jemand versucht hätte, ins Haus zu kommen, hätten sie bestimmt gebellt, aber sie waren still.«

Malcolm sagte: »Arthur, können Sie die Hunde noch ein, zwei Tage behalten?«

»Ja, ich . . .« Er schaute hilflos auf den Schutthaufen, der sich über die Terrasse und auf den Rasen ergoß. »Was soll ich mit dem Garten machen?«

»Einfach . . . weiter wie bisher«, sagte Malcolm. »Halten Sie ihn sauber.« Er fand es nicht unpassend, das Terrain zu kultivieren, obwohl meiner Meinung nach die Natur, sich selbst überlassen, mit verstreutem Laub und höher wachsendem Gras die rohe Brutalität der angerichteten Zerstörung gemildert hätte.

Der Superintendent erblickte Arthur Bellbrook, kam zu ihm herüber und stellt ihm die gleichen Fragen wie ich. Auch ihn schien er gut zu kennen, zweifellos von den Ermittlungen wegen Moira, und wenn zwischen ihnen keine Freundschaft bestand, dann doch offensichtlich gegenseitiger Respekt.

Die Reporter machten sich, nachdem sie Gervase ausgequetscht hatten, an Malcolm, den Gärtner und den Kommissar heran. Ich entfernte mich, überließ ihnen das Feld und versuchte mit Ferdinand zu reden.

Er war abweisend und antwortete einsilbig oder mit Achselzucken.

»Wahrscheinlich«, sagte ich bitter, »wäre es dir lieber, ich läge zerfetzt und zermalmt unter dem ganzen Zeug da.«

Er sah auf die Tonnen eingestürzten Mauerwerks. »Nicht direkt«, sagte er kühl.

»Immerhin etwas.«

»Du kannst nicht erwarten, daß es uns gefällt, wenn du bei Malcolm in besonderer Gunst stehst.«

»Ihr hattet drei Jahre«, hob ich hervor, »in denen er nicht mit mir reden wollte. Warum habt ihr sie vergeudet? Warum habt ihr euch nicht selbst bei ihm in Gunst gesetzt?«

»Wir kamen nicht an Moira vorbei.«

Ich lächelte halb. »Ging mir genauso.«

»Wir reden von der Gegenwart«, sagte er. Er sah Malcolm überaus ähnlich, bis hin zu dem sturen Augenausdruck.

»Was soll ich denn tun, ihm davonlaufen und zulassen, daß er ermordet wird?« sagte ich.

»Davonlaufen ...«

»Deshalb will er mich doch bei sich haben – damit ich ihn nach Möglichkeit beschütze. Er hat mich gebeten, sein Leibwächter zu sein, und ich war einverstanden.«

Ferdinand starrte mich an. »Alicia sagte ...«

»Alicia ist verrückt«, unterbrach ich heftig. »Genau wie du. Sieh dich doch an. Habgier, Eifersucht und Bosheit, das alles hast du in dich reingelassen. Ich steche euch nicht bei Malcolm aus, das würde ich nie versuchen. Glaub zur Abwechslung mal daran, Bruder, dann ersparst du dir viel Angst.«

Enttäuscht wandte ich mich von ihm ab. Sie waren alle unlogisch, dachte ich. Sie hatten mich fast angefleht, meinen Einfluß bei Malcolm geltend zu machen, damit er aufhörte, Geld zu verschwenden und ihnen aus der Klemme half, und gleichzeitig glaubten sie, ich würde sie zu meinem Vorteil hintergehen. Andererseits waren die Menschen schon immer imstande gewesen, zwei einander widersprechenden Ideen gleichzeitig anzuhängen, auch im guten alten Rennsport gab es das. Stewards, Presse und Öffentlichkeit hatten vor Jahren einen glänzenden Trainer zum »unehrlichsten« gestempelt und einen großen Jockey zum »ehrlichsten« erklärt, wobei sie blind darüber hinweggingen, daß eben dieser vertrauenswürdige Jockey fast seine gesamte Laufbahn hindurch für den glänzenden Trainer geritten war. Ich hatte mal eine Karikatur gesehen, deren Text das schön zusammenfaßte: »Fester Glaube wird durch keine Tatsache erschüttert.«

Ich wünschte, ich hätte Ferdinand nicht angegriffen. Mein

Plan der Detektivarbeit von innen wurde bestimmt kein rauschender Erfolg, wenn ich meine Gefühle so leicht dazwischentreten ließ. Vielleicht hielt ich die Familie für ungerecht, vielleicht hielten sie mich für hinterlistig: Okay, sagte ich mir, akzeptier das alles und vergiß es. Ich hatte mich einen großen Teil meines Lebens mit ihren Ressentiments abfinden müssen, und es war höchste Zeit, daß ich dagegen immun wurde.

Leichter gesagt als getan, versteht sich.

Superintendent Yale war von den Reportern bedient. Die Familie hatte sich unterdessen in zwei größere Gruppen aufgeteilt, Viviens Sektion und Alicias Sektion, zwischen denen Joyce und ich zögernd herumstanden. Der Superintendent ging von einer Gruppe zur anderen und bat uns, mit auf die Polizeistation zu kommen. »Da Sie alle hier sind«, sagte er gerade, »können wir Ihre Aussagen ebensogut gleich aufnehmen, dann brauchen wir Sie später nicht zu belästigen.«

»Aussagen?« Gervase zog die Brauen hoch.

»Wo Sie gestern und letzte Nacht waren, Sir.«

»Großer Gott«, sagte Gervase. »Sie glauben doch nicht etwa, daß einer von uns das getan hat?«

»Das müssen wir eben herausfinden.«

»Es ist absurd.«

Keiner von den anderen sagte etwas, nicht einmal Joyce.

Der Kommissar beriet sich mit einem uniformierten Kollegen, der damit beschäftigt war, seine Männer um das Haus zu postieren, damit die immer zahlreicheren Schaulustigen ihm nicht zu nah kamen. Die Neuigkeit hatte sich offenbar herumgesprochen. Der Gratis-Guckkasten lockte schon die Nachbardörfer an, wenn nicht sogar Twyford.

Etliche Familienangehörige, darunter Malcolm, Joyce und ich, stiegen in die drei Polizeiautos, die in der Auffahrt standen, und Gervase, Ferdinand und Serena gingen zu Fuß zu den Wagen zurück, in denen sie gekommen waren.

»Ich würde es Alicia glatt zutrauen«, sagte Joyce finster zu dem Superintendent, als wir auf dem Weg zum Tor an ihnen vorbeifuhren, »daß sie ihre Brut angestiftet hat, Quantum in die Luft zu sprengen.«

»Haben Sie irgendwelche Gründe für diese Aussage, Mrs. Pembroke?«

»Aussage? Es ist eine Meinung. Sie ist ein Biest.«

Auf dem Beifahrersitz hoben und senkten Yales Schultern sich mit einem Seufzer.

Die Straße draußen war immer noch von Autos verstopft, und immer noch mehr Leute kamen angewandert. Yales Fahrer hielt neben dem Wagen von Joyce, den sie in ihrer Hast mitten auf der Straße hatte stehen lassen, und dirigierte sie, als sie wieder drinsaß, beim Umlenken. Mit ihr im Kielwasser gelangten wir dann zu dem Leihwagen, in dem Malcolm und ich gekommen waren; da er jedoch auf drei Seiten hoffnungslos von drei anderen abgeschlossenen Fahrzeugen eingepfercht war, ließen wir ihn stehen und fuhren mit dem Streifenwagen weiter.

Auf der großen, modernen Polizeiwache mit ihrem kugelsicheren Informationsschalter komplimentierte uns der Superintendent durch bruchfeste Türen in sein Büro und befahl einer Polizistin, Joyce auf eine Tasse Tee mit hinauszunehmen. Joyce ging unter Protest, und mit einem neuerlichen Seufzer bat uns Yale in seinem kahl wirkenden Arbeitsraum skandinavischen Stils Platz zu nehmen.

Er betrachtete uns brütend über den großen Schreibtisch hinweg. Er betrachtete seine Fingernägel. Er räusperte sich. Schließlich sagte er zu Malcolm: »In Ordnung. Sie brauchen es nicht auszusprechen. Ich glaube nicht, daß Sie Ihr Haus in die Luft sprengen würden, bloß um uns vorzugaukeln, daß Ihnen jemand nach dem Leben trachtet.«

Eine lange Pause entstand.

»Demzufolge«, sagte er, da wir beide schwiegen, »müssen wir den Überfall in der Garage ernster nehmen.«

Er hatte es schwer, dachte ich. Er strich mit Finger und Daumen an seinem dicken schwarzen Schnurrbart entlang und wartete auf eine Äußerung von uns, die immer noch nicht kam.

Er räusperte sich nochmals. »Wir werden unsere Anstrengungen, Moira Pembrokes Mörder zu finden, verdoppeln.«

Malcolm rührte sich schließlich, holte seine Zigarrendose heraus, steckte eine Zigarre in den Mund und klopfte seine Taschen nach Streichhölzern ab. Ein Plastikschild auf Yales Schreibtisch besagte *Rauchen unerwünscht.* Malcolm ließ seinen Blick kurz darauf ruhen, zündete das Streichholz an und sog die Flamme in den Tabak.

Yale beschloß nicht zu protestieren und brachte aus einer unteren Schreibtischlade einen gläsernen Aschenbecher zum Vorschein.

»Ich wäre schon zweimal tot«, sagte Malcolm, »wenn Ian nicht wäre.«

Er berichtete Yale von dem Wagen, der in Newmarket geradewegs auf uns zugeschossen war.

»Warum haben Sie das nicht angezeigt, Sir?« sagte Yale stirnrunzelnd.

»Was meinen Sie wohl?«

Yale strich seinen Schnurrbart und schwieg.

Malcolm nickte. »Ich war es leid, auf Unglauben zu stoßen.«

»Und, ehm . . . gestern abend?« fragte Yale.

Malcolm erzählte ihm von unserem Tag in Cheltenham und von den Zimmertüren in Quantum. »Ich wollte in meinem eigenen Bett schlafen. Ich war müde. Ian war strikt dagegen und fuhr uns nach London.«

Yale sah mich fest an. »Hatten Sie eine Vorahnung?«

»Nein, ich glaube nicht.« Ich hatte kein Frösteln gespürt wie in meiner Wohnung. Vielleicht hatte die Vorahnung bei mir daheim sich auf das Haus bezogen. »Ich hatte einfach . . . Angst«, sagte ich.

Malcolm warf mir einen interessierten Blick zu.

Yale sagte: »Wovor?«

»Nicht vor Bomben«, erwiderte ich. »Daran habe ich nie gedacht. Angst, daß jemand im Haus wäre. Ich hätte da nicht schlafen können, das ist alles.« Ich hielt inne. »Ich hatte selbst gesehen, wie der Wagen in Newmarket auf meinen Vater losfuhr – schließlich hat er mich am Bein erwischt – und natürlich glaubte ich ihm den Überfall und die Gasgeschichte in der Garage. Ich wußte, daß er Moira nicht umgebracht hatte, oder sie von jemand anders hätte umbringen lassen. Ich glaube voll und ganz, daß er in größter Gefahr ist. Wir sind herumgezogen und haben bis diese Woche niemand wissen lassen, wo wir uns aufhalten.«

»Meine Schuld«, sagte Malcolm düster. »Ich wollte unbedingt wieder her. Ian war dagegen.«

»Als die Türen verstellt waren«, sagte ich, »war es Zeit zu gehen.«

Yale dachte eine Weile still darüber nach und fragte dann: »Haben Sie, als Sie sich in dem Haus umschauten, außer den Türen noch etwas Ungewöhnliches bemerkt?«

»Nein, nichts.«

»Nichts, was fehl am Platz war? Oder von seinem Platz verschwunden?«

Ich dachte an die atemlose, herzklopfende Suche zurück. Wer immer die Türen angerührt hatte, mußte zumindest ins Büro und ins Eßzimmer geschaut haben. Um die Position der anderen Türen hatte ich mich nicht gekümmert, nur die von der Küche zum Flur hatte ich geschlossen. Es konnte sein, daß jemand in sämtliche Zimmer des Hauses geschaut hatte.

»Nein«, sagte ich schließlich. »Sonst kam mir nichts verändert vor.«

Yale seufzte wieder. Er seufzte ziemlich viel. »Sollte Ihnen später noch etwas einfallen, geben Sie mir Bescheid.«

»Ja, in Ordnung.«

»Der Zeitraum, mit dem wir es zu tun haben«, sagte er, »liegt zwischen 15.40 Uhr, als der Gärtner mit den Hunden nach Hause ging, und 22.30 Uhr, als Sie von Cheltenham wiederkamen.« Er schürzte die Lippen. »Wann wären Sie heimgekommen, wenn Sie nicht auswärts gegessen hätten?«

»Wir wollten auswärts essen«, sagte Malcolm. »Deswegen hatte Arthur die Hunde.«

»Ja, aber wenn ...«

»Gegen 18.30 Uhr«, sagte ich. »Wenn wir nach dem letzten Rennen direkt heimgefahren wären.«

»Wir haben auf dem Rennplatz noch ein Glas getrunken«, sagte Malcolm. »Ich einen Scotch, Ian irgendwelchen schäumenden Fusel.« Er tippte Asche in den Aschenbecher. Er genoß es, daß Yale ihm endlich Glauben schenkte, und war offenbar in Redelaune.

»Ian nimmt an«, sagte er, »daß ich damals wahrscheinlich direkt vor der Küchentür bewußtlos geschlagen worden bin, und daß man mich geradewegs von dort in die Garage getragen, nicht geschleift hat und daß es jemand war, den die Hunde kannten, da sie nicht gebellt haben. Sie sind an der Küchentür auf und ab gesprungen, wie sie es tun, wenn einer kommt, den sie kennen; daran entsinne ich mich. Aber sie springen sowieso rum, wenn es Zeit für ihren Spaziergang ist, deshalb habe ich mir nichts dabei gedacht.« Er inhalierte eine Menge Qualm und entließ ihn in die vordem reine Luft des Superintendent. »Ach ja, und zu den Fingerabdrücken . . .« Er wiederholte, was ich über Feuerwehrgriffe gesagt hatte.

Yale sah mich neutral an und glättete seinen Schnäuzer. Er war schwer zu durchschauen, dachte ich, vor allem weil er nicht durchschaut werden wollte. Ich nahm an, daß alle Polizeibeamten derartige Schranken errichteten und wie Ärzte und Anwälte nicht unbesehen glaubten, was man ihnen erzählte, so böse auch ein ehrlicher Mann darüber werden konnte.

Er war vermutlich vierzig, fünfundvierzig, und bei seinem Dienstgrad mußte er tüchtig sein. Er sah aus, als gönne er sich gewohnheitsmäßig zu wenig Bewegung und zu viele Sandwiches, und machte nicht den Eindruck, als sonne er sich in seiner Macht. Vielleicht konnte er jetzt, wo er seinen vorschnellen Verdacht gegen Malcolm aufgegeben hatte, den Fall sogar lösen – allerdings hatte ich gehört, daß die große Mehrzahl der Kriminellen im Gefängnis saß, weil man sie verraten, nicht weil man sie ertappt hatte. Ich wünschte ihm den Erfolg sehr. Ich wünschte, er hätte sich spontan überwinden können, seine Gedanken mitzuteilen, nahm aber an, daß er darauf trainiert war, das nicht zu tun. Jedenfalls behielt er sie bei dieser Gelegenheit für sich und ich meine für mich; vielleicht war es schade drum.

Eine Polizistin kam herein und sagte gehetzten Blickes, sie wisse nicht wohin mit der Familie Pembroke.

Yale überlegte kurz und forderte sie auf, alle in sein Büro zu führen. Malcolm sagte: »Ogott«, zog heftig an seiner Zigarre, und wenig später traf die ganze Truppe ein.

Ich stand auf, und Alicia setzte sich sofort an meinen Platz. Vivien und Joyce funkelten vereint den noch sitzenden Malcolm an, um ihn zum Aufstehen zu bewegen, aber er rührte sich nicht. Ich verschluckte ein Lachen. Welcher von beiden hätte er wohl seinen Platz überlassen können, ohne außereheliches Blutvergießen hervorzurufen?

Mit ernstem Gesicht bat Yale die Polizisten, noch zwei Stühle zu holen, und ich konnte nicht einmal abschätzen, ob er belustigt oder bloß praktisch war. Als Vivien und Joyce angemessen thronten, blickte er in die Runde und zählte uns: Dreizehn.

»Wer fehlt?« fragte er.

Es gab diverse Antworten: »Meine Frau Debs«, »Thomas, mein Mann«, »Ursula natürlich.«

»In Ordnung. Also, wenn irgendwer von Ihnen etwas über die Explosion in Quantum weiß oder eine Vermutung hat, dann möchte ich das jetzt hören.«

»Terroristen«, deutete Vivien an.

Alle ignorierten sie, und niemand sonst meldete sich zu Wort.

»Da Sie schon einmal hier sind«, sagte Yale, »möchte ich Sie alle um die Beantwortung gewisser Fragen bitten. Mein Stab wird Ihre Antworten schriftlich festhalten, und danach können Sie selbstverständlich gehen. Die Fragen sind, was haben Sie gestern von drei Uhr nachmittag bis Mitternacht gemacht, was haben Sie Dienstag vor einer Woche um die gleiche Zeit gemacht, und was haben Sie Freitag vor zwei Wochen gemacht, ebenfalls zwischen 15 Uhr und Mitternacht.«

Edwin sagte mürrisch: »Die meisten Fragen davon haben

wir schon diesem blöden West beantwortet. Es ist doch eine Zumutung, das jetzt nochmal durchzukauen.«

Einige andere nickten.

Yale sah verständnislos drein. »Wer ist West?«

»Ein Detektiv«, sagte Berenice. »Den habe ich ganz schön abfahren lassen, das können Sie mir glauben.«

»Er war furchtbar hartnäckig«, erinnerte sich Helen ärgerlich. »Ich sagte ihm, ich könnte mich unmöglich genau erinnern, aber er bohrte trotzdem weiter.«

»Gräßlicher kleiner Mann«, warf Serena ein.

»Er sagte, ich sei *illegitim*«, klagte Gervase bitter. »Das wußte er, dank Joyce.«

Yales Mund ging auf und zu, und er holte tief Luft. »Wer ist West?« fragte er eindringlich.

»Ein Bursche, den ich engagiert habe«, sagte Malcolm. »Privatdetektiv. Beauftragte ihn, herauszufinden, wer mir ans Leben wollte, da ich annahm, daß die Polizei nicht weiterkam.«

Yale bewahrte mehr oder weniger Haltung. »Trotzdem«, sagte er, »beantworten Sie die Fragen bitte noch einmal. Und diejenigen von Ihnen, die ohne Ehepartner hier sind, antworten bitte so gut es geht auch für die Partner.« Er blickte in die Gesichter ringsum, und ich hätte schwören können, daß er verwirrt war. Ich schaute hin, um zu sehen, was er gesehen hatte, und ich erblickte die Gesichter von Durchschnittsmenschen, nicht von Mördern. Durchschnittsmenschen mit Sorgen und Problemen, mit Eigenarten und Ressentiments. Menschen, die betroffen und beunruhigt waren über die Zerstörung des Hauses, in dem die meisten von ihnen gelebt und das sie alle besucht hatten. Unmöglich, daß einer von ihnen ein Mörder war, dachte ich. Es mußte doch ein Außenstehender sein.

Ich war sehr erleichtert über diese Schlußfolgerung, bis ich begriff, daß mir jeder Vorwand recht war, um nicht einen Mörder in unserem Kreis suchen zu müssen; und doch mußten wir einen finden, wenn Malcolm am Leben bleiben sollte. Die Zwickmühle bestand noch.

»Das wär's erst mal«, sagte Yale und erhob sich. »Mein Stab

wird Ihre Aussagen in den Vernehmungszimmern aufzeichnen. Und Mr. Pembroke senior, bleiben Sie noch einen Augenblick hier? Und auch Mr. Ian Pembroke? Es sind noch die Anordnungen wegen des Hauses zu treffen.«

Die Familie ließ mich ungern zurück. »Es ist meine Aufgabe, nicht Ians, mich um alles zu kümmern. Ich bin der Ältete.« Dies von Donald. »Du brauchst jemand, der sich auskennt.« Dies von Gervase, mit schwerer Stimme. »Es ist nicht Ians Haus.« Verdrossenheit von Edwin.

Yale schaffte es jedoch, sie alle hinauszubugsieren, und sobald die Tür wieder zu war, sagte ich: »Während sie befragt werden, bringe ich meinen Vater hier weg.«

»Das Haus . . .« begann Malcolm.

»Um das Haus kümmere ich mich später. Wir verschwinden jetzt hier, aber sofort. Wenn Superintendent Yale uns einen Polizeiwagen zur Verfügung stellt, ist es gut; wenn nicht, nehmen wir den Bus oder ein Taxi.«

»Innerhalb vernünftiger Grenzen können Sie ein Polizeiauto haben«, sagte Yale.

»Ausgezeichnet. Dann, ehm . . . lassen Sie nur meinen Vater schon zum Bahnhof bringen. Ich bleibe noch.«

»In Ordnung.«

Zu Malcolm sagte ich: »Fahr nach London. Geh dahin, wo wir gestern übernachtet haben. Nimm denselben Namen. Telefonier nicht rum. Laß um Gottes willen niemand wissen, wo du steckst.«

»Du bist verdammt überheblich.«

»Ja. Hör diesmal auf mich.«

Malcolm warf mir einen blau funkelnden Blick zu, stubste seine Zigarre aus, stand auf und ließ die rote Wolldecke von seinen Schultern auf den Boden gleiten.

»Wo werden Sie sein?« fragte ihn Yale.

»Nicht antworten«, sagte ich schroff.

Malcolm blickte erst mich, dann den Superintendent an. »Ian weiß, wo ich mich aufhalte. Wenn er's Ihnen nicht sagen will, erfahren Sie es nicht. Gervase hat mal versucht, etwas aus ihm herauszuholen, indem er ihn verbrannt hat, und es war zwecklos. Er hat heute noch die Narben . . .« Er wandte sich an mich. ». . . stimmt's?«

»Malcolm!« protestierte ich.

Malcolm sagte zu Yale: »Ich habe Gervase eine Tracht Prügel verabreicht, die er nie vergessen wird.«

»Und er hat mir nie verziehen«, sagte ich.

»Verziehen? Was denn? Du hast doch nicht gepetzt. Das war Serena. Sie war noch so klein, daß sie gar nicht richtig begriff, was sie gesehen hatte. Gervase konnte ein echter Tyrann sein.«

»Komm«, sagte ich, »wir vergeuden Zeit.«

Superintendent Yale folgte uns aus seinem Büro und ordnete einen Fahrer für Malcolm ab.

»Ich komme mit dem Wagen, sobald ich ihn wegkriege«, sagte ich zu ihm. »Geh nicht einkaufen, ich besorge uns schon was. Sei *bitte* vernünftig.«

»Versprochen«, sagte er; aber Malcolms Versprechungen waren nicht unbedingt bindend. Er ging mit dem Fahrer hinaus, und ich beobachtete von der Eingangstreppe der Polizeistation seine Abfahrt und vergewisserte mich, daß niemand von der Familie ihn gesehen hatte oder ihm folgen konnte.

Yale äußerte sich nicht dazu, winkte mich aber wieder in sein Büro. Dort gab er mir eine Auswahlliste renommierter Bauunternehmer und stellte mir sein Telefon zur Verfügung. Ich wählte aufs Geratewohl eine der Firmen an, erklärte, um was es ging, und Yale übernahm den Hörer selbst und bestand darauf, daß nur der nötigste Wetterschutz anzubringen sei und der Schutt nicht transportiert werden dürfe, bis die Polizei grünes Licht gab.

»Wenn der Fahrer vom Bahnhof wiederkommt«, sagte er zu mir, als er aufgelegt hatte, »kann er Sie noch zu Ihrem Wagen zurückbringen.«

»Vielen Dank.«

»Ich muß sagen, ich verlasse mich darauf, daß Sie die Verbindung zwischen mir und Ihrem Vater aufrechterhalten.«

»Wenn Sie wollen, rufe ich hier jeden Morgen an.«

»Mir wäre viel lieber, ich wüßte, wo er ist.«

Ich schüttelte den Kopf. »Je weniger Leute das wissen, desto besser.«

Er konnte mir nicht gerade übertriebene Sicherheitsmaßnahmen vorwerfen, also ließ er es dabei und fragte statt dessen: »Womit hat Ihr Stiefbruder Sie denn verbrannt?«

»Mit einer Zigarette. Halb so wild.«

»Und was wollte er herausbringen?«

»Wo ich meinen neuen Kricketschläger versteckt hatte«, gab ich zur Antwort; aber an sich war es nicht um Kricketschläger, sondern um Illegitimität gegangen, nur hatte ich das damals im Gegensatz zu heute nicht gewußt.

»Wie alt waren Sie beide?«

»Ich war elf. Gervase demnach dreizehn.«

»Weshalb haben Sie ihm den Schläger nicht gegeben?« fragte Yale.

»Es war nicht der Schläger, den ich ihm mißgönnt habe. Es war die Genugtuung. Gehört das auch zu Ihren Ermittlungen?«

»Alles«, sagte er lakonisch.

Der Leihwagen stand frei, als ich wieder hinkam, und da seine Schnauze in die Richtung wies, fuhr ich ihn erst einmal nach Quantum. Dort waren immer noch erstaunlich viele Leute, und ich konnte die inzwischen verstärkte Schranke vor der Einfahrt erst passieren, nachdem die wachhabenden Polizisten sich über Funk mit Superintendent Yale verständigt hatten.

»Entschuldigen Sie, Sir«, sagte einer von ihnen, als sie mich schließlich durchließen. »Anordnung des Superintendents.«

»Ich nickte, fuhr weiter und parkte vor dem Haus zwischen zwei Streifenwagen, die vermutlich zurückgekommen waren, nachdem sie die zahlreichen Familienmitglieder zu ihren fahrbaren Untersätzen gebracht hatten.

Ich hatte mich bereits an den Anblick des Hauses gewöhnt; es sah nach wie vor schrecklich aus, konnte mich aber nicht mehr erschüttern. Ein weiterer Polizist kam zielstrebig auf mich zu, als ich ausstieg, und fragte mich, was ich wollte. Im Erdgeschoß durch die Fenster sehen, sagte ich.

Er hörte über Funk nach. Der Superintendent erwiderte, ich könne durch die Fenster sehen, wenn der Beamte an meiner Seite bliebe und ich ihn auf alles hinwiese, was mir merkwürdig vorkam. Dazu war ich gern bereit. In Begleitung des Beamten ging ich zu dem noch erkennbaren Hausflur hinter der massiven Eingangstür, die mitsamt Rahmen hinausgesprengt worden war, als das Mauerwerk zu beiden Seiten nachgegeben hatte.

QUANTUM IN ME FUIT lag mit dem Gesicht nach unten im Kies. Ich habe mein Bestes getan. Das Beste eines anderen, dachte ich, dankbar, noch am Leben zu sein, hatte nicht ganz genügt.

»Gehen Sie nicht rein, Sir«, warnte der junge Polizeibeamte. »Da kann noch mehr runterkommen.«

Ich versuchte nicht, hineinzugehen. Die Halle war angefüllt mit Decken, Fußböden und Wänden aus dem oberen Stock, ein einziger großer Haufen, spärlich erhellt durch das Licht aus dem Hintergarten. Irgendwo in dem Haufen lagen Malcolms sämtliche Kleider bis auf die, die er in Cheltenham getragen hatte, seine ganzen Vikunjamäntel und handgearbeiteten Schuhe, die gold und silbernen Bürsten, die er bei seiner Flucht nach Cambridge eingepackt hatte, und irgendwo auch das Portrait von Moira.

Pfeilförmige Möbelsplitter ragten aus der Verwüstung hervor wie die Arme Ertrinkender, und staubige, unkenntliche Stoffetzen flatterten verloren, wenn sie ein Windstoß erfaßte. Auch alles, was ich aus meiner Wohnung mitgebracht hatte, lag hier begraben, mit Ausnahme meiner Rennsachen - Sattel, Helm und Reittasche - die neben Malcolms Aktenmappe noch im Kofferraum des Autos waren. Wahrscheinlich ließ sich alles ersetzen; und ich war unglaublich froh, daß ich nicht daran gedacht hatte, das silbergerahmte Foto von Coochie und den Jungs mit herzubringen.

Überall vor dem Haus lag Glas, das aus den zerbrochenen

Fenstern gefallen war. Mit dem Polizisten im Schlepptau ging ich knirschenden Schrittes zum Büro hinüber, vorbei an den Trümmern der Toilette im Erdgeschoß, wo eine halb zerstörte Wand die Rohrleitungen ausgeschaltet hatte.

Die Bürowände selbst waren wie die Küchenwände unbeschädigt, doch die Tür des Büros, die ich so sorgfältig angewinkelt hatte, stand weit offen, und auch durch die ergoß sich ein Gletscher aus Ziegeln und Putz. Die Druckwelle, die durch den Raum gegangen sein mußte, bevor sie durch die Fenster barst, hatte jedes unbeschwerte Blatt Papier gelüftet und auf dem Boden neu verteilt. Die meisten Gemälde und zahllose kleinere Gegenstände lagen auch dort unten, einschließlich des Schreibtischbechers mit dem Draht. Bis auf das antike Facettenglas eines wunderschönen kombinierten Bücherschranks, der auf einer Seite stand, sah alles Wesentliche wiederherstellbar aus, obwohl es schon ein Problem sein würde, den Staub zu entfernen.

Ich schaute ziemlich lange durch die Öffnungen der Bürofenster, mußte mich aber schließlich geschlagen geben. Zu vieles war durcheinandergeraten, als daß ich etwas besonders Auffälliges hätte feststellen können. Mir war ja schon am Abend vorher, als ich Malcolms Aktenmappe holte, nichts darin aufgefallen, und da hatte ich mit vor Angst hellwachen Sinnen nachgesehen.

Kopfschüttelnd ging ich um das Haus herum, vorbei an der noch geschlossenen und fest verriegelten Tür, die vom Korridor auf den Garten führte. Bis zu ihr war die Explosion nicht gedrungen, sie hatte sich an näheren Zielen verausgabt. Ich kam zu der langen, efeubewachsenen Nordwand des alten Spielzimmers und bog um sie herum in den Hintergarten.

Die Polizei hatte Pfähle in den Rasen getrieben und Seile dazwischengespannt, um eine Grenze zu markieren, die niemand überschreiten durfte. Hinter der Absperrung harrten die Leute aus, staunten, schwätzten, zeigten mit dem Finger; wer sich satt gesehen hatte, wanderte über die Felder zurück. Mittendrin hielt Arthur Bellbrook, flankiert von den Hunden, umringt von einem Halbkreis respektvoller Zuhörer, eine kleine Audienz ab. Die Reporter und Pressefotografen waren anscheinend verschwunden, doch andere Kameras klickten noch unentwegt. Das Ganze hatte etwas von einem geregelten Ablauf, der mir völlig widersinnig vorkam.

Den Gaffern den Rücken kehrend, blickte ich durch das Spielzimmerfenster und sah es, wie das Büro, genau aus dem entgegengesetzten Winkel von gestern abend. Außer der Rumpelkammer und meinem Zimmer war es der einzige Raum, den Moira nicht verändert hatte, und es sah immer noch wie das private Reich von Kindern aus, das es vierzig Jahre lang gewesen war.

Die alten abgenutzten Sessel standen noch ebenso dort wie der große Tisch, der seinerzeit mit etwas Phantasie als Fort, Ozeandampfer, Raumschiff und Kerker hergehalten hatte. Die langen Regale an der Nordwand trugen immer noch Generationen von Modelleisenbahnen, Baukästen, Brettspielen und Plüschtieren. Robin und Peters nagelneue Fahrräder, die eine Woche vor dem Unfall die Freude ihres Lebens darstellten, waren noch aufgebockt. Poster von Popgruppen klebten an den Wänden, und ein Bücherbord quoll über von Geschmacksverirrungen.

Die Explosion auf der anderen Seite der dicken tragenden Wand hatte im Spielzimmer weniger Schaden angerichtet als irgendwo sonst, wo ich bisher nachgeschaut hatte; nur die zerbrochenen Fenster und der allgegenwärtige, vom Gang hereingeflutete Staub bezeugten, daß etwas passiert war. Ein paar Teddybären waren vom Regal gefallen, aber die Räder standen noch.

Irgend etwas fehl am Platz, irgend etwas Fehlendes, hatte Yale gesagt. Ich hatte gestern abend nichts Derartiges gesehen und konnte es auch jetzt nicht.

Mit einem frustrierten Achselzucken lief ich um die ausgespienen Innereien des Hauses herum und blickte auf der anderen Seite durch die Eßzimmerfenster. Wie das Spielzimmer war auch das Eßzimmer relativ unbeschädigt, doch hier hatte die Explosion vom Flur her direkt eingeschlagen, den inzwischen vertrauten Geröllpfad hinterlassen und alles mit einer dicken Grauschicht überzogen. Auf ewig würde ich Explosionen gleichsetzen mit Staub.

Der lange Eßtisch, adrett umgeben von gradrückigen Stühlen, stand unverändert. Einige Wandteller waren von ihren Halterungen gefallen und zerbrochen. Die Anrichte war leer, aber das war sie schon vorher gewesen. Malcolm hatte gesagt, der Raum sei kaum noch benutzt worden, seit er und Moira sich aufs Brüllen verlegt hatten.

Ich ging weiter zur Küche und trat durch die Tür, sehr zur Erregung des Polizisten. Ich sagte ihm, ich sei schon einmal drin gewesen, um den Kiefernstuhl zu holen, den inzwischen jemand zurückgestellt hatte, und er beruhigte sich ein kleines bißchen.

»Die Tür da«, sagte ich und wies in eine Ecke, »führt in den Keller. Wissen Sie, ob dort schon jemand war?«

Er glaubte es nicht. Er war sich ziemlich sicher. Vom Keller hatte er niemand reden hören.

Die beiden Souterrainräume lagen unter der Küche und dem Eßzimmer, und ohne Beleuchtung war ich nicht scharf drauf, da hinunterzugehen. Aber ... was für eine Entschuldigung hatte ich, es sein zu lassen?

Malcolm lagerte dort einigen roten Bordeaux in Gestellen und hätte es bedauert, wenn die Flaschen zerbrochen wären. Coochie hatte den Keller für romantische Parties benutzt, mit Kerzenlicht, rotkarierten Tischtüchern und Zigeunermusik, und die Klapptische und -stühle waren noch dort gestapelt, zusammen mit dem gemischten Plunder von Jahrzehnten, der nicht mehr gebraucht wurde, aber zum Wegwerfen zu wertvoll war.

»Haben Sie eine Taschenlampe, Konstabler?« fragte ich.

Er hatte keine. Ich ging die holen, die ich aus Gewohnheit in dem Leihwagen deponiert hatte, und erkundete trotz seiner Mißbilligung das Souterrain. Immerhin kam er mit.

Zunächst einmal waren die Kellerräume trocken, was mich

erleichterte, denn ich hatte befürchtet, das Wasser aus dem Vorratstank und den geplatzten Rohren wäre hinuntergelaufen und hätte sie überschwemmt.

Keine von Malcolms Flaschen war zerbrochen. Die Kaminwand, die sich als stabile Grundmauer hier hinunterzog, hatte alles, was außerhalb von ihr war, unten ebenso fest abgeschirmt wie oben.

Die tristen Museumsstücke - ausrangierte Stehlampen, Schaukelstuhl, Ölbilder, Zinntruhe, Tigerfell, Kopfkissenkeil, Teewagen - erhielten ein kurzes Leben im Schein der Taschenlampe und versanken wieder im Schatten. Der gleiche alte Trödel, unverändert.

Man konnte nur wieder sagen, daß auch im Keller nichts fehl am Platz zu sein schien und nichts fehlte. Resigniert die Achseln zuckend führte ich uns nach oben und schloß die Tür.

Wieder draußen, warf ich einen Blick in die Garage, die völlig unberührt schien, und ging um sie herum zum Küchengarten. Das Glas in dem alten Gewächshaus war zerbrochen, und ich nahm an, Moiras kleine Torheit drüben auf der anderen Gartenseite hatte das gleiche Schicksal ereilt.

Herzlich gern wäre ich an das andere Ende des Küchengartens gegangen, um mich zu vergewissern, daß das Goldlager intakt war, doch die Anzahl interessierter Augen, die bereits auf mich gerichtet waren, zumal die von Arthur Bellbrook, hielten mich davon ab.

Die Mauer selbst sah allerdings stabil aus. Die Menschenscharen waren nicht in ihrer Nähe, da sie links hinten lag, die Leute aber von rechts über die Felder kamen.

Der Polizist stand neben mir, bereit, mich überallhin zu begleiten.

Achselzuckend zog ich mich zurück. Hab Vertrauen, dachte ich und fuhr nach London.

12

Malcolm hatte im Ritz eine Doppelsuite mit Blick auf den Green Park bekommen. Wie aus den Resten auf dem weiß betuchten Zimmerservicetisch hervorging, hatte er Straßburger Pastete und Seezunge zu Mittag gegessen und war bei der unteren Hälfte einer Flasche Krug angelangt.

»Was machen die Nerven?« sagte ich und stellte seine Aktenmappe neben ihn hin.

»Bist du verfolgt worden?« fragte er.

»Nein.«

Er gab sich alle Mühe, so zu tun, als hätte er sich wieder völlig in der Gewalt, doch ich erriet, daß die Bahnfahrt eine ängstliche und einsame Zerreißprobe gewesen war. Das sich verschärfende Trauma in seinem Innern war für mich schwer vorstellbar. Wie konnte jemand das Ziel tödlicher, unerbittlicher Gewalttätigkeit sein, ohne daß er schließlich zusammenbrach? Ich mußte eine bessere Lösung für ihn finden, als ihn in Millionärsklausen einzusperren. Ihm Sicherheit geben, seine Unbeschwertheit wiedergeben, ihn befreien.

»Ehm«, sagte ich, »dein Reisepaß ist hoffentlich noch in der Aktenmappe.«

»Ja.« Er hatte ihn in der Aktenmappe mit nach Paris genommen.

»Gut.«

Ein bestürzender Gedanke kam ihm. »Wo ist deiner?« fragte Malcolm.

»In den Trümmern. Keine Bange, ich besorge mir einen neuen. Hast du ein Visum für Amerika?«

»Ja. Ich hatte auch mal eins für Australien, aber die gelten nur ein Jahr. Wenn wir rüberfliegen, müssen wir uns im Australia House noch Visa ausstellen lassen.«

»Wie wär's, wenn du morgen nach Amerika fliegst?« sagte ich.

»*Morgen?*« Wie könnte ich?«

»Ich bringe dich heil nach Heathrow und lade dich ins Flugzeug.«

»Verdammt, das habe ich doch nicht gemeint.«

»Nein«, sagte ich. »Also ... die Breeders' Cup-Rennen finden morgen in drei Wochen in Santa Anita statt. Warum rufen wir nicht Ramsey Osborn an? Warum nicht den Trainer von Blue Clancy? Du kannst doch morgen nach Los Angeles fliegen und dir drei Wochen lang wunderbar die Zeit auf dem Rennplatz vertreiben. Da sind täglich Rennen auf der gleichen Bahn. Wie ich dich kenne, wirst du mit den Vereinsleitern sofort Freundschaft schließen. Osborn schickt ihnen sicher eine Empfehlung. Du kannst da absteigen, wo die Organisatoren des Breeders' Cup wohnen, im Beverly Wilshire Hotel. Ich habe gehört, es liegt ganz am Ende des Rodeo Drive, nicht weit von einem Herrenausstatter, der so exklusiv ist, daß man nur mit Voranmeldung reinkommt. Kauf dir ein paar Hemden dort, das reißt ein hübsches Loch in deine Brieftasche. Denk nicht mehr an Quantum. Vergiß die blöde Familie. Sie werden nicht wissen, wo du bist, und dich nie finden.«

Ich holte nur kurz Luft, damit er keine Einwände erheben konnte. »Am Dienstag nach dem Breeders' Cup steigt in Melbourne, Australien der Melbourne Cup. Das ist deren größtes Rennen. Das ganze Land sieht zu. Eine Menge Leute vom Breeders' Cup fliegen nach Australien weiter; bis dahin hast du 'zig Kumpel unter ihnen. Es soll ein herrliches Ereignis sein. Ich war nie dort und käme gern mal hin. Ich stoße zu dir, sobald mein Paß erneuert ist, und passe weiter auf dich auf – wenn du es dann noch willst.«

Anfangs hatte er apathisch zugehört, aber am Schluß lächelte er. Ich hatte die impulsive Verhaltensweise vorgeschlagen, die ihm stets gefallen hatte, und war froh zu sehen, daß sie ihm immer noch zusagte.

»Entschieden besser als im Ritz zu versauern«, erklärte er.

»Großartig«, sagte ich. »Schau die Nummern in deinem Adreßbuch nach.«

Es war bald geregelt. Blue Clancy würde zum Breeders' Cup geschickt, sofern seine Form es zuließ. Ramsey Osborn in Stamford, Connecticut versprach polternd, einen Draht zu fünfzehn, zwanzig sehr lieben Freunden herzustellen, die er verschiedentlich im Westen getroffen hatte. Konnte Malcolm unterwegs in Lexington Station machen und seine Augen an ein paar echten Vollblütern weiden? Osborn hatte sehr gute Freunde in Lexington, bei denen Malcolm herzlich willkommen wäre. Ramsey würde sie anrufen und alles in die Wege leiten. Bleibt am Telefon, Leute, sagte er; ich arrangiere das und rufe zurück. In Connecticut sei es Frühstückszeit, in Lexington noch eine Stunde früher. Er wolle mal sehen, ob das faule Pack schon aus den Federn sei.

Ob sie es waren oder nicht, nach kaum zwanzig Minuten rief Ramsey zurück. Wie vorher sprach Malcolm vom Wohnzimmeranschluß aus, ich von der Nebenleitung in meinem Schlafzimmer.

»Alles klar«, sagte Ramsey. »Sie erwarten dich morgen, Malcolm, und ich fliege Sonntag runter. Es ist wirklich ein nettes Gespann, du wirst sie mögen. Dave und Sally Cander. Dogwood Drift Farm, außerhalb Lexington.« Er gab die Telefonnummer durch. »Hast du das?«

Malcolm hatte es.

Ramsey fragte, wo Malcolm während des Breeders' Cup wohnen wolle. »Beverly Wilshire? Besser geht's nicht. Der Mittelpunkt des Universums. Ich mache gleich die Reservierung.«

Malcolm erklärte, er brauche eine Zweizimmersuite für sich und mich. Geht klar, meinte Ramsey. Kein Problem; bis dann. Wir hätten den Morgen für ihn gekrönt, sagte er und wünschte uns einen schönen Tag.

Das Wohnzimmer wirkte kleiner und ruhiger, als er aufgelegt hatte, aber Malcolm war sichtlich neu belebt. Wir nahmen gleich ein Taxi zum Australia House, wo Malcolm unverzüglich sein Visum bekam, und hielten auf dem Rückweg erst an seiner Bank, da die Travellerschecks knapp wurden, und dann kurz vor dem Ritz am Piccadilly, um bei Simpson Wäsche und Kleider einzukaufen sowie Koffer, in denen wir sie verstauen konnten. Malcolm bezahlte mein ganzes Zeug mit seiner Kreditkarte, worüber ich erleichtert war. Ich hätte ihn ungern direkt gebeten, mir die Reise nach Kalifornien zu bezahlen, aber er hatte schon selbst an meine Finanzen gedacht und gab mir an diesem Abend einen Riesenscheck, der noch für mehrere andere Reiseziele reichen würde.

»Dein Fluggeld und so weiter. Bezahl Arthur Bellbrook. Bezahl Norman West. Bezahl den Bauunternehmer für das Abdichten von Quantum. Bezahl den Leihwagen. Zahl deine Unkosten. Sonst noch was?«

»Tickets nach Australien?«

»Die holen wir morgen früh, ich bezahle sie dann zusammen mit meinem Flug nach Lexington. Wenn wir für dich ein undatiertes Ticket nach Los Angeles kriegen, kann ich das auch mitbezahlen.«

Wir machten einen Telefonplan aus. Er sollte mich nicht anrufen, ich würde ihn anrufen.

In guter Stimmung nahmen wir unser Dinner ein; der grauenhafte Morgen war endlich überdeckt.

Malcolm hob sein Glas: »Auf Blue Clancy« und »Auf den Rennsport« und »Auf das Leben.«

»Auf das Leben«, sagte ich.

Am Morgen fuhr ich ihn wie versprochen heil nach Heathrow und brachte ihn zu seiner Maschine nach Lexington via New York und Cincinatti. Er war immerhin halbwegs in Schwung und warf mir einen langen melancholischen Blick zu, ehe er abreiste.

»Ich weiß gar nicht, was ich dir alles zu verdanken habe«, sagte er.

»Du hast mir nichts zu verdanken.«

»Elende Moira«, sagte er unerwartet, blickte noch einmal zurück und winkte im Gehen.

Mit einem guten Gefühl rief ich vom Flughafen aus Superintendent Yale an, erwischte aber einen seiner Mitarbeiter: Der Chef war in Quantum und hatte eine Nachricht hinterlassen, falls ich anriefe, solle man mich fragen, ob ich zu ihm kommen könne. Ja, sagte ich, das könnte ich, und traf etwa vierzig Minuten später im Dorf ein.

Die Straße zum Haus war nicht so verstopft wie am Vortag, aber immer noch kamen und gingen ständig neue Wellen von Schaulustigen. Ich hielt am Tor, und nach einem Funkruf ließ der Posten mich durch. Ein anderer Polizist war an meiner Seite, sowie ich vor dem Haus anhielt. Es waren nicht die gleichen Beamten wie am Vortag.

Superintendent Yale erschien aus Richtung Küche, vermutlich von dem Wachposten am Tor verständigt.

»Wie geht es Mr. Pembroke?« fragte er und gab mir die Hand mit allen Anzeichen zweckgebundener Menschlichkeit.

»Mäßig«, sagte ich.

Er nickte verständnisvoll. Er trug einen Mantel und sah verfroren aus, als wäre er eine ganze Weile im Freien gewesen. Der leichte Wind von gestern hatte sich drastisch verschärft, und die Wolken wirkten bedrohlicher, als ziehe Regen auf. Yale warf einen besorgten Blick zum Himmel und bat mich, mit ihm in den Hintergarten zu kommen.

Die Hausfront sah traurig und blind aus; alle Fenster waren mit hellbraunem Sperrholz vernagelt, und eine schwere schwarze Plane, die unter dem Dach herabhing, verdeckte das Loch in der Mitte. Auf der Rückseite waren zwar die Fenster verschalt und die nackten Dachsparren abgedeckt, die verwüstete Mitte aber noch immer ungeschützt. Mehrere Männer in Helmen und Overalls arbeiteten dort, hoben Stücke aus dem riesigen Geröllhaufen auf und brachten sie zu einem Müllcontainer, der ein wenig entfernt auf der anderen Seite des Rasens stand.

»Haben die vor, das alles per Hand abzutragen?« fragte ich.

»Soviel wie nötig«, sagte Yale. »Wir haben eine Überraschung für Sie.« Er winkte einem Mann in einem beigen Overall mit blauem Helm, der zu uns herüberkam und mich nach meinem Namen fragte.

»Ian Pembroke«, sagte ich entgegenkommend.

Er zog den Reißverschluß seiner Brusttasche auf, griff hinein und holte ein zerdrücktes marineblaues Etwas hervor, das er mir mit einem zufriedenen Schmunzeln hinhielt. »Das brauchen Sie vielleicht noch.«

Nichts konnte wahrer sein. Es war mein Reisepaß.

»Wo haben Sie denn den gefunden?« sagte ich begeistert.

Er zuckte mit den Achseln und wies auf den Schutt. »Wir stoßen immer mal wieder auf was Unbeschädigtes. Die Sachen legen wir für Sie raus, aber erhoffen Sie sich nicht zuviel.«

Ich steckte den Paß in meinen neuen Simpson-Anorak und war froh, daß ich mir vor der Reise nun nicht die Hacken abzulaufen brauchte.

»Haben Sie auch Bürsten mit Gold- und Silberrücken gefunden?« fragte ich.

»Bisher nicht.«

»Das sind die Lieblingssachen meines Vaters.«

»Wir werden uns danach umsehen«, sagte er. »Dafür möchten wir, daß Sie uns jetzt auch behilflich sind.«

»Wenn ich kann.«

Er war ein hagerer, sehr professionell wirkender Mann, vermutlich Ende Vierzig, der einen Eindruck von Armee vermittelte. Er sagte, sein Name sei Smith. Er sei Sprengstoffexperte.

»Als Sie gestern früh herkamen«, sagte er, »haben Sie da irgend etwas gerochen?«

Ich war überrascht. Ich dachte zurück.

»Ziegelstaub«, sagte ich. »Der Wind hat ihn aufgewirbelt. Ich kriegte ihn in die Kehle.«

Er brummte. »Das sieht hier nach einer Gasexplosion aus, aber Sie sind ziemlich sicher, daß kein Gas im Haus war, ja?«

»Absolut sicher.«

»Wissen Sie, wie Kordit riecht?« fragte er.

»Kordit? Wie nach einem Schuß, meinen Sie?«

»Richtig.«

»M-hm, den Geruch kenne ich.«

»Und gestern morgen hat es hier nicht so gerochen?«

Ich sah ihn verwirrt an. »Es ist doch auf niemand geschossen worden«, sagte ich.

Er lächelte flüchtig. »Wissen Sie, was Kordit ist?« fragte er.

»Nicht genau.«

»Es war allgemein als Sprengstoff in Gebrauch«, sagte er, »bevor Nobel 1867 das Dynamit erfand. Es ist weniger stark als Dynamit. Man könnte es als hochwertiges Schießpulver bezeichnen, und in Steinbrüchen mancher Art wird es noch eingesetzt. Es explodiert vergleichsweise langsam, mit rund zweitausendfünfhundert Metern pro Sekunde oder etwas mehr. Es explodiert wie ein Gas. Es schlägt nicht wie ein Rammbock kleine Löcher durch die Wände. Es ist eher wie ein sich ausdehnender Ballon, der sie umwirft.«

Ich schaute auf das Haus.

»Ja, so«, meinte Smith.

»Kordit . . . Ich runzelte die Stirn. »Es sagt mir nichts.«

»Sein strenger Geruch hält nach«, erklärte er.

»Nun . . . wir kamen erst um zehn her, und die Explosion war früh um halb fünf, und es war recht windig, wenn auch nicht so rauh wie heute. Wahrscheinlich war schon jeder Geruch verweht.« Ich hielt inne. »Und die Leute, die vor uns hier waren? Was sagen die?«

»Die sind heute nicht hier«, erwiderte Smith knapp. »Ich habe sie nicht gefragt.«

»Mir hat keiner was von einem Geruch erzählt«, sagte ich.

Smith zuckte die Achseln. »Wir werden Mikroskoptests machen. Das würden wir ohnehin tun. Aber mir sieht es aus, als wäre Kordit sehr gut möglich.«

»Kann man Kordit kaufen?« fragte ich vage. »Bekommt das jeder?«

»Nein, auf keinen Fall«, sagte Smith bestimmt. »Vor zwanzig Jahren vielleicht, aber jetzt nicht mehr. Seit der Terrorismus zum Alltag gehört, unterliegen die meisten Sprengstoffe einer strengen Kontrolle. Für die Allgemeinheit ist es überaus schwer, da heranzukommen. Einige Explosivstoffe sind zwar auf dem freien Markt erhältlich, aber die Zünder dafür nicht.«

Ich merkte, daß ich bei Kordit an die geringen Mengen dachte, die in Schußwaffen verwendet wurden; um allerdings ein halbes Haus umzupusten . . .

»Wieviel Kordit hätte man hierfür gebraucht?« fragte ich, auf das Ergebnis deutend.

»Das habe ich noch nicht berechnet. Ziemlich viel.«

»Wie wäre es verpackt gewesen?«

»Beliebig.«

»Wie sieht es denn aus? Ist es wie Gelee?«

»Nein, da denken Sie an hochexplosives TNT. Das wird flüssig in die Sprengkörper gefüllt und geliert dann. Fliegerbomben sind von der Art. Kordit besteht aus losen Körnern, wie Schießpulver. Man muß es auf engstem Raum zusammenpressen, wenn es seinen Zweck erfüllen soll. Und man braucht Hitze, um die chemische Reaktion auszulösen, die dann in einem solchen Tempo abläuft, daß der Stoff zu explodieren scheint.«

»Scheint!« sagte ich und setzte hastig hinzu: »Okay, ich glaube es Ihnen, erklären Sie's nicht.«

Er warf mir einen etwas mitleidigen Blick zu, hörte aber mit seinem Vortrag auf und widmete sich wieder dem Durchforsten der Trümmer. Kommissar Yale fragte, ob irgendein Pembroke jemals mit einem Steinbruch zu tun gehabt habe. Nicht, daß ich wüßte, sagte ich. Es sei äußerst unwahrscheinlich.

»Oder hatte jemand Freunde, die Steinbrüche besaßen oder im Steinbruch gearbeitet haben?«

Ich wußte es nicht. Ich hatte nie davon gehört. Mein Blick schweifte ab von Smith und seinen Mitfahndern nach der Wahrheit, und ich wurde mehr auf die Zuschauer hinter dem Seil im Garten aufmerksam. Es waren nicht annähernd so viele wie am Vortag, aber die laufende Arbeit stellte offensichtlich auch eine Attraktion dar.

Arthur Bellbrook war wieder da und redete drauflos. Bestimmt genoß er den Ruhm, dachte ich. Er war derjenige gewesen, der Moira gefunden hatte, und jetzt kam das Haus dazu . . . Arthur redete, als gehöre ihm die Neuigkeit, wippte auf den Hacken und streckte den Bauch vor. Die angeleinten Hunde warteten ungeduldig. Ihnen machte es wohl nichts aus, daß Arthur sich zum vielleicht zwanzigsten Mal über Leben und Tod bei den Pembrokes ausließ.

Eine unwillkürliche Assoziation brachte Arthur mit Korditgeruch in Verbindung, und ich ahnte nicht warum, bis mir einfiel, wie er an dem Tag, als er dachte, ich sei ein Einbrecher, mit der Schrotflinte ins Haus gekommen war.

Ich verbrannte den vorwitzigen Gedanken, aber er stellte sich bald wieder ein und erklärte, er hätte nichts mit Arthur und Schrotflinten zu tun.

Womit denn?

Stirnrunzelnd suchte ich mich zu erinnern.

»Was ist los?« fragte Yale, der mich beobachtete.

»Nichts weiter.«

»Ihnen ist was eingefallen. Einer aus Ihrer Familie hat doch Verbindung zu Steinbrüchen, ja?«

»Ach wo«, lachte ich halb. »Das nicht. Der Korditgeruch . . .«

Der Geruch von Kordit an einem nebligen Morgen, und der Gärtner . . . nicht Arthur, sondern sein Vorgänger, der alte Fred . . . wie er uns Kindern sagte, wir sollten uns fernhalten, ganz von der Wiese verschwinden; er wollte nicht, daß uns die Köpfe wegflögen . . .

Ich erinnerte mich schlagartig, als flimmere die ganze Szene über eine Leinwand. Ich ging zu dem buddelnden Smith mit seinem blauen Helm hinüber und sagte ohne Umschweife: »Hat Kordit noch einen anderen Namen?«

Er richtete sich auf, einen Brocken Stein und Mörtel in der Hand.

»Schon«, sagte er. »Im Volksmund heißt es Schwarzpulver.«

Schwarzpulver.

»Warum?« sagte er.

»Nun, wir hatten hier mal welches. Allerdings vor langer Zeit, als wir noch Kinder waren. Muß mindestens zwanzig Jahre her sein, wenn nicht länger. Aber ich nehme an ... jemand von der Familie könnte sich daran erinnert haben ... wie ich gerade.«

Yale, der mir gefolgt war, um zuzuhören, sagte: »Woran erinnert?«

»Früher standen mal vier oder fünf große Weiden unten am Bach, auf der Wiese.« Ich zeigte hin. »Die man jetzt da sieht, sind erst rund zwanzig Jahre alt. Sie wachsen sehr schnell ... sie wurden nach dem Abholzen der alten Bäume gepflanzt. Das waren Prachtexemplare, riesengroß, fabelhaft.«

Yale machte eine drängende Handbewegung, als wollte er sagen, daß der Zustand längst vergangener Weiden, wie erhaben auch immer, belanglos sei.

»Sie hatten ihre Zeit gelebt«, sagte ich. »Bei Sturmwind krachten immer schwere Äste ab. Der alte Fred, der vor Arthur hier lange Zeit als Gärtner war, sagte meinem Vater, sie seien gefährlich und müßten runter, also hat er ein paar Waldarbeiter bestellt und sie abholzen lassen. Es war schrecklich, sie fallen zu sehen ...« Daß die halbe Familie geheult hatte, mochte ich Yale nicht erzählen. Die Bäume waren Freunde für uns gewesen, Spielplätze, Klettergerüste, tiefste rote Phantasieregenwälder – und nachher war alles viel zu hell, und die toten Riesen wurden zu Brennholz zersägt und auf Kartoffelfeuern verbrannt. Der Bach hatte verändert ausgesehen im prallen Sonnenschein; ziemlich gewöhnlich, statt durch geheimnisvollen Halbschatten zu fließen.

»Weiter«, sagte Yale mit verhaltener Ungeduld. »Was hat es mit den Bäumen auf sich?«

»Die Stümpfe«, sagte ich. »Die Holzfäller haben die Stämme dicht über dem Boden abgesägt, aber die Stümpfe stehen lassen, und niemand kriegte sie raus. Vom nächsten Bauernhof kam ein Traktor und versuchte es . . .« Eine große Zeit für uns damals, wir waren den ganzen Tag mitgefahren. »Jedenfalls klappte es nicht. Auch mit keiner anderen Methode waren die Stümpfe wegzukriegen, und Fred wollte sie nicht einfach faulen lassen, also beschloß er sie zu sprengen . . . mit Schwarzpulver.«

»Aha«, sagte Yale.

Schwarzpulver hatte sich irgendwie angehört, als wäre es etwas, das nur Piraten haben dürften. Wir waren sehr beeindruckt. Fred hatte sein Pulver geholt und ein Loch unter die hartnäckigen Wurzeln des ersten Stumpfes gegraben, das Pulver hineingetan und eine ungeheure Explosion ausgelöst. Es war ganz gut, daß er uns vorher von der Wiese geschickt hatte, denn die Detonation warf Fred selber um, obwohl er mindestens dreißig Meter weg gestanden hatte. Der erste Baumstumpf war aus dem Boden hervorgeschossen wie eine Kreuzung zwischen Elefant und Krake, aber Malcolm, der erschrokken angerannt kam, um zu sehen, was passiert war, untersagte Fred, die anderen zu sprengen.

Als ich das sinngemäß Yale und Smith erzählte, lief bereits die zweite Spule des Films vor mir ab, und ich unterbrach mich einigermaßen plötzlich, als mir aufging, an was ich mich da erinnerte.

»Fred«, sagte ich, »hat die Kiste Schwarzpulver wieder in den Geräteschuppen gebracht und uns ermahnt, sie niemals anzurühren. Wir waren zwar zu mancher Dummheit aufgelegt, aber so verrückt auch wieder nicht. Wir ließen die Finger davon. Und die Kiste blieb da, bis sie von anderem Gerümpel zugedeckt war und uns nicht mehr vor die Augen oder in den Sinn kam . . .« Ich schwieg und sagte dann: »Wäre nicht jeder Sprengstoff nach so langer Zeit unbrauchbar?«

»Dynamit würde sich in einem Geräteschuppen kaum länger als ein Jahr halten«, sagte Smith. »Nach einem heißen Sommer wäre es hin. Aber Schwarzpulver – Kordit – ist sehr haltbar, da sind zwanzig Jahre belanglos.«

»Worauf warten wir?« sagte Yale und ging auf den Geräteschuppen zu, der hinter der Garage auf der linken Seite des Küchengartens lag.

In den Geräteschuppen hatte ich gestern keinen Blick geworfen, aber selbst wenn ich ihn mir angesehen hätte, wäre mir das Schwarzpulver wohl nicht eingefallen. Die Erinnerung war zu tief begraben gewesen.

»Wo ist die Kiste?« fragte Yale.

Das Inventar des Geräteschuppens verblüffte mich. Ich war seit Jahren nicht mehr da drin gewesen, und in dieser Zeit war er von Fred auf Arthur übergegangen. Fred hatte eine umgedrehte Apfelsinenkiste gehabt, auf der er sitzen konnte, wenn es draußen schüttete; Arthur hatte einen alten Sessel. Fred hatte ein Tablett mit einem angeknacksten Becher und einer Dose Würfelzucker gehabt und sich seinen Tee im Haus geholt; Arthur hatte einen Elektrokessel. Fred hatte altes Werkzeug liebevoll gepflegt; Arthur hatte nagelneue Utensilien, von deren Griffen der Lack noch nicht abgeblättert war.

Hinter dem Werkzeug und dem Sessel, im Mittelteil des geräumigen Schuppens, befanden sich Dinge wie Rasenmäher, Kettensägen und Heckenscheren, und im äußersten dunklen Winkel war, ähnlich wie im Keller, das von der Zeit übergangene Treibgut in unordentlichen, vergessenen Haufen gestapelt.

Das Ganze sah denkbar unberührt aus, aber Yale rief zwei Polizisten und befahl ihnen, alles aus dem Schuppen herauszuholen und jeden Gegenstand einzeln auf den Boden zu legen. Smith kehrte zu den Trümmern zurück, doch Yale und ich schauten den Polizisten zu und erhielten Verstärkung von Arthur Bellbrook, der herbeigeeilt kam, sobald er sah, wo sie zugange waren.

»Was geht hier vor?« sagte er argwöhnisch.

»Wann haben Sie zuletzt den Geräteschuppen entrümpelt?« fragte Yale.

Arthur war verärgert und warf den Kopf zurück.

»Sagen Sie's doch«, bat ich ihn. »Wir möchten es nur wissen.«

»Ich hatte es vorgehabt«, verteidigte er sich. »Das ist Freds alter Krempel da hinten drin.«

Der Superintendent nickte, und alle beobachteten wir die schichtweise Bergung des verrosteten, zerbrochenen und hinfälligen Tands. Schließlich kam einer der Männer mit einer schmutzigen Holzkiste heraus, die ich zuerst nicht wiedererkannte, weil sie kleiner war als in meiner Erinnerung. Er stellte sie neben die anderen Sachen auf den Boden, und ich sagte zögernd: »Ich glaube, das ist sie.«

»Mr. Smith«, rief Yale.

Mr. Smith kam. Yale wies auf die Kiste, die etwa so groß war wie ein Limonadenkasten, und Smith hockte sich davor hin.

Sie war vernagelt. Mit einem alten Meißel stemmte er den Deckel auf und schlug das gelbliche Papier zurück, das zum Vorschein kam. In dem Papier, halb die Kiste ausfüllend, war tatsächlich schwarzes Pulver.

Smith beroch es und stocherte darin herum. »Das ist Kordit, ja, und noch in gutem Zustand. Da es aber hier ist, ist es offensichtlich nicht verwendet worden. Und in der Kiste wäre auch nicht annähernd genug gewesen, um das Haus derart zuzurichten.«

»Tja«, sagte ich kleinlaut, »es war nur eine Idee.«

»Ganz in Ordnung, die Idee«, meinte Smith. Er blickte auf die wachsende Gerümpelsammlung. »Haben Sie Zündkapseln gefunden?«

Er wies uns alle an, jede einzelne Schachtel und Blechbüchse zu öffnen: eine Menge rostige Krampen und Nägel kamen ans Licht, alte Vorhängeschlösser ohne Schlüssel und vergammelte Batterien, aber nichts, was er als zum Auslösen einer Explosion geeignet erkennen konnte.

»Bleibt offen«, sagte er, zuckte die Achseln und kehrte zu seinen Trümmern zurück.

Yale sagte Arthur, er solle das Kordit lassen, wo es war und könne mit dem Rest machen, was er wolle, und Arthur begann den Uraltmüll in den Container zu werfen.

Ich versuchte mich für die Zeitverschwendung zu entschuldigen, doch der Superintendent winkte ab.

»Wer von Ihren Geschwistern war noch dabei, als Sie gesehen haben, wie der Baumstumpf gesprengt wurde?«

Ich seufzte, aber es mußte wohl sein. »Gervase, Ferdinand und ich steckten damals immer zusammen, aber ein paar von den älteren waren auch da. Sie kamen noch, als sie schon erwachsen waren, öfter mal zum Wochenende. Vivien bestand darauf, damit Malcolm sie nicht etwa überging. Alicia haßte das. Jedenfalls weiß ich, daß Lucy da war, denn sie hat ein Gedicht geschrieben über Wurzeln, die blind in den Himmel schreien.«

Yale sah skeptisch drein.

»Sie ist Lyrikerin«, sagte ich lahm. »Hat einiges veröffentlicht.«

»Das Wurzelgedicht ist veröffentlicht worden?«

»Ja.«

»Na gut. Sie war also dabei. Wer noch?«

»Irgendeiner trug Serena auf den Schultern, als wir vor dem Knall von der Wiese runter mußten. Das wird Thomas gewesen sein. Er hat sie immer zum Lachen gebracht.«

»Wie alt waren Sie denn damals alle?« fragte Yale.

»Weiß ich nicht genau.« Ich dachte zurück. Alicia war nicht allzu lange danach hinausgerauscht. »Vielleicht war ich dreizehn. Gervase ist zwei Jahre älter, Ferdinand ein Jahr jünger. Lucy war dann, ehm ... so um die zweiundzwanzig und Thomas neunzehn. Serena müßte also sechs gewesen sein, und Donald ... ich weiß nicht, ob er da war oder nicht ... er war dann vierundzwanzig.«

Yale holte nachdenklich sein Notizbuch hervor und bat mich, die Altersangaben zu wiederholen, angefangen bei Donald.

»Donald vierundzwanzig, Lucy zweiundzwanzig, Thomas neunzehn, Gervase fünfzehn, ich dreizehn, Ferdinand zwölf, Serena sechs.«

»Gut«, sagte er und machte einen Punkt.

»Aber was spielt das für eine Rolle, wenn das Kordit noch hier ist?« sagte ich.

»Sie haben alle die Wucht der Explosion erlebt«, sagte er. »Sie haben alle gesehen, wie sie den Gärtner aus über dreißig Metern Entfernung umwarf, sagten Sie das nicht?«

Ich blickte auf das ramponierte Haus und meinte hilflos: »Keiner von ihnen hätte das tun können.«

Yale steckte sein Notizbuch weg. »Mag sein«, sagte er.

Smith kam zu uns herüber. »Sie haben mich auf eine Idee gebracht«, sagte er zu mir. »Sie und Ihre Baumstrünke. Können Sie mir einen Plan zeichnen, wo die Zimmer genau waren, besonders die im ersten Stock?«

Ich sagte, ich nähme es an, und wir drei gingen in die windgeschützte Garage, wo ich einen Bogen Papier auf die Kühlerhaube von Moiras Wagen legte und mein Bestes tat.

»Das Wohnzimmer erstreckte sich, wie Sie wissen, von der einen dicken Wand bis zur andern«, sagte ich. »Runde zehn Meter. Darüber« - ich zeichnete - »lag mein Zimmer, etwa zwei-fünfzig breit, drei-fünfzig tief, mit einem Fenster zum Garten auf der Schmalseite. Nebenan war Malcolms Schlafzimmer, so ungefähr fünf Meter breit und viel tiefer als meins. Der Gang machte da einen Bogen . . . und dann kam sein Badezimmer, ebenfalls mit Blick auf den Garten, und dahinter eine Art Garderobe, die auch auf den Gang führte . . .« Ich skizzierte es. »Malcolms Suite insgesamt wird auf der Gartenseite rund sieben Meter breit und fünf bis fünfeinhalb Meter tief gewesen sein.«

Yale studierte die Zeichnung. »Ihr Zimmer und die Suite zusammen hatten also mehr oder minder die gleichen Maße wie das Wohnzimmer?«

»Ja, ich denke.«

»Ein großes Haus«, bemerkte er.

»Früher war es noch größer. Die Küche war mal ein Frühstückszimmer, und wo jetzt die Garage ist, waren Küchen und Gesindekammern. Und auf der anderen Seite, wo jetzt der Gang auf den Garten führt, waren Jagdzimmer, Blumenzimmer und Musikzimmer, ein ziemlicher Kaninchenbau. Ich habe die Flügel selber nie gesehen, nur Fotos davon. Malcolm ließ sie abreißen, als er das Haus erbte, um es ohne die Dienerscharen, die seine Mutter hatte, führen zu können.

»Hm«, sagte Smith. »Das erklärt, wieso im Erdgeschoß keine Seitenfenster sind.«

»Ja«, stimmte ich zu.

Er lieh sich meinen Stift aus, stellte ein paar Berechnungen an und krauste die Stirn.

»Wo genau stand das Bett Ihres Vaters?«

Ich zeichnete es ein. »Das Bett stand an der Wand zwischen seinem Zimmer und dem großen Flur im ersten Stock, der eine Art offener Wohnraum über der Halle war.«

»Und Ihr Bett?«

»An der Wand zwischen meinem und Malcolms Zimmer.«

Smith betrachtete den Grundriß einige Zeit und sagte dann: »Ich glaube, die Ladung hier wurde zentral angebracht. Hatte Ihr Vater vielleicht zufällig eine Truhe oder so etwas am Fußende seines Bettes?«

»Ja«, sagte ich überrascht. »Einen länglichen Kasten mit gepolstertem Deckel zum Draufsitzen. Darin hat er früher, als er noch spielte, seine Tennissachen aufbewahrt.«

»Dann nehme ich an, daß es da zur Explosion gekommen ist, oder unter dem Bett Ihres Vater. Aber wenn eine Truhe am Fußende stand, dann tippe ich darauf.« Er borgte sich erneut den Stift, um zu rechnen, und sah schließlich unschlüssig drein.

»Was ist?« fragte ich.

»Hm ... tja, wegen Ihrer Baumstrünke fiel mir ein Sprengstoff ein, den Bauern und Gutsbesitzer manchmal verwenden, der aber ungefährlicher ist als Kordit. Sie sprengen damit Baumstümpfe, räumen verstopfte Gräben frei und dergleichen. Man kann die Ingredienzen überall frei kaufen und sie selbst zusammenmischen.«

»Das klingt ja erstaunlich«, sagte ich.

Er lächelte ein wenig. »Die Zündkapseln dafür sind nicht so leicht zu kriegen.«

»Was ist es denn?« fragte ich.

»Dünger und Dieselöl«, sagte Smith.

»Was?« Ich hörte mich enttäuscht an, und Smiths Lächeln wurde breiter.

»Ammoniumnitrat«, sagte er. »Man kann es in Form feiner Körner beim Floristen, in Gartencentern und ähnlichen Geschäften kaufen. Man mischt es mit Dieselöl. Kinderleicht. Soweit ich mich entsinne, aber genau müßte ich das erst noch mal nachsehen, kommen sechzehn Teile Dünger auf ein Teil Öl. Das einzige Problem ist« - er kratzte sich an der Nase - »man braucht wohl eine ganze Menge davon, um einen Schaden wie den vorliegenden anzurichten. Ich müßte das auch erst wieder nachsehen, aber ich meine mich zu erinnern, es wäre der Rauminhalt in Kubikmetern durch drei, in Kilo gerechnet.«

»Was für ein Rauminhalt?« fragte ich.

»Von dem Bereich, den Sie freisprengen wollen.«

Er las den Ausdruck gemischter Gefühle in meinem Gesicht und befaßte sich zunächst mit dem Wissensdefizit.

»Sagen wir, Sie wollen eine wirkungsvolle Zerstörung in einem Bereich von drei mal drei mal drei Metern. Siebenundzwanzig Kubikmeter, okay? Fast genau der Rauminhalt Ihres Zimmers. Geteilt durch drei, gleich neun. Neun Kilo Sprengstoff sind erforderlich.«

»Kommt es daher«, sagte ich langsam, »daß in Berichten über Terroranschläge das Gewicht der benutzten Bombe oft so exakt angegeben wird?«

»Genau. Die Zerstörungskraft steht in direktem Verhältnis zur Größe der, ehm . . . Bombe. Wenn Sie den Sprengstofftyp bestimmen können und die betroffene Zone ausmessen, ergibt sich daraus, wieviel Sprengstoff nötig war.«

Kommissar Yale nickte, als wüßte er das alles.

»Sie glauben aber nicht, daß diese Bombe in meinem Zimmer hochging«, sagte ich.

»Nein. Neun Kilo Ammoniumnitrat in Ihrem Zimmer hätten es ausgelöscht und ringsum ein schweres Loch geschlagen, aber sie würden wohl kein halbes Haus einreißen. Wenn wir also davon ausgehen, daß sich das Sprengmittel in dieser Truhe am Bett befand, dann kommen wir auf ein Volumen von« – er rechnete noch einmal – »sagen wir mindestens fünfundsiebzig Kubikmetern im Zimmer Ihres Vaters ... das macht fünfundzwanzig Kilo Sprengstoff.«

»Viel Zeug«, sagte ich verdutzt.

»Ja. Ein großer Koffer voll. Aber bei Kordit wäre es auch ein Koffer voll gewesen. Um das ganze Haus zu zerstören, hätte man viermal soviel gebraucht, plaziert an etwa vier Stellen im Erdgeschoß, direkt an den stärksten Wänden. Die Leute meinen oft, daß schon ein Quentchen Sprengstoff ungeheuren Schaden anrichtet, aber das stimmt nicht.«

»Wie wird es denn gezündet?« fragte ich.

»Ah.« Er lächelte: das Lächeln eines Profis, der nicht aus der Schule plaudert. »Sagen wir einfach, durch Knallquecksilber und wohl auch einen Stromkreis.«

»Erklären Sie doch bitte«, sagte ich.

Er zögerte und zuckte dann die Achseln. »ANFO explodiert nicht von selbst, es ist sehr stabil.«

»Was ist ANFO?« unterbrach ich.

»*A*mmonium *N*itrate *F*uel *O*il. Ammoniumnitrat und Dieselöl. Die Abkürzung.«

»Ah ja. Entschuldigung.«

»Man steckt also etwas hinein, das leicht explodiert – den Zünder eben. Dann sorgt man dafür, daß der Zündstoff erhitzt wird, entweder durch eine Zündschnur oder durch einen Stromkreis, der sich mit normalen Batterien herstellen läßt. Die Hitze löst den Zünder aus, der Zünder zündet das ANFO, und zack ...«

»Peng, bist du tot.«

»Ganz recht.«

»Um halb fünf morgens«, sagte ich, »da wird das ein Zeitzünder gewesen sein, oder?«

Mr. Smith nickte glücklich. »Danach suchen wir. Wenn's zum Beispiel ein Wecker war, finden wir wahrscheinlich die Einzelteile. Die finden wir meistens, wenn wir gründlich genug suchen. Sie lösen sich in der Explosion nicht auf – sie werden verstreut.«

13

Ich fuhr ohne Eile nach Epsom, aber sobald ich meine Wohnung betreten hatte, wußte ich, daß ich nicht bleiben würde. Sie war zu negativ, zu leer, zu langweilig. Lange wohnst du hier nicht mehr, dachte ich.

Es gab ein paar Briefe, ein paar Rechnungen, ein paar Nachrichten auf dem Anrufbeantworter, aber nichts unerhört Interessantes. Wäre ich in Quantum zusammen mit Malcolm in die Luft geflogen, hätte das für niemand einen wesentlichen Unterschied gemacht, und die Vorstellung gefiel mir nicht besonders.

Ich ging ins Schlafzimmer, um nachzusehen, was ich noch zum Anziehen da hatte, und stieß auf das weiße Spitzennegligé. Nun, *sie* wäre vielleicht eine Zeitlang traurig gewesen. Ich wünschte, ich hätte sie anrufen können, aber das ging nicht: Ihr Mann konnte sich melden, wie schon einmal, als ich es versucht hatte, und zu viele »Entschuldigung, falsch verbunden« hätten auch den Argwohn des dümmsten Kerls erregt, der er dem Vernehmen nach nicht war.

Außer ihr, resümierte ich in Gedanken, kannte ich vor allem eine Menge Pferdesportliebhaber, an der Grenze zwischen Bekanntschaft und Freundschaft. Es reichte, um auf Parties geladen zu werden, es reichte, um auf der Arbeit zufrieden zu sein. Ich wußte, daß ich nicht allgemein unbeliebt war. Das genügte wohl. Jedenfalls war ich bisher damit ausgekommen.

Ich hatte das Zusammensein mit Malcolm mehr genossen, als mir klar gewesen war. Er fehlte mir bereits, und in den zwölf Tagen mit ihm hatte ich einen Hang zur Spontaneität entwikkelt, der mir das Herumsitzen in meiner Wohnung unmöglich machte. Ich packte eine Reithose und einen Pullover ein, fügte ein paar weiche alte Hemden zu den neuen in dem Simpson-Koffer, schloß die Wohnung ab und ging runter auf den Parkplatz.

Mein eigener Wagen stand da, aber ich nahm wieder den geliehenen; irgendwann würde ich ihn abgeben, mit der Bahn herkommen und meinen abholen. Als erstes hielt ich an der Bank und warf einen Umschlag mit Malcolms Scheck und einem Einzahlungsschein in den Briefschlitz, damit er meinem Konto gutgeschrieben wurde. Dann fuhr ich ungefähr in Richtung Quantum los, wußte aber eigentlich nicht genau, wo ich hinwollte.

Alles in mir sträubte sich gegen die Aufgabe, die Psyche der Familienmitglieder zu durchleuchten, aber ich landete an einem Ort, von dem aus sie alle leicht zu besuchen waren, da ich aus einem Impuls heraus auf die Straße nach dem kleinen Dorf Cookham abbog und mir dort, in einem gemütlichen alten Gasthaus mit dunklem Eichengebälk und Kaminfeuer, ein Zimmer nahm.

Norman West war nicht zu Hause. Ich rief ihn Punkt vier und Punkt fünf an und erreichte ihn um sechs. In entschuldigendem Ton sagte er, daß er die Arbeit an dem Pembroke-Fall abgebrochen habe; er könne da nichts mehr unternehmen. Es tue ihm leid, daß er nicht in der Lage gewesen sei, das . . . ehm, Problem zu lösen, und sollte er die Rechnung für Mr. Pembroke nun ins Savoy oder nach Quantum House schicken?

»Weder noch«, sagte ich. »Wir möchten gern, daß Sie weiter arbeiten.« Und ich berichtete ihm, was mit Quantum und um ein Haar mit uns selbst passiert war.

»Du liebe Güte«, sagte er.

Ich lachte innerlich, aber wahrscheinlich war »du liebe Güte« ein genauso passender Kommentar wie jeder andere.

»Würde es Ihnen also etwas ausmachen, wenn Sie alle noch einmal abklappern und fragen, was sie vorgestern zwischen 15 Uhr und Mitternacht getan haben?«

Er schwieg längere Zeit. Dann sagte er: »Ich weiß nicht, ob das etwas bringt, verstehen Sie? Ihre Familie war schon beim ersten Anlauf ungefällig. Beim zweiten wäre sie doppelt so abweisend. Diesmal stellt die Polizei doch sicher genaueste Nachforschungen an? Ich glaube, das muß ich ihr überlassen.«

Ich war bestürzter als erwartet. »Bitte überlegen Sie sich das noch mal«, sagte ich. »Zugegeben, wenn die Polizei sich bei der Familie nach ihren Bewegungen erkundigt und Sie dann nachstoßen, wird ihr das nicht gefallen. Aber wenn ich dann auch noch komme und frage, bringt sie das vielleicht derart aus der Fassung oder auf die Palme, daß sie etwas rauslassen, was uns Aufschluß gibt ... in der einen oder der anderen Richtung.« Ich schwieg. »Wahrscheinlich klingt das nicht sehr einleuchtend.«

»Erinnern Sie sich, was Sie mir von der Klapperschlange gesagt haben, auf die ich nicht treten soll?« sagte er.

»Ja, schon.«

»Sie schlagen vor, eine mit dem Stock aufzuscheuchen.«

»Wir müssen unbedingt wissen, wer die Klapperschlange ist.«

Ich hörte ihn seufzen und konnte seine Abneigung spüren.

»Passen Sie auf«, sagte ich, »können wir uns denn einfach mal irgendwo treffen? Sie haben meinem Vater und mir knapp berichtet, was die Familie an den beiden fraglichen Tagen getan hat, aber Sie wüßten darüber bestimmt noch viel mehr zu erzählen. Wenn Sie sie nicht mehr aufsuchen wollen, können Sie mir dann einfach ... behilflich sein?«

»Dagegen habe ich nichts«, sagte er. »Wann?«

»Heute abend? Morgen?«

Heute abend arbeitete er schon. Morgen wollte er mit seiner Frau den ganzen Tag zu den Enkelkindern, da es Sonntag war, aber am Abend war er frei. Er kannte den Gasthof, in dem ich war, und sagte, er komme dorthin; um sieben werde er mich im Schankraum treffen.

Ich dankte ihm jedenfalls dafür und rief als nächstes zwei Ställe in den Downs an, um die Trainer zu fragen, ob ich vorübergehend morgens ihre Pferde bewegen könne. Der erste sagte nein, der zweite sagte ja; ihm fehlten ein paar Burschen, und er sei froh über die kostenlose Aushilfe. Ab Montag mit dem ersten Lot, Aufbruch halb acht; konnte ich um Viertel nach sieben da sein?

»Ja«, sagte ich bereitwillig.

»Bleiben Sie zum Frühstück.«

Rennställe waren gut für die Seele, dachte ich und dankte ihm. Ihr besonderer Wahn förderte meine Gesundheit. Ich konnte ihnen nicht lange fernbleiben. Ich fühlte mich außer Form, wenn ich nicht ritt.

Ich verbrachte den Abend im Schankraum des Gasthofs und hörte die meiste Zeit einem einsamen Mann zu, der Schuldgefühle hatte, weil seiner Frau im Krankenhaus die Eingeweide gerichtet wurden. Den Grund für das Schuldbewußtsein fand ich zwar nicht heraus, aber während er sich langsam betrank, erfuhr ich eine Menge über ihre Geldsorgen und seine Ängste wegen ihrer Krankheit. Kein umwerfend amüsanter Abend für mich, doch er meinte, ihm sei viel wohler, nachdem er einem Wildfremden einmal alles habe erzählen können, was er in sich aufgestaut hatte. Gab es eigentlich irgend jemand, fragte ich mich beim Schlafengehen, der glücklich durchs Leben ging?

Den Sonntag vertrödelte ich ganz angenehm, und Norman West erschien seinem Wort getreu um sieben.

Sein Alter trat von den grauweißen Haaren abwärts wieder deutlich zutage, und als ich bemerkte, er sehe müde aus, sagte er, er sei fast die ganze letzte Nacht aufgewesen, aber keine Sorge, das sei er gewohnt. Hatte er seine Enkel besucht? Ja: eine lebhafte Meute. Er ließ sich einen doppelten Scotch mit Wasser ausgeben, öffnete davon gestärkt den großen Umschlag, den er bei sich hatte, und zog einige Blätter hervor.

»Ihre Familienfotos sind hier drin«, sagte er, auf den Umschlag tippend, »und ich habe Kopien von meinen sämtlichen Notizen mitgebracht.« Er legte die Blätter auf den kleinen Tisch zwischen uns. »Sie können sie behalten. Die Originale sind in meinen Akten. Komisch«, er lächelte flüchtig, »ich dachte immer, eines Tages würde ich ein Buch über meine ganzen Fälle schreiben, über meine Arbeit all die Jahre, aber sie sind in den Akten, und da bleiben sie.«

»Warum schreiben Sie es nicht?« fragte ich.

»Ich kann besser Leute beschatten.«

Ich überlegte, daß er schon gut Leute beschatten konnte, als Joyce ihn seinerzeit engagierte, und daß wir mit der Aufklärung von Mordversuchen vielleicht zuviel von ihm erwartet hatten.

Er sagte: »Sie werden feststellen, daß die Bewegungen Ihrer Familie einem klaren Muster folgen und daß es gleichzeitig an einem Muster fehlt. Der Mord an Mrs. Moira und der Versuch, Mr. Pembroke zu vergasen, fanden beide gegen fünf Uhr nachmittags statt, und gegen fünf ist fast Ihre gesamte Famile gewohnheitsmäßig unterwegs. Wohlgemerkt, das gilt für die Mehrheit der Berufstätigen. Zu dieser Tageszeit geht leicht mal eine Stunde verloren, ohne daß es jemand auffällt. Verkehrsstaus, später Feierabend, Fernsehen in der Fußgängerzone ... das alles habe ich von untreuen Ehemännern schon gehört. Die Liste der Ausreden, die die Leute für unzeitiges Heimkommen erfinden, ist endlos. Bei einer Familie wie der Ihren, wo praktisch niemand zu einer festen Zeit Feierabend hat, geht das noch leichter. Deshalb war es fast unmöglich, stichhaltige Alibis zu bekommen, und ich bin sicher, im Fall von Mrs. Moira hat die Polizei das gleiche festgestellt. Wenn jemand nicht zu einer gewohnten Zeit erwartet wird, sieht man nicht auf die Uhr.«

»Ich verstehe schon«, sagte ich nachdenklich.

»Bei Newmarket lag die Sache etwas anders«, sagte er, »denn dafür mußte jemand den ganzen Tag seiner normalen Umgebung ferngeblieben sein – vorausgesetzt, Mr. Pembroke wurde von seinem Hotel aus verfolgt, als er mittags nach Newmarket losfuhr. Und man muß annehmen, daß der Verfolger schon lange vorher zur Stelle war, da er nicht wissen konnte, wann Mr. Pembroke losfährt oder wohin.« Er räusperte sich und trank einen Schluck Whisky. »Von daher hielt ich es für einfach, herauszufinden, welches Familienmitglied den ganzen Dienstag fort war, aber das erwies sich als Irrtum, wie Sie in dem Bericht sehen werden. Wenn nun der Sprengkörper in Quantum zwischen dem üblichen Dienstschluß des Gärtners und Ihrer möglichen Rückkehr vom Rennplatz um sechs abgelegt wurde, dann sind wir auch wieder bei der, ehm ...«

»Fünfuhr-Grauzone«, sagte ich.

Er sah leicht schockiert drein. Das war doch nichts zum Lachen. »Ich habe keinen Zweifel, daß sich das gleiche Muster zeigt«, sagte er. »Niemand wird genau angeben können oder wollen, wo er oder sie oder sonst jemand um diese Zeit war.«

»Vielleicht haben wir Glück«, sagte ich.

Möglich, meinte er und sah skeptisch drein.

»Könnten Sie mir nicht bitte sagen«, fuhr ich fort, »welche Mrs. Pembroke Sie beauftragt hat, Malcolm zu finden? Ich weiß über Ihre ethischen Grundsätze Bescheid, aber nach dieser Bombe ... geht es da nicht? Wessen Name stand auf dem Scheck?«

Er überlegte, in sein Glas versunken, als wollte er Weisheit in der Tiefe finden. Er seufzte schwer und hob die Achseln.

»Ich bin nicht bezahlt worden«, sagte er. »Der Scheck kam nie. Ich weiß nicht genau, aber ich glaube ... ich glaube, es war die Stimme von Mrs. Alicia Pembroke.« Er schüttelte den Kopf. »Ich habe sie gefragt, ob sie es sei, als ich sie interviewte. Sie sagte nein, aber ich denke, das war gelogen. Wobei Sie nicht vergessen sollten, daß zwei andere Leute Ihrem Vater von allein auf die Spur gekommen sind, indem sie genau wie ich herumtelefoniert haben.«

»Das vergesse ich nicht«, sagte ich.

Er sah mich ernst an. »Im Augenblick ist Mr. Pembroke hoffentlich nicht so leicht zu finden.«

»Kaum«, sagte ich.

»Darf ich Ihnen einen Rat geben?«

»Bitte.«

»Legen Sie sich eine Waffe zu.«

»Mr. West!«

»Selbst wenn es nur ein Topf Pfeffer ist«, sagte er, »oder eine

Dose Sprühlack. In Ihrer Familie herrscht eine ziemliche Feindseligkeit gegen Sie, weil Sie in Mr. Pembrokes Gunst stehen. Ich könnte mir vorstellen, daß Sie mit ihm in dem Haus sterben sollten. Lassen Sie es also nicht darauf ankommen.«

Ich schluckte und dankte ihm. Er nickte und zog nüchtern ein kleineres Kuvert aus der Jackentasche, das seine Rechnung enthielt. Ich schrieb ihm den Scheck dafür. Er nahm ihn, prüfte ihn und steckte ihn ein.

Müde stand er auf und gab mir die Hand. »Rufen Sie mich an«, sagte er, »wann immer Sie wollen. Ich habe nichts gegen ein Gespräch, wenn es weiterhilft.«

Ich dankte ihm nochmals, und er ging altersgrau hinaus, während ich mit seinen Notizen zurückblieb und mir nackt vorkam.

Ich begann die Notizen zu lesen. Es ergab sich, daß er sein ursprüngliches Arbeitsschema umgekehrt hatte, oder vielleicht war die Reihenfolge auch beim Kopieren durcheinander geraten, jedenfalls war die Staffelung vom Ältesten zum Jüngsten auf den Kopf gestellt, und Serenas Dossier kam als erstes.

Norman West hatte seine Notizen und Randbemerkungen durchweg mit der Hand geschrieben, und seine Rundfunksprecherstimme klang mir beinah in den Ohren als ich las.

Miß Serena Pembroke (26), ledig, lebt in 14 Mossborough Court, Bracknell, einem Wohnblock direkt hinter Easthampstead Road, an der Kneipe links. Block ist entstanden beim Ausbau der Neustadt, mittlere Einkommensgruppe, Mieter Geschäftsleute, bleiben für sich. Hübsches Mädchen, sagte eine Nachbarin (Nr. 12), aber weiß nicht, wie sie heißt. Miß S. wohnt dort seit drei Monaten. Wohnzimmer, Schlafzimmer, Küche, Bad, alles klein.

Miß S. arbeitet in Deannas Tanz- und Aerobicstudio, High Street, Bracknell, lehrt Aerobic. Privatunternehmen, lasch geführt (meine Meinung), Inhaberin Mrs. Deanna Richmond (45?), deren ganze Aufmerksamkeit einem jüngeren Stenz mit haariger Brust und prangender Goldkette gilt; Schrott.

Miß S. gibt montags bis freitags von 8-13.30 h Unterricht, erst für Büroangestellte, dann für Hausfrauen. Miß S. und ein anderes Mädchen (Sammy Higgs) arbeiten abwechselnd in halbstündigem Turnus. Die Zeiten von Miß S. sind meistens 8-8.30, 9-9.30, 10-10.30, 11-11.30, 12-12.30, 13-13.30.

Miß S. und Sammy H. sind beides gute Arbeiterinnen. Die Kunden, die ich sprach, fanden die Kurse ausgezeichnet. Durchgehend, daher beliebt. Eine Frau kann auf dem Weg zum Büro vorbeischauen, oder wenn sie die Kinder zur Schule gebracht hat usw. Anmelden, teilnehmen, bezahlen. Zulauf aus der ganzen Stadt - große Kundschaft.

Abendkurse Montag bis Freitag, nur von 19-20.30 h. Die hält Miß S. allein ab. (S. Higgs gibt nachmittags von 13.30-16 h.) Die Abende sind recht zwanglos - Erfrischungspausen für die Kunden usw. Gut besucht.

Miß S. hat jeden Monat starke Menstruationskrämpfe. Kann dann nicht tanzen oder unterrichten. Immer zwei Tage frei. Der Dienstag der Auktion in Newmarket war so ein Tag - der zweite. Miß S. fiel am Montag wegen Schmerzen aus, Dienstag erwartete sie niemand, Mittwoch kam sie wieder. Mrs. Deanna Richmonds Tochter springt bei diesen Gelegenheiten ein und auch sonst, wenn eins der Mädchen sich mal freinimmt. Über diese Freistunden gibt es keine Unterlagen.

Miß S. führt ein schlichtes, fleißiges, geregeltes Leben.

Mag hübsche Kleider, etwas unreif (meine Meinung), hat wenig Freunde. Geht an Wochenenden oft zu ihrem Bruder (Mr. Ferdinand) oder zu ihrer Mutter (Mrs. Alicia).

Kein feststellbares Liebesleben.

Miß S. mag Shopping und Schaufensterbummel. An dem Freitag des Überfalls auf Mr. Pembroke, sagt sie, habe sie wohl Eßsachen und eine weiße Rüschenbluse bei Marks & Spencers gekauft. (Weiß den Tag nicht sicher.) Sie kauft wahrscheinlich viermal die Woche was zum Anziehen -

Strumpfhosen, Turnanzüge, Pullis usw. »Muß für die Kunden gut aussehen.«

Miß S. hat einen 2 Jahre alten grau-silbernen Ford Escort, joggt meistens aber die anderthalb km zur Arbeit, um sich aufzuwärmen. Fährt nur bei Kälte oder Regen. Wagen sauber von Waschanlage: Miß S. läßt ihn ca. alle vierzehn Tage durch dieselbe Waschstraße laufen. Die Leute von der Waschanlage bestätigen das, können sich aber nicht an genaue Daten erinnern.

Miß S. sagt, Mr. Ian müsse Mrs. Moira umgebracht haben, weil sie (Mrs. Moira) sowohl Mr. Pembroke als auch sein (Mr. Ians) Erbe vereinnahmt und er sie dafür gehaßt habe. Sie sagt, Mr. Ian müsse des Geldes wegen versucht haben, Mr. Pembroke umzubringen. Die Polizei ist blöd, daß sie ihn nicht verhaftet, meint sie. Ich sagte ihr, daß Mr. Ian weder Moira umgebracht noch seinen Vater überfallen haben kann, da er sich beide Male etwa 70 km entfernt um einen Rennstall gekümmert hat, vor dreißig Zeugen und mehr. Ich sagte, er habe ganz offensichtlich auch nicht den Wagen gesteuert, der ihn beinah über den Haufen fuhr. Sie sagte, das könne er arrangiert haben. Meiner Ansicht nach *will* Miß S. sich nicht von Mr. Ians Unschuld überzeugen lassen. Sie will, daß Mr. Ian der Mörder ist, weil sie niemand sonst in ihrer Familie als Schuldigen sehen möchte. Wenn's Mr. Ian ist, kann sie's ertragen, sagt sie, denn ihm geschähe es recht, da er Papas Liebling sei. (Verworrenes Denken!)

Ende der Ermittlung.

Die drei Seiten Notizen über Serena wurden von einer Heftklammer zusammengehalten. Ich packte Serena zuunterst in den Stoß und kam zur nächsten Heftklammer, die Aufzeichnungen über Debs und Ferdinand zusammenhielt.

Norman West benutzte graue Heftklammern, keine silbernen. Sehr passend, fand ich.

Auf der ersten Seite stand:

Mrs. Deborah Pembroke (27), die zweite Frau von Mr. Ferdinand, lebt mit ihm in Gables Cottage, Reading Road, Wokingham, Berkshire.

Mrs. Deborah arbeitet als Fotomodell, hauptsächlich für Versandhauskataloge, und führte an dem Dienstag der Newmarketer Auktion in London eine Reihe von Badeanzügen vor. Zwei andere Mannequins waren dabei, außerdem ein Fotograf mit zwei Assistenten, eine Friseuse, ein Vertreter des Versandhauses und ein Protokollant. Die Vorführung der Badeanzüge ging bis 18 h. Mrs. D. war bis zum Ende dort. Das ist zweifelsfrei verbürgt. Für den vorhergehenden Freitagabend hat Mrs. Debs kein festes Alibi. Sie arbeitete nur bis 15.30 h in London (vom Versandhaus bestätigt) und fuhr heim. Keine Zeugen für Ankunft. (Mr. Ferdinand war außer Haus.)

Wegen ihres Dienstagtermins kann Mrs. Debs nicht in Newmarket gewesen sein. Der Freitag ist offen.

Mrs. Debs fährt ihren eigenen Wagen, einen scharlachroten Lancia. Als ich ihn inspizierte, war er völlig verstaubt, ohne Anzeichen eines Kontakts mit Mr. Ian.

Mrs. Debs nahm meine Fragen weitgehend gelassen hin und gab folgende Antworten. Sie sagt, ihr Mann ist der einzig Gute in der Familie Pembroke, der einzige, der Humor besitzt. Sie sagt, er hört zu sehr auf seine Mutter, das wird sie aber mit der Zeit schon ändern. Sie sagt, eines Tages werden sie zu Wohlstand kommen, sofern Mr. Ian ihnen keinen Strich durch die Rechnung macht. Sie sagt, sie sei ganz glücklich und habe es nicht eilig, Kinder zu bekommen. Sie nahm Anstoß daran, daß ich nach einer solchen Privatangelegenheit fragte.

Ende der Ermittlung.

Ich blätterte zur nächsten Seite um und las:

Mr. Ferdinand Pembroke (32), verheiratet mit Deborah (2. Frau), lebt in Gables Cottage, Reading Road, Wokingham, Berks.

Mr. Ferdinand ist Versicherungsstatistiker bei der Merchant General Insurance Company, Hauptsitz in Reading, Berks. Er arbeitet etwa ein Drittel seiner Zeit zu Hause, wo er einen Computer hat, der mit dem Rechenzentrum in den Büros der Versicherungsfirma gekoppelt ist. Er schätzt diese Regelung ebenso wie seine Firma, da sie es ihm erlaubt, ohne dauernde Unterbrechung anspruchsvolle Arbeit zu leisten. Außerdem läßt die Firma ihn an einem Lehrgang zur Abwehr von Versicherungsbetrug teilnehmen, da sie von seinen Fähigkeiten überzeugt ist.

Ich war in seinem Büro und erklärte dem Abteilungsleiter, Mr. Pembroke senior sei daran gelegen, nachzuweisen, daß seine Kinder in den Überfall auf ihn nicht verwickelt sein können. Mr. Ferdinands Chef war hilfsbereit, konnte mich letztlich aber nicht zufriedenstellen.

Mr. F. war weder an dem Freitagnachmittag noch am darauffolgenden Dienstag in seinem Büro. Den Freitagnachmittag hatte er zu Hause gearbeitet, Dienstag war er in dem Lehrgang.

Ich hörte bei der Kursleitung am Bingham Business Institute in London nach. Mr. F. hat sich am ersten Tag, Montag, eingeschrieben, aber genaue Anwesenheitslisten werden nicht geführt. Mr. F. wußte niemand, der ihn gut genug kennt, um zu beschwören, daß er am Dienstag dort war. Ich fragte, ob er die Vorlesungen mitgeschrieben habe. Er verneinte es: an dem Dienstag sei es um statistische Wahrscheinlichkeiten und deren Berechnung gegangen; Grundwissen, mit dem er vertraut sei. Ich überprüfte das anhand des Lehrplans. Die Dienstagsvorlesungen entsprachen seinen Angaben.

Mr. Ferdinand fährt einen cremefarbenen und grauen Audi. Der war sauber, als ich ihn sah. Mr. F. sagt, er wäscht ihn selber mit Bürste und Schlauch (beides zeigte er mir) und wäscht ihn oft. Er sagt, er legt Wert auf Sauberkeit.

Obwohl er den Freitagnachmittag zu Hause arbeitete, war er nicht dort, als Mrs. Debs von London wiederkam. Er sagt, er habe sein Pensum erledigt gehabt und beschlossen, nach Henley zu fahren, um die Enten auf der Themse zu füttern. Das fände er beruhigend. Er sei gern an der frischen Luft. Er tue das oft, habe es sein Leben lang getan, sagte er. Er hätte nicht gewußt, daß Mrs. Debs an dem Tag schon um halb vier fertig war, aber das würde ihn von seinem Ausflug nicht abgehalten haben. Sie seien unabhängige Menschen und einander nicht über jede Minute Rechenschaft schuldig.

Ich hörte auf zu lesen und hob den Kopf. Es traf zu, daß Ferdinand sich schon immer zu den Enten hingezogen fühlte. Ich konnte gar nicht zählen, wie oft wir in Henley über den Leinpfad gegangen waren, Brot verstreut und uns das derbe Gelächter der Stockenten angehört hatten. Malcolm fuhr uns immer hin, wenn Alicia anfing, Geschirr zu werfen. Sie quakte fast so wie die Enten, hatte ich damals gedacht, es aber klugerweise nicht ausgesprochen.

Ich las weiter:

Mr. Ferdinand ist fleißig und erfolgreich, seine Chancen steigen. (Meine Meinung und die seines Chefs.) Er hat Organisationstalent und Energie. Körperlich ist er wie sein Vater untersetzt und kräftig. (Ich entsinne mich an Mr. Pembroke vor 28 Jahren. Er drohte, mich hochkant über sein Auto zu werfen, als er merkte, daß ich ihn verfolgt hatte, und ich traute es ihm zu. Mr. Ferdinand würde ich es auch zutrauen.)

Mr. F. kann sehr lustig und unterhaltsam sein, doch seine Laune trübt sich beunruhigend schnell. Das Verhältnis zu seiner Frau ist locker, nicht besitzergreifend. Seine Schwester Serena beschützt er. Seiner Mutter Alicia gegenüber ist er aufmerksam. Seine Empfindungen für Mr. Pembroke und Mr. Ian sind offenbar ambivalent; wenn ich seine widersprüchliche Haltung recht verstehe, mochte er die beiden früher, traut ihnen aber nicht mehr. Mr. F. ist, glaube ich, fähig zu hassen.

Ende der Ermittlung.

Ich schob Debs und Ferdinand nach hinten in den Stapel, hatte aber keine Ausdauer mehr für die Fortsetzung über Ursula und Gervase. Statt dessen aß ich in der Kneipe ein Steak und beschloß, die Familie in der altersverkehrten Reihenfolge aufzusuchen, in der Norman West sie mir übergeben hatte, angefangen mit den Einfachen. Wo war die Verwegenheit, die mich veranlaßt hatte, Malcolm in Cambridge zu sagen, ich würde bei ihm bleiben, weil es gefährlich sei?

Ja, wo?

Irgendwo unter den Trümmern von Quantum.

Am Morgen galoppierte ich auf den windigen Downs, dankbar für die Einfachheit der Pferde und für das physische Vergnügen, meine Kräfte in der Art und Weise einzusetzen, auf die sie trainiert waren. Wie von selbst schien Energie in meine Arme und Beine zu strömen, und ich dachte, daß es für einen Pianisten vielleicht genauso war, wenn er nach ein paar Tagen Pause wieder spielte; man brauchte nicht erst auszutüfteln, was die Finger machen sollten, es ging leicht, es war komplett in einem drin, die Musik kam ohne Überlegung.

Nach dem Frühstück dankte ich meinem Gastgeber herzlich und dachte, als ich in Richtung Quantum fuhr, an das Telefongespräch, das ich am Abend vorher mit Malcolm geführt hatte. Bei mir war es fast Mitternacht gewesen, bei ihm kurz vor sechs, noch früher Abend.

Er war gut angekommen, sagte er, und Dave und Sally Cander waren echte Kumpel. Ramsey Osborn war auch herbeigejettet. Die Canders gaben eine Party, die in fünf Minuten losging. Er hatte einige gute Pferde gesehen und war auf tolle neue Ideen zum Geldausgeben gekommen (böses kleines Lachen). Wie lief's in England?

Er klang zufriedenstellend sorglos, hatte die Niedergeschlagenheit mit den Kilometern abgeschüttelt, und ich sagte, es sei alles noch wie bei seiner Abreise, nur daß man das Haus in Planen gehüllt habe. Der Zustand des Hauses bedrückte ihn rund zehn Sekunden, dann sagte er, er und Ramsey würden vielleicht Dienstag oder Mittwoch aus Lexington abreisen; er wisse es nicht genau.

»Wohin du auch fährst«, sagte ich, »läßt du den Canders bitte eine Telefonnummer da, unter der ich dich erreichen kann?«

»Versprochen«, sagte er fröhlich. »Eil dich mit deinem Paß und komm rüber.«

»Bald.«

»Ich habe mich daran gewöhnt, daß du bei mir bist. Seh mich dauernd nach dir um. Eigenartig, Muß verkalkt sein.«

»Ja, so hört es sich an.«

Er lachte. »Das ist eine andere Welt hier, und sie gefällt mir.«

Er sagte tschüß und legte auf, und ich fragte mich, wie viele Pferde er wohl gekauft haben würde, bis ich bei ihm war.

Wieder zurück in dem Gasthof in Cookham, stieg ich aus den Reitsachen und rief pflichtbewußt Superintendent Yale an. Er hatte mir nichts mitzuteilen und ich ihm auch nicht; das Gespräch war kurz.

»Wo ist Ihr Vater?« fragte er im Plauderton.

»Außer Gefahr.«

Er grunzte. »Melden Sie sich«, sagte er, und ich sagte: »Ja.«

Mit beträchtlicher Unlust setzte ich mich erneut ins Auto und steuerte Bracknell an, parkte auf einem der großen, nichtssagenden Parkplätze und ging durch zur High Street.

Die High Street war vor langer Zeit einmal die Hauptstraße einer ländlichen Kleinstadt gewesen; jetzt war sie Fußgängerniemandsland, umgeben von den Fabriken, Büros und spiraligen Ringstraßen pilzartigen Fortschritts. *Deannas Tanz- und Aerobicstudio* sah aus wie eine breite Ladenfront, auf einer Seite flankiert von einem funkelnagelneuen Zeitschriftenhandel und auf der anderen von einem Fotogeschäft, dessen Schaufensterauslage hauptsächlich aus postkartengroßen phosphorgelben Preisschildern zu bestehen schien, meist mit dem Zusatz »20% REDUZIERT«.

Deannas Studio bestand zunächst aus einem Vorraum mit einer nach oben gehenden Treppe auf der einen Seite. Das

Mädchen am Empfang blickte auf und strahlte, als ich die gläserne Eingangstür aufstieß und den dicken grauen Teppich betrat, verlor aber das Interesse, als ich nach Serena fragte und erklärte, ich sei ihr Bruder.

»Hinten«, sagte sie. »Sie gibt gerade Unterricht.«

Hinten war jenseits einer weißgestrichenen Flügeltür. Ich ging durch und gelangte in einen fensterlosen, aber hell erleuchteten und ansprechenden Raum mit kleinen Tischen und Stühlen, in dem mehrere Frauen Getränke aus Polystyrolbechern zu sich nahmen. Die Luft vibrierte vom Puls einer woanders laufenden Musik, und als ich nochmals nach Serena fragte und weiterdirigiert wurde, kam ich zu ihrem Ursprung.

Das Studio selbst erstreckte sich weit nach hinten und endete an einer Fensterwand mit Blick auf einen schmalen Gartenstreifen. Der Boden war aus poliertem Holz und irgendwie gefedert, so daß er fast unter den Füßen wippte. Die Wände waren weiß bis auf die lange linke, die ganz aus Spiegelglas bestand. Die Musik, warm und drängend, lud zu rhythmischem Mitmachen ein.

Serena tanzte mit dem Rücken zum Spiegel. Ihr gegenüber, in drei auseinandergezogenen Reihen, sprang eine Ansammlung durchgehend weiblicher Kunden auf federnden Fußgelenken im Takt, ließ die Arme kreisen und die Beine fliegen. Auf jedem Gesicht Konzentration und Schweiß. »Volle Pulle jetzt«, befahl Serena glücklich, und ihre Schülerinnen steigerten ihren bereits rasenden Einsatz vermutlich bis zum Gehtnichtmehr.

»Großartig, Mädchen, ja toll«, sagte Serena schließlich, hörte zu springen auf und schaltete die Musikbox ab, die nicht weit von dort, wo ich hereingekommen war, in einer Ecke stand. Sie gab mir einen unfreundlichen Blick, drehte sich aber strahlend wieder zu den Kundinnen um. »Wenn eine von euch weitermachen will - gleich kommt Sammy. Ruht euch aus, Mädchen.«

Ein paar von ihnen blieben. Die meisten sahen auf die

Wanduhr und strömten keuchend zu einer Tür mit der Aufschrift »Umkleideräume«.

Serena sagte: »Was willst du?«

»Reden.«

Sie wirkte farbenfroh, aber entmutigend. Sie trug einen leuchtend rosa langärmligen Bodystocking zu weißen Laufschuhen, rosa und weiße Beinwärmer und ein scharlachrotes Oberteil, das aussah wie ein gekürztes Unterhemd. »Ich geb dir fünf Minuten«, sagte sie.

Sie war kaum außer Puste. Ein Mädchen, das offenbar Sammy Higgs war, kam in Glitzerblau herein und übernahm die Leitung, und Serena führte mich unwillig durch den Erfrischungsraum zurück in die Eingangshalle und die Treppe hinauf.

»Hier oben läuft gerade nichts. Sag, warum du gekommen bist, und dann geh.«

Oben bot Deanna einer Wandnotiz zufolge Unterricht in Salontänzen an, außerdem »Ballett und Haltung«. Serena stand mit den Händen auf ihren dünnen rosa Hüften da und wartete.

»Malcolm will, daß ich herausfinde, wer Quantum zerbombt hat«, sagte ich.

Sie funkelte mich an. »Na, ich war's nicht.«

»Entsinnst du dich an den Tag, als der alte Fred den Baumstumpf hochgejagt hat?«

»Nein«, sagte sie. Sie hatte nicht darüber nachgedacht, gar nicht versucht, sich zu erinnern.

»Thomas hat dich auf den Schultern von der Wiese getragen, und der alte Fred ist von der Detonation umgeflogen.«

»Ich weiß nicht, wovon du redest.«

»Warum bist du so feindselig?«

»Bin ich nicht. Wo ist Daddy?«

»Bei Freunden«, sagte ich. »Deine Feindseligkeit betrübt ihn.«

Sie sagte bitter: »Daß ich nicht lache. Er lehnt uns alle ab, bis auf dich. Und ich wette, du hast Moira umgebracht.«

»Er lehnt euch nicht ab«, sagte ich. »Und ich war's nicht.«

»Er hat uns alle rausgeworfen. Ich liebte ihn, als ich klein war.« Tränen traten plötzlich in ihre Augen, und verärgert schüttelte sie sie weg. »Er konnte mich nicht schnell genug los werden.«

»Er hätte dich behalten, aber Alicia ließ es nicht zu. Sie prozessierte um das Sorgerecht und gewann.«

»Er wollte mich nicht«, widersprach sie heftig. »Das hat er nur behauptet, um Mami eins auszuwischen – um ihr weh zu tun. Ich weiß darüber Bescheid.«

»Hast du das von Alicia?«

»Natürlich. Daddy konnte es gar nicht erwarten, uns los zu sein, Mami los zu sein, sich wieder zu verheiraten, alles ... alles, was von uns war, aus dem Haus zu werfen, die ganzen schönen Zimmer rauszureißen ... uns auszulöschen.«

Sie war leidenschaftlich erfüllt von den alten Gefühlen, die auch nach zwanzig Jahren noch schwelten. Ich erinnerte mich, wie verstört ich war, als Alicia die Küche *meiner* Mutter herausgerissen hatte, wie betrogen und beraubt ich mir vorkam. Ich war damals sechs, wie Serena auch, und ich hatte es noch deutlich in Erinnerung.

»Gib ihm eine Chance«, schlug ich vor.

»Die habe ich ihm gegeben. Nach Moiras Tod bot ich ihm meine Hilfe an, und er wollte mich immer noch nicht. Und du siehst doch, wie er sich benimmt«, sagte sie. »Was für Geld er verschwendet. Wenn er meint, daß mich seine blöden Stipendien auch nur im geringsten kratzen, ist er ein Idiot. Du kannst vor ihm kriechen, wie du lustig bist, aber ich werde das nicht tun. Soll er sein Drecksgeld behalten. Ich kann ohne es auskommen.«

Sie sah hart und verbohrt aus den Augen. Der alte Herr in uns allen, dachte ich.

»Du hast deine fünf Minuten gehabt«, sagte sie. Mit raschen Schritten war sie an mir vorbei und peilte die Treppe an. »Bis zur Beerdigung.«

»Wessen Beerdigung?« fragte ich, ihr folgend.

»Irgendeiner«, meinte sie dunkel und husche schwerelos die Treppe hinunter, als wäre Gleiten normaler als Gehen.

Bis ich zur Eingangshalle gelangte, war sie durch die weiße Flügeltür verschwunden. Ihr nachzulaufen, hatte keinen Sinn. Ich verließ Deannas Studio mit dem Gefühl, nichts erreicht zu haben, ging in bleischwerer Stimmung wieder zum Wagen und fuhr nach Wokingham, um bei Ferdinand vorbeizuschauen.

Ich hoffte fast, ihn nicht anzutreffen, aber er war da. Er kam stirnrunzelnd zur Tür, weil ich ihn an seinem Computer unterbrochen hatte, und ließ mich widerwillig ein.

»Wir haben nichts zu sagen«, sagte er, hörte sich jedoch eher resigniert an als abweisend; halb entspannt, wie er es in meiner Wohnung gewesen war.

Er führte mich in das vordere Zimmer des Bungalows, den er und Debs an der Straße nach Reading gekauft hatten. Das vordere Zimmer war sein Büro, ein ganz natürliches Arrangement für Ferdinand, da auch Malcolms Büro seit jeher zu Hause war.

Der Rest des Bungalows, wo ich sie erst zwei- oder dreimal besucht hatte, war karg möbliert, entsprechend Debs' und Ferdinands gemeinsamer Abneigung gegen Schmutz und Enge. Eins der drei Schlafzimmer stand völlig leer, das zweite enthielt ein Einzelbett und eine Kommode (für Serenas Besuche), und im dritten, dem Eheschlafzimmer, gab es eine Matratze auf einer Plattform und eine Wand aus Schränken und Regalen, die Ferdinand selbst zusammengebaut hatte. Das Wohnzimmer enthielt zwei Sessel, eine Stehlampe, eine Menge Sitzkissen und einen Fernseher. In der blitzblanken Küche stand ein Tisch mit vier Hockern. Sichtbares Leben war nur im Büro, doch selbst dort herrschte in direktem Gegensatz zu Malcolms gemütlichem Durcheinander eine spartanisch strenge Ordnung.

Der Bildschirm von Ferdinands Computer zeigte diverse Grafiken. Er warf einen Blick darauf und wandte sich mit einiger Ungeduld wieder zu mir.

»Was willst du?« fragte er. »Ich habe viel zu tun, da ich auf einem Lehrgang war.«

»Kann das nicht noch warten« – ich deutete auf den Bildschirm – »oder was du sonst machst? Speicher es ab und komm mit mir zum Lunch in eine Kneipe.«

Er schüttelte den Kopf und sah auf seine Uhr. Sagte dann unentschlossen: »Na, essen muß ich wohl«, und fingerte an dem Computer herum. »In Ordnung. Eine halbe Stunde, höchstens.«

Ich fuhr uns in die Stadtmitte, und er wies auf eine Kneipe mit Parkplatz. Der Schankraum war voll von Geschäftsleuten, die auch hier Mittagspause hielten, und ich bekam nach längerem höflichen Gedrängel Scotch und Sandwiches. Ferdinand hatte einen Tisch ergattert, den er mit verkniffener Miene von den Abfällen des Vorgastes befreite.

»Also«, sagte ich und drückte ihm, als wir uns setzten, seinen Drink in die Hand, »Malcolm möchte, daß ich rausfinde, wer versucht, ihn umzubringen.«

»Ich versuche das nicht.« Gleichgültig trank er einen Schluck.

»Entsinnst du dich, wie der alte Fred damals die Baumstrünke gesprengt hat? Als wir so zwölf oder dreizehn waren? Wie die Explosion Fred umgehauen hat?«

Er starrte mich an, »Ja, ich entsinne mich«, sagte er langsam. »Aber das ist Jahre her. Es kann nichts mit dem Haus zu tun haben.«

»Wieso nicht? Der Knall hat uns sehr beeindruckt. Erinnerungen halten mehr oder weniger ewig, sie müssen bloß ausgegraben werden. Der Sprengstoffexperte, der in Quantum arbeitet, fragte mich, ob ich wüßte, was Kordit ist, und mir fiel der alte Fred ein.«

Ferdinand wurde ebenfalls schon fündig. »Schwarzpulver... in einer Kiste.«

»Ja, es ist immer noch im Geräteschuppen. Noch verwendungsfähig, aber es wurde nicht für das Haus benutzt. Jetzt gehen sie davon aus, daß es ein selbstgemachter Sprengstoff namens ANFO war.«

Ferdinand war sichtlich betroffen und sagte nach einer Weile: »Ich hatte noch gar nicht darüber nachgedacht ... was es war.«

»Weißt du, was ANFO ist?« fragte ich.

Er verneinte zögernd, und ich dachte bei mir, daß er nicht ehrlich war. Vielleicht hatte er das Gefühl, Wissen könnte als Schuld betrachtet werden. Ich mußte ihn aus seiner Unentschiedenheit aufrütteln. Ihn zum Verbündeten gewinnen, wenn ich konnte.

»Malcolm hat ein neues Testament aufgesetzt«, sagte ich.

»Und wahrscheinlich alles dir vermacht«, höhnte er bitter.

»Nein«, sagte ich. »Wenn er unter normalen Umständen stirbt, erben wir alle gleich.« Ich hielt inne und fügte eine Erfindung hinzu. »Bringt ihn jemand um, geht alles an karitative Einrichtungen. Wie wär's also, wenn du dich ans Telefon klemmst und die ganze Sippe anhältst, mir beim Aufspüren desjenigen zu helfen, der sie um ihre Zukunft zu betrügen versucht?«

14

In meinem Zimmer in Cookham las ich am Abend Norman Wests Notizen über Gervase und Ursula.

Gervase zuerst:

Mr. Gervase Pembroke (35) lebt mit Mrs. Ursula in 14 Grant Street, Maidenhead, einem Einfamilienhaus mit 800 qm Garten in guter Wohngegend. Sie sind seit elf Jahren verheiratet und haben zwei Töchter (8 und 6), die eine Privatschule besuchen.

Mr. G. ist Börsenmakler; er pendelt zu der Londoner Firma Wells, Gibson & Cathcart. (Wells, Gibson und Cathcart sind längst verstorben bzw. im Ruhestand, aber der angesehene Name wurde beibehalten). Mr. Gervase arbeitet wie alle Teilhaber der Firma auf Provision. Er hat gleitende Arbeitszeit und ist weitgehend sein eigener Herr. Wie die Empfangsdame der Firma sagt, hat er früher mehr geleistet; in letzter Zeit ist er unzuverlässig geworden. Sie mochte es nicht direkt aussprechen, doch wenn ich recht verstanden habe, kommt Mr. G. manchmal angetrunken vom Lunch zurück und manchmal gar nicht.

Natürlich hat sie solche Zeiten nicht notiert. Sie sagt, sie habe zwei der anderen Partner über Mr. G. sprechen hören – er hätte den Schneid verloren und verkaufe seinen Kunden nur noch narrensichere Papiere. Wer aber zu sehr auf Nummer sicher gehe, sei ein schlechter Börsenmakler. Die Empfangsdame hatte keine Hemmungen, Mr. G. anzuschwärzen, der ihr zufolge unausstehlich wird, wenn etwas nicht nach seinem Kopf geht, und der niemals ihren Fleiß anerkennt (!)!

Ich erbat ein Gespräch mit Mr. G. an seinem Arbeitsplatz. Ich wurde in sein Büro gewiesen und erklärte, wer ich sei. Er sagte, er wisse Bescheid. Ich schickte vorweg, daß ich gehört hätte, er sei der uneheliche Sohn von Mrs. Alicia Pembroke, und damit war das Gespräch sofort zu Ende. Er jagte mich mit körperlichem Einsatz hinaus (Prellung am linken Arm). Er sagte, ich hätte ihn beleidigt. Schon möglich! Es gelang mir noch, ihm zu sagen, wenn er Geschäftsunterlagen – Briefe, Börsenabschlüsse – für den fraglichen Dienstag beibringen könne, sei er aus dem Schneider. Er verwies mich an seine Sekretärin, mit der ich auch sprach. Sie bestätigte, daß Mr. G. an dem Morgen ins Büro kam und zwei Briefe diktierte. Danach sagte er ihr, er wolle einen neuen Kunden besuchen, und ging um 10.30 h. Sie wußte nicht, wer der Kunde war, er stand nicht in Mr. G.s Terminkalender. Meistens kamen neue Kunden zwar ins Büro, aber es gab Ausnahmen. Mr. G. kam an dem Tag nicht mehr ins Büro zurück, sondern übellaunig erst am Mittwoch (mit einem Kater?).

Am Freitag davor verließ Mr. G. das Büro gegen Mittag (Notiz der Sekretärin) und kam nicht wieder. (Am Montag arbeitete er den ganzen Tag normal.)

Mr. G. pendelt mit der Bahn, stellt den grauweißen Rover auf dem Bahnhofsparkplatz ab. Wagen sauber und ohne Spuren, als ich ihn sah.

Besuchte Mr. G. zu Hause, um zur Erhärtung des Alibis nach dem Kunden vom Dienstag zu fragen. Mr. G. sagte, das ginge mich nichts an. Vermutung: Der Kunde war entweder eine Geliebte oder eine Flasche, oder aber Mr. G. will, daß ich das glaube.

Mr. G.s Alkoholproblem ist ernst (meine Meinung), macht ihn jedoch nicht arbeitsunfähig. Er tritt ausgesprochen resolut auf, muß aber Unsicherheiten haben (uneheliche Geburt??), derentwegen er trinkt und Leute schikaniert. (Seine Sekretärin mag ihn nicht besonders.) Mr. G. verdient anscheinend gut, nichts deutet auf Geldschwierigkeiten.

Aufmerksam gegen Mrs. Alicia. Herrisch und besitzergreifend gegenüber Frau und Kindern. Eifersüchtig auf Mr. Ian und (meine Meinung) fürchtet ihn. (Ich weiß nicht, woran's liegt. Etwas aus der Vergangenheit? Mr. Pembrokes Bevorzugung?) Verachtet, aber fürchtet auch Mr. Pembroke. (Lauter große Töne, als er von ihm redete.)

Mr. G. ist körperlich stark, aber ich glaube, das läßt nach. Hat wenig Bewegung, etwas Übergewicht. Schwieriger Charakter. Ein Despot.

Ende der Ermittlung.

Mit einem Seufzer heftete ich Gervase zusammen. Norman West, der so untauglich erschien, verstand es ziemlich gut, zum Kern der Dinge vorzudringen.

Wie sah er wohl Ursula? fragte ich mich. Ursula, die stille Frau, die unter Tränen mit Joyce gesprochen hatte. Relativ hübsch auf eine flache Art, war sie wie ein unfertiges Gemälde, ohne Glanzlichter. Sofern Gervase es zuließ, war sie zwar freundlich zu mir, hatte mir aber noch nie ihre Gedanken mitgeteilt. Mit unerwartetem Interesse wandte ich mich Wests Ansichten über Gervases Frau zu.

Mrs. Ursula Pembroke (35), die Frau von Mr. Gervase, lebt mit ihm in 14 Grant St., Madeinhead. Sie hat keine Beschäftigung außer sich um die Kinder und den Haushalt zu kümmern. Montags bis freitags kommt früh von neun bis eins eine Putzfrau, mittwochs und donnerstags bleibt sie bis 16 h, hütet auf Verlangen auch zu jeder Zeit die Kinder. (Ich mußte Mrs. U. zweimal aufsuchen. Beim erstenmal hatte sie geweint und wollte nicht reden. Beim zweitenmal war sie hilfsbereit.)

Die Schule der Töchter liegt am anderen Ende von Maidenhead. Mrs. U. teilt sich die Schulfahrten mit einer Nachbarsfamilie; Mrs. U.s Vormittage sind Dienstag und Donnerstag, die Nachmittage Montag, Mittwoch und Freitag. Mrs. U.s Wagen ist ein cremefarbener Austin. Sauber.

Am Freitag des Überfalls auf Mr. Pembroke waren die Töchter bei der anderen Schulfahrtfamilie zum Tee eingeladen (die Mutter bestätigt es). Mrs. U. ließ die Töchter nach der Schule dort (16 h). Holte sie gegen 18.30 h ab.

Am darauffolgenden Dienstag bat Mrs. U. die Putzfrau, zu bleiben und den Töchtern ihren Tee zu bereiten, da sie einen Tag nach London wollte. Die Putzfrau sagte mir, daß Mrs. U. die Schulfahrt gemacht hat, wiederkam, sich umzog und zum Bahnhof fuhr, um den Zug zu nehmen. Sie (Mrs. U.) sagte, sie werde spät zurück sein, da sie nach dem Einkaufen noch ins Kino gehe. Mrs. U. hat das in letzter Zeit mehrmals getan. Sie kam um 22 h wieder. Die Putzfrau fuhr nach Hause. (Mrs. U. erlaubte mir, bei der Frau zurückzufragen.) Mrs. U. sagt, sie war doch nicht im Kino, das Angebot mißfiel ihr, sie habe nur in einem Steak-House zu Abend gegessen. Außerdem sei sie in eine Kirche gegangen, um zu beten. Sie hatte nichts gekauft (nichts paßte).

Mrs. U. war nervös wegen des London-Ausflugs und wich Fragen darüber aus. War sie in Newmarket? Möglich (meine Meinung), daß sie nach London fährt, um jemand zu treffen, von dem ihr Mann und die Putzfrau nichts wissen sollen. Wen? Liebhaber? Ausgeschlossen, ihr fehlt das Flair; sie können die innere Erregung nicht verbergen. Priester? Freund, den Mr. G. nicht akzeptiert? Arzt? Irgendeine Art von Trost, möchte ich meinen.

Mrs. U. unglücklich, wollte aber nicht mit der Sprache heraus. Treu und ergeben. Jede Frau, die Mr. G. zum Mann hat, wäre wohl unglücklich (meine Meinung). Mrs. U. mag die Putzfrau nicht so lange um sich haben. Mr. G. besteht auf Sauberkeit. Mrs. U. nervt das unentwegte Geplapper der Putzfrau. Es verstärkt nur ihren Streß. Mrs. U. würde gern eine Stelle annehmen oder ehrenamtlich tätig sein. Mr. G. läßt das nicht zu. »Die Kinder gehen vor.« (Mrs. U. hängt offensichtlich sehr an den Kindern.)

Mrs. U. wünscht, Mr. Pembroke würde der ganzen Familie viel, viel Geld geben, damit das Gequengel deswegen endlich aufhört. Sie hat nichts gegen Mr. Ian, aber ihr Mann läßt sie nicht mit ihm reden. Sie könnte Mr. Pembroke gernhaben, sie findet ihn lustig und großzügig, aber ihr Mann steht dazwischen. Sie kann sich ihrem Mann nicht widersetzen. Hat kein eigenes Geld, würde ich sagen. Sie sitzt in der Falle. (Kann die Kinder nicht selbst ernähren, könnte nicht ohne sie weggehen.)

Glaubt sie, Mr. Pembrokes Tod würde ihre Probleme lösen? Glaubt sie, wenn Mr. G. reicher wird, wird alles gut? Ich könnte ihr versichern, daß das ein Irrtum ist.

Ende der Ermittlung.

Arme Mrs. U. Arme Ursula. Hätte sie Quantum in die Luft sprengen können? Wenn sie's wollte, vielleicht. Es hörte sich an, als wäre sie vor Verzweiflung zu allem fähig. Besaß sie aber nur einen Funken Vernunft, dann sollte die Verzweiflung sie dazu treiben, Malcolm um Hilfe zu bitten, statt ihn umzubringen.

Ich heftete Ursula hinter Gervase: für immer in seinem Schatten.

Ich fragte mich, warum sie ihn geheiratet hatte, doch andererseits war ich auch auf ihrer Hochzeit gewesen, und hatte man nicht früher mal das glühende Ende seiner Zigarette gekostet, konnte man ihn für den Menschen halten, als der er, oberflächlich betrachtet, erschien - selbstbewußt, gutaussehend, entschlossen und stark. Ein aufsteigender junger Börsenmakler. Eine gute Partie.

Ich steckte Gervase und Ursula wieder in den Umschlag, aber da wollten sie nicht bleiben, sie hingen wie Kletten in meinen Gedanken.

Es mußte Tausende, Hunderttausende solcher traurigen Ehen geben, dachte ich, wo das Unglück von innen her kam. Wahrscheinlich konnte man leichter Katastrophen standhalten, die von außen kamen - man überstand Armut, Krankheit, Verlust. Viel schwerer war es, gute Auswege zu finden, wenn die Persönlichkeit zerfiel. Beide waren im Zerfall begriffen, Ursula wegen Gervase, Gervase wegen . . .

Wegen Malcolm? Wegen Malcolms Überdruß mit Vivien, seiner Affäre mit Alicia, seiner schnellen Heirat mit Joyce? Wegen der unehelichen Geburt? Aber Ferdinand war ein Produkt der gleichen Vorgänge, und Ferdinand war mit sich im reinen.

Es gibt Fragen ohne Antworten. Die nächstliegenden Antworten sind häufig falsch. Ich wußte nicht, warum Gervase auseinanderfiel? ich dachte nur, daß der Prozeß schon begonnen hatte, als wir beide in Quantum lebten - vielleicht schon im Mutterschoß.

Ich schlief unter unruhigen Träumen und fuhr am nächsten Morgen zum Reiten wie zur Therapie und Befreiung. Trost, das Wort von Norman West, paßte hier. Der rauhe Morgen, die galoppierenden Pferde, das Geschimpfe und die derben Späße, eine Tagesration der Realität, die ich mit achtzehn gewählt hatte. Ich wußte nicht, warum ich Pferde so mochte. Ein Wahl, die man trifft, enspringt tiefen Bedürfnissen, aber woher kommen die Bedürfnisse?

Ich war es nicht gewohnt, in solchen Bahnen zu denken. Normalerweise lebte ich ziemlich sorglos in den Tag, machte meine Arbeit, genoß die Teilnahme an Rennen, liebte, ohne mich auf Bedingungen einzulassen. In vieler Hinsicht war ich wohl faul, aber unkompliziert. Eine Raushaltestrategie, die ein jähes Ende gefunden hatte durch das Wiedersehen mit Malcolm in Newmarket.

Es war Dienstag.

Ursulas Putzfrau, dachte ich auf der Rückfahrt nach Cookham, würde jetzt Ursula die Hucke vollschwatzen, bis die Mädchen von der Schule wiederkamen. Ich fragte mich, ob Ursula in 14 Grant Street, Maidenhead, still und leise den Verstand verlor. Ich zog Straßenkleidung an und fuhr hin, um es herauszufinden.

Die Putzfrau kam an die Tür, mitteljährig, in einem geblümten Overall, mit neugieriger Miene. Mrs. Pembroke habe sich wegen Kopfschmerzen hingelegt, sagte sie, und ja, sie könne vielleicht mal nach oben gehen und fragen, ob ihr Schwager sie zum Lunch ausführen dürfe. Vielleicht möchte ich so lange in der Diele warten.

Ich wartete, und bald darauf kam Ursula blaß in Mantel und Handschuhen herunter.

»Oh!« sagte sie schwach, als sie mich sah. »Ich dachte, es wäre Ferdinand.«

Das hatte ich gehofft. Ich sagte: »Wo würdest du am liebsten hingehen?«

»Oh.« Sie war unentschlossen. Sie blickte die Treppe hinauf und sah die Putzfrau als interessierte Beobachterin auf dem Absatz stehen. Wenn sie nicht mit mir kam, würde sie sich erklären müssen.

»Komm«, sagte ich überredend. »Es ist warm im Auto.«

Das klang zwar albern, aber ich nahm an, sie hörte auf die Absicht, nicht die Worte. Sie kam über die Diele, ging mit mir zur Haustür hinaus und schloß sie hinter uns.

»Gervase wird das nicht recht sein«, sagte sie.

»Weshalb sollte er es erfahren?«

»Ihr wird schon was einfallen, wie sie's ihm sagen kann.« Sie deutete auf das Haus zurück, auf die Putzfrau. »Sie stiftet gern Unfrieden. Das verschönert ihr Leben.«

»Warum behältst du sie?«

Sie zuckte die Achseln. »Ich hasse Hausfrauenarbeit. Wenn ich sie entlasse, muß ich selber ran. Gervase sagt, sie ist gründlich, und er bezahlt sie. Er sagt, er würde niemand anders bezahlen.«

Sie stellte das sachlich fest, aber ich war erschrocken über dieses Bild häuslicher Tyrannei. Wir stiegen ins Auto, und ich fuhr zur Stadt hinaus, auf den Ort Bray zu, und unterwegs sagte sie noch zweimal: »Gervase wird das nicht recht sein.« Wir hielten an einem kleinen Restaurant an der Straße, und sie wählte Gemüsesuppe und Moussaka, wobei sie mehrmals über ihre Schulter blickte, als würde ihr Mann plötzlich auftauchen und zum Sprung ansetzen.

Ich bestellte eine Karaffe Rotwein. »Nicht für mich«, protestierte sie, aber als er dann kam, trank sie ihn fast geistesabwesend. Sie hatte Mantel und Handschuhe abgelegt und saß in einem abgetragenen grauen Rock und blauem Pulli mit cremefarbener Bluse darunter am Tisch. Sie trug eine Perlenkette. Ihr braunes Haar wurde auf einer Seite von einer Schildpattspange zurückgehalten, und auf ihrem blassen Mund war kein Lippenstift. Die Aufmachung, nahm ich an, die Gervase verlangte.

Als die Suppe kam, sagte sie: »Ferdinand rief gestern abend an und erzählte Gervase, Malcolm hätte dir zufolge ein neues Testament gemacht.«

»Ja, richtig«, stimmte ich zu. »Er zeigte es mir.«

»Gervase hat mit mir nicht darüber gesprochen«, sagte sie. »Er rief Alicia an, um es ihr mitzuteilen, und das hörte ich. So geht es meistens. Mir erzählt er nichts, er erzählt's seiner Mutter.«

»Wie verstehst du dich mit Alicia?« fragte ich.

Sie aß behutsam die Suppe, die schon auf ihrem Löffel war. Sie sprach, als bahne sie sich einen Weg durch ein Minenfeld.

»Meine Schwiegermutter«, sagte sie eindringlich, »hat mehr Unheil gestiftet als sonst jemand seit Eva. Ich kann nicht über sie reden. Iß deine Suppe.«

Ich hatte den Eindruck, wenn sie erst mal anfinge, über Alicia zu reden, würde sie nicht mehr aufhören. Ich überlegte, wie ich sie dazu bewegen könnte, aber als ich zögernd fragte, was sie unter Unheil verstehe, schüttelte sie heftig den Kopf.

»Nicht hier«, sagte sie.

Ich ließ es sein. Sie sprach von ihren Kindern, was ihr ohne Anspannung gelang – sie wirkte fast angeregt dabei –, und so kamen wir zu dem Moussaka.

»Was machst du auf deinen Ausflügen nach London?« fragte ich beiläufig.

Sie sah verblüfft drein, sagte dann: »Ach ja, der unselige Mr. West. Gervase war wütend auf ihn. Dann wurde er auch sauer auf mich und wollte wissen, wo ich gewesen bin. Herumgewandert bin ich, weiter nichts.«Methodisch aß sie ihr Moussaka. »Ferdinand hat Gervase und Gervase hat Alicia etwas von einem Baumstumpf erzählt. Worum ging es denn da?«

Ich klärte sie über das Kordit auf.

Sie nickte. »Gervase sagte Alicia, er hätte schwer gelacht, als der alte Fred auf die Nase fiel.«

Der Gedanke an Sprengstoffe schien sie nicht zu beunruhigen. Wir beendeten den Lunch, ich zahlte, und wir traten die kurze Rückfahrt nach Maidenhead an. Vor dem Ort hielt ich jedoch auf einem Parkstreifen und stellte den Motor ab.

Sie fragte nicht, warum wir angehalten hatten. Nach einer Pause sagte sie: »Alicia ruiniert unsere Ehe, das weißt du wohl?«

Ich murmelte zustimmend.

»Ich hatte Gervase erst vier Monate gekannt, als wir heirateten. Mir war nicht klar ... Sie hat ihn von Geburt an verkorkst, was? Mit ihren Schauermärchen und ihrer Bosheit. Sie hetzt ihn dauernd gegen dich auf. Gervase sagt manchmal schreckliche Sachen über dich ... Ich meine, voller Drohungen ... mir ist das verhaßt. Ich versuche ihn davon abzubringen, aber er hört nicht auf mich, er hört auf sie. Sie sagt, du spottest über ihn, du kommst dir haushoch überlegen vor, weil du ehelich geboren bist. Ich weiß, daß das nicht stimmt. Gervase glaubt ihr aber. Sie sagt ihm immer wieder, Malcolm hätte sie rausgeworfen und sie nie geliebt. Sie ist böse. Und sieh doch nur, was sie Serena angetan hat. Gervase sagt, sie war ein aufgewecktes Mädchen, aber Alicia wollte nicht, daß sie weiter auf die Schule ging, sie wollte, daß sie ein kleines Mädchen blieb, statt erwachsen zu werden. Heute haßt Serena alle Männer, und das ist Alicias Schuld. Die einzigen männlichen Wesen, von denen Serena sich anfassen läßt, sind Ferdinand und Gervase. Es ist so ein Jammer. Alicia hat auch Ferdinands erste Frau vertrieben, weißt du das? Ihr zugesetzt, bis sie es nicht mehr aushielt und ging. Ich ahne nicht, wie Debs mit ihr klarkommt. Mich macht es verrückt, weißt du, ihr ewiges Gezeter. Sie ist der schlimmste Feind, den du nur haben kannst. Wärst du ermordet worden, wäre sie es gewesen.«

»Sie war nicht immer so«, sagte ich, als sie schwieg. »Als sie noch in Quantum lebte, hat sie mich genauso behandelt wie Ferdinand und Gervase.«

»Dann muß es damit angefangen haben, daß Malcolm dich als einzigen dabehielt, und je älter sie wurde, desto schlimmer wurde es. Sie ist jetzt viel schlimmer als bei unserer Hochzeit, und da war sie schon schlimm genug. Sie haßte Coochie, weißt du, und Coochie war doch nett, oder? Mir tat es leid, als Coochie starb. Aber Coochie hat der ganzen Familie außer dir verboten, im Haus zu wohnen, und ich glaube, damals wandte Alicia sich gegen dich. Oder vielmehr, da ließ sie es raus. Ich wette, es war die ganze Zeit schon in ihr. Ähnlich wie Gervase Sachen für sich behält und sie dann gewaltsam rausläßt . . . Serena ebenfalls und auch Ferdinand . . . sie sind alle so. Ich wünschte, Alicia würde sterben. Ich kann verstehen, daß Menschen töten wollen. Ich würde gern Alicia umbringen.«

Sie schwieg abrupt, die ungeschminkte Wahrheit zitterte in ihrer Stimme.

»Fahr mich nach Hause«, sagte sie. »Ich hätte das nicht sagen sollen.«

Ich ließ nicht sofort wieder den Motor an. Ich sagte: »Ist es Alicia, die Gervase zum Trinken bringt?«

»Oh!« Ursula schluckte; der Zorn war verebbt, das Elend kam wieder hoch. »Es ist einfach . . . alles. Ich merke, daß er unglücklich ist, aber er läßt sich von mir nicht helfen, er redet nicht mit mir, er redet nur mit ihr, und sie macht es schlimmer.«

Ich seufzte und fuhr los zur Grant Street. Alicia war noch nicht ganz sechzig: Die schlimmste der Hexen konnte sie alle überleben.

»Ich hätte dir das alles nicht erzählen sollen«, sagte Ursula, als ich vor der Tür anhielt. »Es wird Gervase nicht recht sein.«

»Gervase wird nicht erfahren, was du gesagt hast.«

Sie kramte ein Taschentuch aus ihrer Handtasche und putzte sich die Nase.

»Danke für den Lunch. Hat deine Mutter dir erzählt, daß wir in London ein paarmal zusammen geluncht haben, sie und ich? Sie gibt mir gute Ratschläge. Gervase kann ich das nicht sagen, er wäre wütend.«

Ich nickte. »Joyce sagte mir, daß ihr Freundinnen seid.«

»Sie zieht furchtbar über Alicia her. Da werde ich immer gleich fröhlicher.« Sie gab mir ein mattes Lächeln und stieg aus dem Auto. Sie winkte, als sie ihre Haustür aufschloß; ich winkte zurück und fuhr weiter. Nach wenigen Minuten war ich wieder in Cookham.

Ich dachte, es könnte interessant sein, einmal zu sehen, was Norman West von Alicia gehalten hatte, und suchte die Notizen über sie heraus.

West hatte geschrieben:

Mrs. Alicia Pembroke (59) lehnte bei meinem ersten Besuch jedes Gespräch mit mir ab und war bei meinem zweiten unhöflich und gereizt.

Mrs. Alicia lebt in 25 Lions Court, London Road, Windsor, einem Apartementhaus. Sie bleibt dabei, daß sie sich nicht erinnern kann, was sie an dem Freitag und dem Dienstag getan hat: ihre Zeit vertrödelt, sagt sie. »Ein Tag ist wie der andere.« Ich glaube, sie behindert die Untersuchung absichtlich.

Mrs. A. fährt einen großen silbergrauen Fiat. Sauber, kein Blechschaden.

Mrs. A. ist mir persönlich feind, weil ich sie in der Scheidungssache von Mrs. Joyce beschattet habe, obwohl ihr das letztlich zugute kam. Vor achtundzwanzig Jahren! Sie erinnert sich an jede Einzelheit von damals. An letzten Dienstag kann sie sich nicht erinnern . . .

Ich fragte sie, ob sie jemals meine Dienste in Anspruch genommen habe. Sie sagte nein. (?)

Mrs. A. ist anders als die Miß A., die ich beschattet habe. Miß A. war voller Kichern, sehr kleinmädchenhaft. Mr. A. kleidet und gibt sich immer noch sehr jugendlich, ist aber verbittert. Merkwürdig, wie manche Frauen in Liebschaften aufblühen und in der Ehe welken. Es scheint, als liebten sie die Heimlichkeit und Ungehörigkeit, nicht den Mann selbst.

Mrs. A. bitterböse, was Mr. Pembrokes Ausgaben angeht. Mr. Ians Name rief zornige Blicke hervor. Mrs. A. warf mich raus.

Ende der Ermittlung.

Kurz und schmerzhaft, dachte ich.

Mir graute davor, als nächstes Alicia zu besuchen. Ich hielt sie körperlich nicht für fähig, den bewußtlosen Malcolm zu tragen, und zum Bombenbauen hielt ich sie für zu ungeschickt; hinreichend gute Gründe, um einer Sache aus dem Weg zu gehen, die mich ungefähr so lockte wie der Sprung in einen krokodilverseuchten Sumpf.

Ich wollte auch nicht mit Gervase reden, aber das ließ sich nicht so leicht umgehen.

Am frühen Abend fuhr ich noch einmal in die Grant Street, parkte ein Stück weg von Nr. 14 an der Straße und wartete auf die Rückkehr des Hausherren. Erst, als ich dort saß, fiel mir Norman Wests Rat zur Selbstverteidigung ein. Pfeffer . . . Lack . . . ich konnte mir nicht vorstellen, Gervase - oder überhaupt jemandem - so etwas in die Augen zu schleudern. Gervase war verdammt nochmal mein Bruder. Halbbruder. Kain brachte Abel um. Abel hatte seinen Pfeffer oder seinen Lack nicht griffbereit.

Während dieser nüchternen Überlegung meinerseits kam Gervase nach Hause.

Sein Rover bog in die kurze Hauseinfahrt und hielt vor der Garage. Mit einer Aktenmappe unterm Arm schloß sich Gervase die Haustür auf. Fünf Minuten später ging ich die Straße hinauf und klingelte.

Die Tür wurde von einer der Töchter geöffnet, die über ihre Schulter rief: »Es ist Ian.«

Gervase, noch in seinem City-Anzug, kam sofort aus dem Wohnzimmer in die Diele, sah abweisend drein und hielt ein geschliffenes Trinkglas in der Hand, das offenbar halb mit Scotch gefüllt war.

»Ferdinand rief mich an«, sagte er gebieterisch. »Es ist Sache der Polizei, sich um den Bombenanschlag auf Quantum zu kümmern, nicht deine.«

»Malclolm hat mich darum gebeten«, sagte ich.

»Es ist wohl besser, du kommst rein.« Er war unwillig, wies mich aber in das Zimmer, aus dem er gekommen war. »Möchtest du was trinken?«

»Ja, bitte.«

Er goß Scotch aus der Flasche in ein zweites geschliffenes Glas, gab es mir und deutete auf den geschliffenen Wasserkrug, der auf einem silbernen Tablett stand. Ich verdünnte meinen Drink, nippte daran und sagte: »Danke.«

Er nickte, mit dem eigenen Glas beschäftigt.

Von Ursula war nichts zu sehen, doch ich konnte die hellen Stimmen der beiden Mädchen aus der Küche hören und nahm an, sie war bei ihnen. Sie würden ihr sagen, daß ich gekommen war, und sie würde besorgt sein wegen ihres Lunchs.

»Ferdinand hat ihr von Malcolms neuem Testament erzählt«, sagte Gervase ungehalten. »Die Klausel über seine Ermordung einzufügen, war lächerlich. Was ist, wenn irgendein Straßenräuber ihn zufällig abknallt? Verlieren wir dann alle unsre Erbschaft?«

»Ein zufälliger Straßenräuber ist unwahrscheinlich. Ein bezahlter Killer vielleicht nicht.«

Gervase machte große Augen. »So ein Blödsinn.«

»Wer hat Moira umgebracht?« sagte ich. »Wer hat dreimal versucht, Malcolm umzubringen?«

»Woher soll ich das wissen?«

»Ich finde, du solltest mal darüber nachdenken.«

»Nein. Dafür ist die Polizei da.« Er trank. »Wo ist er jetzt?«

»Bei Freunden.«

»Ich habe ihm hier ein Bett angeboten«, sagte er ärgerlich, »aber ich bin wohl nicht gut genug.«

»Er wollte von der Familie weg«, sagte ich neutral.

»Aber er ist doch bei dir.«

»Nein, jetzt nicht mehr.«

Bei dieser Neuigkeit schien er sich etwas zu entspannen.

»Habt ihr euch wieder gezankt?« sagte er hoffnungsvoll.

Wir standen noch mitten im Zimmer, da das Angebot, etwas zu trinken, sich nicht auf einen Sitzplatz erstreckt hatte. Dicke chintzbezogene Sessel mit stilisiertem Blumenmuster nahmen den graugesprenkelten Teppich ein, schwere rote Vorhänge waren an den Fenstern, und in dem gemauerten Kamin brannte ein frisch angelegtes Feuer. Ich war etwa so selten bei ihm gewesen wie bei Ferdinand und noch nie oben.

»Wir haben uns nicht gezankt«, sagte ich. »Erinnerst du dich, wie der alte Fred den Baumstumpf gesprengt hat?«

Der Themenwechsel bereitete ihm keine Mühe. »Ferdinand sagte, daß du danach gefragt hast. Natürlich erinnere ich mich.«

»Hat Fred dir gezeigt, wie man den Sprengstoff zündet?«

»Einen Dreck hat er. Du willst doch wohl nicht unterstellen, daß ich das Haus gesprengt habe, oder?« Sein Zorn, immer nah an der Oberfläche, kletterte ein paar Kerben höher.

»Nein«, erwiderte ich ruhig. »Ich hätte fragen sollen, ob Fred dir oder sonst jemandem gezeigt hat, wie man den Sprengstoff zündet.«

»Ich kann nur für mich sprechen«, betonte er, »und die Antwort ist nein.«

Gervase war massig, und mir schien, er hatte zugenommen. Sein Anzug sah prall gefüllt aus. Ich hatte nie ganz seine Körpergröße erreicht. Er war der größte und stämmigste von Malcolms Söhnen und mit Abstand der energischste. Er wirkte wie ein starker, erfolgreicher Mann, und er war dem Zusammenbruch nahe wegen eines Stückes Papier, auf das keiner außer ihm Wert legte.

Vielleicht, dachte ich, war etwas von dieser Verranntheit in uns allen. Bei den einen war es gesund, bei den anderen zerstörerisch, aber die Gene, die für Malcolms midasähnliche Goldbesessenheit verantwortlich waren, hatten sich als Anlage durchgesetzt.

Gervase sagte: »Rückt Malcolm was raus, bevor er stirbt?«

Seine Stimme war laut und beherrschend wie üblich, doch ich sah ihn nachdenklich über mein Glas hinweg an. Ich hatte einen eigenartig verzweifelten Unterton gehört, als wäre die Sache nicht nur von theoretischem Interesse für ihn, sondern lebenswichtig. Norman Wests Notizen stellten sich wieder ein: »... den Schneid verloren und verkauft nur noch narrensichere Papiere. Wer zu sehr auf Nummer Sicher geht, ist ein schlechter Börsenmakler ...« Gervase, der so gut situiert zu sein schien, war es am Ende vielleicht doch nicht.

Ich beantwortete den Wortlaut der Frage, nicht die versteckte Botschaft. »Ich habe ihn darum gebeten. Er sagte, er wolle es sich überlegen.«

»Verdammter alter Narr«, sagte Gervase heftig. »Er führt uns an der Nase rum. Verschleudert den Kies, bloß um uns zu ärgern. Kauft *Gäule* dafür. Ich könnte ihn erdrosseln.« Er hielt ein, als sei er erschrocken über das, was er mehr oder minder aus Überzeugung herausgebrüllt hatte. »Redewendung«, setzte er mit hartem Blick hinzu.

»Ich versuche es noch mal«, sagte ich, ohne darauf einzugehen, »aber Vivien hat's schon versucht und ihn gekränkt, so daß er auf stur geschaltet hat. Malcolm ist halsstarrig, wie wir es alle sind, und je mehr man ihn zu drängen sucht, desto stärker widersetzt er sich.«

»Du hast ihn zu den Pferdekäufen überredet. Von selbst wäre er da nie drauf gekommen.« Er funkelte mich an. »Zwei Millionen Pfund für einen verdammten *Jährling.* Ist dir klar, was zwei Millionen Pfund bedeuten? Hast du die leiseste Ahnung? *Zwei Millionen Pfund* für ein vierbeiniges Nichts? Er ist völlig durchgeknallt. Würde er zwei Millionen Pfund in unsereins investieren, wären wir für den Rest des Lebens alle Sorgen los, und er geht hin und gibt sie für ein *Pferd* aus. Zurückgebliebene Kinder sind schlimm genug, eine halbe Million für retardierte Kinder ... aber das genügt ihm nicht, wie? Oh nein. Er kauft gleich noch diesen blöden Blue Clancy, und wieviel Millionen hat denn der ihm gekostet? Wie viele?« Er war hartnäckig, streitlustig, fordernd, stieß das Kinn aggressiv vor.

»Er kann sich's leisten«, sagte ich. »Ich glaube, er ist sehr reich.«

»Glaubst du!« Gervase wurde noch zorniger. »Woher willst du wissen, daß er nicht den letzten Penny wegwirft? Ich werde einen Weg finden, ihn zu stoppen. Man *muß* ihn stoppen.«

Er streckte plötzlich seine freie Hand aus und entriß mir mein halbvolles Glas.

»Mach, daß du rauskommst«, sagte er. »Mir reicht's.«

Ich rührte mich nicht. Ich sagte: »Mich rauswerfen, löst keine Probleme.«

»Es ist ein verdammt guter Anfang.« Er stellte beide Gläser auf den Tisch und sah aus, als wäre er bereit, den Gedanken in die Tat umzusetzen.

»Als Malcolm nach Cambridge floh«, sagte ich, »hat Alicia dir da erzählt, wo er war?«

»Bitte?« Es bremste ihn einen Moment. »Ich weiß nicht, wovon du redest. Los, raus mit dir.«

»Hast du Malcolms Hotel in Cambrdige angerufen?«

Er hörte kaum zu. Er brach in eine tiefempfundene Tirade aus. »Ich habe deinen Spott und dein affektiertes Getue satt. Du hälst dich für was Besseres als mich, und du *bist* nicht besser. Seit jeher hast du Schleimpunkte bei Malcolm gesammelt und ihn gegen uns aufgehetzt, und er ist blind und dumm, was dich angeht ... verschwinde.« Drohend trat er vor, die eine Hand zur Faust geballt.

»Trotzdem soll ich mich für dich einsetzen«, sagte ich und blieb still stehen.

Sein Mund ging auf, doch er brachte keinen Ton heraus.

»Alicia erzählt dir, daß ich über dich spotte«, sagte ich, »aber das stimmt nicht. Sie lügt dir was vor, und du glaubst es. Ich habe Malcolm nie gegen dich aufgehetzt. Schlag mich jetzt, und ich könnte auf den Gedanken kommen. Wenn ich versuchen soll, Malcolm dazu zu bringen, daß er blecht, nimm die

Faust runter und gib mir meinen Scotch zurück, dann trinke ich aus und gehe.«

Nach einer langen Schweigepause, in der er mich anstarrte, kehrte er mir den Rücken. Ich faßte das als Einverständnis mit den Bedingungen auf und ergriff eines der Gläser, nicht sicher, ob es meins war oder seins.

Es war seins. Der Drink war viel stärker, kaum mit Wasser vermischt. Ich setzte ihn ab und ergriff den anderen. Da er sich nicht umdrehte, merkte er nichts davon.

»Gervase«, sagte ich nüchtern, »geh mal zum Psychiater.«

»Kümmer dich um deine Scheißangelegenheiten.«

Ich trank einen Schluck Scotch, aber nur symbolisch, und stellte das Glas wieder hin.

»Tschüß«, sagte ich.

Er zeigte mir noch immer seinen Rücken und schwieg. Ich zuckte hinter ihm die Achseln und ging auf den Flur hinaus. Ursula und die beiden Mädchen standen besorgt in der Küchentür. Ich lächelte sie schief an und sagte zu Ursula: »Wir packen das schon irgendwie.«

»Hoffentlich.« Vergebliche Hoffnung, drückte ihr Ton aus.

»Ich komme wieder«, sagte ich, wußte zwar nicht, ob ich das ernst meinte, war aber jedenfalls entschlossen, mein möglichstes zu tun, um ihr oder Gervase zu helfen.

Leise verließ ich das Haus und kehrte nach Cookham zurück, von wo ich die Canders in Lexington anrief. Ich sprach mit Mrs. Cander; Sally.

Malclolm war mit Ramsey nach Stamford, Connecticut, geflogen, sagte sie. Anscheinend wollten sie irgendein Geschäft abwickeln. Sie und David hatten sich über Malcolms Besuch wirklich gefreut, und Malcolm hatten es die Pferdefarmen angetan. Ja, natürlich hätte sie Ramseys Telefonnummer, er sie ein alter Freund. Sie gab mir die Nummer durch. Ich dankte ihr, und sie sagte, alles klar und einen schönen Tag noch.

Ramsey und Malcolm waren nicht zu Hause. Eine Frau, die sich meldete, riet mir, es um halb sechs zu versuchen. Ich versuchte es um halb sechs Connecticutter Zeit, und sie waren immer noch nicht da. Die Frau sagte, Mr. Osborn sei ein beschäftigter Mann und ob ich eine Nachricht hinterlassen wolle. Ich bat sie, Mr. Pembroke auszurichten, daß sein Sohn Ian angerufen habe, es aber keine besonderen Neuigkeiten gebe. Wird gemacht, sagte sie.

Ich ging schlafen, galoppierte am Morgen auf den Downs und rief anschließend vom Haus des Trainers, dessen Pferde ich ritt, Superintendent Yales Dienststelle an. Er war da und kam an den Apparat.

»Wo sind Sie?«

»Im Augenblick in einem Rennstall bei Lambourn«

»Und Ihr Vater?«

»Weiß ich nicht.«

Er gab ein ungläubiges Grunzen von sich. »Wann könnten Sie mich in Quantum House treffen?«

Ich sah auf die Uhr. »In Rennkleidung«, sagte ich, »in fünfundvierzig Minuten. Wenn ich mich umziehen soll, legen Sie eine Stunde drauf.«

»Kommen Sie, wie Sie sind«, sagte er. »Mr. Smith meint, da gibt's was zu sehen.«

15

In Quantum waren die Trümmerhaufen auf bloßen Dreck reduziert.

Ich ging zur Hinterseite des Gebäudes und fand zwei behelmte Männer knapp knöcheltief in dem Geröll, das sie Stein für Stein vom Haus zum Müllcontainer beförderten. Der Wind hatte nachgelassen und die Wolken sich so weit gelichtet, daß blasser Sonnenschein auf die Szene fiel, wodurch sie mir öder denn je vorkam.

Superintendent Yale stand mit Sprengstoff-Smith in seinem beigen Overall und dem blauen Helm an einem Zeichentisch, der auf dem Rasen aufgestellt war; man beriet sich mit gesenkten Köpfen. Auf der anderen Seite des Seils, hinter dem Rasen, waren keine Zuschauer mehr, nicht einmal Arthur Bellbrook. Ich ging zu den Fachleuten hinüber und wünschte guten Morgen.

»Guten Morgen«, sagten sie aufblickend. »Schön, daß Sie gekommen sind«, setzte Smith hinzu.

Er streckte lässig die Hand aus, hob einen Gegenstand vom Tisch auf und hielt ihn mir hin.

»Das haben wir gefunden«, sagte er. »Was halten Sie davon?«

Ich nahm ihm das Ding ab. Es war ein Röllchen dünnen isolierten Drahts, doch war die Rolle auseinandergezogen worden und der Draht daher nur leicht geringelt. Er maß etwa 50 cm. Der Plastiküberzug war weiß gewesen. An beiden Enden ragten etwa zweieinhalb Zentimeter Draht aus dem Kunststoff hervor. An einem Ende hatte jemand einen Uhrzeiger an dem Überzug festgeklebt. Der Zeiger wies auf den blanken Draht, so daß der Draht eine Verlängerung des Zeigers bildete.

Ich sah mir das verzweifelt, wenn auch nicht entsetzt an. Ich hatte gebangt und gehofft . . . mich gegen die Möglichkeit gewehrt.

Als ich keine Frage stellte, sagte Yale mit erwachendem Argwohn: »Bedeutet Ihr Schweigen, daß Sie wissen, was das ist?«

Ich blickte zu den beiden Männern auf. Sie hatten nicht erwartet, daß ich es wußte, waren erstaunt, ja verblüfft über meine Reaktion.

»Ja«, sagte ich düster. »Ich weiß es. Haben Sie noch andere Teile gefunden?«

Smith deutete auf den Tisch. Ich machte einen Schritt zur Seite und schaute hin. Da lagen einige Metall- und Plastikstücke, aber nicht die, die ich erwartet hatte. Keine Zahnräder oder Federn. Eine graue Plastikscheibe mit einem kleinen Loch in der Mitte.

»War das eine Uhr?« sagte ich zweifelnd.

»Eine batteriebetriebene«, sagte Smith. »Da ist die Spule des Elektromotors.«

Die Spule war winzig, etwa einen Zentimeter im Durchmesser.

»Wie haben Sie das in dem ganzen Schutt gefunden?« fragte ich.

»Wir fanden mehrere Überreste der Polstertruhe, die am Fußende von Mr. Pembrokes Bett stand. Diese Bruchstückchen setzten sich im Deckel fest, als die Truhe auseinanderflog. Der Draht mit dem Uhrzeiger und das hier« – er hob die flache Plastikscheibe auf – »lag in demselben Bereich.« Er drehte die Scheibe um, und auf der anderen Seite war ein Zifferblatt zu sehen. »Irgendwo müßte auch noch mindestens ein anderes Stück Draht sein, ein Teil des Uhrgehäuses und eine oder zwei Batterien, aber danach suchen wir noch. Ich glaube nicht, daß es sich um einen Wecker gehandelt hat. Wir konnten keine Spur von einem Läutwerk entdecken.«

»Nein, das war wohl kein Wecker«, sagte ich.

Der Superintendent war bei Smiths Ausführungen unruhig geworden und konnte nicht mehr an sich halten.

»Würden Sie bitte erklären, woher Sie mit dieser Vorrichtung vertraut sind«, sagte er grollend. »Hat der Gärtner so etwas benutzt, um den Baumstumpf zu sprengen?«

»Nein, ich glaube nicht. Der Mechanismus war nicht zur Bombenzündung gedacht. Es war ein Spielzeug.«

»Was für ein Spielzeug?«

»Tja . . . um Sachen anzuschalten. Hauptsächlich Taschenlampenbirnen. Zum Beispiel die Bahnhofsbeleuchtung einer Modelleisenbahn, die wir hatten. Manchmal auch einen Summer. Es war unglaublich einfach.«

»Erklären Sie«, befahl Yale.

Ich warf einen Blick auf Smith. Er nickte resigniert.

»Man nimmt eine alte oder billige Uhr dafür«, sagte ich. »Wir hatten Uhren zum Aufziehen, keine mit Batterie. Man befestigt einen Leitungsdraht an einem Zeiger, so wie hier, und läßt ein blankes Stück Draht überstehen, das den Zeiger wesentlich verlängert.«

»Die Zeiger sind noch an der Uhr, nehme ich an?«

»O ja. Manchmal haben wir allerdings den Minutenzeiger abgemacht und nur den Stundenzeiger benutzt, der zwar kürzer, aber stärker ist. Wichtig ist nur, daß der blanke Draht über den Rand des Zifferblatts heraussteht. Wir haben den Draht mit Klebstoff an den Zeiger geklebt. Dann verbindet man den langen Teil des Drahts von der Uhrmitte aus mit einer Batterie. So einer 9-Volt-Batterie mit Stutzen dran.«

Smith nickte immer noch. Yale machte ganz den Eindruck, als dürfte ich Derartiges nicht wissen.

»Wir haben noch eine Menge anderer Apparate gebastelt«, sagte ich und hörte selber, wie ich mich verteidigte. »Summer für Morsefunk. Zimmertelefone. Einmal baute ich ein Schloß, das nur mit einem geraden Stück Draht betätigt werden konnte.« Und es ging noch ausgezeichnet, aber das würde ich ihm nicht vorführen.

Yale seufzte. »In diesem Fall ist also der Draht mit einem Ende an dem Uhrzeiger und mit dem anderen an einer Batterie befestigt, ja? Fahren Sie von da aus fort.«

»Man benötigt noch zwei Längen Draht. Der eine geht von der Batterie zu dem Teil, das Sie in Betrieb setzen wollen. In unserem Fall war das meistens eine kleine Glühbirne in einer Metallfassung. Der dritte Draht lief von der Metallfassung zur Uhr zurück. Den haben wir mit Klebstoff am Uhrgehäuse selbst befestigt, nicht an den Zeigern, und zwar so, daß das offengelegte Drahtende nach vorn wies - es zeigte auf einen, wenn man vor der Uhr stand.« Ich demonstrierte es mit dem Zifferblatt. »Wir haben ihn meistens oben über der Zwölf angeklebt, aber das kann man halten wie man will. Dann zieht man die Uhr auf, stellt den drahtverlängerten Zeiger nach Belieben ein und wartet einfach ab. Der verkabelte Zeiger wandert auf den vorstehenden Draht zu und stößt schließlich im rechten Winkel dagegen. Damit ist der Stromkreis von den Uhrdrähten über die Batterie zum Licht und wieder zurück zur Uhr geschlossen, also geht das Licht an. Der Uhrzeiger will vorrücken, und der vorstehende Draht hemmt ihn weiterhin, also bleibt das Licht an. Tja« - endete ich lahm - »so ging das, als wir die gebaut haben.«

»Die?« sagte Yale bestürzt.

»Sie waren leicht zu basteln. Sie waren interessant. Ich weiß nicht, wie viele wir hatten, aber bestimmt so einige.«

»Mein Gott.«

»Im Spielzimmer könnte noch eins sein«, sagte ich. »Da stehen die alten Modellbahnen.«

Yale sah mich böse an. »Wie viele Ihrer Angehörigen haben diese Geräte gesehen?« fragte er.

»Jeder.«

»Wer hat sie gebaut?«

»Ich, Gervase und Ferdinand. Auch Thomas. Ich entsinne mich nicht, wer sonst noch.«

»Aber Ihre ganze Familie weiß, wie man einen einfachen Zeitschalter baut?«

»Ja, ich nehme es an.«

»Und warum«, sagte er, »haben Sie das nicht schon früher erwähnt?«

Ich seufzte und drehte den verkabelten Uhrzeiger in meinen Fingern. »Zunächst mal«, sagte ich, »weil es mir erst einfiel, nachdem ich neulich von hier weggefahren war. Nachdem wir das Schwarzpulver ausgegraben hatten und so weiter und ich in die Vergangenheit zurückgeblickt hatte. Ich wollte auch nicht, daß sie das hier finden. Ich wollte, daß Sie etwas Raffiniertes finden, etwas, das keiner von der Familie sich hätte ausdenken können.«

»Hm.« Er akzeptierte das anscheinend. »Wie viele Leute außerhalb Ihrer Familie wußten von diesen Uhren?«

»Mehrere, nehme ich an, aber es ist so lange her. Niemand würde sich daran erinnern, oder?«

»Vielleicht doch.« Yale wandte sich Smith zu. »Dieses Spielzeug hat wirklich die Bombe ausgelöst?«

Smith nickte. »Hört sich ganz richtig an. Drahtverbindung zu einem Zünder, statt wie bei den Pembroke-Kindern zu einer Taschenlampenbirne ...« Er breitete die Hände aus. »Mehr Strom wäre nicht nötig.«

Kein Wunder, daß sie beschlossen, einen Blick in das Spielzimmer zu werfen. Vorsichtig bahnten sie sich einen Weg durch das knöchelgefährdende Geröll und strebten auf den Korridor zu, der inzwischen relativ freigeräumt war. Im Spielzimmer war es durch die mit Sperrholz vernagelten Fenster halbdunkel. Ein wenig Licht drang zur Tür herein, aber es dauerte ein paar Minuten, bis unsere Augen sich angepaßt hatten, so daß Yale erst einmal gegen die Fahrräder stieß und sie umwarf. Ich half ihm, sie aufzuheben. Er wollte wissen, wem sie gehörten, und ich erzählte ihm von Peter und Robin.

Ohne sich weiter dazu zu äußern, beobachtete er, wie ich zu den Regalen hinüberging und mir die Kisten vornahm. Ich war seit den Zeiten der Zwillinge überhaupt nicht mehr in dem Zimmer gewesen, und ihre eigenen Spielsachen hatten die von ihren älteren Geschwistern abgelegten oder ausrangierten derart überlagert, daß mir das meiste, was ich sah, unbekannt vorkam, als gehöre es Fremden. Erst nach einigen Minuten machte ich die gesuchte Kiste ausfindig, nahm sie vom Regal herunter und stellte sie auf den Tisch.

Irgend jemand, vermutlich Coochie, hatte die Eisenbahn endgültig weggepackt, nachdem Gervase und Ferdinand aus dem Haus waren und ich nur noch mit Schule und Pferden zu tun hatte. Einmal war die Anlage durch das halbe Zimmer gelaufen, aber Peter und Robin waren fernsehsüchtiger gewesen als wir anderen und hatten sie nicht wieder hervorgeholt. Ich machte die Kiste auf und fand die alten Schätze unberührt, ein wenig verbeulter, als ich gedacht hatte, mit Rost an den vielbenutzten Rädern.

Ich holte ein paar Lokomotiven und etliche Wagen heraus, danach einen Tunnel, ein Stellwerk mit roten und grünen Birnen und einen braunen Plastikbahnhof, verziert mit leeren Lampenfassungen zwischen den Reklameschildern. Wahrscheinlich kamen jedem Erwachsenen die wiederentdeckten Spielsachen seiner Kindheit kleiner, toter, weniger reizvoll vor, als er sie im Gedächtnis hatte. Die Züge waren verstaubt und traurig, Wegwerfrelikte für den Container draußen, deprimierend. Die kleinen Lichter brannten längst nicht mehr.

Ich räumte alles aus der Kiste, aber Uhren waren nicht dabei.

Smith begann sämtliche Schachteln durchzusehen, deren Inhalt nicht gleich am Deckelbild kenntlich war. Yale tat mit hoffnungslosem Gesichtsausdruck dasselbe. Ich übergab die Eisenbahn bedauernd wieder der Vergessenheit.

»Na, sieh mal an«, sagte Smith plötzlich. »Eine Goldgrube.«

Aus einem Gewirr von Legobauten hatte er eine bunte, neu wirkende Uhr mit einem Mickymauszifferblatt in unverblaßtem Technicolor hervorgezogen. Mickys Hände mit den dicken weißen Handschuhen waren die Zeiger der Uhr. An dem Minutenzeiger war ein Röllchen weißen Isolierdrahts befestigt. Eine zweite weiße Drahtrolle klebte auf dem roten Uhrgehäuse, ihr offengelegtes Ende ragte über der Zwölf nach vorn. Als Smith das Ganze hochhielt, hingen die weißen Rollen wie Papierschlangen herunter.

Ich betrachtete die Uhr verständnislos.

»Die habe ich noch nie gesehen«, sagte ich. »Wir haben sie nicht dekorativ gemacht. Unsere waren« – ich suchte nach dem Wort – »funktional.«

Smith stöberte in Legoland. »Keine Batterie zu finden«, meldete er. »Auch keine Glühbirne, was das anbelangt.« Eine Pause. »Moment mal ...« Er klapperte herum und brachte schließlich triumphierend einen rot und weißen Legoturm zum Vorschein, in dessen Spitze eine Glühbirnenfassung befestigt war.

»Ein Leuchtturm, meinen Sie nicht?« fragte er, als er ihn hinstellte. »Hübsch.«

»Irgend jemand hat das für Ihre Zwillingsbrüder gemacht«, sagte Yale. »Haben Sie's bestimmt noch nie gesehen?«

Ich schüttelte den Kopf. »Damals wohnte ich nicht hier, ich kam nur zu Besuch. Die Zwillinge hatten jedenfalls eine kurze Aufmerksamkeitsspanne. Sie wurden neues Spielzeug ziemlich schnell satt. Wollten immer gleich zum nächsten übergehen.«

»Ich werde feststellen, wer das gebaut hat«, sagte Yale. »Könnte ich eine Schachtel zum Einpacken haben? Ich gebe Ihnen natürlich eine Quittung.«

Smith suchte ihm eine leere Legoschachtel, und darin verstauten sie den bunten Stargast des Dramas, das das halbe Haus zum Einsturz gebracht hatte. In der Schachtel war noch Platz für den Leuchtturm, also legten sie den dazu. Yale schrieb feierlich auf einer Seite seines Notizbuchs eine Quittung aus und gab sie mir, dann gingen wir hinaus ans Tageslicht, wo wir zunächst einmal blinzelten, als unsere Augen sich nach dem Halbdunkel wieder umstellten.

Auf dem Rückweg in Richtung Zeichentisch sagte Smith: »Wir haben alle gefundenen Kleidungsstücke auf einen Tisch in der Garage gelegt. Ich fürchte, das meiste ist zerfetzt und unbrauchbar, aber vielleicht wollen Sie sich selbst überzeugen. Alle persönlichen Dinge, die wir geborgen haben, sind in einem Pappkarton. Möchten Sie die heute mitnehmen oder warten, bis wir fertig sind?«

»Ansehen gleich, mitnehmen später«, sagte ich.

Smith lächelte halb. »Sie sind in dem Karton da unterm Tisch.«

Ich kauerte mich neben den braunen Pappkarton und schlug die Deckklappen zurück. Er enthielt eine recht umfangreiche Sammlung staubigen Allerleis, mehr als ich erwartet hatte. Ich nahm eine von Malcolms geliebten Bürsten heraus und fuhr mit dem Finger über ihren gold und silbern ziselierten Rücken. Der Staub fiel ab, und das Metall glänzte im Sonnenlicht. Er wird sich freuen, dachte ich.

»Wir haben fünf davon gefunden«, bemerkte Smith. »Zwei sind arg verbeult, die anderen sehen noch gut aus.«

»Es waren acht«, sagte ich. »In seinem Ankleidezimmer.«

Er zuckte die Achseln. »Vielleicht finden wir noch welche.«

Ich drehte ein paar Sachen in der Kiste um. Das meiste war uninteressant, wie etwa ein Röhrchen Aspirin aus dem Badezimmer. Zuunterst stieß ich auf ein, zwei Dinge, die mir selbst gehörten - ein leerer Toilettenbeutel und der Kassettenrecorder.

Ich nahm den Recoder heraus, richtete mich auf und stellte ihn auf den Tisch. Drückte die Starttaste. Nichts geschah.

»Es war immerhin möglich, daß Sie ihn haben wollten«, sagte Smith gleichmütig. »Er funktioniert zwar nicht mehr, aber vielleicht möchten Sie ihn reparieren lassen.«

»Ein neuer ist wahrscheinlich billiger«, sagte ich. Vergebens drückte ich auf Rücklauf und Vorlauf, dann auf den Ausstoßer, der funktionierte. Der Plastikdeckel sprang auf, und eine Kassette kam zum Vorschein. Ich mußte einen Moment überlegen, bis mir einfiel, daß es nur das Band aus meinem Anrufbeantworter war; nichts Interessantes. Ich klappte den Deckel zu und legte den Recorder wieder in den Karton unterm Tisch.

»Wenn Sie meine Kamera fänden, *das* wäre eine gute Neuigkeit«, sagte ich, als ich mich wieder aufrichtete.

Yale hatte das Interesse verloren und machte sich zum Gehen bereit.

»War das Ihre?« sagte Smith. »Sie liegt leider im Container. Völlig zertrümmert.«

»Ach, na ja . . .«

»Waren Sie versichert?«

Ich schüttelte den Kopf. »Nie dran gedacht.«

Smith bekundete sein Mitgefühl und kehrte zu dem Schutt zurück. Der Superintendent sagte, ich solle ihn am nächsten Morgen unbedingt anrufen. Er strich mit Daumen und Zeigefinger über seinen Schnurrbart und fragte mich, ob ich jetzt wüßte, wer die Bombe in dem Haus gelegt hatte.

»Nein«, sagte ich. »Sie denn?«

Er wollte nicht sagen, daß er es nicht wußte, aber er wußte es nicht. Er nahm die Legoschachtel und marschierte mit ihr davon, und ich ging in die Garage, um nach den Kleidern zu sehen.

Nichts, was sich aufzuheben lohnte. Alles sehr deprimierend, fand ich. Meine Reitstiefel mit eingedrückten Spitzen, Malcolms Vikunjamäntel mit wimpelförmigen Rissen. Ich ließ alles so liegen, entschloß mich zu einem kurzen Abstecher in den Garten, um sicherzugehen, daß das Gold gut aufgehoben war, und stieß auf Arthur Bellbrook, der keine zwei Meter davon entfernt Kartoffeln ausgrub. Mein Herz schlug schneller. Seins blieb ruhig.

Wir wünschten uns guten Morgen und tauschten Bemerkungen über das Wetter aus. Er fragte, was er mit den Kartoffeln anfangen solle, und ich sagte ihm, er könne sie mit nach Hause nehmen. Er nickte dankend. Er beklagte sich darüber, daß die Müllfuhren den Rasen ruinierten. Er sagte, Andenkenjäger hätten jede einzelne Geranie einschließlich der Stecklinge aus Mrs. Pembrockes Gartenhäuschen stibitzt, aber das sei kein Beinbruch, ohne Fensterscheiben wären sie im ersten Frost ohnehin eingegangen. Bis jetzt war es ein milder Herbst, aber bald würde es frieren.

Mit dem Rücken zur hinteren Mauer schaute er den Küchengarten entlang. Er werde ihn für den Winter vollständig umgraben, sagte er.

Ich überließ ihn seinem Werk, ungewiß, ob er nun eigentlich ein Hüter des Goldes oder eine Bedrohung dafür war. Malcolm hatte Nerven, dachte ich, hier seine Schätze zu verstekken, wo er Arthur täglich ganz in der Nähe arbeiten sah. Malcolm hatte mehr Nerven als gut für ihn war.

Ich fuhr zu dem Gasthof in Cookham, wo man sich an meine Zeiten schon gewöhnte, nahm ein Bad, zog Hose, Hemd und Jersey an und ging, ausgerüstet mit Norman Wests Notizen, zu einem Drink vor dem Lunch in die Bar hinunter.

Ich las:

Mr. Thomas Pembroke (39) lebt mit seiner Frau Berenice in 6 Arden Haciendas, Sonning bei Reading – die Neubausiedlung auf dem Gelände, wo früher Arden House stand. Zwei Töchter (9 und 7) besuchen die Gesamtschule.

Mr. T. war als Einkaufsleiter bei einer Keksfabrik in Reading, der Shuttleworth Digby Ltd., angestellt. Vor einigen Wochen wurde er wegen Fehlschätzungen entlassen. Inoffiziell sagte man mir bei der Firma, er habe sie Tausende gekostet, indem er sechsmal soviel kandierte Kirschen bestellt hätte wie für einen Posten »Prinzeßtörtchen« benötigt wurden. (Mußte lachen.) Nicht zum Lachen, daß auch noch Tonnen gehobelter Mandeln auftauchten, nachdem der »Nußschnee« abgesetzt worden war. Mr. T. focht die Kündigung nicht an, er ging einfach. Firma sehr erleichtert. Mr. T. war immer entbehrlicher geworden, gehörte jedoch seit langem dem Betrieb an.

Mr. T. sagte seiner Frau nicht, daß er seine Stelle verloren hatte, sondern verließ weiterhin täglich das Haus, als ginge er zur Arbeit. (Verbreitete Reaktion.) Am Dienstag der Newmarket-Auktion ist er »herumgelaufen«, ebenso am Freitag davor. Auf mein Drängen sagte er, wahrscheinlich sei er in Reading in der Bibliothek gewesen, da sei er fast jeden Tag, oder er sitze müßig irgendwo auf einer Bank. Er liest die Stellenangebote in der Zeitung, hat aber anscheinend noch wenig unternommen, um Arbeit zu finden. Kein Mut. (Meine Meinung.)

Mr. T. steht am Rand eines Nervenzusammenbruchs (meine Meinung). Ich sprach in einem Café mit ihm. Seine Hände zitterten die halbe Zeit, die Tasse klapperte ihm gegen die Zähne, und er ist noch keine vierzig. Alkohol? Glaube ich nicht. Nerven zum Teufel.

Mr. T. fährt alten grauen Austin 1100. Leichte Delle an vorderem Kotflügel. Mr. T. sagt, die ist seit drei Wochen da. Auto schmutzig, könnte Wäsche gebrauchen. Mr. T . sagt, ihm fehlt die Energie für so etwas.

Mr. T.s Meinung von Mr. Ian ist sehr konfus (wie alles andere an ihm). Mr. Ian ist »eigentlich der Beste von dem Haufen«, aber andererseits sagt Mr. T., Mr. Ian sei der Liebling von Mr. Pembroke, und das sei nicht fair.(!)

Ende der Ermittlung.

Seufzend schob ich Thomas nach hinten und las die Seiten über Berenice; keine erbauliche Lektüre.

Mrs. Berenice Pembroke (44 laut Mrs. Joyce), Frau von Mr. Thomas, lebt in 6 Arden Haciendas. Keine Stellung. Kümmert sich um Töchter, verbringt ihre Tage mit Hausfrauenarbeit und dem Lesen von Schundromanen (wieder laut Mrs. Joyce!).

Mrs. B. zu interviewen, erwies sich als sehr schwierig. Beim ersten Besuch nichts. Beim zweiten ein bißchen, nicht viel. Sie konnte für beide Tage kein Alibi vorweisen.

Ich fragte nach Kindern und Schulfahrten. Mrs. B. fährt sie nicht, sie nehmen den Bus. Sie gehen allein durch eine Seitenstraße des Viertels von und zur Bushaltestelle, die etwa 600 m entfernt an der Hauptdurchfahrtsstraße liegt. Mrs. B.s Mutter wohnt direkt an der Busstrecke. Nachmittags steigen die Mädchen meistens dort aus und trinken bei ihrer Großmutter Tee.

Mutter von Mrs. B. befragt. Nicht hilfsbereit. Bestätigt,

daß die Mächen an den meisten Tagen zu ihr kommen. Manchmal (wenn kalt, naß oder dunkel) fährt sie sie gegen 19 h nach Hause. Sonst nehmen sie wieder den Bus. Ich fragte, warum sie so oft zum Tee kämen und so lange blieben. Ich solle mich um meine Angelegenheiten kümmern, war die Antwort. Das jüngere Mädchen sagte, Omas Tee schmeckt besser, Mami ist reizbar. Das ältere Mädchen verbot ihr den Mund. Mrs. B.s Mutter wies mir die Tür.

Mrs. B. fährt alten weißen Morris Maxi, sauber, ohne Spuren.

Mrs. B. äußerte keine Meinung zu Mr. Ian, als ich sie danach fragte, sah aber aus, als möchte sie spucken. Sagt, Mr. Pembroke sei gemein. Dann knallte Mrs. B. ihre Haustür zu (sie hatte mich nicht reingebeten!).

Ende der Ermittlung.

Ich schob auch Berenice nach hinten in den Stapel und heiterte mich mit einem Stück Fleischpastete und einer Runde Darts ein wenig auf.

Von außen waren die Arden Haciendas furchtbar: Winzige Häuser aus dunklem rotbraunem Backstein, die in sonderbaren Winkeln zueinander standen, mit dunkel gerahmten Fenstern in sonderbaren Höhen und dunklen Vordertüren hinter ummauerten Vorgärten, die man mit einem Schritt durchqueren konnte. Trotzdem waren die Arden Haciendas, wie Joyce mir bei Thomas' Einzug vor einem Jahr mitgeteilt hatte, gesellschaftlich »in«, da sie dem Architekten einen Preis eingebracht hatten.

Gott helfe der Architektur, dachte ich und klingelte an Nr. 6. Ich war in dem Haus noch nie gewesen; hatte Thomas und Berenice immer mit dem eher schlichten Bungalow in Verbindung gebracht, den sie zur Zeit ihrer Heirat gekauft hatten.

Berenice machte die Tür auf und wollte sie wieder schließen, als sie mich sah, aber ich drückte von der anderen

Seite und setzte meinen Fuß über die Schwelle, und schließlich trat sie ärgerlich zurück.

»Wir wollen dich nicht sehen«, sagte sie. »Dem lieben Thomas ist nicht gut. Du hast kein Recht, hier einzudringen. Ich hasse dich.«

»Ob du mich haßt oder nicht, ich möchte mit Thomas reden.«

Sie konnte schlecht behaupten, er sei nicht da, denn ich konnte ihn sehen. Innen hatten die Haciendas einen offenen Grundriß mit fließenden, in sonderbaren Winkeln zueinander angelegten Räumen, die das sonderbar verwinkelte Äußere erklärten. Die Haustür führte in einen winkligen Ableger des Wohnzimmers, das keine Decke hatte, wo man eine erwartete, sondern sich in die Dachsparren hinaufschwang. Fenster, durch die man nicht schauen konnte, ließen an beliebigen Stellen der Wände das Tageslicht herein. Gräßlich, dachte ich, aber das war nur, wie Mr. West sagen würde, meine Meinung.

Thomas erhob sich aus einem der dick gepolsterten Armsessel, die er aus dem Bungalow übernommen hatte – bequeme alte Sessel, die in all der aggressiven Modernität fehl am Platz wirkten. Auf dem Stirnholzboden war kein Teppich, Thomas' Schuhe quietschten darauf bei jedem Schritt.

»Komm rein, alter Junge«, sagte er.

»Wir brauchen ihn nicht«, wandte Berenice ein.

Thomas sah verhärmt aus, und ich erschrak. Mir wurde klar, daß ich ihn ziemlich lange nicht gesehen hatte. Alles Jugendliche war von ihm abgefallen, und ich dachte daran, wie er mit achtzehn, neunzehn gewesen war, lachend und voll guter Laune, wenn er an den Wochenenden kam und Serena zum Kichern brachte.

Zwanzig Jahre später wirkte er beinah alt; der Kopf war kahler als auf dem letzten Foto, das ich von ihm aufgenommen hatte, der rote Schnurrbart weniger gut gepflegt, die Verzweiflung überdeutlich. Norman Wests Urteil über einen drohenden Zusammenbruch erschien vorsichtig. Mir sah es aus, als wäre er schon eingetreten. Bei Thomas war die Zerrüttung viel weiter fortgeschritten als bei Gervase.

Ferdinand, so bestätigte er auf meine Frage hin, hatte ihm von Malcolms Testament erzählt und daß ich für Malcolm herausfinden sollte, wer ihm nach dem Leben trachtete. Dabei könne er mir nicht helfen, sagte Thomas.

Ich erinnerte ihn an den Tag, als der alte Fred den Baumstumpf sprengte. Das habe Ferdinand auch erwähnt, sagte er. Thomas war dabei gewesen. Er erinnerte sich genau. Er hatte Serena auf den Schultern getragen, und Fred war umgepustet worden.

»Entsinnst du dich auch an die Zeitschalter, die wir immer gebastelt haben, mit dem Draht an den Uhrzeigern?«

Hohläugig starrte er mich an. Nach einer langen Pause sagte er: »Ja.«

»Thomas, hast du oder hat sonst jemand die noch gebaut, nachdem Gervase und Ferdinand von Quatum weggegangen sind?«

Berenice mischte sich ein. »Der gute Thomas brächte doch im Leben keinen Zeitschalter zustande, was, Liebling?« Ihr Tonfall war mitleidig, spöttisch, unfreundlich. Thomas gab ihr einen gehetzten Blick, aber keine Widerrede.

»Jemand hat Robin und Peter eine Mickymausuhr mit angeklebtem weißem Isolierdraht geschenkt«, sagte ich, »Sehr bunt und reizvoll.«

Thomas schüttelte hilflos den Kopf.

»In dem Schutt von Quantum wurde ein an weißen Isolierdraht geklebter Uhrzeiger gefunden.«

»O mein Gott«, sagte Thomas unglücklich.

»Na und?« wollte Berenice wissen. »Der gute Thomas übertreibt immer so.«

»Folglich«, sagte ich, »hat jemand, der wußte, wie man diese Zeitschalter baut, Quantum in die Luft gesprengt.«

»Was soll's?« sagte sie. »Ich kann mir nicht vorstellen, daß es Thomas war. Zu wenig Mumm, Liebling, oder irre ich mich?«

Thomas sagte zu mir: »Willst du was trinken?«

Berenice sah irritiert drein. Daß er mich bat, auf einen Drink zu bleiben, war eine Auflehnung gegen ihre Wünsche. Das kam vermutlich nicht oft vor. Ich nahm dankend an, obwohl es kaum halb sechs war und für meinen Geschmack noch zu früh. Ich hatte die Zeit absichtlich gewählt in der Hoffnung, daß Thomas schon von seiner täglichen Wanderung zurück wäre, die Töchter aber nach der Schule noch bei ihrer Großmutter vorbeischauen würden.

Thomas quietschte über den Stirnholzboden zur Küche, die vom Wohnzimmer nur durch einen taillenhohen Tresen getrennt war und fing an, Schränke zu öffnen. Er holte drei Gläser hervor, die er umständlich auf den Tresen stellte, und suchte dann endlos im Kühlschrank nach Sprudel. Berenice beobachtete ihn mit einem Gesicht, das zu gequälter Ungeduld verzogen war, und machte keine Anstalten, ihm behilflich zu sein.

»Wir haben Gin irgendwo«, sagte er vage, nachdem er endlich das Tonic gefunden hatte. »Ich weiß nicht, wo Berenice die Sachen hintut. Dauernd sind sie woanders.«

»Der gute Thomas könnte nicht mal in einer Bibliothek ein Buch entdecken.«

Thomas warf ihr einen bitterbösen Blick zu, den sie entweder nicht sah oder geflissentlich ignorierte. Er öffnete noch einen Schrank und noch einen und fand schließlich unter dem fortgesetzten ungnädigen Schweigen seiner Frau eine fast volle Flasche Gordon's Gin. Er kam damit ins Wohnzimmer und schenkte drei Gläser ein, die er ungenügend aus einer einzigen Flasche Tonic auffüllte.

Er gab mir ein Glas. Ich mochte Gin nicht besonders, aber es war nicht der Moment, das zu sagen.

Berenice hielt er das zweite Glas hin.

»Ich will keinen«, sagte sie.

Thomas' Hand zitterte. Er machte eine ungeschickte Bewegung, wie um das Glas an seine Lippen zu heben, setzte es dann mit einem Knall auf den Tresen und warf dabei versehentlich die Gin-Flasche um, so daß sie auf den Boden fiel, in grünglänzende Stücke zersprang und die Flüssigkeit sich als Lache ausbreitete.

Thomas bückte sich, um die Scherben aufzulesen. Berenice half ihm nicht.

Sie sagte: »Thomas macht auch gar nichts richtig, was, Liebling?« Die Worte waren nicht schlimmer als sonst, aber der beißende Sarkasmus in ihrem Tonfall hatte die Grenze des Erträglichen überschritten.

Thomas richtete sich mit haßerfülltem Gesicht auf, einmal zu oft getreten, und hielt das obere Ende der grünen Flasche um den Hals gefaßt, die Bruchstellen spitz wie Zähne.

Rasch holte er zum Schlag aus. Berenice, in Selbstzufriedenheit gehüllt, sah nicht mal zu ihm hin und schien von der Gefahr, in der sie schwebte, überhaupt nichts zu ahnen.

Malcolm sagte, ich hätte schnelle Reaktionen ... Ich stellte mein Glas hin, packte Berenice an beiden Armen und riß sie heftig aus der Reichweite der messerscharfen Waffe. Sie war wütend empört, protestierte ungläubig, als sie ausgestreckt am Boden lag, wo ich sie geradezu hingeschleudert hatte, und wußte noch immer nicht, was geschehen war.

Thomas sah einen langen, verständnislosen Augenblick auf die Verletzung, die er mir beigebracht hatte, ließ dann die furchterregende Flasche fallen und wandte sich ab, um blind auf seine Haustür zuzustolpern. Ich machte zwei Schritte und kriegte ihn beim Arm zu fassen.

»Laß mich los ...« Er wand sich, aber ich hielt ihn fest. »Laß mich ... Nichts kann ich richtig machen ... sie hat recht.«

»Sie hat verdammt unrecht.«

Ich war stärker als er. Ich zerrte ihn praktisch durch das Zimmer und warf ihn auf einen der Sessel.

»Ich habe dich verletzt«, sagte er.

»Ja, ja, schon gut. Jetzt hör mal zu. Hört mir beide zu. Das ist Irrsinn mit euch. Es wird Zeit, daß ihr einigen Tatsachen ins Auge seht.«

Berenice hatte endlich begriffen, wie knapp sie daran vorbeigekommen war, der Nähkunst eines Arztes zu bedürfen.

Grimmig blickte sie auf die Stelle an meiner linken Schulter, wo Jersey und Hemd aufgeschlitzt waren und einige Schnittwunden bluteten. Mit bitter vorwurfsvollem Gesicht wandte sie sich Thomas zu und öffnete den Mund.

»Sei still«, sagte ich grob. »Falls du ihm sagen willst, er sei unfähig, laß es. Falls du meckern willst, er hätte *dich* verletzen können - stimmt, das hätte er, er hat's versucht. Setz dich und *sei still.*«

»Versucht?« Sie konnte es nicht glauben. Schwach setzte sie sich hin, das Haar zerzaust, der Körper schlaff, die Augen entgeistert.

»Du hast ihn zu sehr getrietzt. Begreifst du nicht, was du ihm antust? Daß du ihn runterreißt, ihn auseinandernimmst, sobald du nur den Mund aufmachst? Jetzt hast du dein Ziel erreicht. Er kann nicht mehr.«

»Der gute Thomas -« begann sie.

»Sag das nicht. Du meinst es nicht.«

Sie starrte mich an.

»Wenn du ihm wirklich gut wärst«, sagte ich, »würdest du ihm helfen und ihn ermutigen, statt ihn zu verspotten.«

»Das brauche ich mir nicht anzuhören.«

»Überleg dir nur mal, was du heute in Thomas ausgelöst hast - und wenn ich du wäre, würde ich mich vorsehen.« Ich wandte mich an Thomas. »Es ist aber nicht allein ihre Schuld. Du hast sie gewähren lassen, sie die ganze Zeit nörgeln lassen. Du hättest sie vor Jahren schon bremsen sollen. Ihr den Laufpaß geben sollen. Du hast länger zu ihr gehalten, als vernünftig war, und sie hat dich so weit getrieben, daß du sie umbringen wolltest, das habe ich dir angesehen.«

Thomas schlug eine Hand über die Augen.

»Du hattest verdammt Glück, daß du nicht ihren Mund, ihre Kehle oder was es sonst sein sollte, erwischt hast. Es hätte kein Zurück gegeben. Überlegt doch beide mal, was dann passiert wäre. Die Folgen für euch selbst und eure Mädchen. *Stellt euch das vor!«* Ich hielt inne. »Na, es ist nicht auszudenken.«

»Ich wollte das nicht«, murmelte Thomas.

»Ich fürchte doch«, sagte ich.

»Das kann nicht sein«, meinte Berenice.

»Er hat es gewollt«, sagte ich ihr. »Es braucht eine ziemliche Wucht, um so viel Jerseywolle aufzureißen. Du kannst nur aus tiefstem Herzen hoffen, daß er seine ganze aufgestachelte Berserkerkraft in diesen einen Schlag gelegt hat. Glaub mir, ich hatte selber Glück. Ich habe mich schnell weggedreht, um nichts abzukriegen, und nur die Scherbenspitzen können an meine Haut gekommen sein, aber wenn ich an das Tempo denke . . .« Ich brach ab, da ich nicht wußte, wie ich sie noch überzeugen sollte. Ich wollte nicht sagen: »Es tut höllisch weh«, aber das tat es.

Thomas vergrub seinen Kopf in den Händen.

»Komm«, sagte ich zu ihm. »Ich bringe dich hier weg. Hoch mit dir, Bruder.«

»Mach dich nicht lächerlich«, sagte Berenice.

»Wenn ich ihn hier lasse, bist du dann nett zu ihm?«

Die negative Antwort stand ihr im Gesicht. Sie wäre nicht auf die Idee gekommen. Es würde nicht lange dauern, bis sie die Beschuldigungen hochgekocht hätte.

»Wenn die Feuerwehr weg ist«, sagte ich, »fängt das Feuer durch die Glut in der Asche oft von neuem an.«

Ich ging zu Thomas hinüber. »Komm. Das Leben geht weiter.«

Ohne aufzublicken, sagte er in einer Art dumpfem Schmerz: »Du hast keine Ahnung . ... . Es ist zu spät.«

Ich sagte ohne sonderliche Überzeugung: »Nein«, da flog krachend die Tür auf, und die beiden Mädchen kamen herein.

»Tag«, sagten sie lärmend, umweht von mitgebrachter frischer Luft. »Omi hat uns früher weggeschickt. Was ist denn los? Wie kommen die ganzen Scherben auf den Boden? Wieso blutet dein Arm?«

»Eine Flasche ging kaputt«, sagte ich, »und ich bin draufgefallen.«

Die Jüngere sah auf den gebeugten Kopf ihres Vaters und sagte in einem Ton, der vernichtend den ihrer Mutter nachahmte, soviel Bosheit und Verachtung schwang darin: »Ich wette, der gute Thomas war's, der sie zerschmissen hat.«

Berenice hörte selbst, was sie ihrem Mann angetan hatte. Hörte, was sie ihren Kindern einimpfte. Die Erkenntnis überwältigte sie offenbar, und sie suchte nach Entschuldigungen.

»Wenn wir mehr Geld hätten . . . Wenn bloß Malcolm . . . Es ist unfair . . .«

Aber sie hatten zwei Wagen dank ihres Treuhandfonds, eine Neubauwohnung, und Thomas' Arbeitslosigkeit hatte keine finanzielle Katastrophe herbeigeführt: Geld war nicht ihr Problem und würde es auch nicht beheben.

»Warum suchst du dir keinen Job?« sagte ich. »Was hast du bloß von Thomas erwartet? Daß er die Welt aus den Angeln hebt? Er hat sein Bestes getan.

Quantum in me fuit . . .

»Ich wollte einen Sohn«, sagte sie rundheraus. »Thomas hat sich sterilisieren lassen. Er meinte, zwei Kinder seien genug, mehr könnten wir uns nicht leisten. Es war unfair. Malcolm hätte uns mehr Geld geben sollen. *Ich wollte immer einen Sohn.*«

Guter Gott, dachte ich: schlichte, einfache Worte, die genau den Kern der Sache trafen – die eiternde Enttäuschung, der sie erlaubt hatte, ihrer beider Leben zu vergiften. Wie bei Gervase, dachte ich. So viel Unglück, weil man das Unerreichbare will; so viel Selbstzerstörung.

Ich wußte keine Antwort. Keine Hilfe. Es war zu spät.

Ich ging zu Thomas und berührte ihn an der Schulter. Er stand auf. Er sah weder seine Familie noch mich an. Ich schob meine Hand leicht unter seinen Ellbogen und lotste ihn zur Tür, und in ungebrochenem Schweigen verließen wir das Ödland seiner Ehe.

16

Ich brachte Thomas zu Lucy.

Mir schien, als ich von den protzigen Haciendas wegfuhr, daß Lucys besondere Art von Ruhe genau das sein könnte, was Thomas brauchte. Ich konnte ihn nicht zu Vivien bringen, die ihn weiter zerstört hätte, und Joyce, die ihn mochte, wäre unerträglich forsch gewesen. Ich wollte ihn offen gestanden nicht bei mir in Cookham; und der von Berenice beeinflußte Donald neigte dazu, ihn zu verachten.

Lucy war zu meiner Erleichterung daheim und kam an die Tür des kleinen Bauernhauses bei Marlow, in dem sie und Edwin das einfache Leben verwirklichten.

Sie starrte auf uns. Auf meinen roten Arm. Auf Thomas' hängenden Kopf.

»Schwesterherz«, sagte ich fröhlich. »Zwei trostsuchende Brüder klopfen an deine Pforte. Haben wir Aussicht auf heißen Tee mit Zucker? Liebende Blicke? Ein Heftpflaster?«

Edwin erschien mürrisch hinter ihr. »Was ist denn los?«

Zu Lucy sagte ich: »Wir haben eine Flasche Gin zerschmissen, und ich bin draufgeknallt.«

»Seid ihr betrunken?« fragte sie.

»Eigentlich nicht.«

»Kommt mal lieber rein.«

»Ferdinand hat rumtelefoniert«, sagte Edwin frostig und starrte angewidert auf mein Blut, als wir über seine Schwelle traten. »Er warnte uns, du würdest irgendwann auftauchen. Ihr hättet euch höflicherweise vorher anmelden können.«

»Entschuldigung«, meinte ich trocken.

Lucy blickte mir rasch ins Gesicht. »Gibt es Ärger?«

»Nur ein bißchen.«

Sie nahm Thomas beim Arm und führte ihn von der winzigen Diele in ihr mit Büchern vollgestopftes Wohnzimmer. Edwins und Lucys Cottage bestand im Parterre aus zwei Räumen, die teilweise zusammengelegt worden waren, und einem angebauten modernen Badezimmer. Die hinter einer Brettertür verborgene Treppe führte zu drei Zimmern hinauf, in denen man sich um die Betten herumzwängen und den Kopf einziehen mußte, um nicht an der Dachschräge anzustoßen. Laura-Ashley-Tapeten bedeckten überall den unebenen alten Putz, und Flickenteppiche wärmten vom Boden her. Lucys Bücher stapelten sich längs einer Wohnzimmerwand, da sie über die Regale hinausgequollen waren, und in der Küche gab es Holzschüsseln, Mörser und Stößel, zum Trocknen aufgehängte Kräuter.

Lucys Zuhause war ungezwungen, nicht volkstümelnd. Lucy selbst, korpulent, in dunkler Hose und dickem handgestricktem Pullover, verfrachtete Thomas in einen Sessel und drückte ihm nach kürzester Zeit einen Becher heiße Flüssigkeit in die unwillige Hand.

»Trink das, Thomas«, sagte ich. »Wie wär''s mit einem Schuß Gin dazu?« fragte ich Lucy.

»Ist schon drin.«

Ich lächelte sie an.

»Möchtest du auch welchen?« sagte sie.

»Nur mit Milch.« Ich folgte ihr in die Küche. »Hast du irgendwo Papiertücher, damit ich die Bescherung hier zudekken kann?«

Sie sah auf meine Schulter. »Reichen Papiertücher aus?«

»Aspirin?«

»Lehne ich ab.«

»Aha.«

Ich trank den heißen Tee. Besser als nichts. Sie hatte herzlich wenig Papiertücher, stellte sich heraus, und viel zu kleine für den Zweck. Ich sagte, ich würde warten und nachher ins Krankenhaus fahren, um mich verarzten zu lassen. Sie widersprach nicht.

Sie sagte: »Um was geht's eigentlich?« während sie in ein halbleeres Päckchen Rosinen langte und mir auch welche anbot, die ich aß.

»Thomas hat Berenice verlassen. Er braucht ein Bett.«

»Nicht hier«, protestierte sie. »Nimm ihn mit zu dir.«

»Tu ich, wenn du ihn nicht aufnehmen willst, aber hier wäre er besser dran.«

Sie sagte, ihr Sohn, mein Neffe, sei oben in seinem Zimmer bei den Hausaufgaben.

»Thomas wird ihn nicht stören«, sagte ich.

Sie sah mich zweifelnd an. »Du verschweigst mir etwas.«

»Thomas«, sagte ich, »hat gerade den Rest bekommen. Wenn ihn nicht jemand gut behandelt, landet er im Irrenhaus oder in der Selbstmordstatistik, und wohlgemerkt, ich scherze nicht.«

»Tja . . .«

»Das ist mein Mädchen.«

»Ich bin nicht dein Mädchen«, sagte sie bissig. »Vielleicht bin ich das von Thomas.« Ihr Gesicht wurde etwas sanfter. »Also gut, er kann bleiben.«

Sie aß noch eine Handvoll Rosinen und kehrte ins Wohnzimmer zurück, und wieder folgte ich ihr. Edwin hatte den zweiten Sessel belegt. Lucy ließ sich auf einem Lederhocker nieder, so daß ich erst mal stehenbleiben und mich umschauen mußte. Es gab keine Sitzgelegenheiten mehr. Resigniert hockte ich mich auf den Boden und lehnte meinen Rücken an die Wand. Lucy und Edwin nahmen es schweigend hin. Keiner von beiden hatte mich gebeten, Platz zu nehmen.

»Da ich schon mal hier bin«, sagte ich, »kann ich ebensogut die Fragen stellen, derentwegen ich morgen vorbeikommen wollte.«

»Wir möchten aber nicht antworten«, sagte Edwin. »Und wenn du Blut an die Tapete schmierst, darfst du die Renovierung bezahlen.«

»Die Polizei wird kommen«, sagte ich und drehte mich etwas aus der Gefahrenzone. »Warum übt ihr nicht mit mir.

Sie wird nach der Schaltuhr fragen, die die Bombe in Quantum gezündet hat.«

Thomas regte sich. »Die ist von mir, weißt du. Die Mickymausuhr.«

Es war das erste Mal, daß er sprach, seit wir sein Haus verlassen hatten. Lucy machte ein Gesicht, als glaubte sie, er rede im Fieber, dann hob sie die Brauen und begann sich zu konzentrieren.

»Nur das nicht«, sagte sie besorgt.

»Erinnerst du dich an die Uhren?« fragte ich.

»Natürlich. Oben liegt eine, die Thomas für unseren Sohn gebaut hat.«

»Was hat sie für ein Zifferblatt?«

»Ein Segelschiff. Kam die Explosion durch die Mickymausuhr . . .?«

»Nein«, sagte ich. »Die tatsächlich benutzte hatte ein graues Blatt aus Plastik mit weißen Ziffern. Die Mickymausuhr war unversehrt im Spielzimmer.«

Thomas sagte dumpf: »Ich hab seit Jahren keine mehr gebaut.«

»Wann hast du die Mickymausuhr für Robin und Peter gebastelt?« fragte ich.

»Die war nicht für sie. Die habe ich vor langer Zeit für Serena gemacht. Sie wird sie ihnen geschenkt haben. Ich hatte sie damit zum Lachen gebracht.«

»Du warst ein netter Junge, Thomas«, sagte Lucy. »Lustig und freundlich.«

Edwin sagte unruhig: »Ich hätte gedacht, daß ein Zeitschalter von solch einer großen Bombe bis zur Unkenntlichkeit zerstört wird.«

»Anscheinend finden sie oft Einzelteile«, sagte ich.

»Heißt das«, wollte er wissen, »die haben tatsächlich die ganzen Trümmerberge durchgesiebt?«

»Mehr oder minder. Sie wissen, daß es eine Batterieuhr war. Sie haben ein Stück vom Antrieb gefunden.«

»Geschieht Malcolm recht, daß das Haus gesprengt worden

ist«, sagte Edwin mit kaum unterdrückter Heftigkeit. »Verschleudert sein Geld in albernen Stipendien. Uns hält er arm. *Du* bist wahrscheinlich fein raus, wie?« Da war offener Hohn für mich. »Er ist nie fair gewesen zu Lucy. Immer stehst du im Weg, tust ihm schön, kassierst den Löwenanteil. Er gibt dir alles, was du willst, während wir uns mit einem Almosen durchschlagen müssen.«

»Ist das Originalton, Vivien?« fragte ich.

»Es ist die Wahrheit!«

»Nein«, sagte ich. »Es ist das, was du immer und immer wieder zu hören bekommst, aber es ist nicht die Wahrheit. Die meisten Leute glauben eine Lüge, wenn sie ihnen oft genug erzählt wird. Es ist ja schon leicht, eine Lüge zu glauben, die man nur einmal hört. Besonders, wenn man sie glauben will.«

Lucy sah mich aufmerksam an. »Dich beschäftigt das, oder?«

»Daß ich ewig zum schwarzen Schaf gekürt werde? Ich glaube schon. Aber ich dachte auch an Thomas. Er hat fortwährend gesagt bekommen, daß er zu nichts nütze ist, und nun glaubt er es. Ich gehe jetzt, Lucy.« Ohne Eile stand ich auf. »Sag Thomas immer und immer wieder, daß er ein wertvoller Mensch ist, und vielleicht fängt er an, statt dessen daran zu glauben. Man muß an sich glauben, wenn man etwas erreichen will.«

»O ja«, sagte sie leise. »Das muß man.«

»Was du geschrieben hast«, sagte ich, »währt ewig.«

Ihre Augen weiteten sich. »Woher weißt du . . . daß ich nicht mehr . . .«

»Ich hab's vermutet.« Ich beugte mich vor und küßte sie zu ihrer Überraschung auf die Wange. »Seid ihr ernstlich im Druck?«

»Finanziell?« Sie war verblüfft. »Nicht schlimmer als sonst.«

»Aber selbstverständlich«, giftete Edwin sie an. »Du verdienst doch fast nichts mehr und gibst noch immer ein Heidengeld für Bücher aus.«

Lucy wirkte nur ein wenig verlegen, als hätte sie das schon oft gehört.

»Wenn ich die Kasse hätte«, maulte Edwin, »würdest du die Bibliothek benutzen, wie ich auch.«

»Warum arbeitest du nicht, Edwin?« fragte ich.

»Lucy mag keine Hektik.« Offenbar hielt er das als Erklärung für ausreichend. »Wir wären vollkommen glücklich, wenn Malcolm Lucys Treuhandfonds verdreifachen würde, wie es sich gehört. Er hat Millionen, wir leben in einer Hütte. Das ist nicht fair.«

»Verachtet Lucy nicht das Geld?« fragte ich. »Und Leute, die es haben? Willst du, daß sie zu dem wird, was sie verachtet?«

Edwin funkelte böse.

Lucy sah mich freundlich an. »Es gibt eben keinen Idealzustand«, sagte sie.

Ich fuhr nach Reading ins Stadtkrankenhaus, dessen Ambulanz den ganzen Abend geöffnet war und ließ mir die Schulter und den Oberarm desinfizieren und nähen. Anscheinend waren es drei unterschiedlich tiefe, aber harmlose Wunden, und sie bluteten längst nicht mehr: mit den Fäden würden sie fast über Nacht heilen. Die Mediziner empfahlen vorerst Schmerztabletten. Ich dankte ihnen, fuhr dann mehr als nur ein bißchen müde, vor allem aber hungrig zurück nach Cookham, und nachdem Hunger und Müdigkeit einigermaßen behoben waren, zog ich am nächsten Morgen wieder los zum Reiten. Mit den genähten Wunden gab es dabei kein Problem; sie waren empfindlich gegen Berührung und steif, wenn ich den Arm hob, aber weiter nichts.

Auch seelisch wiederhergestellt durch die Dosis frischer Luft, gönnte ich mir einen Tag Urlaub von dem familiären Psychokrieg und fuhr nach London, um meine Visa für Amerika und Australien zu besorgen. Erst eine Woche war vergangen, seit ich Park Railings in Cheltenham geritten hatte, und es kam mir vor wie die Ewigkeit. Ich kaufte einen neuen Pullover, ging zum Friseur und dachte an Ursula, die an den Tagen, wo es sie zur Flucht trieb, hier »umherwanderte«. In London konnte man stundenlang wandern und seinen Gedanken nachhängen.

Aus einem Impuls heraus rief ich Joyce an, obwohl ich nicht erwartete, daß sie zu Hause war.

»Liebling«, schrie sie, »ich muß weg. Zum Bridge. Wo bist du?«

»In einer Telefonzelle.«

»Wo ist dein Vater?«

»Weiß ich nicht.«

»Liebling, du machst mich *rasend*. Weshalb rufst du an?«

»Wahrscheinlich ... bloß, um deine Stimme zu hören.«

Das verblüffte sie offenbar total. »Hast du sie noch alle? Sag dem alten Zacken ... sag ihm ...« Sie stockte.

»Du seist froh, daß er noch lebt?« schlug ich vor.

»Laß ihn von niemand in die Luft sprengen.«

»Nein«, sagte ich.

»Muß flitzen, Liebling. Brich dir den Hals nicht. Tschüß ...«

»Tschüß dann«, sagte ich.

Ich fragte mich, ob sie jemals anders als aus voller Kehle am Telefon sprach. Irgendwie war die Phonstärke beruhigend. Zumindest hörte sie sich nicht gelangweilt an. Mir war lieber, ich machte sie rasend, als daß ich sie langweilte.

Gemächlich fuhr ich zurück nach Cookham, und am Abend widmete ich mich wieder Norman Wests Notizen.

Über Edwin hatte er geschrieben:

Mr. Edwin Pembroke (53), geb. Bugg, lebt mit seiner Frau Lucy in Nr. 3 Wrothsay Farm Cottages bei Marlow. Der einzige Sohn (15) besucht staatliches Gymnasium, fährt mit dem Rad zur Schule, hat Hausschlüssel, bereitet seinen Tee selbst, geht nach oben, erledigt Schulaufgaben, lernt für Prüfungen, ist gewissenhaft; weiß nicht, ob seine Eltern an dem Freitag bzw. Dienstag zur fraglichen Zeit daheim waren, nimmt es aber nicht an. Abends gegen 8 oder 9 kommt er runter zum gemeinsamen vegetarischen Essen. (Kein TV!) Mrs. L. kocht in einem Wok. Mr. E. wäscht ab.

Mr. E. besorgt die Hausarbeit (nicht viel) und kauft ein, hauptsächlich Gemüse. Er liest oft stundenlang in der Bücherei (von Bilbliothekaren bestätigt). Geht in eine Kneipe, sitzt stundenlang bei einem Bier (Barmann empört). Wäscht im Waschsalon. Hört Radio. Löst stundenlang Kreuzworträtsel. (Der Garten ist ungepflegt. Mr. E. hält nichts von Gartenarbeit. Sie ziehen nur Stangenbohnen, die sind einfach.)

Mr. E. und Mrs. L. besitzen einen alten Hillman, den meistens Mr. E. fährt. (Mrs. L. hat Führerschein.) Wagen verstaubt und angerostet, keine Dellen.

Mr. E. gutaussehender Mann, absolute Drohne (meine Meinung). Das untätige Leben paßt ihm. Mr. E.s Untätigkeit scheint auch Mrs. L. zu passen – verstehe die Menschen, wer will. Bei Licht besehen, tut sie weniger als er. Mr. E. kann beißenden Sarkasmus an den Tag legen. Verabscheut Mr. Ian, schimpft über Mr. Pembroke, will aber gleichzeitig Geld von ihm(!). Denkt eindeutig zuviel an Mr. Pembrokes Geld, grübelt darüber; sprach in einer Tour davon.

Ende der Ermittlung.

Über Lucy hatte er unter anderem notiert:

Mrs. L. verbringt ihre Tage weitgehend ohne zu wissen, was um sie herum vorgeht (meine Meinung). Ich mußte mehrere Fragen wiederholen. Es war, als ob sie mich nicht hörte, ihr Gehör ist aber in Ordnung. Sie lauscht auf Vorgänge in ihrem Kopf (kann's nicht präzis ausdrücken). Hat kein Alibi für Freitag oder Dienstag. Kann sich nicht erinnern, wo sie war. (Ich glaube ihr das.) Macht ausgedehnte Spaziergänge, Mrs. L. ist wegen irgend etwas sehr bedrückt, wollte sich aber nicht dazu äußern. Sie aß eine Dose Erdnüsse auf, während wir uns unterhielten, und staunte, als sie alle waren.

Soviel zu Lucy und Edwin, dachte ich, Was war mit Donald und Helen?

Donald Pembroke (44), ältester Sproß von Mr. Pembroke, lebt in Marblehill House, einem chaletähnlichen Einfamilienhaus, das zu seiner Stellung gehört als Geschäftsführer des Marblehill Golfclubs (reicher Club, hohe Beiträge) bei Henley-on-Thames. Lange Wartelisten für den Vereinsbeitritt, reiche Mitglieder.

Mr. D. hat Mitarbeiter (Platzwart, Clubsteward etc.). Er selbst beaufsichtigt und leitet das Ganze, ist angeblich gut darin, die Mitglieder mögen ihn, sagen, er ist dynamisch, führt strenges Regiment, gute Bar/Clubräume/Turniere etc., geht auf jede Beschwerde ein, wird als Freund, Autoritätsfigur, sozial Gleichgestellter angesehen. Mr. D. mag seine Arbeit. Sein gesellschaftlicher Status ist unerhört wichtig für ihn (meine Meinung). Er will niemandem nachstehen.

Was die Alibis für den fraglichen Freitag und Dienstag betrifft: keine brauchbaren Nachweise. Ist immer »in der Nähe«, nie zu festen Zeiten an bestimmter Stelle, außer gleich nach Dienstantritt (9 h), um mit dem Büropersonal die Post zu erledigen. Hat montags frei, arbeitet sonnabends und sonntags.

Geht zu Fuß zur Arbeit (kaum 100 m). Kommt meistens gegen 19 h nach Hause (im Winter viel früher), bleibt manchmal, bis die Bar schließt. Oft macht er später noch einen Rundgang, um nach dem Rechten zu sehen. Geht in seiner Arbeit auf.

Mr. D. hat Tochter auf der Kunstschule, hohe Gebühren. Außerdem Zwillingssöhne, die dieses Trimester in Eton angefangen haben; vorher auf guter Vorbereitungsschule. (Wie kann er sich das leisten?)

Mr. D. fährt silbernen Mercedes, 2 Jahre alt. Keine Spuren einer Kollision mit Mr. Ian.

Mr. D. findet es sehr bedauerlich, daß Mr. Ian wieder in

Mr. Pembrokes Gunst steht. Mit Sicherheit werde sein (Mr. D.s) Erbanteil dadurch geschmälert. Das ärgert ihn. Er denkt aber auch, daß Mr. Ian der einzige ist, der Mr. Pembroke überreden kann, schon jetzt einiges von seinem Reichtum zu verteilen. Sieht keinen Widerspruch in diesen Annahmen. (Er werde Mr. Ian benutzen, dafür brauche er ihm nicht zu trauen, meinte er.) Hält Mr. Pembrokes jüngste Ausgaben für unvernünftig, »verrückt«. Nennt ihn senil.

Mr. D. gab mir rasche Antworten; hatte zu tun. Sagt, seine finanziellen Angelegenheiten gingen mich nichts an; leicht gereizt beim Thema. Hat er Schulden? (Meiner Meinung nach, bedenkt man seine Ausgaben, wahrscheinlich ja.) Champagner-Lebensstil.

Ende der Ermittlung.

Und Helen?

Mrs. Helen Pembroke (43), Frau von Mr. D. Sehr gutaussehende Dame. Sehr besorgt, wollte nicht sagen, weshalb.

Ich befragte sie in Marblehill House – hochtrabender Name für ziemlich normalgroße 3-Zimmer-Wohnung, allerdings hübsches Wohnzimmer mit Blick auf Golfplatz. Gute Einrichtung, Flair von Wohlhabenheit.

Mrs. H. malt in Heimarbeit (auf Staubdecke im Eßzimmer) Ansichten von Henley auf Teller, Krüge und Dosen aus Porzellan. Sehr schnell, sehr gut (für mein Empfinden); ansprechende Bilder. Sie werden in einer Fabrik gebrannt, sagt sie, und dann in hiesigen Geschäften verkauft. Angemessen bezahlt, meint sie. (Was ist angemessen? Sie sagt, ihre Arbeit sei als Hobby anzusehen. Mr. D. bezeichnet es auch so.)

Mrs. H. arbeitet allein, fast jeden Tag, hat keine Alibis für Freitag und Dienstag. Manchmal fährt sie zum Einkaufen nach Henley, aber unregelmäßig. Mrs. H. hat weißen Cavalier, sauber, ohne Dellen.

Keine Kinder im Haus. Tochter teilt Wohnung mit Freundinnen in der Nähe der Kunstschule (weitere Unkosten).

Mrs. H. steht hundertfünfzigprozentig zu Mr. D. Hält meine Nachfragen für überflüssig. Die Annahme, Mr. D. würde seinen Vater überfallen, sei lächerlich. Ganz ausgeschlossen. (Meiner Meinung nach war sie da gar nicht so sicher.) Sie brauchen dringend mehr Geld (meine Meinung).

Mrs. H. teilt weitgehend Mr. D.s Meinung von Mr. Ian, hat aber anscheinend nichts gegen ihn persönlich.

Ende der Ermittlung.

Freitagmorgen ging ich in eine Bibliothek und schlug »Sprengstoff« in den Enzyklopädien nach. Ammoniumnitrat war aufgeführt, ebenso das nötige Verhältnis von Dünger zu Dieselöl und auch die Formel für das Verhältnis von Rauminhalt zu Kilos. Das Wissen stand jedem, der es suchte, zur Verfügung.

Freitag nach dem Lunch fuhr ich zum Marblehill Golfclub und fand Donald im Clubraum, wo er vier Männer, die sich verspätet und ihr Spiel verpaßt hatten, beschwichtigte.

»Geh rüber zum Haus«, sagte er, als er mich sah. »Ich kann hier nicht reden.« Entschlossen wandte er sich wieder dem vorliegenden Problem zu, und ich gehorchte ihm wie ein braver kleiner Bruder.

Helen war eher resigniert als verärgert über mein Auftauchen. »Ferdinand sagte, du würdest kommen, und gestern war schon die Polizei hier. Nicht, daß wir ihr irgend etwas sagen konnten, oder dir was sagen könnten.«

Sie trug einen Malerkittel über Jeans und sah aus wie von Dior eingekleidet. Sie führte mich ins Wohnzimmer, wies auf einen Sessel und hockte sich mit unbewußter Anmut auf die Kante eines polierten Tisches, wobei sie die Handgelenke anhob, um ihre farbverschmierten Hände von dem Möbel fernzuhalten.

Donald kam hereingefegt und erklärte, er könne mir zehn Minuten geben. »Ich verstehe nicht, was du erreichen willst«, sagte er. »Überlaß das der Polizei.«

»Wonach haben sie euch gefragt?«

»Wie das mit Fred und dem gesprengten Baumstumpf war. Ich sagte ja, natürlich seien wir dabei gewesen. Helen und ich waren damals noch nicht verheiratet. Ich hatte sie Malcolm gerade vorgestellt, sie blieb zum Wochenende.«

»Samstagmorgen«, sagte sie nickend. »Der Gärtner kam extra vorbei, um die Baumstümpfe zu sprengen. Und wie's ihn dann umgehauen hat, das vergißt man ja nicht. Hinterher hab ich die Baumstümpfe geknipst. Das Foto ist noch in irgendeinem Album.«

»Und die Schaltuhren, erinnert ihr euch daran?« fragte ich.

»Klar«, sagte Donald.

Helen ergänzte: »Der gute Thomas hat für unsre Jungs mal zwei zum Geburtstag gebastelt, als sie gerade die Uhr lesen konnten.« Mir fiel auf, daß sie »der gute Thomas« gesagt hatte, als ob sie es ernst meinte, nicht in dem Ton von Berenice. »Sie sind bei einem unserer Umzüge verlorengegangen.«

»Wo ist Malcolm?« fragte Donald brüsk.

»Ich weiß es nicht.«

»Du lügst«, sagte er, doch diesmal tat er mir unrecht. Malcolm und Ramsey Osborn hatten einer Frau zufolge, mit der ich am Abend vorher telefoniert hatte, Osborns Residenz verlassen und ihr keine Nummer genannt, unter der sie zu erreichen waren. Ich könnte es morgen noch mal versuchen, sagte sie. Bis dahin werde Mr. Osborn ihr sicher Bescheid geben; er tue das meistens.

»Hat einer von euch«, fragte ich, »an dem Wochenende, als er bewußtlos in den Wagen gesteckt wurde, Malcolms Spur nach Cambridge verfolgt?«

Ich hatte nichts als eine negative Antwort erwartet, aber die Frage kam für sie überraschend, und Helen erschrak regelrecht.

»Du?« sagte ich zu ihr.

»Nein, natürlich nicht«, fiel Donald rasch ein. »Wir konnten unmöglich wissen, daß er zu der Auktion nach Newmarket fahren würde, falls du das andeuten willst..«

»In dem Hotel in Cambridge hieß es, drei Leute - zwei Männer und eine Frau - hätten nachgehört, ob Malcolm da wohnt«, sagte ich. »Einer war Norman West, wer waren die anderen? Ich behaupte nicht, daß ihr auf der Auktion in Newmarket wart, aber hat einer von euch Malcolm gesucht?«

Sie sahen mich finster an. Dann sagte Helen: »Na ja, schon.«

»Weshalb?« fragte ich.

Donald räusperte sich. »Ich brauchte seine Unterschrift auf einer Bürgschaft.«

»Weiter. Was für eine Bürgschaft?«

»Für ein kurzfristiges Bankdarlehen.« Er schluckte. »Ich dachte, er macht's vielleicht . . .«

»Wir brauchten das Geld schleunigst«, sagte Helen. »Der Bankmanager sagte Donald, wir bekämen es, wenn Malcolm dafür bürgte. Dann war Malcolm nicht aufzutreiben. Wir mußten überlegen, wo er sein könnte, und er fährt ja immer nach Cambridge. Donald und ich haben das nur so durchgesprochen, drüber nachgedacht, herumgeraten . . . Tja, und als Donald dann rüber ins Clubhaus ging, hab ich einfach das AA-Buch rausgeholt, die Hotels in Cambridge nachgeschlagen und es, ohne wirklich dran zu glauben, bei zweien versucht . . . ganze zwei . . . und in dem zweiten war er. Als Donald heimkam, sagte ich ihm das, und das erstaunliche war, er hatte den gleichen Einfall gehabt und mit demselben Erfolg.« Sie hielt inne. »Wir waren ziemlich verzweifelt, weißt du?«

»Red nicht so«, sagte Donald. »›Verzweifelt‹ gibt ein falsches Bild.«

»Wofür brauchtet ihr das Geld?« fragte ich.

Sie blickten einander an, die Stirnen sorgenvoll gefurcht. Widerstrebend, aber als wäre er zu einer Entscheidung gekommen, sagte Donald schließlich: »Wir mußten unverhofft Zinsen bezahlen. Ich hatte einen dreimonatigen Zinsaufschub für einen Kredit ausgehandelt, jedenfalls bildete ich mir das ein, und dann kam eine knallharte Forderung. Ich solle sofort zahlen, sonst würde ein Verfahren angestrengt.« Die Verzweiflung, die er geleugnet hatte, war eindeutig da gewesen, sie klang noch in seiner Stimme nach. »Ich konnte doch nicht zulassen, daß das im Golfclub herumgeht, oder?« wollte er wissen. »Niemand von der Familie konnte mir auf die Schnelle einen größeren Betrag leihen. Bei der Bank sind wir immer bis zum Äußersten überzogen. Die Finanzierungsgesellschaft war eisern. Ich wußte, daß Malcolm mir das Geld nicht *geben* würde, er hat ja so blödsinnig verdrehte Ansichten, aber ich dachte, er bürgt vielleicht . . . nur für kurze Zeit . . .«

Damit das ganze Kartenhaus nicht einstürzte – schon möglich. Malcolm war nicht grausam. Er hatte sogar Edwin schon manchmal Geld geliehen. Donald, dachte ich, hätte gute Aussichten gehabt.

»Aber als ihr wußtet, wo er war, habt ihr euch nicht mit ihm in Verbindung gesetzt, oder?«

»Nein«, sagte Donald. »Ich war nicht davon begeistert, Malcolm unsere Sorgen zu erzählen. Ich wollte nicht als Narr dastehen, und Helen fand einen anderen Ausweg.«

Ich schaute sie fragend an.

»Hab meine Klunkern versetzt«, sagte sie in einem tapferen Bemühen um Leichtigkeit. »Sie nach London gebracht. Meine ganzen schönen Steinchen.« Sie hielt den Kopf hoch, um nicht zu weinen.

»Verpfändet?« sagte ich.

»Wir holen sie uns wieder«, meinte sie beherzt, entgegen ihren Zweifeln.

»Wann hast du sie versetzt?«

»Mittwoch. Donald brachte das Geld in bar zu der Finanzierungsgesellschaft, und jetzt haben wir drei Monate Luft.«

Mittwoch, dachte ich. Der Tag nach dem gescheiterten Anschlag auf Malcolm in Newmarket.

»Wann fing die Finanzierungsgesellschaft an, euch zu drohen?«

»Am Donnerstag davor«, sagte Helen. »Sie gaben uns eine Woche. Sie waren hundsgemein, fand Donald.«

»Vivien versuchte Malcolm zu bewegen, daß er für uns was springen läßt«, grollte Donald, »und er hat sich glatt geweigert.«

»Nun«, sagte ich halb lächelnd, »sie hat ihn einen üblen, rachsüchtigen, schäbigen Tyrann geschimpft, und das ist nicht die weltbeste Methode, um Malcolm zur Freigebigkeit zu überreden. Mit netten Worten wäre es ihr vielleicht geglückt.«

Helen sagte: »Du bist doch der einzige, auf den er hört. Mir ist es egal, ob du Millionen mehr bekommst als wir. Die anderen regen sich darüber auf, sie glauben nicht an die gleichen Anteile in seinem Testament, aber mir ist das schnurz. Könntest du nur einfach mal ... ich meine ...«

»Ich will's versuchen«, versprach ich, »aber das mit den gleichen Anteilen stimmt.«

Es fiel auf taube Ohren. Sie glaubten, was sie glauben wollten, der ganze Verein; nährten und verstärkten ihre Befürchtungen jedesmal, wenn sie miteinander berieten.

Ich ließ Donald und Helen allein mit ihren antiken Möbeln und ihrer wackligen Fassade und trudelte weiter nach Quantum, um zu sehen, wie die Dinge sich entwickelten.

Nicht schnell, war die Antwort. Der Platz war verlassen bis auf einen einsamen Polizisten in Uniform, der vor der einstigen Haustür in einem Streifenwagen saß. Man konnte jetzt mitten durch das Haus sehen. Die Plane, die vom Dach herabgehangen hatte, war verschwunden. Der Polizist war derselbe, der mich auf meiner Fenstererkundungstour begleitet hatte, und wenn ich nicht irrte, war er froh, daß ein Besucher seine eintönige Wacht belebte.

Er schaltete den Funk ein und meldete sinngemäß, daß Mr. Ian Pembroke vorbeigekommen sei. Eine Rückfrage kam, die er an mich weitergab: Würde Mr. Pembroke nachher kurz bei der Polizeistation hereinschauen? Mr. Pembroke würde.

Der Polizist und ich gingen zur Rückseite des Hauses. Mr. Smith war fort, seine Helfer auch. Der letzte Schutt war ausgeräumt und brachte den Container zum Überlaufen. Eine schwarze Plastikplane, wie man sie zum Abdecken von Heuschobern benutzt, lag, wo vor einer Woche die Wände meines Zimmers heruntergekommen waren. Die Innentüren waren mit Sperrholz verschlagen wie die Fenster, um Plünderer zurückzuhalten, und der demolierte Treppenkopf war abgesperrt. Ein Haus mit herausgerissener Mitte; zehn Meter gähnende Leere zwischen noch stehenden Flügeln.

»Es sieht schrecklich aus«, sagte ich, und der Polizist stimmte zu.

Arthur Bellbrook war dabei, seine Spaten zu reinigen, um nach Hause zu gehen. Ich gab ihm einen Lohnscheck für diese Woche und die nächste und legte einen Batzen für die Versorgung der Hunde drauf. Er dankte mir würdevoll. Er hoffte, dem armen Mr. Pembroke gehe es gut, und ich sagte, das nähme ich an.

»Mein Bild war in der Zeitung«, meinte er. »Haben Sie's gesehen?«

Ich sagte, leider nein.

»Nun ja. Ich aber.« Mit einem enttäuschten Achselzucken machte er sich auf den Heimweg, und ich ging dorthin, wo er neulich Kartoffeln ausgegraben hatte, und dann weiter, um nachzusehen, ob die Brennesseln auf der anderen Seite der Mauer noch unzertrampelt waren. Das grüne Gewirr sah staubig und alt aus, stand aber aufrecht. Sie würden wohl auch mit dem ersten Frost sterben.

Der Polizist beobachtete mich ohne Neugier. Ich blieb stehen und starrte aus einiger Entfernung auf das Haus, als wäre ich deshalb so weit gegangen, dann kehrte ich um und verabschiedete mich. Von weitem sah das Haus genauso arg aus, wenn nicht schlimmer.

Superintendent Yale drückte mir die Hand. Es ging fast freundlich zu auf der Polizeistation, aber der Entlarvung des Bombenlegers war man nicht nähergekommen. Die Ermittlungen dauerten an, sagte der Superintendent, und vielleicht könne ich helfen.

»Schießen Sie los«, sagte ich.

»Wir haben den ehemaligen Gärtner Fred Perkins gesprochen«, sagte Yale. »Wir fragten ihn nach dem Baumstumpf und womit er ihn gesprengt hat. Mal abgesehen von Kordit. Mit was für einer Zündung.«

Ich war interessiert. »Was hat er gesagt? Erinnert er sich?«

»Er sagte, er habe das Schwarzpulver, ein paar Zündkapseln und Zündschnur von einem befreundeten Steinbrecher bekommen. Das Schwarzpulver war in der Kiste, die wir gesehen haben, die Zünder waren in einer extra Dose, zusammen mit der Schnur und der Gebrauchsanweisung.«

»Der Gebrauchsanweisung!« wiederholte ich ungläubig.

»Ja.« Er seufzte. »Fred Perkins sagt, er hielt sich an die Gebrauchsanweisung, weil er vorher noch nie etwas gesprengt hatte. Von dem Schwarzpulver, sagt er, hat er für alle Fälle etwas mehr genommen.«

»Es war eine ziemliche Explosion.«

»Ja. Wir fragten ihn, was mit den anderen Zündern passiert sei. Er sagte, die habe Mr. Pembroke ihm an dem Morgen abgenommen, als er aus dem Haus gelaufen kam. Wir müssen Mr. Pembroke fragen, was er damit gemacht hat, also, ehm . . . wo ist er?«

»Ich weiß es wirklich nicht«, sagte ich, »und das ist die Wahrheit. Ich kann ihn wahrscheinlich finden, aber das wird ein, zwei Tage dauern.« Ich dachte einen Augenblick nach. »Bestimmt hat er die Zünder schon vor Jahren weggeworfen.«

»Wenn er bei Verstand war, hat er sie nirgendwohin geworfen«, sagte Yale. »Laut Mr. Smith sind Zündkapseln mit der größten Vorsicht zu handhaben, wenn man nicht einen Finger oder ein Auge verlieren will. Sie können auf Druck oder Stoß oder durch Hitze explodieren. Eigentlich hätte Mr. Pembroke sie bei der Polizei abgeben müssen.«

»Vielleicht hat er das«, sagte ich.

»Wir würden es gerne feststellen.«

»Aber können Zünder noch nach zwanzig Jahren zünden,« fragte ich.

»Mr. Smith hält es für möglich bis wahrscheinlich. Er würde nicht leichtsinnig damit umgehen, sagt er.«

»Wie sieht so ein Zünder aus?« fragte ich.

Er zögerte, sagte aber: »Mr. Smith meint, was wir suchen, sei vielleicht eine kleine Aluminiumröhre, etwa so dick wie ein Bleistift oder etwas dünner, rund sechs Zentimeter lang. Er sagt, die habe die Armee benutzt. Er war bei den Pionieren. Er sagt, die Röhre enthält Knallquecksilber, und der ›Knall‹ bedeutet, daß es einschlägt wie ein Blitz.«

»Er wird's wissen.«

»Fred Perkins kann sich nicht genau erinnern, wie seine Zünder ausgesehen haben. Er entsinnt sich, daß er die Schnur mit einer Zange am Ende des Rohrs befestigen, sie anwürgen mußte. Mr. Smith meint, Zivilisten, die Sprengstoff anfassen, gehören entmündigt.«

Ich überlegte. »Hat Mr. Smith genau feststellen können, woraus die Bombe in Quantum bestand?«

»Ja. ANFO, wie vermutet, Er sagte, das Ganze war ein Amateurstück sondergleichen.«

»Amateure«, meinte ich trocken, »laufen schneller als jeder andere.«

Als Amateur ging ich am nächsten Tag nach Kempton und ließ auf Young Higgins einen Haufen Profis stehen.

Ich wußte nicht, was in mich gefahren war. Es schien, als ritte ich auf einer anderen Ebene. Ich wußte, es kam darauf an, daß das Pferd schnell genug war; der Jockey konnte noch so entschlossen sein, allein schaffte er es nicht. Young Higgins wirkte beflügelt und bot gegen gewaltigere Konkurrenz als in Sandown ein völlig anderes Rennen.

Diesmal ritten keine Tanten mit, keine vom Pferd fallenden Oberstleutnants. Kein geschwätziger Grafensohn. Kein Journalist, bei dem es leicht aussah. Aus irgendeinem Grund hatten George und Jo Young Higgins für ein hochklassiges offenes 3-Meilen-Jagdrennen gemeldet, und ich war der einzige Amateur weit und breit.

Ich war schon einige Male gegen ein Klassefeld von Berufsreitern angetreten, und normalerweise war das eine demütigende Erfahrung. Ich hatte die Grundkenntnisse und eine ziemlich gute Hand. Ich konnte Pferde ausrichten und im Rhythmus halten. Ich mochte Tempo, ich mochte die geistige Anspannung; aber im Vergleich mit Spitzenprofis gab es immer einen Punkt, wo das nicht genügte.

George und Jo blieben gelassen. Young Higgins war fitter als in Sandown, fanden sie, und in Kempton gab es keine Steigung, die ihn ermüden konnte. Sie waren gespannt und begeistert, aber nicht besonders hoffnungsvoll. »Wir wollten dich nicht gegen einen Profi austauschen«, erklärten sie. »Es wäre nicht fair gewesen.«

Fair vielleicht nicht, aber klug, dachte ich. Die Top-Profis ritten mit schärferen Augen, besserer Taktik, mehr Kraft, schnelleren Reaktionen. Ihre Entschlossenheit war stärker, ihre Konzentration grimmiger. Humor kam vorher und nachher, nicht während. Rennreiten war, abgesehen vom Spaß, ihr Geschäft, und manche von ihnen hielten Amateurgegner für leichtfertige, schlappe Plagegeister, die Unfälle verursachten und das Leben von Mensch und Tier gefährdeten.

Vielleicht lag es an dem anmaßenden Wunsch, sie zu widerlegen, vielleicht an den Einsichten und Realitäten, mit denen ich in einer traumatischen Woche konfrontiert worden war, vielleicht auch an Young Higgins selbst – jedenfalls ritt ich mit einer neuen, überraschend klaren Wahrnehmung für das, was zum Siegen nötig war, und das Pferd und ich gewannen mit vier Längen unter dem ziemlich verblüfften Schweigen der Leute auf den Tribünen, die auf jede andere Programmnummer gesetzt hatten, nur nicht auf uns.

George und Jo sahen sich bestätigt und waren selig. Young Higgins schlug beim bescheidenen Applaus mit dem Kopf. Ein Zeitungsmensch nannte das Ergebnis Zufall.

Ich hatte es gepackt, dachte ich. Den Durchbruch geschafft.

Das war wirklich professionelles Reiten gewesen. Befriedigend. Aber ich war schon dreiunddreißig. Viel zu spät hatte ich den Unterschied zwischen Vergnügen und Feuer entdeckt. Ich hätte ihn mit neunzehn oder zwanzig kennen müssen. Ich hatte es verbummelt.

»Wer wird denn jetzt«, lachte Jo, »so traurig aussehen.«

17

Ich flog zwei Tage später nach New York, obwohl ich noch immer nicht wußte, wo Malcolm sich aufhielt.

Die stets hilfsbereite, aber uniformierte Frauenstimme in Stamford, Connecticut hatte am Abend vorher gemeint, die Herren seien vielleicht nach Kentucky zurückgekehrt; sie hätten vom Kauf eines Pferdes gesprochen, das sie vor einer Woche dort gesehen hatten. Ein anderes Pferd, nicht das gestern gekaufte.

Es war schon ganz gut, dachte ich, daß Donald und Helen, Thomas und Berenice, Edwin und Lucy, Vivien und Joyce nichts davon wußten. Daß Gervase, Ursula, Alicia, Ferdinand, Debs und Serena nichts davon gehört hatten. Alle vierzehn wären sie über Malcolm hergefallen und hätten ihn in Stücke gerissen.

Ich entschied mich für New York aus dem zweifachen Grund, daß Stamford, Connecticut nur knapp anderthalb Autostunden entfernt war (Auskunft der Stimme) und daß jeder irgendwann einmal New York sehen sollte. Bisher hatten meine Reisen mich nur durch Europa geführt, an Orte wie Paris, Rom, Athen und Oslo. Strände, Rennveranstaltungen und Tempel. Pferde und Götter.

Mein Ziel war ein Hotel in der 54. Straße in Manhattan, das die Stimme empfohlen hatte; sie würde Mr. Pembroke sagen, daß ich dort sei, sobald sie erfuhr, wo Mr. Pembroke war. Es schien die beste Regelung zu sein.

Superintendent Yale wußte nicht, daß ich England verlassen hatte, und auch von der Familie wußte es niemand. Im Flugzeug atmete ich herzlich auf und dachte an meine Visiten bei Alicia und Vivien am Tag zuvor. Keine von beiden hatte mit mir sprechen wollen, und beide waren aufreibend gewesen, Alicia am Morgen, Vivien am Nachmittag.

Alicias Wohnung außerhalb Windsor war geräumig und überblickte die Themse, zwei Vorzüge, denen sie anscheinend nichts abgewinnen konnte. Widerstrebend ließ sie mich zwar ein, war aber nicht dadurch zu besänftigen, daß ich ihre Aussicht bewunderte.

Sie wirkte wieder einmal jugendlich hübsch, in einem weißen Wollkleid und Silberperlen. Ihr Haar war mit einer Samtschleife hochgebunden, und ihre zierliche Figur sprach von Glück oder Diät. Sie hatte bereits einen Besucher, als ich anklopfte, einen stattlichen Mann um die Vierzig, den sie kokett als Paul vorstellte und der sich unverkennbar hoheitsvoll aufführte, als Herr in seinem Reich. Wie lange mochte das schon gehen?

»Du hättest dich ankündigen können«, mäkelte Alicia. »Ferdinand meinte, du kämst irgendwann. Ich bat ihn, es dir auszureden.«

»Es schien mir am besten, mit allen zu sprechen«, sagte ich neutral.

»Dann eil dich«, erwiderte sie. »Wir wollen zum Lunch gehen.«

»Hat Ferdinand dir von Malcolms neuem Testament erzählt?«

»Ja, und ich glaube kein Wort davon. Du warst schon immer Malcolms verdammter kleiner Liebling. Er hätte dich an Joyce zurückgeben sollen, als ich ging. Das riet ich ihm. Aber hat er drauf gehört? Von wegen.«

»Das ist zwanzig Jahre her«, protestierte ich.

»Und nichts hat sich geändert. Er macht, was er will. Er ist durch und durch selbstsüchtig.«

Paul hörte der Unterhaltung regungslos und mit kaum erkennbarem Interesse zu, aber Einfluß hatte er anscheinend doch. Mit einem schelmischen Blick auf ihn sagte Alicia: »Paul meint, Gervase solle Malcolm zwingen, ihn zu seinem Bevollmächtigten zu machen.«

Auf Anhieb fiel mir nichts ein, was mit weniger Wahrscheinlichkeit passieren würde.

»Kennt ihr euch schon lange?« fragte ich.

»Nein«, sagte Alicia, und der Blick, den sie Paul zuwarf, war der eines flirtenden Backfischs.

Ich fragte sie, ob sie sich an den Baumstumpf erinnere. »Natürlich. Ich war wütend auf Malcolm, daß er Fred so eine Albernheit erlaubte. Die Jungs hätten verletzt werden können.«

Und erinnerte sie sich an die Schalter? Wie könne sie die vergessen, meinte sie, die seien doch im ganzen Haus verteilt gewesen. Nicht nur das, Thomas habe später nochmal einen für Serena gebaut. Der habe in ihrem Zimmer Staub angesetzt. Die Uhren seien eine einzige Plage gewesen.

»Du warst gut zu mir in den alten Zeiten«, sagte ich.

Sie staunte. Der Ausdruck ihrer Augen wurde sogar sanfter, aber nur vorübergehend. »Das mußte ich sein,« sagte sie bissig. »Malcolm bestand darauf.«

»Bist du nie glücklich gewesen?« fragte ich.

»O doch.« Ihre Lippen kräuselten sich zu einem boshaften Lächeln. »Als Malcolm zu mir kam, während er mit Joyce verheiratet war. Bis diese Ratte von Detektiv es verdorben hat.«

Ich fragte sie, ob sie Norman West beauftragt habe, Malcolm in Cambridge zu finden.

Sie sah mich mit großen leeren Augen an und sagte gleichgültig: »Nein. Warum hätte ich das tun sollen? War mir doch egal, wo er ist.«

»Fast jeder wollte ihn finden, um ihn daran zu hindern, daß er sein Geld ausgibt.«

»Er ist verrückt«, sagte sie. »Größenwahnsinnig. Er sollte Gervase die Verfügungsgewalt übertragen und zusehen, daß die schreckliche Ursula nichts mitzureden hat. Sie ist die falsche Frau für Gervase, wie oft hab ich ihm das schon gesagt.«

»Aber du hast Norman West nicht gebeten, Malcolm zu suchen?«

»Nein«, entgegnete sie scharf. »Frag doch nicht dauernd so

blöd.« Sie wandte sich zapplig von mir ab. »Es wird höchste Zeit, daß du gehst.«

Im großen ganzen fand ich das auch. Ich überlegte, daß Pauls Anwesenheit sie vielleicht davon abgehalten hatte, mir die Galle ins Gesicht zu schleudern, die sie hinter meinem Rücken verbreitete. Sie würden mich auseinandernehmen, wenn ich fort war. Er nickte mir kühl zu, als ich ging. Kein Freund von mir, dachte ich.

War mein Besuch bei Alicia schon fruchtlos, so war es mein Gespräch mit Vivien erst recht. Norman Wests Notizen über sie waren dürftig gewesen: Name, Adresse, Illustrierte durchgesehen, keine Alibis. Sie weigerte sich, meine Fragen zu beantworten oder Möglichkeiten zu erörtern. Malcolm, sagte sie mehrmals, sei ein Monster, das es darauf anlege, ihre Kinder zu vernichten, und ich sei der leibhaftige Teufel, der ihm dabei zur Hand gehe. Sie hoffte, wir würden beide in der Hölle verrotten. (Eigentlich dachte ich, Teufel und Monster blühen da erst richtig auf.)

Hatte sie nun aber Norman West beauftragt, Malcolm in Cambridge zu finden? Selbstverständlich nicht. Sie wollte nichts mit diesem schrecklichen kleinen Mann zu tun haben. Wenn ich mich nicht sofort von ihrer Tür entfernte, würde sie die Polizei rufen.

»Besonders schön kann es nicht sein«, sagte ich, »mit soviel Haß im Kopf zu leben.«

Sie war eingeschnappt. »Wie meinst du das?«

»Kein Friede. Nur Zorn. Sehr anstrengend. Schlecht für deine Gesundheit.«

»Geh weg«, sagte sie, und ich tat ihr den Gefallen.

Ich fuhr zurück nach Cookham und verbrachte einen ganzen Teil des Abends am Telefon, wo ich mit Lucy über Thomas sprach und mit Ferdinand über Gervase. »Wir sind alle die Hüter unserer Brüder«, sagte Lucy und berichtete, daß Thomas die meiste Zeit schlief. »Rückzug in sich selbst«, meinte sie.

Lucy hatte auch mit Berenice gesprochen. »Was hast du ihr bloß gesagt, Ian? Sie klingt ganz verändert. Kleinlaut. Kann mir nicht vorstellen, daß das lange anhält, oder? Ich erzählte ihr, Thomas gehe es gut, und sie fing an zu heulen.«

Lucy sagte, sie werde Thomas eine Weile behalten, aber nicht bis ans Ende seiner Tage.

Ferdinand sagte, als er meine Stimme hörte: »Wo zum Teufel warst du? Ich kriege immer nur deinen Anrufbeantworter. Hast du rausgefunden, wer Moira umgebracht hat?« Möglicherweise lag Besorgnis in seinem Tonfall.

»Ich habe einige gefunden, die es nicht getan haben«, erwiderte ich.

»Das war nicht meine Frage.«

»Nun«, sagte ich, »es ist wie bei deinem Computer. Ich habe eine Menge Daten eingegeben.«

»Und das Ergebnis?«

»Die Räder drehen sich noch.«

»Computer haben keine Räder. Oder wenn ich's recht überlege, wohl doch. Jedenfalls pflasterst du deinen Weg mit Katastrophen, ja? Ich höre, Thomas hat Berenice verlassen, und was Gervase angeht, der will dir das Fell über die Ohren ziehen, weil du mit Ursula essen warst. Ist das wahr? Wozu denn bloß? Du weißt doch, wie eifersüchtig er ist. Die haben einen Mordskrach jetzt.«

»Wenn du dir Debs erhalten möchtest«, sagte ich, »hör nicht auf Alicia.«

»Was zum Donnerwetter hat das damit zu tun, daß bei Gervase und Ursula die Fetzen fliegen?«

»Alles.«

Er war wütend. »Dauernd ziehst du über Alicia her.«

»Umgekehrt. Sie ist eine engagierte Unruhestifterin, die dich schon eine Frau gekostet hat.« Er antwortete nicht gleich. Ich sagte: »Gervase versäuft ein Vermögen an Scotch.«

»Und was hat das wieder mit dem übrigen zu tun?«

»Wieso wirst du so leicht mit deiner Illegitimität fertig?«

»*Was?*«

»Hängt alles zusammen. Mach's gut, Junge. Bis demnächst.« Ich legte seufzend den Hörer auf, aß zu Abend und packte.

Am Morgen fuhr ich, nachdem ich ein paar Rechnungen bezahlt hatte, mit dem Leihwagen nach Heathrow, gab ihn dort ab und schwang mich mit dem Gefühl, daß Ketten von mir abfielen, in die Lüfte.

Ich blieb vier Nächte in New York, bevor ich Malcolm fand, oder besser gesagt, bevor er mich fand.

In täglichen Unterredungen versicherte mir die Stimme aus Stamford, Connecticut, daß ich nicht vergessen war und daß ich eines Tages Bescheid bekommen würde. Ich hatte eine Vision von eingeborenen Läufern, die sich durch Urwalddikkicht kämpften, aber so war es dann doch nicht, wie sich herausstellte. Malcolm und Ramsey waren lediglich im tiefsten Kentucky von einem Gestüt zum anderen gezogen, und von dort rief er mich morgens um zehn nach acht schließlich an.

»Was machst du in New York?« wollte er wissen.

»Mir die Wolkenkratzer ansehen«, sagte ich.

»Ich dachte, wir sind in Kalifornien verabredet.«

»Sind wir auch«, sagte ich. »Wann?«

»Was ist heute?«

»Freitag.«

»Bleib daran.«

Ich hörte ihn im Hintergrund reden, dann kam er wieder. »Wir wollen uns gerade ein paar Pferde bei der Arbeit ansehen. Ramsey hat von morgen bis nächsten Samstag die Zimmer im Beverly Wilshire reserviert, aber er und ich bleiben erst noch ein paar Tage hier. Flieg doch morgen nach Kalifornien, und ich stoße, sagen wir, am Mittwoch zu dir.«

»Geht's nicht bitte etwas früher? Ich muß mit dir reden.«

»Hast du was rausbekommen?« Sein Tonfall schlug plötzlich um, als wäre ihm aus heiterem Himmel die Welt des Schreckens wieder eingefallen, die er hinter sich gelassen hatte.

»Einiges.«

»Sag's mir.«

»Nicht am Telefon. Nicht auf die Schnelle. Sieh dir die Pferde bei ihrem Spritzer an und triff dich morgen mit mir.« Ich hielt ein. »Es gibt auch Pferde in Kalifornien. Tausende.«

Er schwieg ein paar Augenblicke, dann sagte er: »Ich bin's dir schuldig. Ich werde dort sein«, und legte auf.

Ich besorgte meinen Flugschein und verbrachte den Rest des Tages wie alle anderen in New York, indem ich umherwanderte, die Augen und Ohren mit der Stadt vollsog - und schmerzlichen privaten Gedanken nachhing, die zu furchtbaren Schlüssen führten.

Malcolm hielt Wort und kam zu meiner Erleichterung ohne Ramsey, der entschieden hatte, daß Stamford ihn brauchte, wenn Connecticut bestehen bleiben sollte. Ramsey, sagte Malcolm, komme am Mittwoch nach, dann würden wir drei Tage lang die Rennen besuchen und Samstagnacht nach Australien fliegen.

Er knisterte vor Energie, die Augen strahlten blau. Er und Ramsey hatten gemeinsam noch vier Pferde gekauft, erzählte er in den ersten drei Minuten, und wollten sich an einem Syndikat beteiligen, um noch ein paar in Australien mitzubesitzen.

Ein außer Kontrolle geratener Waldbrand, dachte ich und fühlte mit meinen armen Brüdern.

Im Beverly Wilshire bezogen wir eine Suite mit leuchtend roter Textiltapete im Salon und glühend rosa und orangen Blumen auf türkisgrünem Grund in den Schlafzimmern. Es gab reich verzierte Purpurvorhänge, zarte cremefarbene Gardinen, einen Hauch von Spitze, ein Flair von edwardianischer Schalkhaftigkeit, übertragen in unsere Zeit. Zimmer, die zum Lachen einluden, dachte ich. Und da die kleinen schmiedeeisernen Balkone vor den Bogenfenstern noch dazu auf einen Pool mit Springbrunnen und auf Gärten mit Orangenbäumen blickten, konnte man sich kaum beklagen.

Zum Abendessen nahmen wir uns einen Tisch in der Bar unten, wo auch Musik gespielt wurde, und Malcolm bemerkte, ich sähe dünner aus.

»Erzähl mir von den Pferden,« sagte ich – und hörte von ihnen bem Räucherlachs, beim Salat, beim Kalbfleisch und noch beim Kaffee.

»Sei unbesorgt,« meinte er ziemlich zu Anfang. »Sie sind nicht alle so teuer wie Blue Clancy und Chrysos. Wir haben sie alle vier für unter eine Million Dollar gekriegt, insgesamt, und es sind Zweijährige, die gleich laufen können. Gute Abstammung; Spitze. Einer ist sogar von Alydar.«

Ich hörte amüsiert und beeindruckt zu. Er kannte die Abstammung seiner sämtlichen Käufe drei Generationen rückwärts, und Redewendungen wie »hat einen Preis geholt« und »seine Mutter hat schon Gruppensieger hervorgebracht« flossen ihm von den Lippen, als hätte er sie sein Leben lang gesagt.

»Darf ich dich mal was fragen?« sagte ich schließlich.

»Das weiß ich erst, wenn du's tust.«

»Ja ... ehm, wie reich *bist* du eigentlich?«

Er lachte. »Hat Joyce dich zu der Frage angestiftet?«

»Nein. Ich wollte es für mich wissen.«

»Hm.« Er dachte nach. »Auf die Million genau kann ich's dir nicht sagen. Das ändert sich alle Tage. Bei grober Schätzung etwa hundert Millionen Pfund. Die würden jetzt von selbst um jährlich fünf Millionen wachsen, wenn ich nie mehr einen Finger rührte, aber du kennst mich, das wäre langweilig. Ich wäre in einem Monat tot.«

»Fünf Millionen nach Steuerabzug?«

»Klar.« Er lächelte. »Vermögenszuwachssteuer normalerweise. Ich habe den besteuerten Kapitalgewinn eines Jahres für die Pferde ausgegeben, das ist alles. Noch nicht mal soviel für die anderen Projekte, derentwegen die Familie durchgedreht ist. Ich bin nicht des Wahnsinns. Es wird mehr als genug für alle dasein, wenn ich abkratze. Mehr als jetzt. Ich brauche nur länger zu leben. Sag ihnen das.«

»Ich habe ihnen gesagt, du hättest in deinem Testament verfügt, wenn du ermordet würdest, ginge alles an karitative Einrichtungen.«

»Warum habe ich daran nicht gedacht?«

»Hast du noch mal darüber nachgedacht, ob du der Familie was von dem Zaster überläßt, bevor du ehm ... abkratzt?«

»Du kennst meine Einstellung dazu.«

»Ja.«

»Und du billigst sie nicht.«

»Theoretisch *miß*billige ich sie nicht. Die Treuhandfonds waren großzügig, als sie eingerichtet wurden. Mancher Vater tut nicht so viel. Aber deine Kinder sind nicht vollkommen, und einige von ihnen sind in die Klemme geraten. Würdest du jemandem, der blutet, einen Verband stiften?«

Er lehnte sich in seinen Stuhl zurück und starrte mürrisch auf seinen Kaffee.

»Haben sie dich hergeschickt, damit du dich für sie verwendest?« fragte er.

»Nein. Ich werde dir erzählen, was passiert ist, dann kannst du tun, was du willst.«

»Na gut«, sagte er, »aber nicht heute abend.«

»In Ordnung.« Ich hielt inne. »Weißt du, daß ich in Kempton ein Rennen gewonnen habe?«

»Ist das wahr?« Sofort war er ganz Ohr und fragte nach jeder Einzelheit. Er wollte nur nichts von seiner zänkischen Familie mit ihrem latenten Mörder hören. Er war es leid, verleumdet und gleichzeitig mit Bitten um milde Gaben bestürmt zu werden. In Kalifornien fühlte er sich sicher, wobei ich es allerdings interessant fand, daß er uns in dem Hotel als Watson und Watson angemeldet hatte.

»Nun, man kann nie wissen«, meinte er dazu. »In den britischen Zeitungen könnte stehen, daß Blue Clancy rüberkommt, und Ramsey sagt, das Hotel ist die Zentrale der Organisatoren des Breeders' Cup. Sie haben hier Empfangsräume und Buffets. Bis Mittwoch, sagt er, wird das Haus von internationalem Rennvolk wimmeln. Was glaubst du also, wo jemand, der mich finden wollte, zuerst nachhören würde?«

»Ich glaube, Norman West hat uns gut beraten.«
»Ich auch.«

Die Watsons, Vater und Sohn, frühstückten am nächsten Morgen in der warmen Luft draußen am Pool, saßen auf weißen Stühlen an einem weißen Tisch unter einem gelben Sonnenschirm, sahen die Orangen zwischen dunkelgrünen Blättern reifen und redeten von Schrecknissen.

Ich fragte ihn eher beiläufig, ob er sich an Fred und die Baumstrünke erinnere.

»Natürlich«, sagte er sofort. »Der verdammte Narr hätte sich umbringen können.« Er krauste die Stirn. »Was hat das mit der Bombe in Quantum zu tun?«

»Superintendent Yale meint, das könnte jemand auf die Idee gebracht haben.«

Er dachte darüber nach. »Möglich wär's.«

»Der Superintendent oder seine Leute haben den alten Fred gefragt, womit er das Kordit hat hochgehen lassen.« Ich erzählte Malcolm von dem Pulvervorrat, der noch im Geräteschuppen herumlag – »und Fred sagte, er hatte ein paar Zündkapseln, aber nach dem ersten Knall bist du rausgekommen und hast sie ihm abgenommen.«

»Guter Gott, das hatte ich vergessen. Stimmt ja. Ihr wart alle dabei, was? So ziemlich die ganze Familie.«

»Ja, es war solch ein Wochenende. Helen sagt, damals hat sie dich kennengelernt; sie war auch da, vor ihrer Heirat mit Donald.«

Er dachte zurück. »Das weiß ich nicht mehr. Ich weiß nur noch, daß ihr viele wart.«

»Der Superintendent wüßte gern, was aus den Zündkapseln geworden ist, nachdem du sie beschlagnahmt hast.«

Er starrte mich an. »Das ist doch bestimmt zwanzig Jahre her«, protestierte er.

»Es könnte aber sein, daß du so was nicht vergißt.«

Er schüttelte zweifelnd den Kopf.

»Hast du sie der Polizei übergeben?«

»Nein.« Da war er jedenfalls sicher. »Der alte Fred hätte sie zwar nicht haben dürfen, aber ich hätte ihn deswegen nicht in Schwierigkeiten gebracht, und auch den Freund nicht, der sie ihm besorgt hat. Ich wette, sie waren geklaut.«

»Weißt du noch, wie sie aussahen?« fragte ich.

»Ja, ich glaube schon.« Er krauste nachdenklich die Stirn, goß sich Kaffee nach. »Sie lagen nebeneinander in einer Blechdose, sorgfältig auf Watte gebettet, damit sie nicht rumkullern. Kleine silbrige Röhren, etwa sechs Zentimeter lang.«

»Fred sagt, es lag eine Gebrauchsanweisung bei.«

Er lachte. »Ach ja? Ein Bombenbaukasten für Heimwerker?« Er wurde plötzlich ernst. »Genau das war es wohl. Ich entsinne mich nicht an die Gebrauchsanweisung, aber sie wird schon dabeigewesen sein.«

»Daß sie gefährlich waren, war dir klar, oder?«

»Wahrscheinlich, aber seinerzeit wußten Normalbürger noch nicht so viel von Bomben. Ich meine, von Terroristenbomben. Wir waren aus der Luft bombardiert worden, aber das ist was anderes. Ich nehme an, ich habe Fred die Zünder weggenommen, damit er keine Sprengung mehr veranstaltet, nicht weil sie an sich gefährlich waren, wenn du verstehst, was ich meine.«

»M-hm. Aber du wußtest, daß man sie nicht fallen lassen darf?«

»Du meinst, wenn ich sie hätte fallen lassen, würde ich jetzt nicht hier sitzen und darüber reden?«

»Laut dem Sprengstoffexperten, der in Quantum gearbeitet hat, sehr wahrscheinlich nicht.«

»Ich hatte nie mit Sprengstoffen zu tun, da ich Adjutant war.« Er strich Butter auf ein Stück Croissant, fügte Marmelade hinzu und aß es auf. Als junger Offizier im Kriegsdienst hatte er Einzelheiten von Truppenbewegungen festgelegt und Einsatzkommandeuren assistiert, oft nah genug am Feind, aber nicht so, daß er das Weiße ihrer Augen sah. Er sprach selten davon: Es gehörte schon der Vergangenheit an, bevor ich auf die Welt kam.

»Ich habe mich auch nach der ganzen Zeit noch erinnert, wo das Kordit war«, sagte ich. »Wenn du dir vorstellst, wie du mit der Dose Zündkapseln ins Haus gehst, wo würdest du sie dann wahrscheinlich hintun? Du tätest sie doch dahin, wo du sie als erstes suchen würdest, oder?«

»Ja«, nickte er, »das war immer mein System.« Ein abwesender, unkonzentrierter Blick trat in seine Augen, dann setzte er sich plötzlich kerzengerade.

»Ich weiß, wo sie sind? Ich hab die Dose vor nicht allzu langer Zeit noch gesehen, als ich was anderes suchte. Ich achtete nicht weiter drauf. Mir war auch gar nicht bewußt, was sie enthielt, aber jetzt bin ich ziemlich sicher, daß sie es war. Es ist eine Art Bonbondose, nicht besonders groß, mit einem Deckelbild.«

»Wo war sie und wann?«

»Inzwischen«, sagte er besorgt, »sind die Dinger doch sicher unbrauchbar.«

»Sehr wahrscheinlich nicht.«

»Sie sind im Büro.« Er zuckte entschuldigend die Achseln. »Du weißt, daß ich da nie aufräume. Ich würde im Leben nichts mehr wiederfinden. Wie oft mußte ich aufpassen, daß da keiner saubermacht.«

»Moira zum Beispiel?«

»Sie konnte kaum die Finger davon lassen.«

»Wo im Büro?« Ich erinnerte mich an den Wirrwarr in der Schreibtischlade, als ich seinen Paß geholt hatte. Das ganze Zimmer war entsprechend.

»Auf ein paar Büchern in dem kombinierten Schrank. Untere Reihe, ganz rechts, mehr oder weniger außer Sicht, wenn die Tür zu ist. Auf dem Dickens.« Plötzlich grinste er übers ganze Gesicht. »Bei Gott, jetzt erinnere ich mich. Da hab ich sie hingelegt, weil auf dem Dosendeckel *Der Raritätenladen* abgebildet war.«

Ich fuhr mit der Hand über mein Gesicht, um nicht zu lachen. Superintendent Yale würde seinen Spaß daran haben.

»Sie liegen da schon gut«, erklärte Malcolm, »hinter Glas.

Ich meine, so daß keiner drüber stolpern kann, oder? Und da sind sie.«

Ich hielt es für höchst wahrscheinlich, daß sie dort nicht mehr waren, sparte mir aber den Hinweis. »Das Glas in der Schranktür ist zerbrochen«, sagte ich.

Das tat ihm leid. Der Schrank sei von seiner Mutter, sagte er, mitsamt den Büchern.

»Wann hast du die Dose dort gesehen?« fragte ich.

»Keine Ahnung. Allzulange kann's nicht her sein, würde ich meinen, aber die Zeit vergeht so schnell.«

»Nach Moiras Tod?«

Er legte die Stirn in Falten. »Nein, kaum. Und davor war ich acht oder zehn Tage aus dem Haus, weil ich ihre Gegenwart nicht ertragen konnte und sie die Stellung hielt. Davor hatte ich mal irgendwas in einem Buch nachgesehen. Nicht bei Dickens, ein oder zwei Reihen drüber. Weiß nicht mehr, was für ein Buch, obwohl es mir wahrscheinlich einfallen würde, wenn ich davorstünde und mir die Titel ansähe. Alles in allem wird's über drei Monate her sein.«

Ich überlegte ein wenig und trank meinen Kaffee. »Ich nehme an, der Schrank ist hin und wieder beim Renovieren verrückt worden. Dann kamen die Bücher raus . . .«

»Mach dich nicht lächerlich«, unterbrach Malcolm belustigt. »Er wiegt über eine Tonne. Die Bücher bleiben drin. Renoviert wird drumherum, oder wenn ich es vermeiden kann, überhaupt nicht. Moira wollte mich dazu bringen, alles auszuräumen, damit sie das ganze Büro dunkelgrün streichen konnte. Ich schaltete auf stur. Sie hatte das übrige Haus. Der Raum gehört mir.«

Ich nickte träge. Es war angenehm im Sonnenschein. Einige Leute ließen sich bräunen, ein Kind badete, ein Kellner im weißen Jackett brachte jemandem das Frühstück. Alles weit weg von den Trümmern von Quantum.

Von diesem ruhigen Sonntagmorgen bis zum Mittwoch führten Malcolm und ich das gleiche losgelöste Dasein, ließen uns in einem Straßenkreuzer, den er anscheinend nach Metern gemietet hatte, durch Los Angeles, Hollywood und Beverly Hills kutschieren, drehten die Hälse wie Touristen, fuhren nachmittags zur Rennbahn von Santa Anita, dinierten in Restaurants wie dem Le Chardonnay.

Nach und nach erzählte ich ihm, was in der Familie geschehen war, ohne mich aufzudrängen oder zu ereifern, nie zuviel auf einmal, und hörte sofort auf, wenn er sich ungeduldig zeigte.

»Donald und Helen sollten ihre Kinder auf staatliche Schulen schicken«, meinte er ruhig.

»Sollten sie vielleicht. Aber du hast Donald nach Marlborough geschickt, und da warst du auch selbst. Donald will das Beste für seine Jungs. Er leidet, um ihnen das zu geben, was du ihm mit links gegeben hast.«

»Er ist ein Snob, daß er Eton wählt.«

»Mag sein, aber Marlborough kostet auch nicht viel weniger.«

»Und wenn es Donald und Helen sind, die versucht haben, mich umzubringen?«

»Hätten sie Geld genug, kämen sie nicht in Versuchung.«

»Das hast du schon mal gesagt, oder etwas Ähnliches.«

»Nichts hat sich geändert.«

Malcolm schaute aus dem Fenster des langen Wagens, als wir zwischen den Hügeln von Bel Air zur Rennbahn chauffiert wurden.

»Siehst du die Häuser, die dort an den Felswänden in der Luft hängen? Wer so lebt, muß doch verrückt sein – so über dem Abgrund.«

Ich lächelte. »Du lebst so«, sagte ich.

Er mochte die Rennbahn von Santa Anita auf Anhieb und ich auch; es wäre schwer gewesen, sie nicht zu mögen. Königspalmen ragten an den Toren dreißig Meter in die Höhe, lauter blanke Stämme bis auf die krönenden Federbüsche, grüne Wedel gegen den blauen Himmel. Die Gebäude waren mit Türmen und Türmchen versehen, meergrün in der Farbe, ein metallenes Flechtwerk aus stilisierten Palmblättern zog sich an den Balkonen entlang, und goldene Läden schützten die nach hinten gehenden Fenster. Auf den ersten Blick ähnelte das Ganze eher einem Schloß als einer Rennbahn.

Ramsey Osborn hatte Malcolm mit Richtlinien und Empfehlungen eingedeckt, und wie stets wurde Malcolm in der Vereinsetage als verwandter Geist begrüßt. Er war von der ersten Minute an heimisch, gehörte zur Szene, als wäre er hineingeboren. Ich beneidete ihn um seine Ungezwungenheit und wußte selbst nicht, woher ich sie nehmen sollte. Vielleicht machte es die Zeit. Vielleicht die Millionen. Vielleicht das Gefühl, etwas erreicht zu haben.

Während er sich lässig mit beinah Fremden (und demnächst Kumpeln) über die Kreuzung europäischer und amerikanischer Linien bei Vollblütern unterhielt, dachte ich an das Telefongespräch, das ich Montag bei Tagesanbruch mit Superintendent Yale geführt hatte. Wegen der acht Stunden Zeitunterschied war es bei ihm schon Nachmittag, und ich hielt es für unwahrscheinlich, daß ich ihn im ersten Anlauf erreichen würde. Doch er war da und kam mit unverhohlener Gereiztheit an den Apparat.

»Sie haben seit einer Woche nicht mehr angerufen.«

»Ja, tut mir leid.«

»Wo sind Sie?«

»In der Nähe.« Seine Stimme klang mir so deutlich, als wäre er im Nebenzimmer, und meine ihm vermutlich auch, da er nicht ahnte, daß ich außerhalb Englands war. »Ich habe meinen Vater gefunden«, sagte ich.

»Oh. Gut.«

Ich teilte ihm mit, wo Malcolm die Zündkapseln verwahrt hatte. »Auf dem ›Raritätenladen‹ sinnigerweise.«

Ein fassungsloses Schweigen trat ein. »Das darf doch nicht wahr sein«, sagte er.

»Die Bücher sind durchweg alte und ledergebundene Klassiker in Gesamtausgaben. Dichter, Philosophen, Romanciers, vor Jahren von meiner Großmutter gekauft. Hin und wieder durften wir alle mal ein Buch zum Lesen ausleihen, aber wir mußten es zurückstellen. Mein Vater hatte uns darauf dressiert.«

»Soll das heißen, daß jeder, der ein Buch aus dem Schrank genommen hat, die Zünder gesehen haben könnte?«

»Ja, ich nehme es an, wenn sie zwanzig Jahre da lagen.«

»Wußten Sie, daß sie dort waren?«

»Nein, ich hatte mit solchen Büchern nicht viel am Hut. Bin meistens geritten.«

Lucy, dachte ich, war als Teenager in die Dichter eingetaucht wie ein Fisch ins heimatliche Meer, aber vor zwanzig Jahren war sie zweiundzwanzig gewesen und hatte schon an ihrer eigenen Unsterblichkeit geschrieben. Wir anderen waren keine Gelehrten. Manche von Großmutters Büchern waren niemals aufgeschlagen worden.

»Unglaublich. Wenn jemand vorhatte, eine Bombe zu basteln, waren die Zünder gleich zur Hand«, schimpfte Yale.

»Umgekehrt, meinen Sie nicht? Die vorhandenen Zünder werden zur Idee mit der Bombe geführt haben.«

»Der Fundus an allgemein Bekanntem und allgemein Gültigem in Ihrer Familie ist unerhört«, sagte er. »Niemand hat nachweislich besonderen Zugang zu Sprengstoffen. Niemand hat ein stichhaltiges Alibi ... außer Mrs. Ferdinand ... Jeder kann eine Schaltuhr bauen, und fast alle haben sie ein Motiv.«

»Irritierend«, gab ich zu.

»Das ist das falsche Wort«, meinte er säuerlich. »Wo ist Ihr Vater?«

»In Sicherheit.«

»Sie können sich nicht auf ewig versteckt halten.«

»Rechnen Sie in den nächsten ein, zwei Wochen nicht mit uns. Wie stehen Ihre Aussichten, den Fall zu lösen?«

Die Ermittlungen dauerten an, meinte er steif. Falls ich auf weitere Informationen stieße, sollte ich sie bitte an ihn weitergeben.

Selbstverständlich würde ich das tun.

»Als ich jünger war«, sagte er zu meiner Überraschung,

»dachte ich, ich hätte eine Nase für Schurken, ich würde sie immer erkennen. Aber seither sind mir Betrüger begegnet, denen ich mein Erspartes anvertraut hätte, und Mörder, die ich mit meiner Tochter verheiratet hätte. Mörder können aussehen wie harmlose Durchschnittsmenschen.« Er hielt inne. »Weiß Ihre Familie, wer Moira Pembroke umgebracht hat?«

»Ich glaube nicht.«

»Bitte erläutern Sie«, sagte er.

»Einer oder zwei haben vielleicht einen Verdacht, aber den teilen sie nicht mit. Ich habe mit allen gesprochen. Keiner hat auch nur eine Vermutung angestellt. Keiner hat jemanden beschuldigt. Sie wollen es nicht wissen, nicht damit konfrontiert werden; sie wollen das Unglück nicht.«

»Und Sie?«

»Ich will das Unglück auch nicht, aber ebensowenig will ich, daß mein Vater oder ich ermordet werden.«

»Glauben Sie, Sie sind in Gefahr?«

»O ja«, sagte ich. »*In loco* Moira.«

»Als der Haupterbe?«

»So ungefähr. Nur bin ich nicht Haupterbe, ich bin gleichgestellt. Mein Vater hat das in einem neuen Testament so verfügt. Ich habe es der Familie gesagt, aber sie glaubt mir nicht.«

»Legen Sie das Testament vor. Zeigen Sie es ihnen.«

»Gute Idee«, sagte ich. »Danke.«

»Und Sie«, er hielt inne, »wissen Sie Bescheid?«

»Wissen? Nein.«

»Was vermuten Sie denn?«

»Vermuten und Beweisen ist zweierlei.«

»Ich darf sie vielleicht daran erinnern, daß Sie verpflichtet sind . . .«

»Ich bin nicht verpflichtet«, unterbrach ich ohne Schärfe, »etwas übers Knie zu brechen. Meine Pflicht gegenüber meiner Familie ist, entweder das Richtige zu tun oder gar nichts.«

Ich sagte ihm recht bestimmt auf Wiedersehn und schloß aus seinem Tonfall wie aus seinen Worten, daß die Polizei nicht mehr Informationen hatte als ich, vielleicht noch weniger. Es war ihnen (falls sie es versucht hatten) nicht gelungen, festzustellen, woher die graue Plastikuhr kam oder wer sie gekauft hatte, und soweit ich sehen konnte, war das ihr einziger Anhaltspunkt - ein ziemlich hoffnungsloser Fall. Es war eine billige Serienuhr gewesen, wahrscheinlich in Massen verkauft.

Malcolm sagte auf einer unserer Autofahrten, nachdem ich ihm von Vivien erzählt hatte: »Weißt du, Vivien hatte auch diesen Tick mit den Söhnen.«

»Aber sie kriegte doch zuerst einen Sohn. Sie kriegte zwei.«

»Ja, aber ehe Donald auf die Welt kam, sagte sie, sie würde das Baby nicht ansehen, wenn's ein Mädchen wäre. Ich verstand das nicht. Ich hätte gern ein Mädchen gehabt. Viviens Selbstachtung hing völlig davon ab, daß sie einen Jungen kriegte. Sie war besessen davon. Man hätte denken können, sie käme von irgendeinem schrecklichen Volksstamm, wo das wirklich zählte.«

»Es hat gezählt«, sagte ich. »Und es zählt für Berenice. Jede Besessenheit zählt wegen ihrer Folgen.«

»Vivien hat Lucy nie geliebt, weißt du«, meinte er nachdenklich. »Sie hat sie von sich gestoßen. Für mich war das immer der Grund, weshalb Lucy dick geworden ist und sich in dichterische Phantasie zurückgezogen hat.«

»Berenice schiebt ihre Töchter soweit sie kann auf ihre Mutter ab.«

»Glaubst du, Berenice hat Moira ermordet?« sagte er zweifelnd.

»Ich glaube, sie ist der Meinung, mit mehr Geld wäre sie glücklicher, und das stimmt wahrscheinlich. Solltest du dich zu irgendwelchen . . . ehm, Zuwendungen entschließen, würde ich die Frauen ebenso bedenken wie die Männer. Getrennt, meine ich. Damit sie unabhängig werden.«

»Warum?« sagte er.

»Gervase würde Ursula vielleicht eher schätzen, wenn sie finanziell nicht auf ihn angewiesen wäre.«

»Ursula ist eine Maus.«

»Sie ist verzweifelt.«

»Sie sind alle verzweifelt«, sagte er gereizt. »Und alle sind sie selber schuld. An uns, nicht unsern Sternen liegt's, mein lieber Brutus, daß wir Knechte sind.«

»Da ist was dran«, sagte ich.

»Der Portier im Hotel hat mir einen Tip für das vierte Rennen gegeben.«

Zurück zu den Pferden.

Ein anderer Tag, eine andere Fahrt.

Malcolm sagte: Was hat Serena gesagt, als du bei ihr warst?«

»Sie sagte, du könntest dir dein Geld wohin stecken, oder Worte diesen Inhalts.«

Malcolm lachte.

»Sie sagte außerdem«, fuhr ich fort, »daß Alicia ihr erzählt hat, du hättest dich nur um das Sorgerecht für sie bemüht, um Alicia zu quälen.«

»Alicia ist ein echtes Ekel.«

»Sie hat einen Liebhaber, wußtest du das?« sagte ich.

Er war wie vom Donner gerührt. »Wen denn?«

»Den Mann einer anderen, möchte ich meinen. Darauf steht sie doch, oder?«

»Nun werd' mal nicht anzüglich.«

Ein paar Kilometer weiter unterhielten wir uns über die Schaltuhren, die auch für ihn eine unwillkommene Neuigkeit gewesen waren.

»Thomas hat sie am besten gemacht, nicht?« sagte Malcolm. »Er kriegte sie im Handumdrehen hin. Sie waren ursprünglich, glaube ich, seine Idee. Serena hat Robin und Peter mal eine mitgebracht, die Thomas ihr vor Jahren gebastelt hatte.«

Ich nickte. »Eine Mickymausuhr. Sie liegt noch im Spielzimmer.«

»Serena hat ihnen einen Lego-Leuchtturm dazu gebaut, entsinne ich mich.« Er seufzte tief. »Coochie fehlt mir immer noch, weißt du? Der Unfall war bald danach.« Er schüttelte den Kopf, um die Traurigkeit loszuwerden. »Was für ein Rennen sollen wir für den Coochie-Memorial-Pokal nehmen? Was meinst du?«

An einem anderen Tag fragte ich, warum Ferdinand sich nicht an seiner unehelichen Geburt störte, während Gervase davon an den Rand des Zusammenbruchs getrieben wurde.

»Ich weiß nicht,« sagte Malcolm. »Gervase meint immer, daß man über ihn spottet und ihn belächelt, auch heute noch. Irgendwer hat ihm das mal unter die Nase gerieben, als er jung war, verstehst du? Ihm gesagt, er sei Abschaum, ein Versehen, er hätte abgetrieben werden sollen. Jungs können verdammt grausam sein. Gervase ist vermutlich aggressiv geworden, um das zu kompensieren. Ferdinand nimmt alles eher auf die leichte Schulter. Er ähnelt mir nicht nur im Aussehen.«

»Bisher erst zwei Frauen«, sagte ich unvorsichtigerweise.

»Warum heiratest du nicht?« fragte er.

Ich war leichtfertig. »Bin der einzig Wahren noch nicht begegnet. Will keine fünf.«

»Traust du dich nicht?« sagte er.

Himmel, dachte ich, das traf, das saß. Das war unfair. Gerade seinetwegen traute ich mich nicht, denn in der Unbeständigkeit fühlte ich mich ganz als sein Sohn.

Im Guten wie im Bösen trugen wir alle seinen Stempel.

18

Am Mittwoch belebte sich das Beverly Wilshire, wie Ramsey prophezeit hatte, und Ramsey selbst tanzte schwungvoll mit Plänen an. Wir würden auf Parties gehen. Wir würden die Ställe besichtigen. Wir würden zu einem Hollywood-Galaball gehen.

Die Organisatoren des Breeders' Cup öffneten ihren Empfangsraum, und jeder, der mit den Rennen zu tun hatte, konnte dort Frühstück und Cocktails (auch Cocktails zum Frühstück) bekommen und über Pferde reden, oder Autos und Eintrittskarten besorgen und über Pferde reden, oder die Leute wiedertreffen, die er in Epsom und Longchamp getroffen hatte, und über Pferde reden. Kultivierte Leute in guten Anzügen und Seidenkleidern, Besitzer, deren Enthusiasmus den Sport förderte und finanzierte. Viele Dollars, viel Geschäft, viel Vergnügen.

Malcolm war davon begeistert. Ich auch. Das Leben auf vollen Touren. Freitagfrüh fuhren wir hinaus zum Rennplatz, um Blue Clancy in seinem Stall zu sehen, und beobachteten, wie er sich zum letzten Mal vor dem großen Rennen auf der Bahn warmlief. Sein englischer Trainer war bei ihm und sein englischer Pfleger. Es herrschte starke Erregung, große Unruhe. Die geordnete Betriebsamkeit des Stallebens, die Gerüche, die Flüche, der saftige Humor, der Stolz, die Zuneigung, die Eifersüchteleien, Ungerechtigkeiten, herben Enttäuschungen – auf der ganzen Welt das gleiche.

Blue Clancy sah prächtig aus, arbeitete gut, versetzte Malcolm und Ramsey in einen Freudentaumel. »Warten Sie bis morgen«, warnte der Trainer, der zusah, wie sie einander auf den Rücken klatschten. »Wir treten gegen die Besten der Welt an, vergessen Sie das nicht. Das heiße Geld geht auf ein Pferd aus Kalifornien.«

»Was ist heißes Geld?« wollte Malcolm wissen.

»Die Wetten, die die Eingeweihten abschließen. Leute mit vertraulichen Informationen.«

Wen kümmert das! meinte Malcolm. Er konnte sich nicht erinnern, jemals in seinem Leben mehr Spaß gehabt zu haben – und ich führte seine Euphorie zumindest teilweise darauf zurück, daß er dieses Leben dreimal fast verloren hatte.

Zusammen mit tausend anderen fuhren wir auf den Ball, wenngleich in einem Straßenkreuzer, nicht etwa einem verwandelten Kürbis; und in dem riesigen Tonstudio, das vor kurzem noch ein aufgeschnittenes Flugzeug zum Filmen von Kabinendramen beherbergt hatte, tanzte Malcolm mit mehreren Damen, die er seit zwei Tagen gut kannte. Er lachte unentwegt. Er wirkte ansteckend. Alles um ihn herum leuchtete auf wie Nachtlichter, Düsterkeit war ausgeschlossen.

Wir schliefen, frühstückten, fuhren zu den Rennen. Der Smog, der die ganze Woche lang die Berge verhüllt hatte, von denen alle schworen, daß sie jenseits der Bahn lagen, ließ nach, verflog und legte eine sonnenbeschienene Felsenkulisse frei, die dem Anlaß angemessen war. Über Nacht waren Eßtische in den Vereinstribünen aufgetaucht, und überarbeitete, schwarzberockte Kellner schleppten riesige Tabletts mit Speisen, schlängelten sich durch Massen von Rennplatznomaden, verloren dabei nie die Übersicht.

Es gab sieben Rennen im Breeders' Cup; verschiedene Distanzen, Pferde verschiedener Altersgruppen. Die ersten fünf boten jeweils einen Gesamtgeldpreis (für den Ersten, Zweiten, Dritten und so weiter) von einer Million Dollar. Blue Clancys Rennen, das 1,5-Meilen-Turf, war mit zwei Millionen dotiert, und der Höhepunkt, das Breeders' Cup Classic, verhieß drei. Man lief nicht für Kleingeld. Der Besitzer des Siegers von Blue Clancys Rennen würde persönlich um 629 000 Dollar reicher werden; dafür konnte er wochenlang Bollinger trinken.

Wir jubelten die ersten fünf Sieger durchs Ziel. Wir gingen

runter zu den Sattelboxen und ließen Blue Clancy bereitmachen. Wir gingen auf die Tribüne und kauten Nägel.

Fünf der sieben Rennen wurden auf dem Dirttrack gelaufen, zwei auf der Grasbahn, davon war dies das zweite, und auf Gras, dem satten Grün der Heimat, starteten die meisten europäischen Pferde. Blue Clancy trat gegen den Gewinner des Derbys von Epsom, den »Arc de Triomphe«-Sieger und den Sieger des italienischen Derbys an. Auf dem Papier hatte er höchstens die Chance, Vierter zu werden. In Malcolms und Ramseys Augen war er der sichere Gewinner, ein *Shoo-in.* (Malcolm hatte den ortsüblichen Jargon gelernt.).

Blue Clancy kam sauber vom Start auf der anderen Seite der Bahn weg, und sein englischer Jockey hielt ihn die ganze Gegengerade hinunter abwartend auf dem sechsten Platz. Ramsey und Malcolm schauten durch Ferngläser und murmelten Ermunterungen. Blue Clancy, der sie nicht hörte, ging in unverbesserter Position in den langen unteren Bogen des Linkskurses und lag auch noch an sechster Stelle, als das Feld den Dirttrack kreuzte und auf die Einlaufgerade bog. Malcolms Murmeln wurde lauter. »Komm schon, du Klepper. Komm.«

Es gab keinen klar Führenden. Drei Pferde liefen vereint an der Spitze, gefolgt von einem Duo, dann Blue Clancy allein. Zuviel Arbeit, dachte ich - und der agile Hengst widerlegte mich prompt. Sein Jockey schwenkte ihn weit von den anderen weg, damit er freie Bahn hatte, und gab ihm unmißverständliche Zeichen, daß es jetzt darauf ankam, jetzt, in dieser halben Minute, wenn überhaupt.

Blue Clancy beschleunigte. Malcolm schrie, Ramsey war sprachlos. Blue Clancy an dritter Stelle, die Ränge tobten. Blue Clancy noch schneller, jetzt Zweiter. Malcolm still, mit offenem Mund, großen Augen. Das Unglaubliche geschah, ehrfurchterweckend, atemberaubend . . . und Blue Clancy hatte eindeutig, unzweifelhaft gewonnen.

Malcolms Augen waren wie von innen leuchtende Saphire. Er konnte noch immer nicht sprechen. Ramsey packte ihn beim Arm und zog ihn, und beide rannten, tanzten fast, schlängelten sich zwischen Bummlern hindurch nach unten, um ihren frischgebackenen Champion zu empfangen. Ich folgte ihnen staunend auf den Fersen. Manche Besitzer hatten immer Glück, andere nie, das war eine unbestreitbare Tatsache im Pferderennsport. Malcolms Glück war phänomenal. War es immer schon gewesen, bei allem, mit Ausnahme seiner Ehefrauen. Ich hätte vermutlich wissen müssen, daß es ihm auf der Rennbahn treu sein würde. König Midas hatte ihn berührt, und Blue Clancy war sein jüngstes Gold.

Ironisch fragte ich mich, was die Familie dazu sagen würde. Das Vermögen, das er für Pferde hinausgeworfen hatte, war schon wieder zurückgekommen: Blue Clancy war mindestens doppelt soviel wert wie vor dem Arc.

Chrysos, träumte ich mit offenen Augen, würde das Derby gewinnen. Der Kaulquappenfilm (tatsächlich einer über Haie, hatte Malcolm mir gesagt) würde in Cannes gewinnen. Der Pol Roger würde im Wert steigen. Alle würden einsehen, wie wichtig es war, die goldene Gans nicht umzubringen (falsches Geschlecht, na wennschon. Es war ein irrer Tag). Wir könnten nach Hause zurückkehren, würden herzlich empfangen und wüßten uns in Sicherheit.

Nur, daß es nicht so war. Zu Hause wartete eine unabschätzbare Gefahr auf uns, und es war lebenswichtig, daran zu denken und Pläne zu schmieden.

Ernüchtert wie immer von dem, was vor uns lag, ging ich trotzdem in glänzender Laune zu einer Rennparty und fuhr anschließend mit Malcolm zum Flughafen von Los Angeles, um durch die Nacht nach Australien zu fliegen. Die Party, die Leute kamen mit uns. Melbourne trug den Schwung weiter, da es seinem eigenen Cup entgegendrängte, der stets am ersten Dienstag im November stattfand. Alles, sagte man uns dort, war auf das Rennen ausgerichtet. Die Schule fiel aus, und die Geschäfte von Melbourne machten dicht. In der Lobby des Hyatt Hotels, in dem wir abstiegen (Watson und Watson), tummelten sich Leute, die in Newmarket besser bekannt waren und strahlten wie die Kinder, die schulfrei hatten.

Ramsey hatte sich im Hinblick auf die Reservierungen selbst übertroffen. Sogar um unsere Etage zu erreichen, mußten wir im Fahrstuhl einen besonderen Schlüssel benutzen, und oben gab es einen privaten Gesellschaftsraum für Cocktails und Frühstück (aber getrennt). Malcolm wußte es zu schätzen, stellte sich mühelos darauf ein, orderte Champagner, atmete Melbourner Luft und wurde sofort zum Australier.

Draußen auf der Rennbahn von Flemington (kein Schloß) gab es weniger Schick und Eleganz als in Santa Anita, genausoviel Begeisterung, sehr gutes Essen, einen viel besseren Führring. Malcolm fand die Rennen des Tages nicht so mitreißend wie in Paris oder Kalifornien, da ihm kein Teilnehmer gehörte. Er hatte versucht, das bei der Ankunft zu ändern, doch niemand wollte ein Tier der Spitzenklasse verkaufen, und darunter kam für ihn nichts in Frage. Statt dessen fing er an, systematisch zu wetten, aber nur in Zehnern, und wurde es unabhängig von Gewinn oder Verlust bald wieder leid. Ich ließ ihn und Ramsey in den Vereinsräumen zurück, wanderte wie in Paris ins Publikum hinunter und fragte mich, wie viele dieser Leute in Hemdsärmeln, T-Shirts und Karnevalshüten sich wohl mit widerspenstigen Problemen herumschlugen. Wenn die Show vorbei war, würde Malcolm unruhig werden und weiterziehen wollen, und ich war noch nicht soweit. Unter den schattigen Bäumen, umgeben von Bierdosen und lautstarkem Australisch, suchte ich nach der Lösung, die uns den wenigsten Kummer bereiten würde.

Es gab keinen wirklich schmerzlosen Ausweg. Kein Hinwegtäuschen oder Hinwegsehen über das, was Moira angetan worden war. Aber wenn jemand sich schuldig bekennen und sich auf verminderte Zurechnungsfähigkeit durch Streß berufen konnte, gab es vielleicht eine stille Verhandlung und für uns die Möglichkeit lebenslanger Besuche in einer Art Krankenhaus statt in einer strengen Haftanstalt. So oder so, auf jeden Fall standen uns Tränen bevor.

Obendrein mußte ich recht haben und mußte Malcolm einwandfrei davon überzeugen, daß ich recht hatte. Mußte die ganze Familie und auch die Polizei überzeugen, ohne daß mir ein Fehler unterlief. Mußte uns allen zuliebe einen Weg dahin finden, der friedlich und einfach war.

Ich verfolgte den Melbourne-Cup vom Boden aus, bekam also im Endeffekt nicht viel davon mit, da Tausende andere das gleiche machten. Andererseits war ich vorher und nachher näher an den Pferden, sah sie umhergehen und hörte die meist nicht schmeichelhaften Kommentare kundiger Drängler, die sich um mehr Sicht bemühten.

Die Teilnehmer des Melbourne-Cup waren älter und robuster als die Stars zu Hause. Manche waren acht oder neun. Alle traten viel öfter an, einmal die Woche war nicht ungewöhnlich. Der Favorit des heutigen Rennens hatte erst vor drei Tagen auf der Bahn gesiegt.

Die starteten für einen Gesamtgeldpreis von einer Million australischen Dollars, wovon fünfundsechzig Prozent an den Sieger gingen, neben einem hübschen Goldpokal. Da er dieses Jahr verhindert war, nahm ich an, daß Malcolm nächstes Jahr wiederkommen würde. Er hatte in Paris und Kalifornien einige der Besitzer kennengelernt, die jetzt im Führring standen, und ich konnte mir denken, welchen Neid er empfand. Niemand ist so leidenschaftlich wie ein Neubekehrter.

Als das Rennen schließlich lief, konnte ich wegen der Anfeuerungsrufe um mich herum die Ansage nicht hören, aber das spielte keine große Rolle: Der Sieger gehörte einem der internationalen Besitzer, und hinterher fand ich Malcolm brütenden Blickes und in teure Gedanken versunken am Absattelring.

»Nächstes Jahr«, sagte er.

»Du bist süchtig.«

Er stritt es nicht ab. Er und Ramsey klopften einander auf den Rücken, gaben sich die Hand und versprachen wie Blutsbrüder, sich regelmäßig auf jedem großen Rennplatz der Welt wiederzutreffen. Ramsey, der wuchtige Hersteller von Millionen Baseballmützen, hatte irgendwo unterwegs erfaßt, was »Metall« in Malcolms Sprachgebrauch eigentlich hieß, und aus den Kumpeln waren recht gute Freunde geworden, von denen keiner sich dem anderen überlegen fühlte.

Sie erwogen noch in Australien zu bleiben, aber Ramsey war der Meinung, die Baseballmützen brauchten seinen Beistand. Malcolm schwankte, ob er ein paar Goldminen in Kalgoorlie besuchen sollte, entschied sich statt dessen aber für einen Goldmakler in Melbourne. Wir verbrachten den Abend des Melbourne-Cup bei einem Abschiedsdiner, und als Ramsey am nächsten Morgen abgereist war und uns in dem ruhigen Frühstückszimmer oben allein gelassen hatte, sah Malcolm mich an, als käme er zum erstenmal, seit wir aus England fort waren, zurück auf die Erde. Mit einem Anflug von Mutlosigkeit fragte er mich, wie lange er noch aus Sicherheitsgründen im Exil bleiben solle.

»Es hat dir doch gefallen«, sagte ich.

»Bei Gott, ja«. Die Erinnerung blitzte in seinen Augen. »Aber es ist nicht das wahre Leben. Wir müssen zurück. Ich weiß, daß ich vermieden habe, darüber zu reden, weil es einfach furchtbar ist. Ich weiß, daß du die ganze Zeit darüber nachgedacht hast. Das konnte ich dir ansehen.«

»Ich habe sie jetzt viel besser kennengelernt«, sagte ich, »meine Brüder und meine Schwestern. Du mußt wissen, ich hatte nicht gar soviel Interesse für sie, bevor Moira starb. Wir trafen uns natürlich hin und wieder, aber ich hatte weitgehend vergessen, wie wir als Kinder waren.« Ich legte eine Pause ein, doch er äußerte sich nicht dazu. »Seit die Bombe in Quantum hochgegangen ist«, sagte ich, »ist mir vieles aus der Vergangenheit wieder eingefallen. Ja, und dabei habe ich begriffen, wie die Gegenwart aus der Vergangenheit erwachsen ist. Wie meine Stiefschwestern und meine Stiefbrüder davon beeinflußt worden sind. Wie leicht die Menschen Lügen glauben, alte und neue. Wie zerstörerisch es ist, sich nach dem Unerreichbaren zu sehnen, mit allem anderen aber unzufrieden zu sein. Daß Zwangsvorstellungen nicht weggehen, sondern schlimmer werden.«

Er schwieg eine Weile, dann sagte er: »Traurig.« Mit einem

Seufzer fuhr er fort: »Wieviel brauchen sie also? Wieviel soll ich ihnen geben? Ich halte nichts davon, aber ich sehe ein, daß es sein muß. Ihre Zwangsvorstellungen sind um so schlimmer geworden, je reicher ich geworden bin. Wäre das Geld nicht, hätten sie sich besser zurechtgefunden. Willst du das damit sagen?«

»Ja, zum Teil.« Es war nicht ganz das, was ich meinte; da es jedoch eine gewünschte, aber nicht erwartete Reaktion hervorgerufen hatte, hielt ich den Mund.

»Na schön,« sagte er. »Ich habe einen verdammt guten Urlaub gehabt und bin in Spendierlaune, also stell eine Liste auf, wer wieviel bekommen soll.«

»Alle das gleiche«, sagte ich.

Er setzte zum Protest an, seufzte aber nur. »Und was ist mit dir?«

»Weiß ich nicht. Das entscheiden wir später.«

»Ich dachte, du wolltest eine halbe Million, um als Trainer anzufangen.«

»Ich hab's mir anders überlegt. Vorläufig jedenfalls. Ich will erst noch was anderes machen.«

»Was denn?«

Ich zögerte. Ich hatte es mir noch kaum selbst eingestanden, geschweige denn jemand anderem erzählt.

»Na los«, drängte er.

»Jockey sein. Profi werden.«

»Guter Gott«, sagte er verblüfft. »Ist das nicht ein bißchen spät für dich?«

»Mag sein. Wir werden sehen. Mir bleiben vielleicht drei, vier Jahre. Besser, als wenn ich's gar nicht versuche.«

»Du erstaunst mich.« Er dachte nach. »Genaugenommen erstaunst du mich andauernd, seit du nach Newmarket gekommen bist. Es scheint, ich habe dich vorher kaum gekannt.«

»So geht's mir auch mit dir«, sagte ich, »und mit der ganzen Familie.«

Später am selben Tag traten wir die Heimreise an, die uns westwärts über Singapur führte. Malcolms Goldmakler flog zufällig zur gleichen Zeit hin, also tauschte ich im Flugzeug den Platz mit ihm und ließ die beiden über Dinge reden wie »Schlag-und Drehbohrungen, damit man einen ersten Eindruck bekommt« und »nötige Diamantbohrungen, um die Reserven genau einzuschätzen«, was sie stundenlang zu amüsieren schien.

Ich dachte inzwischen über Einladungen nach. Einladungen von der Art wie etwa Fleisch über einer Bärengrube. Die richtige Einladung würde den richtigen Besucher bringen. Das Problem bestand darin, die Einladung glaubhaft zu machen.

Eine Schwierigkeit dabei war die Zeit. Wenn wir England erreichten, würde Malcolm vier Wochen lang außer Gefahr gewesen sein und ich beinah drei. Wir waren in Sicherheit gewesen, und ich hatte Zeit zum Nachdenken gehabt: soweit die Vorteile. Der Nachteil war, daß seit Malcolms Überleben in der Garage sechs Wochen vergangen waren und zehn seit Moiras Tod. Würde eine klassische Lockfalle nach einer so langen Zwischenzeit noch funktionieren? Es gab nur eins: versuchen und abwarten.

Malcolms Stimme sagte gerade: ». . . ein Abschnitt, der 5,8 Gramm pro Tonne enthält« und etwas später: ». . . Big Bell bereitet Oxid und faules Gestein auf« und: ». . . Queensland hat Zukunft durch die epithermalen Goldlager in Woolgar.« Der Makler hörte zu und nickte und schien beeindruckt. Mein alter Herr, dachte ich, kennt sich wirklich aus. An einem Punkt unserer Reise hatte er mir eröffnet, daß es rund 2500 aktive Goldminen in Australien gab und daß es bald Kanada Konkurrenz machen oder sogar als Produzent übertreffen würde. Ich hatte nicht gewußt, daß Kanada groß in Gold war. Ich sei ungebildet, meinte er. Kanada habe bisher in der nichtkommunistischen Welt regelmäßig an zweiter Stelle hinter Südafrika rangiert.

Wir hatten voneinander in mehr als einer Hinsicht wohl ziemlich viel gelernt.

Ich würde jemand brauchen, der die Einladung überbrachte. Selbst konnte ich das nicht.

»Marktwert pro Unze . . .« hörte ich den Makler zwischendurch sagen, und: ». . . in situ Reserven aufgrund geologischer Interpretation . . .«

Ich wußte, wer die Nachricht überbringen konnte. Der ideale Kandidat.

»Da Tagebau bloß zweihundert australische Dollar die Unze kostet . . .«

Prima für den Tagebau, dachte ich und nickte ein.

Wir verließen am Mittwoch den australischen Frühling und kamen am Freitag heim in den englischen Winter. Malcolm und ich kehrten als die beiden Mr. Watson ins Ritz zurück, und er versprach, daß er mit niemand telefonieren würde, nicht mal mit seinem Londoner Makler. Ich ging am Nachmittag einkaufen und verblüffte ihn dann im Brandy und Zigarren-Stadium später am Abend, indem ich Joyce anrief.

»Du sagtest doch . . .« zischte er, als er ihr Stimme wie üblich aus dem Apparat springen hörte.

»Hör zu«, zischte ich zurück. »Hallo, Joyce.«

»Liebling! Wo steckst du? Was treibst du? Wo ist dein Vater?«

»In Australien«, sagte ich.

»*Was*?« kreischte sie.

»Goldminen besichtigen«, sagte ich.

Das klang ihr plausibel und würde ihnen allen plausibel erscheinen.

»Er war in Kalifornien, das las ich in der Zeitung«, sagte sie. »Blue Clancy hat ein Rennen gewonnen.«

»Wir sind dann weiter nach Australien.«

»*Wir*? Liebling, wo bist du jetzt?«

»Es spielt keine Rolle, wo ich bin«, sagte ich. »Damit wir gefahrlos nach Hause kommen können, müssen wir herausfinden, wer Moira umgebracht hat. Hilfst du uns dabei?«

»Aber Liebling, die Polizei hängt da seit Wochen dran . . . und Ferdinand meint ohnehin, es müßte Arthur Bellbrook sein.«

»Es ist nicht Arthur Bellbrook«, sagte ich.

»Wieso nicht?« Sie hörte sich streitlustig an, wollte immer noch, daß es Arthur Bellbrook war, wollte, daß es der außenstehende Aggressor war. »Er hätte es ohne weiteres tun können. Ferdinand sagt, er könnte alles getan haben. Er muß es sein. Er hat eine Schrotflinte, sagt Ferdinand.«

Ich sagte: »Arthur hat seine Flinte nicht benutzt. Aber wichtiger ist, er hätte nicht genauso eine Schaltuhr gebaut, wie wir sie als Kinder gebaut haben, und er hatte kein Motiv.«

»Er könnte Moira verabscheut haben.«

»Allerdings«, sagte ich, »aber weshalb sollte er Malcolm umbringen wollen, den er gut leiden kann? Ich habe sein Gesicht gesehen, als er an dem Morgen nach der Bombe sah, daß Malcolm noch lebte, und er war ehrlich froh.«

»Alle wollen, daß es Arthur Bellbrook ist«, sagte sie starrsinnig. »Er hat ihre Leiche gefunden.«

»Wenn die Polizei ihn für den Täter hielte, hätte sie Malcolm nicht so verdächtigt.«

»Du hast auf alles eine Antwort«, klagte sie.

Ich hatte selbst eine Zeitlang gewünscht, es wäre Arthur. Schließlich war da die Sache mit dem Zuchtgemüse vorgefallen (aber das schien er verwunden zu haben, und würde irgend jemand wegen solch einer Kleinigkeit morden?), auch war er Soldat gewesen und kannte sich vielleicht mit Sprengstoff aus. Aber durch Malcolms Tod hätte er mehr verloren als gewonnen, und es war undenkbar, daß er Malcolm in Cambridge aufspüren, ihm von dort zur Newmarketer Auktion folgen und versuchen würde, ihn zu überfahren. Das war ein Werk der Besessenheit. Arthur hatte friedlich Kartoffeln ausgegraben; Arthur hatte den zeitweiligen Ruhm genossen; Arthur hatte sich um die Hunde gekümmert. Arthur war die Verkörperung unerschütterlicher, vernünftiger Gemütsruhe.

Außerdem hatte derjenige, der Malcolm in Newmarket überfahren wollte, darauf gesetzt, daß Malcolm die Auktion mit mir gemeinsam verlassen und mit mir zum Parkplatz kommen würde, und zu dem Zeitpunkt hätte Arthur keinen Grund gehabt, das anzunehmen. Er kannte mich noch nicht.

Er hatte mich erst kennengelernt, als er damals mit seiner Flinte ins Haus kam, weil er annahm, ich sei ein Einbrecher. Ich hatte Arthur ausschließen müssen, wenn auch mit Bedauern.

Joyce sagte: »Liebling, wie willst du denn fertigbringen, was die Polizei nicht geschafft hat?«

»Die Polizei kann nicht alles, was wir können.«

»Was meinst du? Was können wir tun?«

Ich sagte es ihr. Malcolm hörte mit offenem Mund zu, und von Joyce kam ein langes Schweigen.

»Nur, damit wir uns verstehen«, sagte sie schließlich. »Du willst, daß ich jeden von der Familie anrufe . . .«

»*Jeden*«, betonte ich. »Bei den Verheirateten sagst du erst dem Bescheid, der sich meldet, dann verlangst du den Ehepartner und redest mit ihm.«

»Ja«, sagte sie. »Ich soll sagen, daß ihr beide in Australien seid, richtig?«

»Ja.«

»Sabbeln soll ich. Schreckliches Wort, wo hast du das bloß her? Ich soll das alles durchsickern lassen, als wäre es völlig ohne Bedeutung und mir nur grad so eingefallen? Schatz, du verlangst aber wohl nicht, daß ich *Alicia* anrufe?«

»Ganz besonders Alicia. Sag ihr, ich hätte dir erzählt, daß sie einen Freund hat. Da wird sie schön hochgehen.«

»Liebling, das ist nicht dein Ernst!«

»Frag sie. Und . . . ehm, weißt du, ob die Polizei Quantum noch bewacht?«

»Sie sagten Donald, wenn er Dauerposten haben wollte, müßte er jetzt selbst welche anstellen. Niemand in der Familie will dafür aufkommen, also steht es jetzt anscheinend nur auf der Gelegenheitsüberwachungsliste der Polizei.«

»Ist sonst was Besonderes in der Familie passiert, seit wir fort sind?«

»Nein, nichts Neues. Daß Thomas Berenice verlassen hat, weißt du?«

»Ja . . . Ist er noch bei Lucy?«

»Ich glaube schon, Liebling. Soll ich ihm auch Bescheid sagen?«

»Kann nichts schaden.«

»Ich soll unter einem Vorwand bei ihnen anrufen, ein bißchen klatschen, und dann soll ich sagen, daß es mich zwar wenig interessiert, wer Moira umgebracht hat, daß aber meiner Ansicht nach die Polizei nicht gründlich war. Die haben überhaupt nicht nach ihrem Notizblock gesucht, den sie immer in der Küche hatte, in einem Schubfach ihrer blendend weißen Schrankwand. Wenn jemand anrief, während sie in der Küche war - und sie war oft dort - dann hat sie sich den Namen notiert, Sternchen oder sonstwas drumherum gekritzelt und Sachen aufgeschrieben wie »Donald, Sonntagmittag«, falls einer zu Besuch kommen wollte. Ich soll sagen, daß die Polizei den Block garantiert nicht gefunden hat, daß er mir aber gerade eingefallen ist und ich mich frage, ob er noch da liegt. Ich spiele mit dem Gedanken, die Polizei nach dem Wochenende darauf hinzuweisen. Ist das richtig?«

»Das ist richtig«, sagte ich.

»Und ich soll sagen, was denn wäre, wenn sie den Namen ihres Mörders aufgeschrieben hat?«

»Ja«, sage ich.

»Liebling, weshalb hätte ihr Mörder anrufen sollen? Um sich für den Mord anzumelden? Das ist doch nicht dein Ernst, oder?«

»Um seinen Besuch anzumelden, ja. Ob für den Mord, weiß ich nicht.«

»Aber wieso, Liebling? Wieso glaubst du, der Täter hat angerufen?«

»Weil ich von Malcolm weiß, daß sie es nicht gern sah, wenn die Leute einfach aufkreuzten«, sagte ich. »Ihr war lieber, sie riefen vorher an. Und weil Moiras Gewächshaus weder von der Straße noch von der Einfahrt oder von irgendeinem Fenster in Quantum aus zu sehen ist. Malcolm hat es weitab vom Schuß auf dieses von Büschen gesäumte Rasenstück setzen lassen, weil es ihm nicht gefiel. Wäre an dem Abend jemand unangemeldet zu Moira gekommen, hätte er das Haus leer vorgefunden. Wenn er erst angerufen hat, wird sie gesagt haben, komm rüber ins Gewächshaus, da bin ich.«

»Das hört sich logisch an, Liebling. Die Polizei hat schon immer gesagt, daß sie ihren Mörder kannte, aber ich wollte nicht daran glauben, es sei denn, Arthur Bellbrook war's. Er kannte sie. Er paßt auf der ganzen Linie, Schatz.«

»Wenn Arthur sie umgebracht hätte, weshalb sollte er dann später nochmal vorbeigehen und ihre Leiche finden?«

»Liebling, bist du *sicher*, daß es nicht Arthur Bellbrook war?«

»Ganz sicher.«

»Ach herrje. Also gut, mein Lieber. Du willst, daß ich morgen mit den Anrufen anfange, aber keinesfalls vor zehn, und den ganzen Tag dranbleibe, bis ich alle erreicht habe? Dir ist hoffentlich klar, daß ich morgen abend an einer Art Schaukampf im Bridge teilnehme?«

»Laß die Strippe heißlaufen.«

»Und wenn sie nicht da sind oder verreist?«

»Versuch es. Falls sich nichts tut und wir zu keinem Ergebnis kommen, rufe ich dich Montagabend an.«

»Liebling, nimm mich mit nach Quantum.«

»Auf keinen Fall.« Ich war bestürzt. »Joyce, versprich mir, daß du in Surrey bleibst. Versprich es!«

»Immer mit der Ruhe, Schatz. In Ordnung, ich verspreche es.« Sie hielt inne. »War der alte Zacken gut erhalten, als du ihn zuletzt gesehen hast?«

»Vorzüglich erhalten.«

»Ich hab ihn einfach gern, Liebling, aber daß du ihm das bloß nicht erzählst. Gibt natürlich kein Zurück mehr. Trotzdem, Schatz, wenn ich eins in meinem Leben bedaure, dann, daß ich diesen schrecklichen West angeheuert habe, damit er ihn mit Alicia ertappt. Hätte ich einen Funken *Vernunft* gehabt, Liebling, hätte ich ein Auge zugedrückt und ihm seinen Seitensprung gelassen. Aber da hast du's, ich war noch zu jung, ich wußte es nicht besser.«

Sie sagte jedoch fröhlich auf Wiedersehn, versprach die Anrufe am nächsten Morgen zu erledigen, und ich legte langsam den Hörer auf.

»Hast du von dem letzten Teil was mitbekommen?« fragte ich Malcolm.

»Nicht viel. Wenn sie einen Funken Vernunft gehabt hätte oder so, hätte sie irgendwas nicht getan.«

»Sich nicht von dir scheiden lassen.«

Er starrte ungläubig. »Sie bestand darauf.«

»Nach siebenundzwanzig Jahren hat sie sich's anders überlegt.«

Er lachte. »Arme alte Joyce.« Er verwandte keinen Gedanken mehr darauf. »Soviel ich weiß, hat Moira nicht auf Notizblöcken herumgekritzelt.«

»Kann schon sein. Aber würdest du dich, wenn du ein Mörder wärst, darauf verlassen?«

Er stellte sich kurz die Situation vor. »Ich wäre sehr beunruhigt, von Joyce zu hören. Ich würde mir gut und gründlich überlegen, ob ich nach Quantum fahre und den Notizblock suche, bevor sie die Polizei informiert.«

»Und würdest du fahren? Oder würdest du denken, wenn die Polizei ihn nicht gleich nach Moiras Ermordung gefunden hat, ist er nicht da? Oder, falls er doch da ist, daß nichts Belastendes drinsteht?«

»Ich weiß nicht, ob ich's darauf ankommen ließe. Ich glaube, ich würde hinfahren. Wenn es sich als eine alberne Falle von Joyce entpuppte, könnte ich ja sagen, ich sei nur gekommen, um mal nach dem Haus zu sehen.« Er blickte mich fragend an. »Fahren wir beide runter?«

»Ja, aber erst morgen früh. Ich bin jet-krank. Wie es mit dir ist, weiß ich nicht, aber ich muß mich ausschlafen.«

Er nickte. »Ich auch.« Sein Blick schweifte über verschiedene Fortnum & Mason-Tragetaschen, in denen große Pakete steckten. »Und was hast du eingekauft? Lebenswichtigen Proviant?«

»Alles, was mir einfiel. Wir fahren mit der Bahn runter und . . .«

Abwehrend wedelte er mit seiner Zigarre. »Wagen und Chauffeur.« Er kramte sein Adreßbuch mit den Telefonnummern heraus. »Um welche Zeit soll er hier sein?«

Also fuhren wir am Morgen in großem Komfort und näherten uns Quantum vorsichtshalber von der anderen Seite, nicht unter den Augen des Dorfes.

Der Chauffeur machte erst einmal Stielaugen beim Anblick des Hauses mit seinem fehlenden Mittelteil, den verrammelten Fenstern und einem großen neuen Schild mit der Aufschrift »Betreten verboten. Einsturzgefahr.«

»Wird saniert«, sagte Malcolm.

Der Chauffeur nickte und fuhr seiner Wege, und wir gingen mit den Fortnum & Mason-Tüten durch die offene windige Mitte und den Gang hinter der Treppe entlang in Richtung Spielzimmer.

Eine schwarze Plastikplane bedeckte nach wie vor den ganzen freigelegten Boden, war aber nicht straff gespannt und angenagelt, sondern lose und verknittert. Unsere Füße knirschten ein wenig auf dem Grus unter dem Kunststoff, und hier und dort lagen kleine Pfützen, als hätte es hereingeregnet. Die verrammelten Türen und die abgesperrte Treppe sahen trostlos aus, und hoch oben auf dem Dach flatterte die zweite schwarze Plastikplane wie ein Segel im Gebälk.

Trauriges, trauriges Haus. Malcolm hatte es so noch nicht gesehen und war tief deprimiert. Er schaute sich die auf den Rahmen der Spielzimmertür gehämmerte Sperrholzplatte an, solide Polizeiarbeit, und fragte mich höflich, wie ich da hineinzukommen gedachte.

Ich holte Werkzeug aus einer der Tüten. »Es gibt noch andere Geschäfte am Piccadilly«, sagte ich. »Pfadfinder sind allzeit bereit.«

Ich war davon ausgegangen, daß ich das Sperrholz nicht ohne weiteres losbekommen würde, da es hieß, sie hätten Vierzöller benutzt, deshalb hatte ich Hammer und Meißel und eine Säge mitgebracht, und vor Malcolms erstaunten Augen begann ich ein Loch in das Sperrholz zu schlagen und einen mannshohen, mannsbreiten Teil herauszuschneiden. Viel schneller, weniger Plackerei.

»Das hast du dir doch nicht alles seit gestern ausgedacht, oder?«

»Nein. Im Flugzeug. Da war viele Stunden Zeit.«

Ich brach den Ausschnitt heraus, legte ihn auf die Seite, und wir betraten das Spielzimmer. Nichts hatte sich darin verändert. Malcolm befühlte die Fahrräder, als seine Augen sich dem Halbdunkel angepaßt hatten, und ich konnte die Trauer in seiner Körperhaltung sehen.

Mittlerweile war es halb zehn. Wenn Joyce zufällig die richtige Person zuerst anrief, konnten wir frühestens gegen halb elf Besuch bekommen. Danach war alles möglich. Oder nichts.

Malcolm hatte wissen wollen, was wir tun würden, wenn jemand kam.

»Die ganze Familie hat Schlüssel zum Kücheneingang«, sagte ich. »Wir haben ja die Schlösser nicht auswechseln lassen. Unser Besucher wird zur Küche reinkommen, und wir gehen hintenherum und, ehm . . .«

»Schließen ihn ein«, sagte Malcolm.

»So ungefähr, ja. Und dann reden wir über ein Geständnis. Reden darüber, was mit der Zukunft werden soll.«

Ich ging selber um das Haus herum zur Küchentür und vergewisserte mich, daß sie sich normal aufschließen ließ. Nach einem kurzen Blick ins Innere sperrte ich sie wieder ab. Immer noch ein Chaos drinnen, ungefegt.

Ich kehrte ins Spielzimmer zurück und holte zwei selbstklebende Spiegel aus den Tüten, beide etwa zwanzig mal fünfundzwanzig Zentimeter.

»Ich dachte, du hättest Champagner mitgebracht,« nörgelte Malcolm. »Nicht Sägen und irgendwelche blöden Spiegel.«

»Der Champagner ist da. Nur kein Eis.«

»Es ist auch ohne das verdammte Eis kalt genug.« Er wanderte ziellos durch das Spielzimmer und ließ sich schließlich in einen der Sessel fallen. Wir hatten mehrere Lagen unserer wärmsten Kleider übereinandergezogen und die Koffer im Ritz gelassen, aber es sah aus, als könnte die rauhe Novemberluft es mit dem Vikunjamantel von Simpson, meinem neuen Anorak und den Handschuhen, die ich gestern in demselben Geschäft gekauft hatte, leicht aufnehmen. Zumindest waren wir vor dem Wind geschützt, der um und durch das Haus fegte, aber wir hatten nur unsere eigene Wärme.

Ich klebte einen der Spiegel auf den ausgeschnittenen Teil der Sperrholzplatte und den anderen in gleicher Höhe an die der Spielzimmertür gegenüberliegende Seitenwand der Treppe – jedoch nicht direkt gegenüber der Tür, sondern ein Stück weiter oben im Gang.

»Was machst du?« fragte Malcolm.

»Ich sorge nur dafür, daß wir jeden, der die Einfahrt heraufkommt, sehen können, ohne selbst gesehen zu werden. Würdest du dich mal in den anderen Sessel setzen und mir sagen, wenn die Spiegel im richtigen Winkel sind? Schau in den an der Treppenwand. Ich verschiebe den andern. Okay?«

Er stand auf und setzte sich wie gewünscht in den anderen Sessel, und ich verschob das Sperrholz und winkelte es etwas an, bis er sagte: »Stopp. So geht's. Ich kann eine ganze Ecke von der Einfahrt sehen.«

Ich setzte mich an seinen Platz und überzeugte mich selbst. Größere Spiegel wären besser gewesen, aber diese erfüllten auch ihren Zweck. Jeder, der von dort zum Haus kam, würde zu sehen sein.

Falls jemand über die Felder kam, mußten wir uns auf unsere Ohren verlassen.

Gegen elf war Malcolm gelangweilt. Gegen halb zwölf hatten wir vorübergehend die Tür am Ende des Gangs entriegelt und aufgeschlossen und uns ins Gebüsch verzogen, um das Problem zu lösen, vor das uns der Ausfall der Rohrleitungen stellte. Gegen zwölf tranken wir Bollinger aus Einweggläsern (widerlich, fand Malcolm), und gegen halb eins aßen wir Kekse und Pastete.

Niemand kam. Es schien kälter zu werden. Malcolm kauerte

in seinen Mantel gehüllt auf dem Sessel und meinte, es sei von Anfang an keine gute Idee gewesen.

Ich hatte ihm versprechen müssen, daß wir nicht über Nacht bleiben würden. Ich hielt es sowieso für unwahrscheinlich, daß jemand in der Dunkelheit statt im Hellen nach einem kleinen Stück Papier suchen würde, das irgendwo in einem ziemlich großen Raum sein konnte, und ich hatte mich damit einverstanden erklärt, daß der Chauffeur uns gegen sechs wieder abholen käme. Allein hätte ich vielleicht über Nacht gewartet, aber der ganze Zweck der Übung war, daß Malcolm selbst dort sein sollte. Früh bei Tagesanbruch würden wir wiederkommen.

Er sagte: »Die Person, auf die wir warten . . . du weißt, wer es ist, ja?«

»Nun . . . ich glaube schon.«

»Wie sicher bist du, in Prozenten ausgedrückt?«

»Hm . . . fünfundneunzig.«

»Das genügt nicht.«

»Nein, deshalb sind wir hier.

»Edwin«, sagte er. »Es ist Edwin, oder?«

Ich warf einen Blick auf ihn, ließ die Spiegel vorübergehend aus den Augen. Er wollte, daß es Edwin war. Edwin als Täter war noch erträglich für ihn. In Edwins eigenen Worten, er hätte sich damit abfinden können. Edwin wäre vielleicht fähig gewesen, Moira umzubringen, dachte ich: Ein ungeplanter Mord, bei dem er ihren Kopf in die Blumenerde stieß, weil der offene Sack ihn auf die Idee gebracht hatte. Ich glaubte nicht, daß er den Antrieb, die Phantasie und den Mumm besaß, das übrige zu unternehmen.

Als ich ihm nicht widersprach, legte Malcolm los: »Wenn Edwin kommt . . . und das einfachste war, es dabei zu lassen.

Die Zeit kroch voran. Es war kalt. Gegen halb drei aßen wir, um unser inneres Feuer anzufachen, schweren dunklen Früchtekuchen und tranken roten Bordeaux. (Ein Frevel, meinte Malcolm. Wir hätten den Rotwein zur Pastete und den Champagner zum Kuchen nehmen sollen. Wie auf Hochzeiten? fragte ich. Verdammter Kerl, sagte er.)

Mir war nicht sonderlich zum Lachen. Diese Wacht konnte kein gutes Ende nehmen. Malcolm wußte so gut wie ich, daß er vielleicht etwas erfahren würde, was er keinesfalls wissen wollte. Er wollte im Innersten nicht, daß jemand kam. Ich wollte es unbedingt.

Gegen halb drei war er nervös. »Du hast doch nicht ernstlich vor, das Ganze morgen nochmal durchzuziehen?«

Ich beobachtete die Einfahrt. Nichts Neues, wie gehabt.

»Vielleicht gibt uns das Ritz ein Lunchpaket mit.«

»Und Montag? Montag nicht auch noch.« Er hatte drei Tage zugesagt, bevor es losging. In der Praxis war er überfordert.

»Am Montag, wenn's dunkel wird, geben wir auf«, sagte ich.

»Du bist so verdammt hartnäckig.«

Ich beobachtete die Spiegel. Komm, dachte ich. *Komm.*

»Vielleicht hat Joyce die Anrufe vergessen«, sagte Malcolm.

»Bestimmt nicht.«

»Oder Edwin war nicht zu Hause.«

»Das schon eher.«

Ein heller Wagen rollte die Einfahrt herauf, war plötzlich da.

Kein Versuch, sich zu verstecken. Kein argwöhnisches Umherschleichen. Ganz selbstbewußt. Nicht ein Gedanke, daß es eine Falle sein könnte.

Ich saß still, atmete tief.

Sie stieg aus dem Wagen, lang und kräftig. Sie ging auf die Beifahrerseite, zog die Tür auf und nahm einen braunen Pappkarton heraus, den sie mit beiden Armen vor sich hielt, wie man Lebensmittel trägt. Ich hatte erwartet, daß sie direkt um das Haus herum zur Küchentür gehen würde, aber das tat sie nicht, sie trat ein paar Schritte in den klaffenden Mittelteil, hob den Blick und sah sich um, als wäre sie von Scheu ergriffen.

Malcolm bemerkte meine äußerste Konzentration, stand auf und stellte sich zwischen mich und die Spiegel, um zu sehen, wohin ich schaute. Ich dachte, er würde wie gelähmt sein und sprachlos unglücklich, doch er war nichts dergleichen.

»O nein«, sagte er verärgert. »Was macht *sie* denn hier?«

Ehe ich ihn aufhalten konnte, stürmte er geradewegs aus

dem Spielzimmer und sagte: »Serena, geh weg, du verdirbst doch alles.«

Ich war ihm auf den Fersen, war wütend auf ihn. Serena wirbelte herum, als sie seine Stimme hörte. Sie sah ihn im Gang auftauchen. Ich bekam flüchtig ihr Gesicht zu sehen, großäugig und erschrocken. Sie machte einen Schritt zurück und stolperte über eine Falte der schwarzen Kunststoffplane und ließ den Karton fallen. Sie versuchte ihn aufzufangen . . . berührte ihn . . . stieß ihn nach vorn.

Ich sah die Panik in ihrem Gesicht. Schlagartig ging mir auf, was sie mitgebracht hatte.

Ich riß Malcolm mit dem Arm um seinen Hals zurück, drehte mich und warf uns zu Boden, um Schutz hinter der Treppenwand zu finden.

Wir stürzten beide noch, als die Welt auseinanderflog.

19

Ich lag vor der Spielzimmertür und versuchte zu atmen. Meine Lungen waren wie kollabiert. Mein Kopf klang von dem entsetzlichen Lärm, und der Geruch des Sprengstoffs hinterließ einen Geschmack, als wäre mein Mund voll davon.

Malcolm lag kaum einen Meter weg bewußtlos auf dem Bauch.

Die Luft war staubdurchsetzt und schien noch immer zu vibrieren, aber wahrscheinlich war das die Erschütterung in meinem Schädel. Ich fühlte mich in Brei verwandelt. Ich fühlte mich vollkommen kraftlos. Ich pries mich glücklich.

Das Haus um uns herum stand noch. Wir lagen nicht unter Tonnen neuer Trümmer. Die zähen, tragenden alten Wände, die die erste Bombe überlebt hatten, hatten auch die zweite überlebt - die ohnehin nicht koffergroß gewesen war.

Mein Brustkorb hob sich, und der Atem kam wieder. Ich bewegte mich, versuchte mich aufzurappeln, sondierte die Lage. Ich fühlte mich zerschlagen und mies, aber es war nichts gebrochen; kein Blut. Ich wälzte mich auf die Knie und rutschte auf ihnen zu Malcolm. Er lebte, er atmete, er blutete nicht aus Ohren oder Nase: in dem Augenblick genügte das.

Ich kam langsam, mühsam auf die Füße und ging schwankend in den offenen Mittelteil. Ich hätte gern die Augen geschlossen, aber auslöschen konnte man es nicht. Man mußte Schrecken durchstehen, wenn man ihnen begegnete.

An der Stelle, wo die Bombe explodiert war, war der schwarze Bodenbelag glatt weggerissen worden, und den Rest hatte es in großen zerfetzten Bahnen übereinandergeworfen. Serena – das, was einmal Serena gewesen war – lag zwischen und halb unter den schwarzen Plastikfalten: Dinge in smaragdgrünen und weißen, rüschenbesetzten Kleidern, hellblauen Beinwärmern, dunkelblauen Strumpfhosen; Fleischfetzen, scharlachrote Spritzer . . . eine scharlachrote Lache.

Ich ging umher und deckte die Teile ihres Körpers ganz mit der schwarzen Plane zu, verbarg die grauenvolle Wahrheit für den Fall, daß jemand unvorbereitet hierherkam. Ich fühlte mich krank. Als wäre mein Kopf voll Luft. Ich zitterte unkontrollierbar. Ich dachte an Leute, die häufig mit solchen Greueln zu tun hatten und fragte mich, ob sie sich je daran gewöhnten.

Malcolm stöhnte auf dem Gang. Ich ging rasch wieder zu ihm. Auf seiner Stirn zeichnete sich bereits eine größere Schwellung ab, und ich überlegte, ob er wohl einfach dadurch die Besinnung verloren hatte, daß er voll auf dem Holzboden aufgeschlagen war.

»Gott«, sagte er gequält. »Serena . . . o großer Gott.«

Ich half ihm auf die wackligen Beine, führte ihn durch die Seitentür hinaus in den Garten und am Büro vorbei zur Vorderseite. Behutsam lotste ich ihn auf den Beifahrersitz von Serenas Auto.

Malcolm legte den Kopf in die Hände und weinte um seine Tochter. Ich stand da mit den Armen auf dem Wagendach und meinem Kopf auf den Armen und fühlte mich elend, speiübel und unsagbar alt.

Ich hatte mir noch kaum die Frage gestellt, was als nächstes zu tun war, als ein Polizeiwagen in die Einfahrt kam und langsam, wie zögernd auf uns zurollte.

Der Polizist, mit dem ich durch die Fenster geschaut hatte, hielt den Wagen an und stieg aus. Er sah jung aus, Jahre jünger als ich war.

»Jemand aus dem Dorf hat noch eine Explosion gemeldet . . .« Er blickte fragend von uns zum Haus.

»Gehen Sie nicht rein,« sagte ich. »Verständigen Sie den Superintendent. Hier ist noch eine Bombe hochgegangen, und diesmal gab es einen Toten.«

Schreckliche Tage folgten, voller Fragen, Formalitäten, Erklärungen, Bedauern. Malcolm und ich kehrten ins Ritz zurück, wo er um das verlorene Kind trauerte, das sich so sehr bemüht hatte, ihn umzubringen.

»Du sagtest doch ... mein Geld war ihr gleichgültig. *Warum* ... warum hat sie das alles getan?«

»Sie wollte ...«, sagte ich, »ganz einfach ausgedrückt, glaube ich, sie wollte mit dir in Quantum leben. Danach hat sie sich gesehnt, seit sie sechs war und Alicia sie wegholte. Sie wäre vielleicht zu einer netten, normalen jungen Frau herangewachsen, wenn die Richter dir das Sorgerecht zugesprochen hätten, aber die Gerichte bevorzugen natürlich Mütter. Sie wollte wiederhaben, was ihr entrissen worden war. Ich sah sie darum weinen – vor gar nicht langer Zeit. Es war noch konkret und real für sie. Sie wollte wieder dein kleines Mädchen sein. Sie weigerte sich, erwachsen zu werden. Sie zog sich sehr oft wie ein Kind an.«

Er hörte mit aufgerissenen Augen zu, als sähe er vertrautes Land von Dämonen bevölkert.

»Alicia war ihr keine Hilfe«, sagte ich. »Sie hat sie mit Geschichten über deine Zurückweisung gefüttert und ihre Entwicklung bewußt nicht gefördert, wegen ihrer eigenen Kleinmädchenmasche.«

»Arme Serena.« Er sah gepeinigt aus. »Sie hatte nicht viel Glück.«

»Nein.«

»Aber Moira ...?« sagte er.

»Ich glaube, Serena hat sich eingeredet, wenn sie Moira beseitigte, könnte sie wieder nach Quantum kommen, dort mit dir leben und für dich sorgen, und ihr Traum würde wahr.«

»Das gibt keinen Sinn ...«

»Mord hat nichts mit Sinn zu tun. Er hat mit Besessenheit zu tun. Mit Zwang, unwiderstehlichem Drang, morbider Neigung. Ein Akt jenseits der Vernunft.«

Er schüttelte hilflos den Kopf.

»Wir werden nie erfahren«, sagte ich, »ob sie die Absicht

hatte, Moira an dem Tag umzubringen. Ich wünschte, wir wüßten es, aber wie sollten wir? Sie hatte bestimmt nicht vor, Moira auf die Art und Weise umzubringen, wie sie es getan hat, denn niemand konnte wissen, daß dort ein aufgeschnittener, fast voller Sack Blumenerde bereitliegen würde. Hätte sie beabsichtigt, Moira an dem Tag umzubringen, würde sie irgendeine Waffe mitgenommen haben. Weißt du, ich frage mich, ob sie ihr vielleicht eins über den Kopf geben und sie ins Auto setzen wollte, wie sie es mit dir gemacht hat.«

»Gott . . .«

»Jedenfalls, nachdem Moira aus dem Weg war, erbot Serena sich, mit dir in Quantum zu leben und für dich zu sorgen, und du lehntest ab.«

»Es hätte nicht geklappt, verstehst du? Ich habe es gar nicht ernsthaft in Erwägung gezogen. Ich fand es nett von ihr, aber ich wollte sie nicht, das stimmt.«

»Und ich nehme an, das hast du ihr ziemlich unwirsch klargemacht?«

Er dachte darüber nach. »Am Ende wohl schon. Sie ließ mir ja keine Ruhe. Fragte mich mehrmals. Kam nach Quantum, um mich zu bitten. Ich wurde es leid und sagte klipp und klar nein. Sie solle mich nicht weiter behelligen . . .« Er sah erschüttert drein. »Meinst du, da fing sie an, mich zu hassen?«

Ich nickte unglücklich. »Ich nehme es an. Sie wird zum Schluß geglaubt haben, daß sie nie das bekommt, wonach sie sich sehnt. Du hättest es ihr geben können, und du wolltest nicht. Die Zurückweisung war total. Endgültig. Extrem. Vorher hatte sie es nie so ganz geglaubt; jetzt glaubte sie es. Sie sagte mir, sie habe dir eine Chance gegeben, doch du hättest sie abgewiesen.«

Er bedeckte seine Augen mit der Hand.

»Also nahm sie sich vor, dich umzubringen und schließlich auch das Haus umzubringen . . . zu zerstören, was sie nicht haben konnte.«

Ich fragte mich auch jetzt noch, wie schon in New York, ob sie deshalb auf diesen großen, gewalttätigen Protest verfallen war, weil ich, Ian, plötzlich wieder mit Malcolm in Quantum wohnte. Ich hatte zu oft bekommen, was sie ersehnte. Die Bombe war ebensosehr für mich wie für Malcolm bestimmt gewesen, dachte ich.

»Erinnerst du dich an den Morgen, als sie sah, daß wir nicht tot waren?« fragte ich. »Sie fiel fast in Ohnmacht. Alle führten es auf Erleichterung zurück, aber ich wette, das war es nicht. Sie hatte dreimal versucht, dich umzubringen und konnte wahrscheinlich kaum ertragen, daß du noch lebtest.«

»Sie muß . . . sie muß verrückt gewesen sein..«

Besessen . . . verrückt. Manchmal war das kein großer Unterschied.

Malcolm war von seinem Champagner abgekommen und zu Scotch zurückgekehrt. Der dauernde Schampus, begriff ich, war eine Art Geste gewesen, ein der Gefahr trotzendes V mit den Fingern, ein Talisman gegen die Furcht. Er goß sich ein neues Glas von dem alten scharfen Zeug ein, trat ans Fenster und sah auf den Green Park hinunter.

»Du wußtest, daß es Serena war . . . die kommen würde.«

»Wenn einer kam.«

»Woher wußtest du das?«

»Ich hatte ja mit allen gesprochen. Ich sah, was in ihrem Leben verkehrt lief. Erkannte ihre Verzweiflung. Donald und Helen sind verzweifelt, weil sie Geld brauchen, aber sie tun ihr Bestes, um da herauszukommen. Wirklich tapfer, daß sie ihren Schmuck versetzt hat. Sie dachten, wenn sie dich fänden, würdest du ihnen vielleicht helfen, indem du für einen Kredit bürgst. Das ist weit weg von dem Wunsch, dich zu ermorden.«

Malcolm nickte, trank und sah zu, wie das Leben draußen weiterging.

»Lucy«, sagte ich, »hat vielleicht ihre Eingebung verloren, aber nicht ihre Besonnenheit. Edwin ist mißmutig, aber kein Planer, kein dynamischer Mensch. Thomas . . .« Ich hielt inne. »Thomas war vollkommen verzweifelt, aber was er brauchte, war häuslicher Frieden, nicht eigentlich Geld. Berenice hat ihm übel mitgespielt. Er wird lange brauchen, sich wieder hochzurappeln. Er schien mir fast unfähig, seine Schuhe zu binden, geschweige denn eine Zeitbombe zu bauen, auch wenn er die Schaltuhren mal erfunden hat.«

»Weiter« sagte Malcolm.

»Berenice ist von sich und ihren Wünschen besessen, doch ihr Groll richtet sich gegen Thomas. Geld würde sie zwar beschwichtigen, aber was sie eigentlich will, ist nicht Geld, sondern ein Sohn. Damit, daß man dich und Moira umbringt, läßt sich das nicht erreichen.«

»Und Gervase?«

»Er richtet sich zugrunde. Das nimmt seine ganze Energie in Anspruch. Er hat nicht genug übrig, um herumzulaufen und Leute wegen Geld umzubringen. Er hat den Schneid verloren. Er säuft. Man braucht Mut und einen klaren Kopf, wenn man mit Sprengstoff herumpfuscht. Ursula lädt ihre Verzweiflung in der Kirche und beim gemeinsamen Mittagessen mit Joyce ab.«

Er brummte leise, nicht direkt ein Lachen.

Bei Joyce hatten wir uns telefonisch bedankt, als wir am Samstagabend erschöpft zurückgekommen waren. Sie war so erschüttert gewesen über das Geschehene, daß es ihr die Sprache verschlug, und hatte weinend aufgelegt. Wir riefen sie am Morgen noch einmal an. »Serena hatte ich zuerst erreicht«, sagte sie kummervoll. »Sie muß losgegangen sein und das ganze Zeug gekauft haben . . . ich darf gar nicht dran denken. Das liebe kleine Mädchen, so süß, als sie klein war, auch wenn ich ihre Mutter haßte. Wie *furchtbar.*«

»Red doch weiter«, sagte Malcolm. »Du hörst immer auf.«

»Alicia oder Vivien konnten es nicht gewesen sein, sie sind nicht stark genug, um dich zu tragen. Alicias neuer Freund hätte die Kraft, aber warum sollte er meinen, Alicia stünde sich besser, wenn du tot wärst? Und ich konnte mir nicht vorstellen, daß einer von ihnen eine Bombe baut.«

»Und Ferdinand?«

»Das konnte ich wirklich nicht sehen, du etwa? Er hat keine

besonderen Sorgen. Er ist gut in seinem Beruf. Er ist meistens unbeschwert. Nicht er. Nicht Debs. Das wären sie jetzt.«

»Dann bist du einfach durch Eliminierung auf Serena gekommen?« Er wandte sich vom Fenster ab, suchte in meinem Gesicht.

»Nein«, sagte ich langsam. »Ich dachte an sie alle miteinander, an all ihre Probleme und Kümmernisse. Am Anfang, nach Moiras Tod, dachte ich wie jeder andere auch, sie sei umgebracht worden, damit sie nicht die Hälfte deines Vermögens einheimst. Auch hinter den Anschlägen auf dich vermutete ich das Geld. Es lag auf der Hand. Und als ich dann mit allen gesprochen hatte, als ich begriff, was da hinter scheinbar normalen Fassaden alles kochte und brodelte, begann ich mich zu fragen, ob es überhaupt um das Geld ging . . . Und als ich in New York war, dachte ich noch einmal über sie alle nach, ließ aber das Geld weg . . . und bei Serena . . . paßte alles zusammen.«

Er bewegte sich unruhig und kehrte an seinen Platz zurück.

»Es hätte die Polizei nicht überzeugt«, sagte er.

»Dich auch nicht,« stimmte ich zu. »Du mußtest es selbst sehen.« Wir verstummten, als wir daran dachten, was er tatsächlich gesehen hatte: Daß seine Tochter kam, um die Küche in die Luft zu sprengen, statt sie nach einem Notizblock zu durchsuchen.

»Hattest du denn keinen Beweis?« sagte er schließlich.

»Ich meine, keinen triftigen Grund für die Annahme, daß sie es war? Irgend etwas, worauf du den Finger legen konntest?«

»Nicht direkt. Nichts, was vor Gericht bestanden hätte. Außer daß ich glaube, es war Serena, die dich von Norman West in Cambridge aufspüren ließ, nicht Alicia, wie West selbst annahm.«

Er machte große Augen. »Wie kommst du darauf?«

»Alicia sagte, sie war es nicht. West und ich dachten, sie lügt, aber jetzt glaube ich, sie hat die Wahrheit gesagt. Erinnerst du dich an das Band aus meinem Anrufbeantworter? Erinnerst du dich an Serenas Stimme? ›Mami möchte wissen, wo Daddy ist.

Ich sagte ihr, das wüßtest du doch nicht, aber sie bestand darauf, daß ich frage.‹ Das waren ihre Worte. Alicia hat mir versichert, sie habe nicht wissen wollen, wo du warst. Wenn Alicia die Wahrheit sagt, war es *Serena*, die das in Erfahrung bringen wollte, und sie wollte es in Erfahrung bringen, weil sie uns verloren hatte, nachdem es ihr nicht gelungen war, dich zu überfahren. Sie verlor uns, als wir mit dem Rolls nach London sausten.«

»Mein Gott«, sagte er. »Was ist aus dem Band geworden? Verschüttgegangen, nehme ich an.«

»Nein. Es liegt in Quantum in einer Kiste in der Garage. Einiges konnte geborgen werden. Von deinen Gold- und Silberbürsten sind auch noch welche da.«

Er tat den Gedanken mit einer Handbewegung ab, obwohl es ihn durchaus freute. »Am Telefon klang Serena tatsächlich wie Alicia. Ich dachte manchmal, es sei Alicia, wenn sie anrief. Atemlos und mädchenhaft. Du weißt schon. Norman West hat sich einfach geirrt.«

»Sie nannte sich Mrs. Pembroke«, hob ich hervor. »Um Verwirrung zu stiften. Oder vielleicht sagte sie auch Miß, und er hat nicht genau hingehört.«

»Es spielt weiter keine Rolle.« Er schwieg eine Zeitlang. »Obwohl das gestern schrecklich war, war es eigentlich am besten so. Wir werden trauern und darüber hinwegkommen. Sie hätte es doch nicht ertragen, eingesperrt zu sein, nicht mit all der Energie . . . nicht in farblosen Klamotten.«

Aus diesem Sonntagmorgen begannen wir auch die Familie anzurufen, um ihnen mitzuteilen, was passiert war. Ich rechnete damit, daß Joyce es ihnen schon gesagt hatte, doch das war nicht der Fall. Sie habe gestern mit ihnen gesprochen, meinten sie, aber das sei alles.

Wir lösten eine Menge fassungsloses Schweigen aus. Eine Menge nicht aufzuhaltender Tränen.

Malcolm teilte es zuerst Alicia mit und fragte, ob sie möchte, daß er zu ihr komme und sie tröste. Als sie sprechen konnte, sagte sie nein. Sie sagte, nicht Serena habe Moira umgebracht, sondern ich. Alles sei meine Schuld. Malcolm legte langsam den Hörer auf, fuhr sich mit der Hand übers Gesicht und erzählte mir, was sie gesagt hatte.

»Es ist sehr hart«, entschuldigte er sie, »damit konfrontiert zu werden, daß man eine Mörderin geboren hat.«

»Sie hat geholfen, eine Mörderin aus ihr zu machen,« sagte ich.

Ich sprach mit meinen vier Brüdern und mit Lucy. Malcolm informierte Vivien zuletzt.

Sie alle fragten, wo wir waren: Joyce hatte ihnen gesagt, wir seien in Australien. In London, sagten wir, fügten aber nicht an, wo. Malcolm meinte, ihm graue davor, daß sie alle über ihn herfielen, bevor er soweit sei. Zum Schluß kippte ich vor Müdigkeit um, und Malcolm hatte eine halbe Flasche geleert. Wir schliefen lange vor der Schlafenszeit.

Am Montag fuhren wir wieder nach Quantum, da wir es der Polizei versprochen hatten, und sahen Mr. Smith herumstöbern wie in alten Zeiten.

Alle körperlichen Spuren von Serena hatte man gnädigerweise entfernt, und geblieben waren nur die zerrissenen schwarzen Plastikbahnen, die nicht in ihrer Nähe gewesen waren.

Mr. Smith gab uns staubig die Hand und rückte nach ein paar teilnahmsvollen Gemeinplätzen mit seiner wahren Absicht heraus.

»Wer ein fertig verdrahtetes Sprengmittel von Ort zu Ort schleppt, ist des Wahnsinns. Man schließt die Batterie erst an, wenn die Ladung da ist, wo sie hochgehen soll. Wenn Sie mich fragen, läßt man auch die Zündkapsel draußen. Man hält beides getrennt.«

»Sie wollte sie wahrscheinlich nicht fallen lassen«, sagte ich.

»Wohlgemerkt, sie hatte auch Pech«, räumte Mr. Smith ein. »Es ist möglich – aber ich würde es nicht riskieren – ANFO mit eingesetztem Zünder hinzuwerfen, ohne daß es explodiert.

Aber vielleicht sind beim Herunterfallen die Uhrendrähte zusammengekommen.«

»Haben Sie die Uhr gefunden?«

»Geduld«, meinte er und machte sich wieder auf die Suche.

Ein Polizist, der ein paar Sensationslustige auf Distanz hielt, sagte uns, daß Superintendent Yale aufgehalten worden sei und uns hier nicht treffen könne; wir möchten bitte zur Polizeistation kommen. Wir fuhren hin und fanden ihn in seinem Büro.

Er gab uns die Hand. Er sprach sein Mitgefühl aus.

Er fragte, ob wir wüßten, warum Serena mit einer zweiten Bombe nach Quantum gekommen sei, und wir sagten es ihm. Ob wir auch wüßten, warum sie Moira umgebracht und versucht hatte, Malcolm umzubringen. Wir legten ihm meine Theorien dar. Er hörte grübelnd zu.

»Es wird eine gerichtliche Leichenschau geben«, sagte er. »Mr. Ian kann formell die Überreste identifiziern. Es ist aber nicht erforderlich, daß sie die . . . daß Sie sie noch einmal sehen. Das Urteil des Coroners wird auf Tod durch Unfall lauten, daran habe ich keinen Zweifel. Vielleicht braucht er von Ihnen eine Schilderung dessen, was sich zugetragen hat. Sie werden dann zur gegebenen Zeit noch benachrichtigt.« Er hielt inne. »Wir waren gestern in Miß Pembrokes Wohnung und haben sie durchsucht. Wir fanden einige interessante Dinge. Ich werde Ihnen ein paar Gegenstände zeigen und wäre dankbar, wenn Sie mir sagen könnten, ob Sie sie kennen oder nicht.«

Er griff in einen Karton, der dem, den Serena bei sich gehabt hatte, ganz ähnlich sah und auf seinem Schreibtisch stand. Er holte einen Stoß von zwanzig bis dreißig Collegeheften mit blauen Deckeln und Spiralheftung hervor und danach eine Blechdose, die groß genug für ein Pfund Bonbons war, mit einem Bild obendrauf.

»*Der alte Raritätenladen*«, sagte Malcolm traurig.

»Ohne jeden Zweifel«, nickte Yale. »Der Titel steht unter dem Bild.«

»Sind Zündkapseln drin?« fragte ich.

»Nein, nur Watte. Mr. Smith fragt sich, ob sie, um ganz sicherzugehen, mehr als einen Zünder pro Bombe benutzt hat. Er sagt, Dillettanten sind so verrückt, daß sie alles versuchen.«

Ich ergriff eins von den Schreibheften und schlug es auf.

»Haben Sie die schon mal gesehen, meine Herren?« fragte Yale.

»Nein«, sagte ich, und Malcolm schüttelte den Kopf.

In Serenas verschnörkelter Handschrift las ich:

»Daddy und ich hatten solchen Spaß heute morgen im Garten. Er brachte den Hunden das Apportieren bei, und ich warf die Stöcke. Wir haben eine Menge schöne Osterglocken gepflückt, und als wir wieder rein sind, hab ich sie in Vasen getan und in alle Zimmer gestellt. Zu Mittag hab ich Lammkoteletts gebraten und Minzsoße und Erbsen und Bratkartoffeln mit Fleischsoße dazu gemacht, und zum Nachtisch gab es Eiskrem und Birnen. Daddy will mir weiße Stiefel mit Reißverschluß und silbernen Troddeln kaufen. Er nennt mich seine Prinzessin, ist das nicht goldig? Am Nachmittag sind wir zum Bach runter und haben Brunnenkresse für den Tee gepflückt. Daddy hat die Socken ausgezogen und seine Hosenbeine aufgerollt, und die Jungs, *nein*, die Jungs waren nicht da, sie kommen in meine Geschichten nicht rein; Daddy war's, der die Kresse gepflückt hat, und wir haben sie gewaschen und mit braunem Brot gegessen. Heute abend werde ich auf seinem Schoß sitzen, und er wird mein Haar streicheln und mich seine kleine Prinzessin nennen, seinen kleinen Schatz, und es wird herrlich sein.«

Ich blätterte die Seiten durch. Das ganze Heft war voll. Sprachlos gab ich es Malcolm, aufgeschlagen an der Stelle, die ich gelesen hatte.

»So sind die ganzen Hefte«, sagte Yale. »Wir haben sie vollständig lesen lassen. Sie hat sie seit Jahren geschrieben, würde ich sagen.«

»Aber sind die denn . . . neueren Datums?« sagte ich.

»Einige mit Sicherheit. Ich habe in meiner Laufbahn schon mehrere Sammlungen solcher Hefte gesehen. Schreibzwang nennt man das, glaube ich. Die Hefte ihrer Schwester sind vergleichsweise gesund und harmlos. Sie können sich nicht vorstellen, was für pornographisches und brutales Zeug ich gelesen habe. Es läßt einen verzweifeln.«

Malcolm, der sichtlich bewegt in den Seiten blätterte, sagte: »Sie schreibt, ich hätte ihr ein hübsches rotes Kleid gekauft ... einen weißen Pulli mit blauen Blumen drauf ... einen knallgelben Gymnastikanzug – ich weiß kaum, was ein Gymnastikanzug ist. Armes Mädchen. Armes Mädchen.«

»Sie hat sich das selbst gekauft«, sagte ich. »Drei-, viermal die Woche.«

Yale hob den Stapel Hefte an, zog das unterste hervor und gab es mir. »Das ist das letzte. Es ändert sich am Schluß. Es könnte für Sie interessant sein.«

Ich wandte mich den letzten Eintragungen in dem Heft zu und las bekümmert:

»Daddy läßt mich allein, und ich will ihn nicht mehr. Wer weiß, vielleicht bringe ich ihn um. So schwer ist das nicht. Ich hab es ja schon mal gemacht.«

Danach war eine Lücke auf der Seite, und weiter unten stand:

»IAN IST IN QUANTUM BEI DADDY. ICH HALTE DAS NICHT AUS.«

Nach einer weiteren Lücke hatte sie noch einmal in noch größeren Blockbuchstaben »IAN« geschrieben und einen Kreis aus kleinen, nach außen strahlenden Linien drum herum gemalt: eine Explosion mit meinem Namen im Zentrum.

Das war der Schluß. Das übrige Heft war leer.

Malcolm las die Seite über meinen Arm hinweg und seufzte tief.

»Kann ich die Hefte haben?« sagte er zu Yale. »Sie brauchen sie doch nicht, oder? Es gibt ja keinen Prozeß.«

Yale zögerte, meinte dann aber, er sehe keinen Grund, sie zu behalten. Er schob Malcolm den Stapel zu und legte die Bonbondose obendrauf.

»Und den Leuchtturm und die Uhr?« sagte ich. »Könnten wir die auch bekommen?«

Er holte die Legoschachtel aus einem Schrank, führte alles, was wir mitnahmen, auf einer amtlich aussehenden Quittung auf und ließ sie von Malcolm unterschreiben.

»Sehr erschütternd, das Ganze«, sagte er beim abschließenden Händedruck, »aber wir können unseren Fall zu den Akten legen.«

Wir kehrten mit den traurigen Trophäen ins Ritz zurück, und an diesem Nachmittag stellte Malcolm postfertige Schecks aus, die jedes finanzielle Problem im Repertoire der Pembrokes lösen würden.

»Und die drei Hexen?« sagte er. »Wenn Helen und der scheußliche Edwin und Berenice und Ursula und Debs alle einen eigenen Anteil bekommen, was ist dann mit den dreien?«

»Liegt bei dir«, sagte ich. »Es sind deine Frauen.«

»*Ex*frauen.« Er zuckte die Achseln und schrieb auch ihnen Schecks. »Wie gewonnen, so zerronnen«, sagte er. »Die verdammte Alicia verdient es nicht.«

»Motoren laufen besser mit ein wenig Öl«, sagte ich.

»Mit Schmiergeld, meinst du.« Er hielt noch immer nichts davon. Hatte noch immer das Gefühl, sie zu korrumpieren, indem er ihnen Wohlstand schenkte. Glaubte immer noch, daß er, wenn er Millionen hatte, normal und einigermaßen vernünftig bleiben konnte, sonst aber keiner.

Er schrieb einen letzten Scheck und gab ihn mir. Ich wurde verlegen, als ich ihn annahm, was er interessant fand.

»Du hättest das Doppelte bekommen müssen«, sagte er.

Ich schüttelte den Kopf; mir schwindelte von Nullen. »Du hast ihn vorausdatiert«, sagte ich.

»Natürlich. Ich habe sie alle vorausdatiert. So viel habe ich doch nicht griffbereit auf der Bank liegen. Muß ein paar Anteile verkaufen. Die Familie bekommt die Zusage jetzt und das Bare in einem Monat.«

Er beleckte die Umschläge. Kein grausamer Mann, dachte ich.

Am Dienstag fuhren wir auf meinen Wunsch zu Robin.

»Er wird sich an Serena nicht erinnern«, meinte Malcolm.

»Nein, nicht anzunehmen.«

Wir fuhren mit dem Wagen, den ich am Tag zuvor für die Fahrt nach Quantum gemietet hatte und hielten wieder unterwegs, um Spielzeug, Schokolade und ein Päckchen Luftballons zu kaufen.

Ich hatte den Lego-Leuchtturm und die Mickymausuhr mitgenommen, weil ich der Ansicht war, sie könnten Robin vielleicht interessieren, worüber Malcolm den Kopf schüttelte.

»Er kriegt die doch nicht in Gang.«

»Vielleicht erinnert er sich dran. Kann man nie wissen. Immerhin gehörten sie ihm und Peter. Serena hat ihnen die Uhr geschenkt und den Leuchtturm gebaut.«

Robins Zimmer war sehr kalt wegen der offenen Fenstertüren. Malcolm ging versuchsweise hinüber und schloß sie, und Robin riß sie sofort wieder auf. Malcolm klopfte Robin auf die Schulter und entfernte sich aus der kritischen Zone, worauf ein verwirrter Robin ihn forschend anblickte und mich ebenfalls, wie er es manchmal tat: als versuche er sich zu erinnern, schaffe es aber nicht ganz.

Wir gaben ihm die neuen Spielsachen, die er ansah und wieder hinlegte, und nach einer Weile öffnete ich die Legoschachtel und holte die alten heraus.

Er warf nur einen Blick darauf, bevor er einen langen, mehrmaligen Rundgang durch das Zimmer unternahm. Dann kam er zu mir, zeigte auf das Päckchen Luftballons und stieß ein pustendes Geräusch aus.

»Guter Gott«, sagte Malcolm.

Ich öffnete das Päckchen und blies mehrere Ballons auf, die ich wie immer am Hals verknotete. Robin machte weiter Pustgeräusche, bis ich sämtliche Ballons aus dem Päckchen aufgeblasen hatte. Sein Gesicht sah erregt aus. Er pustete stärker, um mich anzutreiben.

Als sie alle im Raum verstreut waren, rot, gelb, blau, grün und weiß in der Zugluft tanzten, bunt und fröhlich, lief er umher und brachte sie mit furioser Energie zum Platzen, durchstach die einen mit dem Zeigefinger, zwickte die anderen, zerdrückte den letzten mit der flachen Hand an der Wand, um den Zorn herauszulassen, den er nicht artikulieren konnte.

Meistens war er nach diesem Ritual gelöst und friedlich, zog sich in eine Ecke zurück, saß da und starrte ins Leere oder schaukelte vor sich hin.

Diesmal jedoch ging er zum Tisch hinüber, ergriff den Leuchtturm, riß ihn grob in vier, fünf Teile und schleuderte sie heftig aus dem weit geöffneten Fenster. Dann ergriff er die Uhr und zerrte mit Gewalt die Drähte los, einschließlich der Micky-Maushände.

Malcolm war entgeistert. Die Wut des sanften Robin schrie aus seinem stummen Körper. Seine Kraft war eine Offenbarung.

Er nahm die Uhr in seine Hand, ging im Zimmer umher und knallte sie bei jedem Schritt gegen die Wand. Schritt, *krach*, Schritt, *krach*, Schritt, *krach*.

»Halt ihn auf«, sagte Malcolm gequält.

»Nein . . . er redet«, sagte ich.

»Er redet nicht.«

»Er erzählt uns . . .«

Robin erreichte das Fenster und warf die zerschmetterte Uhr in hohem Bogen in den Garten. Dann fing er an zu schreien, brüllte ohne Worte, seine Stimme war rauh von mangelndem Gebrauch und heiser durch die Wandlung vom Jungen zum Mann. Der Laut schien ihn mitzureißen, bis sein Körper davon widerhallte, Klang verströmte, der Damm des Schweigens hinweggeschwemmt war. »Aaah . . . aaah . . . aaah . . .« und dann richtige Wörter: »Nein . . . Nein . . . Nein . . . Serena . . . Nein . . . Serena . . . Nein . . .« Er schrie den Himmel an, das Schicksal, die böse Ungerechtigkeit des Nebels in seinem Hirn. Schrie aus Zorn und Raserei. »Serena . . . Nein . . . Serena . . . Nein . . .« immer und immer weiter, bis es sinnlos wurde, ohne Inhalt, nur noch Wörter.

Schließlich trat ich dicht an ihn heran und brüllte ihm ins Ohr: »Serena ist tot.«

Er hörte sofort auf zu schreien. »Serena ist tot«, wiederholte ich. »Wie die Uhr. Kaputt. Erledigt. Tot.«

Er drehte sich um und sah mich ausdruckslos an, den Mund geöffnet, ohne einen Laut von sich zu geben; die plötzliche Stille war ebenso entnervend wie das Gebrüll vorher.

»Serena-ist-tot«, sagte ich, betonte jedes Wort einzeln, mit Nachdruck.

»Er versteht's nicht«, sagte Malcolm – und Robin setzte sich in eine Ecke, legte die Arme um seine Knie, neigte den Kopf und begann zu schaukeln.

»Die Schwestern meinen, er versteht ziemlich viel«, sagte ich. »Ob er begreift, daß Serena tot ist, weiß ich nicht. Aber wenigstens haben wir versucht, es ihm zu sagen.« Robin schaukelte weiter, als wären wir nicht da.

»Was spielt das für eine Rolle?« meinte Malcolm hilflos.

»Es spielt deshalb eine Rolle, weil es ihm, falls er es versteht, vielleicht Ruhe schenkt. Ich habe den Leuchtturm und die Uhr mitgebracht, weil ich mich fragte, ob Robin sich überhaupt an etwas erinnert. Ich dachte, es lohnt sich, das zu versuchen ... Auf so ein Ergebnis war ich zwar nicht gefaßt ... aber ich glaube, er hat die Uhr, die ein Geschenk von Serena war, zerschmettert, weil sie ihn an Serena erinnert hat; weil er und Peter sie kurz vor dem Autounfall von ihr bekommen haben. Irgendwo in diesem dämmerigen Kopf scheinen manchmal Zusammenhänge auf.«

Malcolm nickte, verwirrt und unwillkürlich alarmiert.

»Man könnte fast meinen, es war *der* Nachmittag«, sagte ich, »ein Tag, an dem sie die Zwillinge glücklich in Quantum sah, wo sie so gern sein wollte, und dich dort bei ihnen sah, wie du sie liebtest; vielleicht war es dieser Nachmittag, der sie endgültig zu dem wahnsinnigen Entschluß trieb, ihren Wunschtraum wahrzumachen. Er wurde nicht wahr ... du lerntest Moira kennen ... aber ich bin sicher, sie hat es versucht.«

Malcolm starrte mich an, sagte: »Nein! Sag es nicht! Sei *still!*«

Ich sagte es trotzdem. »Ich glaube, Robin hat den flüchtigen Fahrer gesehen, der den Wagen von der Straße drängte. Wie verzerrt und traumähnlich auch immer – er weiß, wer es war. Nein Serena, nein Serena, nein ... Du hast ihn gehört. Ich dachte seit New York, daß es so gewesen sein könnte. Serenas Besessenheit war schon vor langer Zeit voll entwickelt, lange bevor sie Moira aus dem Weg räumte. Ich glaube, sie hat Peter umgebracht ... und Coochie.«

EPILOG

Ein Jahr später trafen wir uns alle in Quantum zur großen Wiedereinweihungsfeier; das Haus war mit Girlanden geschmückt, und Champagnerkorken knallten.

Nach viel Gewissensforschung hatte Malcolm sich entschlossen, es wieder aufzubauen. Ohne Quantum als Zentrum wäre die Familie auseinandergefallen, und das wollte er nicht. Als er sie von seiner Absicht unterrichtete, gab es ein frohes allgemeines Aufatmen, und er fand bestätigt, daß es das Richtige war.

Der Grollpegel sank dramatisch ab, nachdem die Schecks eingetroffen waren und er sein Testament zur Einsicht vorgelegt hatte, und ich war plötzlich nicht mehr jedermanns Schurke, wenn ich es auch für Alicia blieb und immer bleiben würde. Malcolm schickte sein Testament, aus dem Serena in einem Nachtrag gestrichen worden war, zur Registrierung an die Nachlaßzentrale und ließ es alle wissen.

Malcolm fand zwar immer noch, da er seine Kinder verhätschelt und korrumpiert hatte, aber er mußte zugeben, daß sie dadurch glücklicher waren. Bedeutend glücklicher in manchen Fällen, wie Donald und Helen etwa, deren Probleme rein finanziell gewesen waren. Helen löste ihre Klunkern aus und hörte auf, Porzellan zu bemalen, und Donald zahlte die Finanzierungsgesellschaft und die Bank aus und leitete den Golfclub leichten Herzens.

Einige Wochen nach Serenas Tod lud Helen mich nach Marble Hill House ein. »Auf ein Glas vor dem Abendessen«, meinte sie. Ich fuhr an einem eisigen Abend im Dezember hin, und sie überraschte mich, indem sie mich zur Begrüßung küßte. Donald stand mit dem Rücken vor einem tosenden Feuer und sah wichtigtuerisch zufrieden aus.

»Wir wollten uns bei dir bedanken«, sagte Helen. »Und wohl auch . . . entschuldigen.«

»Das braucht ihr nicht.«

»O doch. Das ist uns allen klar. Nicht jeder wird es zugeben, aber jeder weiß es.«

»Wie geht's Malcolm?« fragte Donald.

»Ausgezeichnet.«

Donald nickte. Selbst daß Malcolm und ich noch zusammenwaren, schien ihn nicht mehr zu grämen, und später, als wir eine Weile um den Kamin gesessen und etwas getrunken hatten, bat er mich, zum Essen zu bleiben. Ich blieb, und wenn es auch nie dahin kommen würde, daß wir alle fünf Minuten beim anderen anklopften, gelangten wir doch an diesem Abend zu einem friedlichen Einklang als Brüder.

Einige Zeit später besuchte ich Lucy. Sie und Edwin hatten an ihrem Cottage nichts geändert und sehr zu Edwins Verdruß auch keinen Umzug geplant.

»Wir sollten uns eine *passendere* Wohnung suchen«, meinte er böse zu ihr. »Ich hätte nie gedacht, daß wir hierbleiben, wenn du erbst.«

Lucy sah ihn liebevoll an. »Wenn du gehen möchtest, Edwin, kannst du gehen, jetzt wo du eigenes Geld hast.«

Er war bestürzt; verblüfft. »Ich will nicht weggehen«, sagte er, und das war offensichtlich die Wahrheit.

Lucy sagte zu mir: »Ich werde eine gute Verwendung für mein Geld finden: das Kapital behalten, den größten Teil des Ertrags verschenken. Wir haben jetzt keine Sorgen mehr, und zugegeben, das ist eine Erleichterung, aber grundlegend geändert habe ich mich nicht. Ich halte nichts vom Luxusleben. Es ist schlecht für die Seele. Ich bleibe hier.« Sie aß entschlossen eine Handvoll Rosinen, und der alte Herr schaute ihr aus den Augen.

Thomas war nicht mehr ihr Gast. Thomas war gegen allen Rat zu Berenice zurückgekehrt.

Ich fuhr eines trüben, kalten Nachmittags in Arden Haciendas vorbei, und Thomas, der selbst an die Tür kam, war verdutzt, mich zu sehen.

»Berenice ist nicht da«, meinte er und ließ mich herein.

»Ich wollte dich besuchen. Wie geht's dir?«

»Nicht so übel«, sagte er, sah aber immer noch bedrückt aus.

Er gab mir einen Drink. Er wußte, wo der Gin und das Tonic waren. Er sagte, Berenice und er hätten eine Eheberatung aufgesucht, die seiner Ansicht nach bis jetzt aber nicht viel brachte.

»Vasektomien lassen sich manchmal rückgängig machen«, sagte ich.

»Ja, aber im Grunde will ich das nicht. Angenommen, ich tu's, und wir kriegen noch ein Mädchen? Wenn Berenice nicht darüber hinwegkommt, daß sie keine Söhne hat, verlasse ich sie wieder. Das habe ich ihr gesagt.«

Ich sah ihn beeindruckt an. »Was meinte sie dazu?«

»Nichts weiter. Ich glaube eigentlich, sie hat Angst vor mir.«

Solange es ihm nicht zu Kopf stieg, dachte ich, war das vielleicht gar nicht schlecht.

Bald danach besuchte ich Gervase und Ursula. Bei Ursula, die mich hereinließ, war die Verwandlung so, als ob man ein braunes Papierpaket auswickelt und Weihnachten zum Vorschein kommt. Der alte Rock samt Bluse, Pullover und Perlen war verschwunden. Sie trug enge rote Hosen, einen riesigen weißen Pulli und eine barocke Goldkette. Sie lächelte mich an wie eine scheue Verschwörerin und kam mit mir ins Wohnzimmer. Gervase war vielleicht nicht überwältigend freundlich, schien aber auf Neutralität und Waffenruhe eingestellt.

»Ich habe Gervase erklärt«, sagte Ursula sanft, »daß ich jetzt, wo ich's mir leisten kann, ihn zu verlassen und die Mädchen mitzunehmen, bei ihm bleibe, weil ich will, nicht weil ich muß. Ich bleibe, sofern er Hilfe sucht, um diese lächerliche Fixierung an seine Geburt zu überwinden. Wen *kümmert* es, daß Malcolm damals nicht mit Alicia verheiratet war? Mich bestimmt nicht. Niemanden. Ferdinand auch nicht. Ferdinand ist sehr nett. Er war ein paarmal hier und hat Gervase beraten.«

Gervase, der sie früher niedergebrüllt hätte, hörte fast dankbar zu. Der Bär, der sich in einem Dickicht verfangen hatte, war im Begriff, von mitfühlenden Händen herausgeführt zu werden.

Ferdinand sprühte vor guter Laune, als ich ihn besuchte. Er und Debs waren sofort aus ihrem kleinen kahlen Bungalow in einen großen kahlen Bungalow mit Tennisplatz, Swimmingpool und 3-Wagen-Garage umgezogen. Wohlstand macht Spaß, sagte er; aber auch in dem neuen Haus diente ein Zimmer als Büro. Er arbeitete weiter.

»Ich habe mir deine Bemerkungen zu Herzen genommen, weißt du«, sagte er. »Mir vor Augen geführt, was Alicia uns angetan hat. Ich höre nicht mehr auf sie. Sie wird Debs nicht verjagen, und sie wird Ursula nicht verjagen. Hast du Ursula gesehen? Ein neuer Mensch! Ich habe Gervase gesagt, er hat eine Frau, wie es sie unter einer Million nur einmal gibt, und eine Mutter, die nichts als Ärger macht. Ich habe mit ihm über Illegitimität gesprochen . . . wolltest du das nicht?« Er boxte mich leicht in den Arm. »Bleibst du zum Abendessen?« sagte er.

Alicia und Vivien besuchte ich nicht. Ich blieb ein paar Abende bei Joyce.

»Liebling, wie kommt der alte Narr zurecht?«

»Er verbringt viel Zeit in Quantum bei den Maurern.»

»Daß er sich nur keine Lungenentzündung holt! Es ist bitterkalt draußen.«

»Er macht, was er will«, sagte ich.

»Liebling, wann hat er das schon mal nicht getan?«

Joyce eilte geschäftig zu einem Bridge-Turnier in Paris, gab mir einen Kuß auf die Wange, tätschelte mich wohlwollend, ermahnte mich, bei den schrecklichen Rennen, die ich nicht lassen konnte, meinen Hals in acht zu nehmen.

Ich versicherte ihr, daß ich das tun würde, und fuhr zurück nach Lambourn, das jetzt statt Epsom mein Zuhause war. Ich hatte den Trainer, dessen Pferde ich bewegte, gefragt, ob er jemand kennt, der einen Reserve-Stalljockey braucht, falls ich den Riesenschritt ins Profilager wagen sollte.

Er machte große Augen. »Ich hörte, Sie hätten das nicht nötig. Sind Sie nicht zu Geld gekommen?«

»Vergessen Sie das Geld. Was hätte ich für Aussichten?«

»Ich habe Ihren Sieg in Kempton gesehen«, sagte er. »Wenn Sie Profi werden, gebe ich Ihnen jede Menge Ritte.«

Er hielt sein Versprechen, und George und Jo, erstaunt aber glücklich, gaben ihre paar Pferde gleich dazu.

Ich kaufte ein Haus in Lambourn, und Malcolm zog während des Wiederaufbaus von Quantum zu mir. Malcolm liebte Lambourn. Oft kam er mit dem Trainer, für den ich ritt, in die Downs hinauf, um den Pferden bei der Arbeit zuzusehen und verlor keineswegs das Interesse am Rennsport, sondern engagierte sich immer stärker. Als ich mein erstes Profirennen gewann, floß der Bollinger in Strömen durch Lambourn.

Bis zu dem Tag im darauffolgenden November, als wir alle zur Großen Wiedereinweihung (mit geprägten Einladungen und einem Heer von Lebensmittellieferanten) ins Haus kamen, hatte sich das Leben aller Beteiligten in neuen Mustern eingespielt.

Malcolm war wieder zum »Arc« geflogen und rund um die Welt mit Ramsey Osborn. Chrysos hatte das Futurity in Doncaster gewonnen und galt als Tip für das nächstjährige Derby. Blue Clancy war in die Zucht genommen worden, für Millionen syndikatisiert.

Ich hatte meine erste Profisaison mit beachtlichem Erfolg abgeschlossen und war zu Beginn meiner zweiten zum Hauptjockey des Stalles avanciert. Am Ende würde ich wohl Trainer werden. In der Zwischenzeit fühlte ich mich lebendig und erfüllt wie nie zuvor.

Lucy und Edwin aßen immer noch Reformkost in dem kleinen Landhaus. Lucy, die sich damit abfand, selbst keine Gedichte mehr zu schreiben, hatte mit einer gelehrten Biographie und Monographie über Leben und Werk von Thomas Stearns Eliot angefangen. Edwin machte immer noch die Einkäufe.

Donald und Helen wanderten Arm in Arm im Garten umher wie Verliebte.

Ferdinand verhätschelte Debs, die ein Baby erwartete.

Gervase hatte seine starken Töne weitgehend wiedergefunden, was Ursula eher zu beruhigen als einzuschüchtern schien. Sie kam in einem Nerzmantel und lachte vor Vergnügen.

In Berenice war das Feuer erloschen: In Thomas war es ansatzweise wieder entfacht. Da er nicht mehr zu arbeiten brauchte, lernte er Golf spielen. Berenice war mit Thomas' Billigung auf Haussuche.

Alicia kam mädchenhaft herausgeputzt, trällerte mit einer Stimme, die wie ein Echo von der Serenas klang, und alle machten mit zusammengebissenen Zähnen höfliche Bemerkungen zu ihr.

Vivien beschwerte sich, Malcolm habe das Haus zu sehr nach Coochies Geschmack renoviert. Joyce schloß diplomatisch Freundschaft mit dem Ehepaar, das Malcolm eingestellt hatte, damit sie für ihn sorgten. Er – und sie – wohnten seit einer Woche in dem Haus.

Alle Enkelkinder waren dort, erkundeten den Ort aufs neue: Kinderstimmen im Garten wie einst. Robin, weit fort, war wieder verstummt und hatte seit jenem heftigen Tag nie mehr gewollt, daß ich Luftballons aufblies.

Malcolm und ich gingen durch die neue Verandatür nach draußen und blickten vom Rasen her zum Haus. Es wirkte wieder heil, nicht nur äußerlich; es hatte Frieden.

»Ich habe nicht das Gefühl, daß Serena hier ist, du etwa?« sagte Malcolm.

»Nein, sie ist nicht hier.«

»Ich hatte Angst davor. Jetzt bin ich froh.«

Wir gingen weiter den Rasen entlang.

»Ist dir aufgefallen, daß ich den goldenen Delphin, den Amethystbaum und so fort aus der Wand geholt und ins Wohnzimmer gestellt habe?«

»Ja.«

»Außerdem habe ich das Gold verkauft.«

Ich warf ihm einen Blick zu. Er erwiderte ihn spöttisch.

»Der Preis ist, wie ich vermutet hatte, in diesem Jahr stark angestiegen. Ich habe den Gewinn kassiert. In der Mauer sind jetzt nur noch Spinnen und Staub.«

»Das macht nichts.«

»Ich lasse die Klausel aber im Testament.« Die Familie war neugierig gewesen wegen des mir zugesprochenen Drahts, und er hatte eine Erklärung abgelehnt. »Ich werde weiterhin Gold kaufen und verkaufen. Vor, zurück, vor, zurück. Eines Tages . . .« seine blauen Augen glänzten ». . . gewinnst du vielleicht mit Nase.«

Bitte beachten Sie
auch die folgenden Seiten

Andrew Vachss

KATA

Roman

496 Seiten, gebunden

Burke, Privatdetektiv in einem alptraumhaft aktuellen New York, soll im Auftrag einer aus Japan angereisten Karatespezialistin einen Mörder finden. Es beginnt eine dramatische Menschenjagd in einer düsteren, monströsen Stadtlandschaft...

Ausgezeichnet mit dem
Deutschen Krimi Preis 1989

Ullstein

Andrew Vachss

STREGA

Roman

352 Seiten, gebunden

Eine Mafiaprinzessin, Schutzbefohlene eines kleinen Jungen, erteilt Burke, dem Privatdetektiv mit den außerordentlichen Methoden, einen Auftrag. Er soll ein pornografisches Foto von einem Jungen aufspüren. In New Yorks Abgründen, den Verstecken der Seelenverkäufer, macht Burke sich auf die Suche.

Ullstein

Detlef Blettenberg

FARANG

Roman

240 Seiten, gebunden

Bangkok und ein Badeort am Golf von Siam sind die Schauplätze von Detlef Blettenbergs Thriller um Prostitution, Schmuggel und Betrug. Im Mittelpunkt ein Mann, der Aufträge mit tödlichem Ausgang ausführt.

Ullstein

James Ellroy

DIE SCHWARZE DAHLIE

Roman

476 Seiten, gebunden

Basierend auf den Fakten eines der rätselhaftesten Kriminalfälle Amerikas, dem Mord an der Prostituierten Elizabeth Short, schrieb James Ellroy einen Roman über Freundschaft und Verrat, Liebe, Wahnsinn und Tod im Hollywood der vierziger Jahre.

Ausgezeichnet mit dem *Deutschen Krimi Preis 1989.*

Ullstein

Titel der englischen Originalausgabe: »Hot Money«
Ins Deutsche übertragen von Malte Krutzsch
First published by Michael Joseph Ltd, London

Satz: Fotosatz-Service Weihrauch, Würzburg
Druck und Binden: Ebner Ulm
Printed in Germany 1989
ISBN: 3 550 06033 1

CIP-Titelaufnahme der Deutschen Bibliothek

Francis, Dick:
Totes Rennen : Roman / Dick Francis. – Frankfurt/Main ;
Berlin : Ullstein, 1989
ISBN 3-550-06033-1